MÉLISSA DA COSTA

LES DOULEURS FANTÔMES

roman

ALBIN MICHEL

L'absence est à l'amour ce qu'est au feu le vent ;
Il éteint le petit, il allume le grand.

Bussy-Rabutin, *Histoire amoureuse des Gaules*

1

Le téléphone portable se mit à vibrer sur la table de nuit, Ambre se réveilla en sursaut. À côté d'elle, elle sentit Marc remuer et marmonner dans son sommeil. Elle attrapa le téléphone avant que le vibreur ne le réveille totalement.

Même pas sept heures. Qui pouvait appeler aussi tôt ? Ce genre d'appel n'augurait jamais rien de bon. Lorsqu'elle vit le nom qui s'affichait sur l'écran, son inquiétude grandit car cela faisait plus d'un an qu'elle n'avait pas eu de nouvelles de cette jeune femme dont elle avait été si proche.

« Rosalie ? »

Elle n'avait pas pu empêcher sa voix de trembler.

« Ambre, je suis désolée, je sais qu'il est un peu tôt...

– Qu'est-ce qu'il se passe ? »

Elle s'était levée du lit et sortit de la chambre le plus discrètement possible, avant de refermer la porte sans bruit. Dans le salon, le sapin que Marc avait absolument tenu à installer clignotait encore. Rouge, vert et bleu. C'était criard et inutile. Elle le lui avait dit.

« Je ne voulais pas t'affoler...

– Il est arrivé quelque chose ? »

Elle entendit Rosalie déglutir au téléphone. Comme chaque fois qu'elle entendait sa voix, elle s'en voulait de ne pas l'appeler plus souvent et de ne jamais avoir fait l'effort de lui rendre visite en trois ans.

« Non, je... je ne crois pas mais...

– Mais quoi ?

– Tu n'aurais pas eu des nouvelles de Gabriel... récemment ? »

Un silence un peu lourd tomba.

« Qu'est-ce qu'il y a, Rosalie ? Il est parti ? chuchota Ambre très vite.

– Non. Non, enfin... ça ne fait que quelques jours...

– Vous vous êtes disputés ?

– Non ! répliqua Rosalie avec ferveur. C'est pour ça que je ne comprends plus rien !

– Attends, explique-moi. »

Ambre prit place sur le canapé, au milieu des gros ouvrages que Marc remplissait d'annotations des heures durant.

« Il y a trois jours, je suis rentrée de l'école avec les deux petits et Gabriel n'était plus là. Il y avait un mot sur la table. »

La voix de Rosalie s'étrangla et Ambre sentit son estomac se retourner. Ça ressemblait étrangement à une autre disparition, quelques années auparavant, mais cette fois les rôles étaient inversés[1].

« Ce mot, Rosalie, qu'est-ce qu'il disait ? »

Il y eut un court silence et Ambre soupçonna Rosalie de retenir ses larmes.

« Rien... enfin, pas grand-chose... Qu'il avait dû partir pour régler une affaire, qu'il ne pouvait pas me dire pourquoi ni quand il serait de retour mais il promettait qu'il allait revenir... Il... il disait de ne pas m'inquiéter et de ne pas inquiéter inutilement sa famille. Il serait là le plus tôt qu'il pourrait et il embrassait les enfants. »

Rosalie déglutit de nouveau. Ambre gardait les yeux rivés sur les lumières du sapin qui clignotaient ridiculement.

« Et ça fait trois jours ?

– Oui. Les enfants... ils demandent des nouvelles et je... j'essaie d'avoir l'air normale mais... »

1. Voir Mélissa da Costa, *Je reviens des autres*, Albin Michel, 2021.

La voix de Rosalie se brisa.

« Hé ! Reste calme. Je suis sûre que ce n'est rien de grave. »

Elle se trouvait nulle de prononcer une phrase comme ça. Elle aurait voulu faire plus. Elle devait faire plus.

« Écoute, Rosalie, j'ai deux semaines de congés pour Noël… je peux venir… à Arvieux. »

L'endroit qu'elle s'était efforcée d'éviter depuis cinq ans, depuis la fin de cette saison d'hiver où elle avait rencontré Rosalie, Gabriel et les autres… Ça produisait encore un effet étrange sur elle de s'entendre prononcer ce nom. Arvieux.

« Non ! protesta Rosalie. C'est Noël justement ! Tu ferais mieux de rester en famille !

– Je resterai le temps que Gabriel rentre, d'accord ? Ça ne devrait pas être très long.

– Non, vraiment, reste à Lyon. Je voulais juste savoir si tu avais eu de ses nouvelles, c'est tout.

– Je vais pas te laisser seule avec les enfants. »

Ambre avait déjà allumé l'ordinateur de Marc, posé sur la table basse à côté du canapé.

« Je vais acheter les billets. Je travaille aujourd'hui mais ce soir je suis en congé. Je peux arriver dès demain.

– Mais il doit y avoir un travail énorme au magasin en période de Noël. Tu es sûre qu'ils ne vont pas avoir besoin de toi ?

– J'ai accumulé tellement d'heures supplémentaires qu'ils m'ont mise en repos forcé pour deux semaines. »

C'était vrai. Ils ne lui avaient pas laissé le choix.

Le travail au magasin, ça avait été son excuse chaque fois que Rosalie insistait pour qu'elle vienne passer quelques jours à Arvieux. Ce n'était pas un mensonge en soi. Ambre ne comptait pas ses heures. Elle passait sa vie à la boutique. Mais elle aurait toujours pu s'arranger.

« J'ouvre le site internet, Rosalie… Dans une minute j'aurai pris mes billets.

– Ambre… »

Le ton de Rosalie avait changé. Comme si elle hésitait à lui annoncer quelque chose.

« Quoi ?

– Il faut que tu saches… j'ai prévenu Anton dès que j'ai trouvé la lettre. Il sera là ce soir… »

Puis Rosalie lâcha :

« Avec Tim. »

Le malaise s'installa quelques secondes. Ambre tenta de se concentrer sur l'écran de l'ordinateur pour ne pas laisser ces deux prénoms la troubler, pour refouler la pensée qui se formait dans son esprit : *Alors ils sont encore ensemble.*

« Si tu ne veux pas venir, je comprendrai tout à fait », ajouta précipitamment Rosalie.

Elle se força à déglutir. Le site de la SNCF était ouvert. Elle pianota machinalement, sans voir ce qui s'affichait.

« Non ça va, répondit-elle d'une voix légèrement étranglée. Ça fait longtemps maintenant. »

Rosalie ne fut pas dupe de son ton apparemment détaché.

« Tu sais… pour les billets, tu peux me rappeler plus tard. »

Un pleur d'enfant se fit entendre. Celui du petit garçon qu'avaient eu Rosalie et Gabriel après Sophie. Ambre ne l'avait jamais vu et ne se rappelait même plus son prénom. Plus que jamais elle eut honte de son silence ces dernières années. Gabriel était parti et sans doute les choses allaient-elles mal depuis de longs mois avec Rosalie, mais elle n'en savait rien puisqu'elle avait presque coupé les ponts avec eux.

« Timotée est réveillé. Je vais devoir te laisser. »

Timotée. C'était pour ça qu'elle l'avait oublié. Il lui rappelait trop un autre prénom. Tim.

« D'accord, Rosalie. Je te téléphone plus tard pour te donner mon heure d'arrivée.

– Ça marche.

– T'inquiète pas trop. Je suis sûre qu'il sera vite de retour. »

Mais sa phrase tomba dans le vide. Rosalie avait déjà raccroché.

Elle resta longtemps prostrée sur le canapé, le regard fixé sur le sapin et ses guirlandes clignotantes, tentant de calmer les battements de son cœur.

La voix de Rosalie. Arvieux. Anton. Tim… Elle venait d'être ramenée cinq ans en arrière en quelques secondes et elle n'y était pas préparée. Surtout pas dans ces circonstances où Gabriel avait disparu en laissant Rosalie seule avec les enfants.

Arvieux… L'hiver au chalet des Mélèzes. Le salon sous les toits, au coin du poêle à bois. Tim, Anton. Les livres, les promesses. Le lac de Roue.

Elle entendit du bruit dans son dos. Marc venait d'entrer dans le salon, seulement vêtu d'un boxer et d'un T-shirt. Il était sept heures. L'heure pour lui d'avaler un rapide café avant de se replonger dans ses livres.

Il déposa un baiser sur son front, par habitude, sans vraiment y penser, avant de demander :

« C'était qui ?

– Rosalie.

– Rosalie ? »

Ambre ne lui en avait presque jamais parlé. En deux ans de vie commune avec lui, elle n'avait dû échanger que trois ou quatre coups de téléphone avec Rosalie. Alors son prénom ne lui disait rien. Pas plus qu'Arvieux.

« Une amie que j'ai un peu perdue de vue. Je l'ai rencontrée il y a cinq ans dans les Hautes-Alpes.

– Dans l'hôtel où tu travaillais ? »

Il se souvenait vaguement qu'elle y avait été serveuse mais pour lui ce n'était qu'une ligne sur son CV.

« Ouais. Elle… son mari a disparu.

– Disparu ? »

Les yeux de Marc étaient écarquillés. Ses yeux en permanence effarés.

« Oui, enfin… il a laissé un mot lui demandant de ne pas

s'inquiéter… ça ne fait que trois jours mais elle se fait du souci… elle est seule avec les deux enfants.

– Pourquoi elle t'appelle toi ? »

La question de Marc, innocente et tout à fait juste, lui rappela à quel point elle avait été absente ces dernières années, à quel point elle était devenue une inconnue pour Rosalie et à quel point c'était effectivement surprenant qu'elle l'ait appelée ce matin.

« J'en sais rien… elle voulait savoir si j'avais eu de ses nouvelles… Je la sentais vraiment inquiète alors je lui ai proposé de la rejoindre. »

Marc la regarda avec tendresse. Il avait toujours cet air tendre.

« T'es gentille. »

Elle songea qu'elle était tout sauf gentille mais elle acquiesça.

« Tu seras rentrée pour Noël, hein ?

– Évidemment ! »

Il restait cinq jours avant Noël. Il lui semblait impensable que Gabriel laisse sa femme et ses enfants seuls pour les fêtes. Pas Gabriel.

« T'oublies pas qu'on mange chez mes parents ?

– Comment je pourrais oublier ? Tu me le répètes dix fois par jour depuis deux mois ! »

Elle voulait avoir l'air de plaisanter mais elle se rendit compte que son ton était légèrement agressif. Alors elle posa sa tête contre le torse de Marc pour le rassurer.

« Je vais prendre ma douche », dit-elle.

Elle avait besoin de se retrouver un peu seule.

L'eau chaude ne parvint pas à calmer les battements de son cœur, sa fébrilité. Ça faisait cinq ans et c'était toujours aussi présent. Chaque souvenir de cet hiver et de ce qui avait suivi…

Elle se rappelait encore les « Au revoir » à la gare. Rosalie, Tim et elle qui pleuraient dans les bras les uns des autres. Rosalie qui disait : « Ça va aller. On se revoit tous bientôt, hein ? » Ils avaient prévu de se revoir en septembre chez elle pour patienter jusqu'à la saison d'hiver, puis en décembre au chalet. Ils ne s'étaient plus jamais réunis tous les trois. Ils n'avaient plus jamais remis les pieds au chalet.

Ambre était montée dans le train, elle était arrivée à Lyon, avait retrouvé sa chambre fraîchement repeinte chez ses parents, mais elle avait tout de suite compris qu'elle ne pourrait y rester. Elle avait utilisé son billet pour Montpellier. Elle avait rejoint Tim pour la saison d'été. Enfin c'était le plan…

Elle avait dégoté un travail de barmaid sans trop de problème, s'était installée dans le grand appartement de Tim dans une ville côtière, en périphérie, nommée Frontignan. Ils y avaient vécu deux mois… jusqu'à ce coup de téléphone. C'était le 31 juillet. Ils n'arrivaient pas à dormir tellement la chaleur était étouffante. Ce soir-là, ils avaient laissé toutes les fenêtres ouvertes et ils tentaient de se rafraîchir devant le ventilateur sur pied que Tim avait acheté sur un marché au bord de la plage. Et il y avait eu cet appel. Anton. Un accident de ski. Il était parti skier en Norvège, seul. Besoin de faire le vide dans sa tête après sa séparation d'avec Tim. Il avait fait du hors-piste. Il avait chuté dans un ravin. Soixante-douze heures. C'était le temps qu'il était resté prisonnier de la glace et de la roche avant qu'on ne le retrouve. Hypothermie, multiples fractures, lésion de la moelle épinière. Il avait perdu l'usage de ses jambes, était plâtré jusqu'au cou, hospitalisé dans un centre pour sportifs à Paris. C'était son psy qui l'avait encouragé à appeler Tim.

Tim avait raccroché, bouleversé. Le lendemain, il partait rejoindre Anton. Il n'était jamais revenu.

La culpabilité. Voilà ce qu'Ambre avait lu dans ses yeux.

Elle avait rendu l'appartement, était rentrée chez ses parents. Elle avait trouvé un poste de vendeuse dans une boutique de prêt-à-porter qui faisait face au pressing de Mme Miller. Sa mère s'était démenée pour lui obtenir cette place. Une semaine après son retour à Lyon, elle commençait son nouveau travail et changeait de numéro de téléphone.

Après… Après la vie avait suivi son cours. Elle n'avait plus voulu repenser à cette brève période de sa vie où tout avait été si simple et douloureux à la fois.

Elle avait travaillé des heures, obtenu le poste de responsable de rayon, puis celui de responsable de boutique. Elle avait quitté la maison familiale pour un studio dans le centre de Lyon. Elle n'avait plus jamais eu de nouvelles de Tim. Et il n'avait plus jamais été question de la vie de saisonnier qu'elle avait connue avec lui.

Arvieux, elle n'y avait remis les pieds qu'une seule fois en cinq ans. C'était au mois de septembre, un an après son retour à Lyon. Rosalie avait tellement insisté pour l'accueillir qu'elle n'avait pas pu user de son habituelle excuse : « J'ai beaucoup de travail à la boutique. » Elle y était restée une semaine. Elle n'avait pas voulu passer devant le chalet des Mélèzes. Trop de souvenirs…

Cette semaine-là avait été pour elle l'occasion de constater à quel point tout était loin et révolu. Elle avait vu Sophie marcher et apprendre à parler. Sophie qui avait déjà deux ans. Elle avait évité de demander des nouvelles de Tim mais elle en avait demandé d'Anton. Gabriel et lui continuaient de s'appeler chaque semaine. Le temps n'avait pas entaché leur amitié, au contraire, il l'avait renforcée. Gabriel lui avait dit qu'Anton n'avait retrouvé que partiellement l'usage de ses jambes. Qu'il s'était installé à Amiens, tout près de chez ses parents. Que sa sœur, infirmière, prenait soin de lui. Au passage, Gabriel lui avait parlé de Tim, comme s'il voulait qu'elle soit bien consciente du fait que toute cette époque avec lui était loin derrière. Tim s'était aussi installé à Amiens et il n'avait plus jamais quitté Anton.

Avant de repartir, Ambre avait promis à Rosalie de revenir très vite mais elle n'avait même pas fait l'effort de maintenir le contact au fil des trois années qui avaient suivi. Rosalie avait continué de téléphoner mais Ambre, elle, n'appelait que rarement. Les coups de téléphone s'étaient espacés. Elle avait appris la naissance de leur deuxième enfant alors qu'il avait déjà trois mois. Elle avait étouffé sa culpabilité dans le travail, dans l'idée que la distance disloquait de toute façon toutes les amitiés. Elle s'était efforcée d'oublier

Arvieux et ces souvenirs de bonheur intense qui revenaient parfois, en se disant que ces quelques mois dans les Hautes-Alpes n'avaient été que quelques mois parmi tant d'autres, ni plus importants ni plus heureux, que c'était la nostalgie et le temps qui leur faisaient prendre cette couleur si vive.

Maintenant elle avait la boutique, qui tournait bien. Elle avait réussi à augmenter les ventes et à renouveler sa clientèle. Toutes les lycéennes branchées de Lyon venaient saliver devant sa vitrine. Et elle avait Marc depuis deux ans. Arvieux c'était loin. Ce n'étaient plus que des souvenirs de jeunesse, des bribes d'une époque joyeuse, une époque qui laisse mélancolique mais dont on sait pertinemment qu'elle n'aurait pas pu durer.

En fin de matinée, Marc la conduisit à sa boutique. Il le faisait chaque matin. Elle aurait pu prendre les transports – elle aurait adoré se retrouver seule dans les transports ce matin en particulier – mais il avait toujours peur qu'il lui arrive quelque chose. Le soir, c'était la même chose, il venait systématiquement la chercher, même quand elle restait s'activer dans la réserve jusqu'à vingt-deux heures.

Marc, lui, passait ses journées dans ses livres, à l'appartement ou à la bibliothèque. Il avait obtenu son master d'histoire et réussi le concours pour enseigner l'histoire-géographie en collège mais il avait choisi de poursuivre en doctorat. Il écrivait une thèse depuis deux ans. Une thèse qui n'avançait pas. Son directeur de publication le menaçait de ne pas continuer à le payer s'il ne produisait rien de concret et Marc s'enfermait encore plus assidûment dans ses lectures. Ambre était intimement persuadée qu'il ne la terminerait jamais, que cette thèse était juste un prétexte pour ne pas se lancer dans la vie pour de bon.

Depuis qu'ils vivaient ensemble, Marc s'était plus que jamais replié sur lui-même. Elle gérait le quotidien. Alors il se consacrait pleinement à ses lectures, ses éternelles recherches. Elle ne lui en voulait pas. Elle n'avait aucune envie de le brusquer ni le forcer à sortir de la bulle dans laquelle il s'enfermait.

Elle l'avait rencontré chez ses parents. En fait, son frère Mathieu avait fini par rentrer d'Irlande et il avait repris sa vie là où il l'avait laissée, retrouvant son poste de vendeur dans la boutique de BD où il travaillait avant son départ. Marc y travaillait en contrat étudiant pour compléter son salaire de doctorant. Ils étaient devenus amis (ou ce qui y ressemblait le plus) et Mathieu l'avait invité chez les Miller un dimanche midi. Au cours de ce repas Ambre avait été touchée par les silences de Marc, ses yeux aux longs cils et son air toujours effaré, comme si la vie était trop effrayante pour lui. Elle n'avait pas cherché à le séduire, elle savait qu'elle lui plaisait car il rougissait dès qu'il s'adressait à elle. Elle avait laissé faire le temps, sans excitation. Marc était quelqu'un de patient et doux. Il avait mis des mois à se lancer. Ambre n'était pas pressée. Elle n'avait pas une vie sociale très épanouie, en dehors de quelques sorties au restaurant avec les filles de la boutique, et elle n'avait rencontré aucun homme depuis son court séjour à Frontignan et son retour à Lyon, mais elle s'était accommodée à cette existence.

Elle avait appris à apprécier Marc, lui et la tranquillité qu'il lui offrait. Il était sans surprise, toujours calme, toujours présent. Il s'était efforcé de leur construire un havre de paix qui lui convenait très bien. Il l'aimait, du moins c'était ce qu'il disait, et il n'avait jamais eu pour elle un mot plus haut que l'autre. Elle n'aurait pas voulu avoir quelqu'un d'autre que lui pour petit ami.

« Tu m'appelles quand tu as fini ? »

Ils étaient arrivés devant sa boutique. De l'autre côté de la rue, dans le pressing, Mme Miller leur adressa un signe de la main. Elle aimait beaucoup Marc. Après avoir déposé Ambre, il lui arrivait de passer quelques minutes discuter avec elle. Ils buvaient un café, parlaient des informations... C'était trois fois rien mais Mme Miller était contente et Ambre savait qu'elle considérait Marc comme le gendre idéal.

« Ouais. Je risque de finir tard. C'est mon dernier jour avant les congés… Je veux que tout soit en ordre avant de…

– Ils s'en sortiront sans toi », lui assura Marc.

Elle ouvrit la portière. Il la retint quelques secondes.

« Ce soir on pourrait aller au restaurant pour fêter le début de tes congés. »

Elle resta une seconde interdite.

« Quoi ? T'en as pas envie ? demanda-t-il.

– Tu détestes aller au restaurant.

– Je ferai un effort.

– Un dîner à l'appartement ça me va, tu sais.

– Ce serait l'occasion… avant que tu partes pour les Hautes-Alpes… »

Elle le sentit légèrement angoissé et elle lui adressa un sourire enthousiaste.

« T'as raison. C'est une bonne idée. »

Ils ne s'étaient jamais quittés plus de deux jours depuis qu'ils sortaient ensemble. Marc s'inquiétait dès qu'elle partait pour quelques heures, alors elle devinait dans quel état le mettait son séjour à Arvieux.

« À ce soir ? »

Elle déposa un baiser sur ses lèvres, qu'il lui rendit avec une chaleur quelque peu inhabituelle.

« À ce soir ! »

La boutique était pleine à craquer. Les clients stressés se massaient à la caisse, se pressaient entre les rayons. Les filles l'interpellaient sans cesse : « Ambre ! Il n'y a plus de taille 1 en réserve ! », « Ambre ! Je dois prendre ma pause, il faut quelqu'un pour me remplacer ! », « Ambre, tu peux ouvrir une troisième caisse ? », « Ambre, les échanges, comment ça se passe pour Noël ? On a le droit de faire des avoirs ? ».

Elle avait eu du mal, les premiers mois, à se faire à l'idée de devenir chef et de devoir commander des filles qui avaient son âge ou plus. Elle s'y était habituée et elle avait réussi tant bien que mal à être considérée comme leur égale. Elles l'invitaient toujours quand elles allaient prendre un verre ou partageaient un dîner au restaurant. Mais elle restait la responsable du magasin et elle s'efforçait de toujours garder une certaine distance avec elles.

Ce jour-là, elle ne parvenait pas à le tenir, son rôle de responsable. Il faisait une chaleur étouffante dans la boutique surpeuplée. Impossible de se concentrer. À la pause, elle réussit à s'isoler pour appeler Rosalie.

« C'est moi, Ambre. »

Elle entendit encore des pleurs d'enfant. Le petit Timotée. Et la voix de Sophie, fluette, claire, qui disait : « Maman, Tim' veut pas manger tout seul ! » *Tim'. Quelle idée de lui avoir donné un surnom pareil.*

« Ça va ? Tu t'en sors ? ajouta-t-elle après que le bruit d'une assiette tombée au sol eut retenti au bout du fil.

– Oui ça va, répondit précipitamment Rosalie. Tu as regardé les horaires ?

– Je peux être là pour seize heures. Tu pourras me récupérer à la gare ou tu préfères que je prenne un taxi ?

– Non… on prendra la voiture de Tim et Anton. »

Silence tendu. Ambre ne trouva rien d'autre à répondre que :

« D'accord. Parfait.

– Ambre, encore une fois t'es pas obligée de venir, tu sais… ils sont là, je suis pas seule… Je t'appellerai dès que Gabriel rentrera… »

Elle appréhendait tellement de se retrouver face aux deux garçons qu'elle fut tentée de sauter sur l'occasion que lui présentait Rosalie pour annuler son départ. Mais justement il y avait Rosalie, seule et angoissée, avec les deux petits… ce petit Timotée qu'elle n'avait jamais vu, Sophie dont elle n'avait presque pas pris de nouvelles en cinq ans… ce silence et cette absence dont elle avait tant honte aujourd'hui.

« Je serai là.

– Merci.

– C'est normal, Rosalie… Bon, je dois y aller, on m'appelle en boutique…

– D'accord. À demain alors.

– À demain. »

Elle entendit le fracas d'une deuxième assiette, suivi d'un juron grossier.

Elle n'avait presque pas touché à son plat et Marc la scrutait avec inquiétude.

« Tu n'aimes pas ? »

Elle sembla sortir de ses pensées. Le restaurant était bondé à la veille des congés de Noël. Des couples pour la plupart, l'air serein.

« Si. C'est très bon.

– T'as l'air préoccupée. C'est à cause de ton départ demain ? »

Elle hésita avant d'avouer :

« Oui. Je crois.

– Ça fait longtemps que tu ne l'as pas vue, cette amie ?

– Plus de trois ans. »

Marc hocha la tête et continua de l'observer tout en faisant tournoyer le vin dans son verre.

« Son mari… il a l'habitude de disparaître comme ça ?

– Gabriel ? Non, au contraire ! Ça ne lui ressemble tellement pas que c'est… Je voudrais pas l'inquiéter mais ça doit vraiment être sérieux pour qu'il la laisse comme ça, avec les enfants… »

En même temps qu'elle parlait, elle songea qu'elle n'en savait rien, en fait. De Gabriel, elle ne connaissait pas grand-chose et ça remontait à cinq ans. Il avait pu s'en passer des choses entre-temps. Peut-être n'était-ce pas la première fois ? Peut-être Rosalie avait-elle multiplié les périodes de solitude et d'attente angoissée ces dernières années ? Peut-être menait-il une double vie ? Peut-être s'apprêtait-il à l'abandonner ?

« Tu sais s'ils avaient des problèmes tous les deux ?

– Non… j'en sais rien… mais elle m'a dit qu'ils ne s'étaient pas disputés. »

Marc prit un air inquiet et légèrement douloureux. C'était l'air qu'il adoptait toujours quand il allait parler des choses effrayantes de la vie, des choses qui arrivaient aux autres et qu'il regardait avec autant d'effarement que de soulagement de n'être pas lui-même touché.

« Il arrive que certaines personnes aient besoin de changer d'air parfois… qu'elles deviennent un peu instables et disparaissent comme ça, sans prévenir. »

Ça c'était l'histoire de Rosalie, pas celle de Gabriel. Ambre secoua la tête.

« Non. Dans son message il parle d'un problème à régler. Et il dit qu'il rentrera dès qu'il pourra. »

Il la regarda avec des yeux émus, comme on regarde un enfant innocent et naïf. Il avait cette façon de considérer qu'elle était aussi frêle et neuve que lui. Il ne savait pas grand-chose de sa vie d'avant. Elle préférait qu'il en soit ainsi. Elle le protégeait, en quelque sorte, en le laissant croire qu'elle était comme lui.

Marc termina son verre de vin d'une traite.

« J'espère que ça va vite s'arranger… qu'il va rentrer et que ce n'était rien de grave. »

Il avait un air triste, comme s'il compatissait réellement. *Il est trop fragile*, songea-t-elle. C'était une pensée qui la traversait souvent. *Les choses l'atteignent trop, il est incapable de s'en prémunir.* Et elle se demandait parfois comment elle pourrait un jour le quitter. Il n'y survivrait pas.

« Ou alors, ajouta-t-il, comme Noël approche, il leur a peut-être préparé une surprise. »

Il avait retrouvé son sourire. Elle l'imita pour qu'il se sente plus léger.

« Peut-être. »

Il lui prit la main par-dessus la table, persuadé qu'il l'avait rassurée.

Elle se força à terminer son assiette pour que Marc cesse de s'inquiéter et elle consentit même à partager un dessert avec lui. Dans le taxi, elle posa sa tête sur son épaule et plus tard, dans leur chambre, elle le laissa la déshabiller et lui faire l'amour avec tendresse. Mais elle n'arrêta pas de songer une seule seconde au fait que dans quelques heures elle serait à Arvieux, face à Rosalie, face à Anton, face à Tim, mais sans Gabriel.

Marc l'accompagna à la gare, jusque sur le quai. Il l'aida à porter sa valise et à l'installer dans le porte-bagages, il lui donna une avalanche de recommandations et l'embrassa avec une ferveur à laquelle elle était peu habituée.

« Ça va. Je serai rentrée dans quelques jours, dit-elle pour le rassurer.

– Je sais, chérie. Appelle-moi quand tu es arrivée.

– Je ne vais pas me faire enlever.

– Appelle-moi quand même.

– Si j'oublie, n'ameute pas la police trop vite !

– C'est ça, moque-toi ! »

Elle déposa un baiser sur son épaule. Marc n'avait pas trop le sens de l'humour. Dommage.

« Bon voyage.

– Travaille bien ! »

Elle le regarda devenir minuscule au fur et à mesure que le train s'éloignait et elle se demanda ce qui lui arriverait si elle disparaissait un jour sans explication.

2

Elle avait réussi à donner le change devant Marc mais maintenant qu'elle était seule dans le compartiment vide, elle ne ressentait plus qu'une énorme vague de nausée, causée par la culpabilité, la honte, l'appréhension aussi.

Le paysage défilait et elle ne se rappelait pas avoir connu un voyage en train aussi oppressant. À part peut-être celui qu'elle avait effectué avec Tim pour retrouver ses parents le temps d'un week-end, cinq ans auparavant. Elle n'avait rien pu avaler, rien pu lire, rien pu dire tellement elle était stressée. Elle fut surprise de voir surgir dans son esprit un souvenir lié à Tim. Ça faisait longtemps que ça ne lui était pas arrivé.

Au début, lorsqu'elle était rentrée à Lyon après ce court séjour à Frontignan, ses journées n'avaient été peuplées que d'images de Tim. Elles surgissaient n'importe quand, sans prévenir, pendant le travail, la nuit, en voiture... Quand elle avait rencontré Marc, plus de deux ans après son retour à Lyon, elle s'était efforcée de les bloquer, tous ces souvenirs, car ils surgissaient encore. Ils revenaient même avec plus de force dès que Marc la touchait, dès qu'il l'embrassait, dès qu'il la regardait avec ses yeux aux longs cils. Ses yeux qui lui donnaient un regard d'enfant... Elle détestait ce regard d'enfant.

Au fil des mois, à force de détermination, grâce à toute l'affection qu'elle portait à Marc, le passé avait disparu. Mais avec l'appel de Rosalie, la disparition de Gabriel, le retour à Arvieux, il resurgissait d'un coup.

Elle était si nauséeuse qu'à la gare où elle devait changer de train elle dut courir aux toilettes. Elle vomit son petit déjeuner mais ça n'allait pas mieux quand elle grimpa sur le marchepied, quelques secondes à peine avant le départ. Elle s'interdit de penser à ce qui l'attendrait une fois arrivée, aux visages de Tim et d'Anton, à l'air blême de Rosalie, aux mots qu'ils se forceraient à se dire.

En milieu d'après-midi, une voix grésillante annonça que le train entrait en gare de Montdauphin-Guillestre et elle se sentit défaillir.

Sur le quai, il n'y avait pas foule. À travers la vitre Ambre les repéra tout de suite. Rosalie, inchangée, se tenait près d'un panneau. Ses boucles noires tirées en arrière, elle avait le visage fatigué. Elle serrait contre elle son sac à main, comme si elle craignait qu'on ne le lui arrache. Plus loin, bien plus loin, tout au début du quai, en retrait, Tim (ce devait être lui, Ambre ne distinguait qu'une silhouette surmontée d'une tignasse en pétard) attendait avec deux enfants qu'il tenait par la main. Le plus petit devait être Timotée. L'autre sautillait d'un pied sur l'autre, faisant danser ses boucles autour de sa tête. Sophie… Comme elle avait grandi !

Les portes du train s'ouvrirent dans un bruit mécanique et Ambre sauta du marchepied, sa maigre valise à la main. Elle avait le pas lourd, traînant, en se dirigeant vers Rosalie. Ses jambes semblaient ne pas vouloir avancer. Rosalie scrutait les voyageurs. Ambre lui adressa un signe de sa main libre, et Rosalie parcourut les derniers mètres qui les séparaient.

Elles ne dirent pas un mot. Ambre laissa tomber sa valise à ses pieds. Rosalie la prit dans ses bras et elles restèrent ainsi, figées l'une contre l'autre, quelques secondes.

« Ça va ? » demanda Ambre quand Rosalie relâcha son étreinte.

Elle ne savait que dire d'autre. Rosalie esquiva sa question en dodelinant de la tête. Elle passa une main dans les cheveux d'Ambre.

« Je t'avais pas reconnue comme ça, fit-elle d'une voix un peu rauque, comme brisée. Tu les as teints ?

– Oui.

– C'est joli. »

Ce n'était pas le noir corbeau de l'époque d'Angéla. C'était un marron chaud, acajou. Marc aimait bien, il disait que ça réchauffait son visage.

« Tim attend là-bas avec les enfants. »

Elle lui désigna les trois silhouettes qui attendaient au bout du quai. Timotée avait grimpé dans les bras de Tim. Sophie tournait autour d'eux en sautillant à cloche-pied.

« Anton est resté à l'appartement », ajouta-t-elle.

Ambre hocha la tête. Elle reprit sa valise et suivit Rosalie.

« Pas de nouvelles ? demanda-t-elle tout en marchant.

– J'ai appelé trente fois. Peut-être plus. Il est sur répondeur. »

Ambre n'eut pas le temps de ressentir pleinement l'angoisse que supposait cette dernière phrase car elles arrivaient devant Tim et les enfants et son estomac se vrilla.

Il avait énormément changé depuis la dernière fois qu'elle l'avait vu, dans cet appartement de Frontignan où ils étouffaient de chaleur. Il paraissait plus vieux, plus adulte. Plus grave aussi. Pourtant il portait toujours un de ses éternels sweats à capuche. Il arborait toujours sa tignasse châtaine décoiffée. Il n'avait pas laissé pousser sa barbe. Ses yeux étaient toujours du même marron noisette mais... Voilà ce qui avait changé. Ses yeux. Ils avaient perdu leur douceur. Il n'avait plus son regard d'enfant. Ces dernières années l'avaient effacé.

« Salut. »

Il avait la voix plus rauque. Plus homme. Elle la reconnut à peine.

Elle se racla la gorge avant de répondre :

« Salut. »

Il s'approcha, l'embrassa sur chaque joue. Une bise conventionnelle. Pas spécialement chaleureuse. Pas celle qu'on s'attendrait à recevoir après tant de temps. Il était gêné. Tout autant qu'elle.

Ambre reporta son attention sur les enfants pour dissiper le malaise. Timotée était un petit bonhomme à la poitrine bombée, aux joues rebondies, aux yeux ronds, arborant un air sérieux de grande personne qui prêtait à rire. Il avait déjà les bouclettes de sa mère et sa sœur.

« Bonjour, toi », lui lança Ambre en s'accroupissant.

Il alla se cacher derrière Tim.

« Viens là, lui dit Rosalie. Viens dire bonjour. »

À côté, Sophie scrutait Ambre avec attention, légèrement méfiante. Elle aurait été incapable de la reconnaître. C'était une vraie petite fille maintenant, aux cheveux longs, au visage fin. Elle avait des yeux en amande et des bracelets à chaque main.

« Salut, Sophie, dit Ambre. Ça fait longtemps. »

Elle tenta un sourire qui se voulait encourageant. Sophie resta silencieuse, toujours sur ses gardes.

« Sophie, intervint Rosalie, c'est Ambre. Tu ne te rappelles pas ? »

La petite fille secoua la tête.

Non, bien sûr qu'elle ne se rappelait pas. Elle avait deux ans la dernière fois qu'Ambre avait mis les pieds à Arvieux. Elle n'avait aucun souvenir de cette visite furtive. Et pourtant, songea Ambre, elle lui en avait donné des biberons, chanté des berceuses, elles en avaient passé des heures à se promener dans les ruelles d'Arvieux avec la lourde poussette quand elle était bébé.

« Dis bonjour, Sophie », insista sa mère.

Sophie mordillait nerveusement son doigt. Elle s'avança timidement vers Ambre qui se pencha pour déposer un baiser sur sa joue.

Lorsqu'elle se releva, elle tenta de masquer son visage cramoisi, ravagé par la honte, en reprenant sa valise. Elle n'était plus qu'un fantôme pour eux, une vague connaissance. Elle les avait tous abandonnés. Lâchement. Simplement parce qu'elle avait eu peur d'affronter ses souvenirs.

« On y va ? demanda-t-elle.

– Oui, on y va. »

Ils traversèrent le hall de la gare, Sophie trottinait à l'avant. De temps en temps elle se retournait et scrutait Ambre avec une méfiance mêlée de curiosité. Puis elle reprenait sa course, sautant à pieds joints d'un carreau à l'autre sur le sol en damier de la gare.

« Je vais payer le parking », indiqua Rosalie tandis qu'ils sortaient du hall.

Tim continua d'avancer en direction de la voiture, tenant le petit Timotée par la main et surveillant Sophie du coin de l'œil. Ambre les suivit. Il déverrouilla les portières. La petite fille s'engouffra dans la voiture d'un bond joyeux. Tim entreprit d'installer Timotée dans son siège bébé.

« Tu as besoin d'aide ?

– Non, ça va. »

Puis il grimpa au volant. Elle resta debout, à côté de la voiture, un peu raide.

« Rosalie va monter derrière, avec les enfants. »

Elle s'installa avec maladresse sur le siège passager. Un silence pesant tomba, qu'aucun cri d'enfant ne vint interrompre. Comme Rosalie ne revenait pas, Tim se décida finalement à parler :

« Tu portes des robes maintenant ? »

Elle ne savait pas s'il plaisantait parce qu'il avait encore cet air grave et qu'il ne souriait pas. Elle tira sa robe vers ses genoux.

« Ah… euh oui. »

Elle se força à déglutir. Le silence s'amplifia.

« Et j'ai aussi changé… »

Elle allait lui désigner ses cheveux mais il l'interrompit :

« Oui, tu les as reteints.

– Ouais. »

La portière arrière s'ouvrit et Rosalie monta. Timotée se mit aussitôt à gesticuler pour attirer son attention.

« Reste sage, petit Tim'. On est presque à la maison. »

La voiture démarra doucement et quitta le parking. Il s'était mis à neiger. Le bruit des essuie-glaces emplissait le silence de l'habitacle.

« Alors tu as fait bonne route ? » interrogea Rosalie.

Ambre devina qu'il était formellement interdit d'évoquer Gabriel et son absence devant les enfants.

« Oui. J'ai failli louper ma correspondance mais je suis là. »

Elle tenta un sourire figé. Rosalie lui désigna la rue.

« T'as vu, ils ont pas lésiné sur les décorations de Noël cette année ! fit-elle avec un enthousiasme forcé. La préférée de Sophie, c'est un renne géant qu'ils ont installé sur la place de la Fontaine.

– Non ! Plus maintenant ! corrigea la petite d'une voix fluette.

– C'est laquelle alors ? » demanda Ambre, jouant le jeu.

Sophie lui jeta un regard méfiant mais elle se décida finalement à lui répondre, d'une voix mesurée, sur la défensive :

« C'est les zourses.

– Les zourses ?

– Les zourses polaires.

– Oui, intervint Rosalie. Ils ont installé des ours polaires grandeur nature qui font une course de patin à glace sur le parvis de l'école de Sophie.

– Oh ! »

Sophie hocha la tête, l'air déjà plus détendu.

« Est-ce qu'elle est très loin d'ici ton école ?

– Oh oui ! déclara la petite fille en faisant les gros yeux. Elle est pas zen France. Elle est pas sur la planète !

– Sophie ! s'exclama sa mère en fronçant les sourcils. C'est pas bien de mentir, je te l'ai déjà dit. »

La petite secoua la tête.

« Mais, c'est pas zen France, maman ! »

Rosalie confia à Ambre, sur un ton d'excuse :

« Elle est en plein dans sa période mensonges... »

À l'avant, Tim gardait le regard fixé sur la route, mutique.

« Alors où elle est ton école, Sophie ? demanda Ambre.

– Elle est dans les zétoiles. Les zétoiles mais tout là-haut ! Plus haute que la tour Eiffel.

– Non !

– Si ! Plus haute que toi aussi !

– Je te crois pas ! »

Sophie avait oublié sa méfiance et sa timidité. Trop heureuse qu'on s'intéresse à elle, elle passa le trajet à babiller, relancée fréquemment par Ambre. Rosalie s'était replongée dans ses pensées, la mine inquiète. Quant à Tim, il resta de marbre.

Les chalets d'alpage défilaient, noyés sous la neige. Elle tombait plus dru maintenant. Ils entrèrent dans Arvieux. Toutes les rues étaient illuminées de guirlandes qui scintillaient. Çà et là, un stand de marrons grillés, un autre de vin chaud. La voiture emprunta des ruelles qu'Ambre ne reconnaissait pas et s'immobilisa devant une résidence qui lui était totalement étrangère. Comme elle ne bougeait pas, Rosalie dit :

« On y est. »

Les portières claquèrent. Tim aida Rosalie à détacher Timotée de son siège bébé.

« Vous avez déménagé ? »

Rosalie releva la tête, légèrement étonnée.

« Ça fait déjà deux ans », lâcha Tim.

Ça sonnait comme un reproche dans sa bouche. Ambre tenta de disparaître derrière sa grosse écharpe. Sa valise refusait de sortir du coffre. Elle se débattit quelques secondes en silence.

« On s'est installés ici à la naissance de Timotée », ajouta Rosalie d'une voix douce, pour atténuer le malaise.

Tim avançait déjà vers la résidence, le petit garçon dans les bras. Sophie s'agrippa à la main de Rosalie.

« M'man ?

– Oui ?
– Comment elle s'appelle ?
– Qui, trésor ?
– La dame.
– Elle s'appelle Ambre, je te l'ai déjà dit. »

Ils s'engouffrèrent tous dans le hall d'entrée, où trônait un sapin. Tim appuya sur l'interphone et la voix d'Anton résonna. La même. Avec une légère inflexion en plus.

« Ouais… c'est ouvert. »

Dans l'ascenseur ils se retrouvèrent tous les cinq serrés, le regard fuyant.

Qu'est-ce que je fous là ? se répétait Ambre. Elle aurait pu se trouver à Lyon, sur son canapé, lovée contre Marc, elle aurait pu passer sa journée à le regarder lire en silence. Au lieu de quoi elle était là, seule face à sa culpabilité, affrontant avec difficulté les traits tirés de Rosalie, ses deux petits qu'elle n'avait pas vus grandir, le mutisme de Tim, son air de reproche. Et le pire était à venir…

Ils entrèrent dans l'appartement dont la porte avait été laissée entrouverte.

« Anton ? » appela Tim en déposant le petit Timotée.

Les enfants se mirent à courir dans le couloir. Rosalie se tourna vers Ambre.

« Pose ta valise ici. Tu as un portemanteau derrière la porte. »

Elle se débarrassa de son manteau, son écharpe, ses gants et suivit Rosalie. Son cœur battait la chamade. À gauche la cuisine, au fond les chambres où les enfants venaient de disparaître. C'était un appartement tout neuf, que Rosalie avait décoré avec goût, mais Ambre le remarqua à peine. Elles entrèrent dans une pièce sur la droite. Le salon. De gros fauteuils. Une paire de béquilles posée à l'entrée. Un fauteuil roulant replié contre le mur du fond. Des tapis noirs épais au sol. Et Anton bien sûr… Anton avachi dans un des fauteuils, l'air nonchalant, arrogant, qui la dévisageait avec un sourire moqueur.

« Ah, voilà notre *special guest* ! »

C'était ça qui avait changé dans sa voix. Une pointe de cynisme, de sarcasme brûlant.

Ambre s'avança vers lui, raide, le visage inexpressif, car elle ne savait comment elle était censée réagir. Il avait maigri. Son torse, ses bras, ses belles épaules musclées, tout avait fondu. Mais il n'en était pas moins beau, au contraire. La minceur rendait ses traits plus saillants, faisant ressortir les contours angulaires de ses mâchoires, la proéminence de ses pommettes. Ses yeux creusés étincelaient comme jamais d'un beau vert.

« Tu attends les occasions *vraiment spéciales* pour te déplacer, toi ! »

La remarque fusa comme un coup de fouet. Ambre s'immobilisa, à quelques centimètres de lui, incapable de faire semblant, de lui tendre la joue, d'esquisser un sourire.

« J'ai été… occupée. »

Elle s'en voulait d'avoir à se justifier, d'user d'excuses aussi minables, d'avoir la voix aussi peu sûre.

« Alors dis-moi tout, ma chère Ambre, tu étais occupée à quoi ? Tu continues de briser des ménages ? »

Elle déglutit, figée devant son fauteuil.

« Non, parvint-elle à répondre.

– Non ? Tu as un officiel maintenant ? »

Rosalie se racla la gorge dans son dos.

« Ambre, tu veux boire quelque chose ? »

Elle fit volte-face, soulagée de cette diversion.

« Oui, volontiers. »

Tant pis pour Anton. Tant pis si elle ne l'avait pas salué. Il ne s'en formaliserait pas. Il la détestait. Même après toutes ces années. Peut-être que Tim lui avait raconté… peut-être qu'il savait que pendant qu'il agonisait dans un ravin, puis à l'hôpital, apprenant qu'il avait perdu l'usage de ses jambes, eux étaient dans le Sud, ils faisaient l'amour, ils dansaient tous les soirs, ils partageaient cet appartement qu'Anton avait choisi pour Tim et lui…

Elle passa devant Tim, qui se tenait aussi raide qu'elle, et rejoignit Rosalie dans la cuisine.

« Tu veux un thé ? Un café ? J'ai des jus de fruits.

– Un thé c'est bien. »

Elle s'adossa au plan de travail, les mains légèrement tremblantes.

« Je suis désolée », murmura Rosalie en lui désignant le salon.

Elle n'y était absolument pour rien, Ambre voulut le lui dire, mais Tim débarqua, l'air toujours aussi grave. Il s'adressa à Ambre, à sa grande surprise :

« Il a changé. »

Devinant qu'il parlait d'Anton, elle hocha la tête. Ses mains tremblaient toujours contre le plan de travail.

« Avec l'accident et tout le reste... il est comme ça tout le temps, avec tout le monde... c'est pas contre toi. »

Elle hocha de nouveau la tête. Elle n'était pas sûre qu'il dise vrai.

L'eau chauffait dans la bouilloire. Devant l'évier, face à la fenêtre, Rosalie avait laissé son regard se perdre au loin. Tim cherchait quelque chose à dire pour briser le silence.

« C'est la première fois que tu viens ici alors ?

– Oui. Et toi... enfin, vous ? répondit-elle, la bouche sèche.

– Non. On a essayé de venir régulièrement. »

Il se mit à gratter quelque chose sur le plan de travail pour se donner une contenance.

« Anton est le parrain de Timotée », ajouta-t-il.

Ambre acquiesça, notant douloureusement qu'elle ne savait plus rien de leurs vies à tous.

« Gabriel a été vraiment très présent pour Anton... pendant l'hospitalisation, la rééducation...

– Il s'est efforcé d'être présent..., intervint Rosalie.

– Il a été un soutien précieux. »

Ambre écoutait, immobile, plus honteuse à chaque mot qu'elle entendait. Elle tenta de changer de sujet :

« Anton ne sait rien ? »

Ils comprirent qu'elle faisait allusion à Gabriel, à son départ. Ce fut Tim qui répondit :

« Non. Absolument rien. Gabriel n'en a parlé à personne... Comme si ça s'était décidé du jour au lendemain...

– Et son frère ? »

Rosalie secoua la tête.

« Il m'a formellement interdit d'alerter sa famille. »

Ils gardèrent le silence tandis que la bouilloire se mettait à siffler.

« Son portable... il est sur répondeur depuis son départ ?

– Oui. »

Rosalie se mit en mouvement avec des gestes lents, ouvrant un placard, attrapant une tasse.

« Il est parti sans vêtements. Seulement avec ses papiers et de l'argent. Comme s'il allait revenir très vite.

– Ce sera sans doute le cas...

– Ça fait déjà quatre jours. »

Ambre ne trouva rien à répliquer. Rosalie remplit sa tasse d'eau chaude et la lui tendit. Un arôme de thé vert à la menthe s'éleva.

Elle voulait demander s'il y avait eu quelque chose récemment, un événement marquant, si Gabriel s'était montré particulièrement secret, s'il avait déjà disparu, s'il pouvait avoir des problèmes, mais elle se rendait compte qu'elle avait raté trop de choses et qu'elle ne pouvait pas poser des questions à tout va alors qu'elle n'était qu'une inconnue au milieu d'eux tous, alors qu'Anton qui était le parrain de Timotée et le meilleur ami de Gabriel n'avait aucune information, alors que Rosalie, sa propre femme, était laissée dans l'angoisse.

Elle resta plantée là, dans le silence de la cuisine, tandis que la nuit tombait sur Arvieux.

Marc ! Elle avait oublié de l'appeler.

« Je dois passer un coup de fil... je reviens. »

Rosalie hocha la tête en esquissant un semblant de sourire.

Elle s'isola dans une chambre que Rosalie lui avait indiquée. La chambre parentale. Une photo de famille était accrochée au-dessus du lit. Timotée y était bébé. Il ne devait pas avoir plus de deux mois. Elle avait été prise ici, dans leur nouvel appartement.

La voix de Marc retentit dans le combiné, légèrement anxieuse :

« Chérie !

– Ça va, Marc. Je suis bien arrivée. Je suis désolée, j'aurais dû t'appeler tout de suite...

– C'est rien. »

Elle devina qu'il était sur le canapé. Il avait dû passer la journée entière dans ses livres.

« Ton amie tient le choc ?

– Elle donne le change devant les enfants.

– Et toi, ça va ? T'as une petite voix. »

Il semblait inquiet. Elle regretta de ne pas pouvoir poser sa tête sur son torse, se sentir au chaud, en sécurité.

« Ça va...

– Ça a pas l'air.

– C'est que... il y a d'autres amis ici... des amis communs.

– De l'hôtel des Hautes-Alpes ?

– Oui. »

Elle laissa passer un court silence. Marc attendait.

« Je les ai tous un peu perdus de vue... ça me fait bizarre de me retrouver au milieu de tout le monde... je me demande ce que je fais là. »

Elle comprit trop tard qu'elle n'aurait pas dû prononcer cette dernière phrase. Marc répondit aussitôt :

« Tu veux que je vienne te chercher ? Si tu n'es pas bien, je peux venir te chercher. Je prends la voiture et...

– Non, Marc.

– Tu es sûre, parce que...

– Non. »

Elle avait parlé d'une voix ferme, sans appel, et elle pouvait imaginer sa surprise. Il n'avait pas l'habitude qu'elle soit aussi directe.

« Bon..., fit-il.

– Je serai là très vite. Demain ou après-demain. »

Il soupira.

« C'est vide ici sans toi.

– Oui... ici aussi.

– Tu m'appelles demain ?

– Oui, promis.

– Je t'aime. »

Il ne pouvait pas s'en empêcher. Elle retint un léger soupir d'exaspération. Elle ne savait pas pourquoi ça l'agaçait autant.

« Moi aussi. »

Elle tendit l'oreille. Les enfants étaient dans le salon, ils riaient tous les deux aux éclats.

« À plus tard, Marc.

– Oui. À plus tard. Prends soin de toi. »

Son thé fumant avait été déposé sur la petite table de la cuisine. Tim était reparti auprès d'Anton dans le salon. Rosalie, accroupie près de l'évier, donnait sa compote à Timotée, le regard étrangement vague. Le petit était barbouillé jusqu'aux yeux et elle s'en apercevait à peine.

« Tu veux que je t'aide ? Tu veux aller te reposer ? »

Rosalie sursauta. Elle ne l'avait pas entendue entrer. Elle se releva et Timotée se mit à pousser des cris pour réclamer sa compote.

« Non, c'est gentil. J'arrive pas à dormir.

– Si t'as envie de t'allonger au moins...

– Non, c'est bon. »

Le silence retomba dans la cuisine. Rosalie avait laissé son pot de compote à Timotée et il léchait les bords goulûment.

« Il est beau.

– Hein ?

– Ton fils. Il est beau. »

Rosalie hocha la tête lentement, l'air hagard. Elle ne parvint même pas à sourire.

« Ouais… C'est vrai que c'est la première fois que tu le vois.

– Est-ce que Sophie est contente d'avoir un petit frère ?

– Oui. Ça l'a beaucoup fait changer. Elle a grandi, mûri.

– Je l'aurais pas reconnue. »

Elles se sourirent, encore un peu timidement, mais ça allait mieux.

« Ça te vieillit… tes cheveux comme ça.

– Ah.

– En bien ! Je veux dire… t'as l'air d'une vraie jeune femme.

– Ah, répéta-t-elle car elle ne savait que répondre d'autre.

– Tu es toujours avec Marc ? C'est Marc son prénom, c'est ça ?

– Oui, c'est Marc. Et on est toujours ensemble. »

Elle l'avait évoqué une fois ou deux pendant leurs conversations téléphoniques.

« C'est lui que t'appelais ?

– Oui. Il est… il s'inquiète facilement.

– Alors tu rentreras vite. Tu vas pas le laisser tout seul pendant les fêtes.

– Oh, il s'en sort sans moi, tu sais. »

Le silence retomba. Rosalie regarda par la fenêtre. Comme si elle s'attendait à y voir apparaître Gabriel quatre étages plus bas. Ambre se força à avaler une gorgée de thé. Il était si brûlant qu'elle en eut les larmes aux yeux.

Timotée tirait sur le pantalon de sa mère et elle le prit dans ses bras.

« Tu leur as dit quoi aux enfants ? »

Rosalie vérifia que Sophie n'était pas dans les parages. On l'entendit rire aux éclats dans le salon, avec Anton et Tim. Quant à Timotée, il était bien trop occupé à lécher ses doigts pleins de compote pour les écouter.

« Au début j'ai pas su quoi dire… j'ai dit qu'il était sans doute parti faire une course… et après j'ai pensé que je pouvais mentir un peu… enjoliver les choses… avec Noël, tu sais…

– Qu'est-ce que tu leur as dit ?

– Qu'il avait dû aller donner un coup de main aux lutins du Père Noël, qu'ils étaient débordés. »

Elle eut un rire gêné.

« C'est bête ! Je ne sais pas comment ça m'est venu… mais ça m'a semblé bien sur le coup. »

Ambre lui sourit.

« T'as raison, c'est bien comme histoire.

– Oui mais… ils demandent à lui parler… et à parler aux lutins.

– Ah. »

Un nouvel éclat de rire perçant leur parvint du salon, suivi de la voix d'Anton qui criait :

« T'as perdu ! »

Rosalie dut lire dans ses pensées car elle chuchota :

« Il est doux quand il est avec les enfants. »

Puis elle ajouta, revenant à ses préoccupations :

« Il a jamais fait ça… il est jamais parti, même le temps d'une course, sans me dire où il était. Il me connaît…

– T'as aucune piste ? Je veux dire, aucune idée de ce qui a pu se passer ?

– Non ! C'est ce qui me rend folle ! »

Elle baissa la voix :

« Anton m'aide pas… Il le montre pas mais je vois bien qu'il est mort d'inquiétude. »

Ne sachant que répondre, Ambre se contenta de hocher la tête avec gravité.

« C'est bien que vous soyez là… pour Sophie et Timotée… Noël approche, la maison est pleine… ils ne pensent pas trop à leur père… ils ont l'impression que tout va bien. »

Son regard alla de nouveau à la fenêtre, furtivement.

« Je pensais… pour ce soir, on pourrait préparer quelque

chose de spécial... les enfants ont l'impression que c'est la fête dès qu'il y a un gâteau.

– Tu veux que je m'en charge ? Je peux aller faire quelques courses.

– J'ai ma propre voiture maintenant, tu sais. Je peux te la laisser. Je dois donner le bain aux enfants mais Tim pourrait t'accompagner. »

Elle répondit un peu trop précipitamment :

« Non ça va. Je me débrouillerai seule. »

Rosalie lui expliqua comment accéder au parking souterrain et Ambre disparut sans avoir eu besoin de croiser Tim ou Anton, bien trop contente d'échapper pour quelques heures à l'appartement.

La voiture de Rosalie ne datait pas d'hier. C'était un vieux tacot dont le moteur toussait trop fort. Après la saison d'hiver aux Mélèzes, Rosalie avait décidé de prendre six mois pour s'occuper de Sophie. La saison d'été. Mais elle n'avait jamais repris le travail. Elle était tombée amoureuse du métier de maman à temps plein. Ils avaient vécu avec le seul salaire de professeur de Gabriel. Ils ne roulaient pas sur l'or et la vie à Arvieux était chère mais ils avaient l'air heureux. Quand Rosalie l'appelait, Ambre ne l'avait jamais entendue se plaindre. Aujourd'hui, au volant de sa guimbarde, elle se demandait si des problèmes d'argent n'avaient pas pu apparaître, avec la naissance de Timotée, expliquant en partie la disparition de Gabriel.

Le supermarché était bondé à quelques jours de Noël. Acheter de quoi faire un gâteau au chocolat et un gratin de pâtes (elle croyait savoir que les enfants adoraient ça) lui prit une éternité. Après les bousculades dans les rayons, elle dut faire le pied de grue à la caisse. Lorsqu'elle rejoignit la voiture, le supermarché fermait ses portes.

À l'appartement, elle trouva Sophie et Timotée fraîchement lavés et emmitouflés dans leurs pyjamas. Anton n'avait pas quitté le canapé du salon et Tim n'avait pas quitté Anton.

« Ah, t'es rentrée ! lança Rosalie en passant la tête par la porte de la cuisine. J'ai cru que t'avais disparu toi aussi ! »

Elle tentait de plaisanter mais le ton sonnait faux.

« C'était bondé. L'horreur ! répondit Ambre en laissant tomber les courses sur la table de la cuisine. Les enfants n'ont pas trop faim ?

– Ils ont mangé toutes les compotes du frigo.

– Je suis désolée…

– T'inquiète, ils te pardonneront tout avec un gâteau au chocolat. »

Ambre rangea les courses et se mit au travail. Rosalie devait s'occuper de Timotée. Il avait des médicaments à prendre – une bonne bronchite – et elle devait lui appliquer un baume aux huiles essentielles.

Ambre préférait se trouver seule dans la cuisine, plutôt que dans le salon avec Anton.

De temps en temps, Sophie venait passer une tête. Elle la scrutait avec attention, restant à une distance raisonnable, humait le fumet qui sortait du four et repartait en trottinant.

Lorsque la porte s'ouvrit, une fois de plus, dans un léger grincement, Ambre fit volte-face, prête à piéger la petite fille.

« Je t'ai vue, gourmande ! »

Sauf qu'elle se retrouva face à Tim, légèrement décontenancé.

« Oh, désolée…

– Je venais voir si tu avais besoin d'aide.

– Non, ça va. Je ne crois pas avoir besoin d'un commis de cuisine pour réaliser un gratin de coquillettes », répondit-elle avec un air amusé.

Il haussa les épaules, sans sourire.

Avant on plaisantait. Avant il plaisantait tout le temps. Maintenant il a cet air grave en permanence. Il a perdu son regard d'enfant et tout ce qui allait avec.

Elle essaya de rattraper cet instant de malaise :

« Tu travailles toujours dans la restauration ?

– Je ne fais plus que des extras. Les soirs et les week-ends.
– Ah… Tu as un autre travail le reste du temps ?
– Non. Je devais m'occuper d'Anton. Il a passé presque deux ans en centre de rééducation, tu sais. »

Non, je ne sais pas. Hochement de tête compatissant.

« Alors j'essayais d'être toujours là la journée. »

Quatre ans au chevet d'Anton, sans le laisser seul une minute. Elle comprenait un peu mieux son air grave qui ne le quittait plus, sa difficulté à plaisanter.

Tim poursuivit, sur un ton plus léger :

« Mais je vais reprendre maintenant. Anton arrive à se déplacer avec des béquilles, quand il n'est pas trop fatigué… Il veut recommencer à travailler.
– Qu'est-ce qu'il va faire ?
– Maxime, mon frère, tu te rappelles ? »

Évidemment que je me rappelle ! J'ai rien oublié.

« Oui, bien sûr.
– Il lui a trouvé une formation dans l'informatique, à distance. Il étudie à la maison depuis deux mois déjà. Après ça, Maxime a promis qu'il pourrait lui obtenir une place dans l'entreprise où il travaille.
– Vous allez déménager à Tours alors ?
– On verra. Mais a priori oui. »

Le silence retomba quelques instants. Ambre en profita pour sortir le gratin de coquillettes du four, posa avec précaution le plat brûlant sur le plan de travail et enfourna le gâteau au chocolat qu'elle venait de terminer.

« Et toi ? demanda Tim.
– Moi j'ai trouvé une place dans une boutique de fringues. Dès que je suis rentrée à Lyon. »

Ne pas évoquer Frontignan, surtout pas… Elle poursuivit, très vite :

« J'ai commencé comme vendeuse et maintenant je suis responsable de boutique.

– Waouh ! Bravo !

– Oh, tu sais, c'était pas sorcier… je me suis contentée d'y passer ma vie. »

Elle se rendit compte que sa voix avait pris un léger accent sarcastique.

« Mais je ne me plains pas, la boutique tourne bien.

– Tu vis seule ? »

La question était tombée si brutalement qu'elle détourna le regard.

« Non… je vis avec… quelqu'un.

– Ça fait longtemps ? »

Il était simplement curieux, rien de plus. Pourquoi se sentait-elle si oppressée par ses interrogations alors ?

« Ça fait deux ans.

– C'est bien. »

Il esquissa un sourire. Le premier depuis qu'elle était arrivée.

« Vous parlez mariage et enfants ?

– Non !

– Pourquoi un non si enflammé ? »

Il avait un demi-sourire, presque moqueur. Et son visage avait repris ses airs d'autrefois, très brièvement. Elle refoula les images de ce même visage, sur l'oreiller, à Frontignan. Un visage qu'elle avait pu observer chaque matin pendant soixante-quatre jours très précisément.

« Parce que… parce qu'on en est pas là.

– Ça peut aller vite.

– Pas nous. »

Le silence retomba quelques secondes. Tim frotta ses mains contre son jean.

« Tu veux que j'appelle les autres ? demanda-t-il finalement. Le gratin est prêt…

– Oui… Appelle-les. »

Rosalie avait mis la table. Tim s'était chargé d'installer Timotée dans sa chaise haute (il refusait de manger sur une chaise normale).

Ambre avait emmené Sophie se laver les mains. Anton s'était déplacé avec difficulté jusqu'à la table de la cuisine.

« Sophie, mange doucement ! »

Sophie se goinfrait de gratin de coquillettes. Elle en mettait partout, autour de son assiette, dans son verre, sur le sol.

« Ch'est cro bon », répondit-elle la bouche pleine.

Ambre lui adressa un sourire reconnaissant. À table, personne ne parlait beaucoup. La gêne ne s'était pas vraiment dissipée et la présence d'Anton rendait l'atmosphère électrique.

« Un gratin de coquillettes... », lança-t-il alors que le silence s'éternisait.

Toujours ce ton sarcastique, mauvais. Ambre avala une gorgée d'eau, le ventre noué.

« Tu crois que ça suffira à tout rattraper ? »

Le sarcasme fit mouche. Il parlait de son absence, de son silence. Il savait où taper.

Tim tenta d'intervenir, sans grande conviction : « Anton, ça va », ce qui ne fit qu'attiser la lueur mauvaise dans l'œil de son compagnon.

« Ah, ça y est, on y revient... Tim le preux chevalier qui défend sa princesse. »

Le ton était plus acerbe que jamais. Ambre reposa sa fourchette et se leva.

« Je vais aux toilettes. »

Elle se contenterait de s'isoler quelques secondes. Le temps de reprendre ses esprits, de calmer la colère qui grandissait dans sa poitrine. Dans le couloir, elle entendit la voix fluette de Sophie s'élever distinctement dans le silence glacial de la cuisine :

« M'man, pourquoi il che dispute avec la dame, parrain ?

– Sophie, on ne parle pas la bouche pleine !

– Pourquoi il che dispute avec la dame, parrain ?

– C'est pas la dame, Sophie, c'est Ambre.

– M'man, pourquoi...

– Personne ne se dispute, trésor. Elle est partie aux toilettes.

– La dame ?

– Oui, la dame, si tu veux. »

Ambre resta appuyée contre la porte des toilettes plusieurs secondes. Elle s'obligea à respirer lentement. Elle s'en voulait maintenant d'avoir refusé que Marc vienne la chercher. *Qu'est-ce que je fous là ?*

Dans la cuisine, elle retrouva le même silence glacial. Rosalie avait débarrassé les assiettes et le plat de gratin. Elle avait posé le dessert sur la table.

« C'est qui qui a fait le gâteau, m'man ?

– C'est Ambre. »

Timotée tendit la main en essayant de répéter ce qu'avait dit sa sœur : « Qui fait gako ? » et Sophie répondit avec une voix sérieuse :

« C'est Ambre. »

Tim découpa le gâteau et servit chacun sans un mot.

« Vous avez des nouvelles de l'hôtel Les Mélèzes ? »

Ambre s'était sentie obligée de parler pour rompre le silence. Rosalie accueillit sa question avec soulagement.

« L'hôtel tourne toujours aussi bien. J'ai vu Sylvie la semaine dernière d'ailleurs. Avec Maxence. »

Le petit garçon qu'ils avaient eu, Michel et elle. Depuis, Sylvie avait confié à Rosalie qu'ils essayaient d'avoir un deuxième enfant.

« Ah, et Andréa a quitté l'hôtel. Il va s'installer définitivement en Italie. Il va se marier.

– C'est une Italienne ?

– Oui. La meilleure amie d'une de ses sœurs. »

Tout le monde avait cessé de papillonner, se dit Ambre. Ils étaient tous installés dans leur vie. Même Andréa.

Rosalie déclara qu'il était l'heure de coucher les enfants. Elle quitta la cuisine et, dans le silence pesant qui suivit, Ambre s'affaira à débarrasser la table et à faire la vaisselle pour ne pas avoir à affronter Anton et Tim.

Enfin, Rosalie revint.

« Vous voulez un café ? Un thé ? »

Anton se leva.

« Non, merci. Je vais m'installer devant la télé.

– Tim ?

– Un café, oui. »

Pendant ce temps, Ambre entreprit de ranger les assiettes dans le placard. Tim vint l'aider.

« À l'hôtel, il n'y a que des nouveaux alors ? demanda-t-elle.

– Oui, presque. Sauf Daniel et Delphine. Ils sont toujours fidèles au poste.

– Vous y avez remis les pieds ? »

Tim secoua la tête, un peu trop rapidement. Est-ce que c'était douloureux pour lui aussi de s'imaginer de retour au troisième étage ? Sous les toits ? Dans leur ancienne chambre ?

« Non, moi non plus, répondit Rosalie. On a souvent été invités chez Sylvie et Michel mais dans leur dépendance, tu sais. Ils l'ont agrandie avec l'arrivée du bébé. C'est sympa ce qu'ils ont fait. Ils ont coupé la pièce principale pour en faire une chambre pour le petit. »

Ils burent leur café en discutant de tout mais surtout de rien. Les blancs se firent de plus en plus fréquents, alors Ambre se leva.

« Rosalie, tu m'en veux si je vais me coucher tôt ? Je suis épuisée par le voyage…

– Non, aucun problème ! »

Elle n'avait qu'une hâte : se retrouver seule, en paix, après cette journée éprouvante.

« Anton et Tim dorment sur le clic-clac du salon. Je pensais te mettre dans la chambre de Sophie. Ça ne te dérange pas ?

– Absolument pas.

– Timotée se réveille souvent la nuit, je préfère te faire dormir avec Sophie.

– Pas de souci, Rosalie. »

Sophie dormait déjà, dans sa chambre plongée dans le noir. Dans un coin Rosalie avait posé un matelas au sol, avec une couverture et un oreiller.

« Ça ira ? chuchota-t-elle.

– C'est parfait.

– Bon alors… bonne nuit.

– Bonne nuit. »

La porte se referma sans bruit et, pendant de longues minutes, Ambre n'entendit plus que les sons de la télévision dans le salon. Personne ne parlait. Ou alors, ils chuchotaient, pour qu'elle ne les entende pas.

Un bruissement de couverture la fit sursauter. Malgré l'obscurité, elle aperçut Sophie qui l'observait avec curiosité depuis son lit, les yeux grands ouverts.

« C'est qui ? chuchota la petite fille.

– C'est moi, Ambre. »

Clignement d'yeux sceptique.

« La dame », ajouta-t-elle.

Sophie se redressa tout à fait dans son lit et s'assit en tailleur.

« Pourquoi tu dors là ? Pourquoi tu dors pas avec parrain et le grand Tim ?

– Le grand Tim ?

– Bah oui ! répliqua Sophie dans un murmure. Le petit Tim' c'est mon frère à moi. Le grand Tim c'est l'amoureux de parrain.

– Ah…

– Pourquoi tu dors pas avec eux ? »

Elle se laissa une seconde avant de répondre :

« Parce que… parce qu'ils sont amoureux, justement. Alors ils dorment ensemble, que tous les deux. Comme ton papa et ta maman.

– Des fois le petit Tim' il dort avec papa et maman.

– Oui mais c'est parce qu'il est petit. Moi je suis grande. »

Sophie l'observa quelques secondes, plissant les yeux.

« T'as pas d'amoureux toi ? »

Ambre sourit.

« Si j'en ai un. Il est à Lyon.

– Pourquoi il est à Lyon ?

– Parce que c'est chez nous.

– Mais pourquoi t'es là toi ? »

Nouveau silence.

« Parce que je suis une amie de ta maman. Ça fait longtemps que je ne l'ai pas vue.

– Je te connais pas moi.

– Moi je te connais.

– Menteuse ! »

L'accusation était sans appel. Ambre répondit avec douceur :

« Si, c'est vrai. Je t'ai connue quand tu étais tout bébé. Tu n'avais pas encore de dents et tu pleurais tout le temps.

– Menteuse !

– Je te donnais ton biberon et parfois, quand ta maman travaillait, c'est moi qui te gardais. Et je te promenais ici, dans Arvieux, avec le grand Tim. Tu ne savais pas marcher. Tu étais en poussette.

– Menteuse. »

Cette fois-ci, l'accusation était moins sûre, elle ressemblait davantage à une question.

« J'étais avec toi pour ton premier Noël. On a été à la messe de minuit, à Arvieux, avec ta maman et le grand Tim. Elle t'a offert une gourmette. Une petite rose en or. Une rose pour Rosalie. »

Sophie resta silencieuse, elle retenait son souffle.

« Tu l'as toujours ta gourmette ? » murmura Ambre.

Elle vit la petite fille hocher la tête et se lever de son lit, avec des gestes lents. Elle se dirigea vers un placard. *Clic.* Une lampe de chevet rose bonbon éclaira faiblement la pièce et Ambre put découvrir l'univers de Sophie. C'était un monde de poupées, de serre-tête, de robes. Dans un coin, des animaux en peluche. Sous la fenêtre, une petite coiffeuse.

Sophie ouvrit le placard et grimpa sur une caisse à jouets pour atteindre les étagères les plus hautes.

« Laisse-moi faire, je ne voudrais pas que tu tombes. »

Ambre s'approcha et fit descendre Sophie de la caisse.

« C'est là-haut. À côté du loto des formes. »

Ambre aperçut une petite boîte à bijoux ornée de brillants bleus. Elle était pleine de colifichets aux perles multicolores, au milieu desquels Ambre repéra la gourmette en or.

« Tu ne la portes plus ?

– Non ! répliqua Sophie sur un ton d'évidence.

– Elle est trop petite ?

– Bah oui ! T'es bête toi ! »

Ambre souleva délicatement le bracelet. Évidemment qu'il était trop petit. Rosalie l'avait acheté lorsque Sophie avait cinq mois à peine.

« Tu pourrais récupérer le pendentif et l'accrocher à un de tes colliers, tu sais. »

Sophie la scruta avec méfiance.

« Tu veux que j'essaie ? »

La fillette haussa les épaules, toujours sceptique. Alors Ambre s'assit sur la caisse à jouets et entreprit de détacher la rose du bracelet.

« Tu veux que je l'accroche à quel collier ?

– Celui-là. »

C'était un gros collier dont les perles ressemblaient à des cubes en bois aux couleurs criardes.

« Tu es sûre ? Pas plutôt celui-ci ? »

Elle avait repéré un collier très fin, aux mailles en or, au milieu de toutes ces babioles en plastique. Sûrement une chaîne de baptême. Sophie avait été baptisée, comme Timotée.

« D'accord », dit la fillette.

Ambre réussit à faire passer la petite rose en or dans les mailles du collier et le mit autour du cou de l'enfant. Tout heureuse, celle-ci retourna en sautillant jusqu'à son lit, où elle se jeta.

Ambre allait regagner son matelas quand son regard fut attiré par un tissu rouge, dans le placard encore ouvert de Sophie. C'était une étoffe fine, légère, d'un beau rouge rubis, accrochée à un cintre par-dessus un manteau. Elle s'approcha lentement, comme au ralenti, et passa ses doigts sur le tissu. C'était bien lui, aucun doute. Le foulard qu'elle avait offert à Sophie pendant cet hiver au chalet. Le foulard de Philippe.

La voix de Sophie la fit sursauter :

« Tu fais quoi ?

– C'est… c'est moi qui t'ai offert ce foulard. »

Sophie l'observa longuement.

« Pour mon Noël ? Avec la rose de maman ?

– Non… c'était avant Noël. Tu adorais jouer avec… alors je te l'ai donné. »

Et elle éteignit la lampe de chevet rose bonbon car elle avait les larmes aux yeux et ne voulait pas que Sophie le voie.

Une fois sous la couverture, elle essaya de contenir la vague d'émotion qui l'assaillait, de calmer le tremblement de ses mains et les battements de son cœur. Mais malgré son impression de suffoquer, malgré la tempête qui se déchaînait dans sa tête, pour la première fois depuis sa descente du train ce matin elle ne se demandait plus ce qu'elle faisait là. Non. Elle songeait qu'il était temps qu'elle soit là.

3

Il était presque midi quand elle se réveilla. Elle n'avait pas entendu Sophie se lever, ni l'agitation dans l'appartement. Pourtant ça bourdonnait. Timotée réclamait quelque chose à grand renfort de cris, Sophie se faisait réprimander par Rosalie dans la cuisine et les voix d'Anton et Tim s'élevaient depuis le salon.

Une nouvelle case du calendrier de l'Avent, suspendu dans l'entrée, avait été ouverte. Sophie sans doute. 22 décembre.

« Salut, Sophie, salut, Rosalie. »

Rosalie était devant le plan de travail, en train de gronder sa fille qui avait renversé son yaourt par terre.

« Hey, salut, Ambre. Sophie, chérie, dis bonjour.

– Bonjour.

– Je suis désolée… j'ai pas vu l'heure… j'ai rien entendu…

– T'as bien fait de te reposer. T'es en vacances, non ? »

Elle lui sourit. Ambre l'interrogea du regard : *Des nouvelles de Gabriel ?* Rosalie secoua la tête en un mouvement imperceptible. 22 décembre. Gabriel toujours absent. Il restait encore trois jours avant Noël.

« On pensait partir se promener en ville. On t'attendait. J'ai quelques achats à faire. Qu'est-ce que tu en dis ? »

Ça, ça voulait dire que Rosalie n'avait pas terminé d'acheter les cadeaux des enfants. Pas avec les événements de ces derniers jours.

« Ça me va.

– Il y a une patinoire extérieure.

– Ça c'est chouette ! »

Sophie acquiesça. Elle s'était mise à mordiller la chaîne en or autour de son cou et Rosalie se pencha, intriguée.

« Qu'est-ce que t'as là, trésor ?

– C'est la dame.

– Qu'est-ce que tu racontes ?

– C'est elle, m'man. »

Elle pointa Ambre du doigt.

« Oh je… j'ai juste accroché son pendentif à ce collier. Elle m'a dit qu'elle ne pouvait plus porter son bracelet. »

Le regard de Rosalie se troubla quelques instants et Ambre eut la désagréable impression d'avoir fait une bourde.

Sophie attendait qu'on la libère, pour pouvoir filer au salon.

« M'man ! Je veux aller jouer là-bas !

– Oui, vas-y, trésor. »

Sophie ne demanda pas son reste et disparut en courant.

« Je suis désolée, Rosalie… j'aurais peut-être pas dû…

– Non, c'est rien. C'était le collier de ma mère… ça me fait bizarre de le voir sur Sophie… avec la rose. »

Ambre déglutit, mal à l'aise.

Je débarque après des années de silence et je trouve encore le moyen de tout faire de travers.

« J'allais préparer à manger mais Anton a suggéré qu'on pouvait déjeuner dehors… il y a des stands de frites et de sandwichs chauds.

– C'est une bonne idée. »

Ambre s'arma de courage pour aller saluer Tim et Anton dans le salon.

« Salut. »

Sa voix manquait de convivialité. Elle se tenait raide, à côté de la porte. Tim sourit à peine.

« Salut. »

Anton était en train de se lever avec difficulté, prenant appui sur ses béquilles.

« Oh je suis navré. On t'a réveillée ? Les enfants attendent depuis presque deux heures pour sortir mais on ne voulait pas te déranger… »

Tim lui fit signe, discrètement, de ne rien répliquer et elle tourna vivement les talons.

Les enfants étaient tout excités à l'idée de batifoler dans les rues et de manger des frites. Sophie sautillait autour de Rosalie et Timotée, porté par l'allégresse de sa sœur, poussait des cris de joie.

« Est-ce qu'on va les voir, m'man ?

– Sophie, calme-toi. »

Ils étaient dans l'entrée de l'appartement. Les enfants avaient mis leurs manteaux, bonnets et moufles. On n'attendait plus qu'Anton.

« On va les voir, m'man ?

– Qui, chérie ?

– Les lutins qui travaillent avec papa. »

Tim laissa tomber le trousseau de clés qu'il tenait à la main. Rosalie répondit très vite, pour masquer le malaise :

« Non, trésor. Ils ont trop de travail. Noël c'est dans trois jours.

– Mais il sera rentré, p'pa ?

– Pour Noël ? Évidemment !

– Il a pas appelé.

– Non. Il a beaucoup de travail. Je viens de te le dire, Sophie. Tu n'écoutes pas ? » s'énerva Rosalie.

Tim tenta de faire diversion :

« Anton ! Dépêche-toi ! »

Un juron lui répondit ainsi que le bruit d'une béquille qui tombait au sol. Tim passa la tête par la porte du salon.

« T'as besoin d'aide ?

– Lâche-moi un peu. »

Le ton était abrupt.

« Tu ne vas pas prendre tes béquilles, tu vas… »

Il avait failli dire quelque chose comme : *Tu vas avoir du mal à suivre, tu vas traîner derrière les enfants, tu vas nous ralentir*, mais il s'abstint.

« Tu sais, si je t'écoutais, Tim, je serais encore sur ce lit d'hôpital à essayer de bouger mes doigts de pied !

– Anton, c'est bon…

– C'est vrai quoi ! "Ménage-toi, repose-toi, fais attention." Mais tu m'emmerdes, Tim !

– Anton, ça va maintenant. »

Dans l'entrée, Sophie avait tourné son petit visage vers sa mère, l'interrogeant du regard. Rosalie lui fit signe de ne pas s'inquiéter, ça allait s'arranger.

La voix d'Anton, traînante, cynique, s'éleva de nouveau :

« Tiens, tu n'as qu'à demander à Ambre de m'aider. On discutera un peu, ça fait longtemps qu'on a pas pu parler tous les deux. »

Tim se tourna vers elle, mal à l'aise. Les enfants les fixaient, alors elle hocha la tête et elle entra dans le salon. Anton était presque arrivé à la porte. Ses lèvres esquissèrent un sourire sardonique en la voyant devant lui.

« Puis-je avoir ton bras ? »

Elle le lui tendit, sans aucune autre forme d'amabilité. Il abandonna une de ses béquilles et prit appui sur elle. Il pesait des tonnes. Elle le soupçonna de faire exprès de s'abandonner de tout son poids.

« C'est bon ? demanda Sophie depuis l'entrée.

– Oui, chérie, on y va. »

Ambre se mit en marche, les serres de rapace d'Anton agrippées à son bras. Devant, Tim n'osait pas se retourner.

Trop heureux d'être dehors, les enfants se mirent à courir malgré les avertissements de Rosalie qui dut trottiner derrière eux pour ne pas les perdre de vue. Tim suivait d'un pas pressé, comme s'il voulait à tout prix éviter de se trouver en présence d'Ambre et Anton.

Anton marchait lentement. Ambre se demanda s'il ne faisait pas tout pour se laisser distancer par les autres et se retrouver seul avec elle. Alors elle décida de prendre les devants : pas question que son court séjour se transforme en cauchemar pour tout le monde à cause de lui.

« Ça rime à quoi cette comédie, Anton ? »

Il la regarda avec son sourire insolent, faisant mine de ne pas comprendre.

« Quelle comédie ?

– Tes réflexions. Ton idée de marcher à mon bras. Pourquoi je suis censée faire ça d'ailleurs ? »

Sa béquille resta bloquée dans une motte de neige et il mit quelques secondes à la libérer. Encore un moyen de lambiner.

« T'es censée m'aider à marcher parce que c'est un peu de ta faute si j'en suis là aujourd'hui, non ? »

Il la testait, il attendait une réaction.

« C'est de ma faute si tu es tombé dans un ravin ? rétorqua-t-elle d'une voix cassante.

– Ouais… Tu m'avais piqué mon mec… j'ai dû partir en Norvège, sur des pistes dangereuses, pour oublier que j'avais été évincé par une fille… pas spécialement jolie en plus… Dur à digérer ! »

Elle soutint son regard sans ciller, sans l'ombre d'une émotion.

« J'aurais pas dû être en Norvège, tu sais… Je devais être à Frontignan. À ta place. »

Il souriait toujours et ses yeux verts guettaient le moindre tressautement sur son visage.

« T'arriveras pas à me culpabiliser. Ça marche peut-être avec Tim mais pas avec moi. »

Son sourire s'élargit méchamment.

« Tu crois qu'il culpabilise ?

– C'est même la seule raison pour laquelle il est avec toi aujourd'hui ! »

La réplique claqua comme une gifle mais Anton continua de sourire.

« Mince… et moi qui croyais qu'il m'aimait d'un amour fou…

– Ouais… mais tu sais, c'était bien joué le coup du ravin pour le récupérer. »

Elle fut heureuse qu'ils se trouvent loin des autres, bien loin derrière. Car elle pouvait laisser libre cours à son cynisme, elle aussi.

« Il faut dire que j'ai été bien inspiré, répondit Anton. Par toi… Je me suis rappelé ton plus grand coup : c'est bien en te tailladant les poignets que tu avais essayé de retenir Philippe, hein ? »

Elle ne s'attendait pas à ce qu'il lui porte ce coup-là. Un court instant elle se crispa mais son visage reprit vite son expression impassible, légèrement rebutée.

« J'ai voulu faire plus original, tu vois… et on peut dire que j'ai mieux réussi que toi à l'époque. Alors merci, Ambre.

– Je suis ravie d'avoir pu t'aider à récupérer quelqu'un qui ne t'aime pas. »

Il lui sembla qu'elle l'avait enfin touché. Un léger voile passa dans ses yeux mais disparut aussi vite. Son sourire était toujours là.

« Je ne suis pas resté serein très longtemps cependant, très chère Ambre. Je savais que j'avais un adversaire redoutable face à moi. »

Il laissa passer quelques secondes pour ménager son effet.

« Je me suis dit que tu ne te laisserais pas abattre aussi facilement. Que tu te battrais un peu. Je me suis demandé ce que t'allais nous préparer… une pendaison… des médicaments… oh, j'ai même pensé à la noyade ! Il y a le Rhône à Lyon, non ? Mais t'es plutôt froussarde. Du coup j'ai parié que ce seraient des médocs. Tu aimes bien le pathos. Tu aurais pu nous faire un départ bien mélo, avec une lettre ridicule de niaiserie sur ton lit de mort… un peu comme ce mot que tu as écrit à Tim dans ce livre… *Le Petit Prince.* »

Il eut un petit rire. Elle ne frémissait toujours pas.

« Tu vois, je me suis trompé. Tu t'es même pas battue une seule seconde. »

Plus loin, les enfants s'étaient arrêtés devant un stand de

marrons chauds et Rosalie les rattrapait, essoufflée. Tim se retourna et, inquiet, observa Ambre et Anton qui étaient toujours figés au milieu de la ruelle.

« Avance. Ton mec nous attend », lança-t-elle avec brusquerie.

Ils se remirent en mouvement, avec une lenteur exaspérante.

« Dis-moi, Ambre. Une question me préoccupe beaucoup : est-ce qu'il te baisait ? »

La surprise la laissa sans voix quelques instants et Anton jubila.

« Alors ?

– Qu'est-ce que ça peut te faire ?

– Avec moi il y arrive plus, tu sais…

– Ta gueule, Anton.

– Il est devenu impuissant.

– TA GUEULE ! »

Il se délectait. Elle le fusilla du regard et il n'insista pas car ils approchaient du stand de marrons où les enfants, Rosalie et Tim s'étaient arrêtés.

« Sophie, on ne va pas manger de marrons. On va prendre des sandwichs et des frites. »

Sophie protestait. Timotée avait approché ses mains du récipient en ferraille dans lequel crépitaient les marrons.

« NON, TIMOTÉE ! Ça suffit, vous deux ! »

Rosalie repoussa son fils un peu brutalement, et il se mit à pleurer.

« On se remet en route et je veux plus vous entendre ! Vous restez près de nous, vous ne courez plus ! On attend Anton et Ambre ! »

Tim prit le petit garçon par la main tandis que Sophie repartait de plus belle en galopant.

« Sophie ! Qu'est-ce que j'ai dit ! »

Anton se tourna vers Ambre.

« Ton bras ? »

Elle le lui tendit et il s'y agrippa, avec son horrible sourire cynique. De nouveau, il fit en sorte de traîner suffisamment pour qu'ils se retrouvent tous les deux à l'écart des autres.

« Tu ne m'as pas dit grand-chose de ta vie, Ambre. Est-ce qu'elle est redevenue aussi insignifiante qu'elle l'était avant que tu nous rencontres ?

– Quelle est ta définition d'une vie insignifiante ? »

Il la regarda sans comprendre. Elle enchaîna aussitôt :

« Si on considère qu'une vie insignifiante se limite à manger, chier et rester assis dans un fauteuil roulant, alors ma vie n'est pas insignifiante, non. »

Une étincelle dans le regard d'Anton. Une étincelle d'amusement.

« Donc tu fais autre chose que manger, chier et travailler ? Tu sors beaucoup ? Tu as des amis ? Je parie que non… t'as jamais été très douée pour ça.

– Non, t'as raison… pas grand-chose de plus. Mais je baise, moi. »

Sa réplique arracha un éclat de rire inattendu à Anton. Devant, Tim se retourna et leur jeta un coup d'œil furtif, aussi inquiet qu'intrigué.

« Ma nourrice nous surveille, commenta Anton avec amertume. Tu crois qu'il s'inquiète des vacheries que je peux te balancer ou bien de celles que tu peux me balancer ?

– Des deux sans doute.

– Il va pas tarder à proposer qu'on s'arrête pour que je ménage mes jambes. Je lui ferais bien bouffer ma béquille, qu'est-ce que t'en penses ?

– J'en pense que tu devrais lui foutre la paix.

– Un reste de sentiments pour lui ?

– Un peu de compassion. Ça doit déjà être un enfer pour lui de vivre au quotidien avec toi. »

Il la dévisagea avec un mélange d'animosité et de jubilation.

« Pourtant il a accouru tout de suite quand j'ai appelé. Il t'a plantée, ma belle, sans l'ombre d'une hésitation. »

La seule phrase qu'elle trouva à répondre signa l'aveu de sa faiblesse :

« Je l'aurais pas retenu.

– Je sais. »

Il souriait plus largement que jamais.

« Je vois que tu me détestes toujours autant, lâcha-t-elle.

– Et toi alors ?

– Non, moi je ne te déteste pas. Tu n'es plus qu'un légume. J'ai légèrement pitié. C'est tout. »

Son visage se referma instantanément et elle sut qu'elle avait gagné.

Malgré tout elle se dit que si Marc l'avait entendue, il l'aurait trouvée détestable et il aurait eu raison.

C'était une chance qu'ils passent cette journée dans les rues d'Arvieux, au milieu des touristes, des chants de Noël, de l'agitation, des cris des enfants… Ambre n'eut plus besoin de se retrouver seule avec Anton. Plus besoin de prononcer un seul mot. Ils entraient dans les boutiques bondées, faisant le pied de grue dans les rayons puis à la caisse, surveillaient les enfants, les rattrapaient. Timotée et Sophie étaient trop occupés pour parler de Gabriel. C'était une diversion parfaite.

Ainsi, quand ils regagnèrent l'appartement, il était l'heure de dîner et ils étaient tous trop harassés pour discuter. Ambre songea que cette journée qui prenait fin était une journée de moins à affronter l'absence de Gabriel, le regard d'Anton, Tim, les souvenirs… Demain elle serait probablement dans le train pour Lyon. Après-demain au plus tard elle serait auprès de Marc, dans leur appartement, en sécurité dans ses bras.

Plus Noël approchait, plus le retour de Gabriel se profilait. Il serait là le 24 décembre, c'était certain. Rosalie et lui avaient prévu de passer le réveillon ici avec les enfants et de les amener à la messe de Noël. Il ne pourrait pas la louper. Quoi qu'il ait à régler, il serait là.

« Qu'est-ce que vous ferez le 25 ? interrogea Ambre tandis qu'elles mettaient le couvert dans la cuisine.

– On était invités chez le frère de Gabriel, avec ses parents. Mais les billets de train coûtaient trop cher. On a décidé qu'on leur rendrait visite plus tard, en janvier. Peut-être pour la galette des rois.

– Alors vous serez tous les quatre ici ? »

Rosalie sourit, comblée à la seule évocation de ce repas en famille.

« Oui, on sera tous les quatre. Et toi ?

– Oh, nous, on ira manger chez les parents de Marc le 25. Mais le 24, comme mes parents sont en voyage au Maroc cette année pour Noël, on passera la soirée tous les deux, chez nous. »

Marc avait proposé qu'ils commandent un repas chez le traiteur mais elle avait dit qu'elle se chargerait elle-même du dîner. Elle serait en congé et elle détestait ne rien faire. La préparation du repas l'occuperait bien deux jours.

« Mathieu se joindra peut-être à nous... Il n'a rien de prévu.

– Il est toujours seul ?

– Toujours... et pour toujours je crois. »

Rosalie eut un sourire triste. Ambre haussa les épaules. Ça ne la touchait pas plus que ça. Son frère lui-même ne semblait pas en être peiné.

Comble de l'ironie, elle passait davantage de temps avec son frère maintenant qu'elle avait quitté la maison. Marc et lui étant amis, il venait souvent dîner ou discuter bandes dessinées avec lui. Ambre et Mathieu ne se parlaient pas plus qu'avant mais ils avaient un point commun désormais : Marc. Ça suffisait à maintenir entre eux un semblant de relation.

« Est-ce que Marc a des frères et sœurs ? interrogea Rosalie.

– Il a une grande sœur qu'il ne voit pas beaucoup. Elle vit en Angleterre.

– Elle sera là pour Noël ?

– Oui. Avec son mari. Un Anglais.

– Ça promet un repas sympa alors.

– Ouais. Ça devrait être sympa. »

Anton et Tim entrèrent dans la cuisine, suivis de Timotée et Sophie. Anton posa ses béquilles contre la table avant de se laisser tomber avec un grognement sur sa chaise. Il n'avait pas échangé un mot ni un regard avec Ambre depuis la fin de leur petite discussion – s'entendre traiter de « légume » lui avait cloué le bec.

Rosalie déposa la salade verte sur la table, Ambre le rôti de veau découpé. Timotée se mit à gesticuler en désignant la viande :

« Veux ! veux ! »

Un silence un peu lourd s'installa pendant que Rosalie servait tout le monde puis elle se rassit et interrogea :

« Alors, les garçons, vous avez prévu quoi pour Noël ?

– On va dîner chez les parents d'Anton avec sa sœur, répondit Tim tandis que son compagnon, l'air maussade, commençait à manger sans attendre personne.

– Comment elle va ?

– Bien. Elle travaille toujours énormément et elle passe beaucoup de temps à s'occuper d'Anton mais elle garde le sourire. Tout le temps. »

À la façon dont il en parlait, Tim semblait vraiment l'apprécier. Ambre se rappelait la photo qu'Anton lui avait montrée, cinq ans auparavant. Une magnifique jeune fille aux mêmes yeux verts et à la même chevelure blonde, à l'air chétif et doux.

« M'man, on va chanter ce soir ? demanda Sophie.

– Non, trésor, pas ce soir.

– Quand, m'man ?

– Demain soir. C'est le mercredi, pas le mardi.

– Vous chantez ? releva Ambre.

– Oui, répondit Rosalie, les yeux pétillants. Tu te souviens à quel point j'aime chanter… Eh bien j'ai réussi à monter un chœur à Arvieux.

– Génial !

– À la base c'était juste un chœur d'enfants. Pour ceux qui

étaient inscrits au catéchisme. Mais à force de parler avec les mamans du village, place de la Fontaine et ailleurs, j'ai réussi à regrouper un nombre suffisant de personnes pour monter un projet associatif. Une chorale parents-enfants, tu vois… ça nous semblait sympa. Finalement le prêtre s'est montré emballé par l'idée et on a fusionné le chœur du catéchisme avec notre projet. Maintenant on est une trentaine de parents et d'enfants à chanter.

– Dont Sophie et toi. »

Sophie acquiesça fièrement, imitant sa mère.

« C'est notre soirée entre filles le mercredi soir. Rien que toutes les deux. Timotée et Gabriel restent ici, “entre mecs”, comme ils disent. »

À l'énoncé du nom de son père, Timotée se mit à croasser : « Papa ! papa ! » et Sophie d'ajouter :

« Papa, il chante comme une casserole ! Heureusement qu'il chante pas avec nous ! », ce qui fit rire tout le monde autour de la table, même Anton.

« Est-ce que vous chanterez pour la messe de minuit ? demanda Ambre.

– Non, pour la messe ce sont seulement les enfants des écoles du village. Mais on organise un petit concert à l'église le 26.

– C'est chouette ! Qu'est-ce que vous chantez ? »

Sophie répondit, l'air sérieux :

« “Foréveuyan”. »

Ambre la dévisagea sans comprendre. Rosalie sourit.

« Sophie a quelques progrès à faire en anglais ! On chante “Forever Young” d'Alphaville.

– Aaaah ! »

Tout le monde se mit à rire à table, même Sophie.

Tandis que Rosalie terminait d'essuyer la vaisselle, Ambre s'isola pour appeler Marc dans la chambre de Timotée. C'était une chambre plus petite que celle de Sophie et bourrée de peluches grandeur nature. Un lapin, une tortue et un écureuil trônaient sur une caisse de Lego.

« Salut, Marc.

– Salut, chérie. Ça va ?

– Oui. Et toi ?

– Oh oui. Je t'attends ! » s'exclama-t-il, enjoué.

Puis plus grave :

« Le mari de ton amie est rentré ? »

Elle laissa passer un silence.

« Non.

– Merde. »

Il semblait sincèrement désolé.

« Ouais.

– Elle va appeler la police ?

– Elle n'en parle pas pour l'instant.

– Tu devrais peut-être le lui suggérer…

– Non ! Je ne veux pas l'inquiéter. C'est déjà assez difficile pour elle, avec les enfants qui demandent après leur père.

– Toi, sincèrement, tu crois qu'il va revenir ?

– Il sera là demain. J'en suis certaine. »

Marc choisit de ne pas insister. En fond, elle entendait la télévision. Elle l'imaginait allongé sur le canapé, devant l'écran. Il s'était sûrement préparé un café – il en buvait des litres. Il avait peut-être posé un plaid sur ses jambes. Quand ils étaient tous les deux à l'appartement, c'était toujours ce qu'elle faisait, poser un plaid sur leurs jambes.

« Et toi ? interrogea Marc. Tu seras là demain ?

– Oui. Je serai là demain soir.

– Tu seras dans notre lit demain soir ? »

Elle était assez peu habituée à ce ton joueur et elle fut d'autant plus heureuse de l'entendre.

« Oui je serai dans notre lit demain soir.

– Génial ! j'ai acheté tous les ingrédients pour le repas du 24. Une dinde, des marrons et tout ce qu'il faut pour la bûche.

J'ai pris du chocolat noir à 75 % de cacao. Celui que tu préfères. »

Elle sourit, attendrie.

« C'est super. T'es adorable.

– Ce sera notre premier réveillon de Noël chez nous. Il faut que tout soit parfait.

– Ce sera parfait. »

Elle entendit que, dans la salle de bains, Rosalie aidait Sophie et Timotée à se laver les dents. Dans quelques minutes, elle les mettrait au lit.

« Marc, je vais devoir te laisser. Les enfants vont aller se coucher et je suis dans la chambre du petit.

– D'accord.

– Je t'embrasse… Bonne nuit.

– Bonne nuit, chérie. À demain… dans notre lit.

– Oui, à demain… dans notre lit. »

Les enfants avaient été couchés dans un joyeux brouhaha. Puis Rosalie avait regagné la cuisine et préparé du thé pour Ambre. Anton et Tim, eux, regardaient la télévision dans le salon.

Tandis que sur la table les tasses fumaient, Rosalie tripotait depuis quelques instants un morceau de papier froissé.

« C'est le mot de Gabriel ?

– Oui.

– Je peux ? hésita Ambre.

– Oh, oui ! Bien sûr ! Il n'y a rien de secret. »

Rosalie lui tendit le papier et Ambre l'étala sur la table, à côté de sa tasse.

Rosalie chérie,

Ne me déteste pas et (surtout) ne panique pas.

J'ai dû partir dans la précipitation pour régler une affaire. Je t'expliquerai tout ça à mon retour. Je ne peux pas le faire maintenant, c'est une longue histoire. Je serai là au plus vite, dès que tout sera réglé. Surtout ne t'inquiète pas. N'inquiète pas mon frère ni mes parents.

Embrasse les enfants pour moi. Je serai là très vite.

Gab

PS : N'oubliez pas mon cadeau de Noël ;)

Je vous aime.

Ces derniers mots avaient été jetés précipitamment sur le papier, ils étaient à peine lisibles.

Pour le reste, le message ne contenait rien de plus que ce que Rosalie lui avait déjà dit. Le ton se voulait léger et blagueur, comme si ce départ était des plus anodins. Pourtant ça faisait cinq jours et Gabriel n'était toujours pas là. Quel genre d'affaire nécessitait cinq jours pour être réglée ?

« Tu ne vois vraiment aucune raison alors ? demanda Ambre en relevant la tête.

– Non. Aucune.

– Écoute, Rosalie, j'ai pensé que… j'avais peut-être loupé quelque chose… que vous aviez eu des problèmes tous les deux. »

Rosalie secoua la tête avec ferveur.

« Non. On a bien eu un passage compliqué l'hiver dernier… des soucis d'argent qui nous ont stressés et… quelques disputes, mais rien de grave.

– C'est réglé ?

– Nos disputes ? Oui !

– Non, vos problèmes d'argent.

– Oh… »

Le regard de Rosalie se fit légèrement fuyant.

« Oui… presque. »

Ambre attendit qu'elle avale une gorgée de thé pour déclarer :

« T'aurais dû m'en parler. J'ai des économies. J'aurais pu vous aider.

– On… on voulait pas déranger. Ni toi ni personne. On a tous nos petits soucis. »

C'est de ma faute. J'ai été tellement distante qu'ils n'ont pas osé demander.

« Je sais que j'ai pas beaucoup appelé…, bredouilla-t-elle, le regard fuyant à son tour, mais… t'aurais pu m'en parler.

– Ça va, Ambre. T'inquiète.

– J'aurais dû téléphoner plus souvent. J'ai été aux abonnés absents…

– C'est pas moi qui vais te blâmer, après avoir disparu un an ! fit Rosalie avec un sourire triste. On fuit comme on peut. »

Ambre tenta de se défendre, difficilement :

« Oh je… je fuyais pas, je… j'avais trop de travail et… »

Rosalie n'y croyait pas une seconde. Elle savait exactement ce qu'Ambre avait cherché à fuir.

« J'imagine que ça a pas dû être facile », dit-elle.

Ambre devina sans peine qu'elle voulait lui parler de Tim, de Frontignan, des mois qui avaient suivi. Mais elle, elle ne voulait qu'une chose : échapper à cette discussion. À tout prix.

« Non ça va. Vraiment, Rosalie. J'étais contente de rentrer à Lyon. Ça m'avait manqué. Et la boutique, c'est un job génial. Je m'éclate. »

Quelle horrible menteuse.

Rosalie lui sourit. C'était une amie, une vraie. Elle faisait toujours semblant de la croire.

Elles terminèrent leur thé un peu trop vite, se brûlant la langue et la gorge. Elles s'étirèrent et bâillèrent. Elles avaient toutes les deux envie d'aller se coucher mais il était encore tôt. Alors Ambre demanda :

« Qu'est-ce que j'ai loupé d'autre ? »

Rosalie jeta un regard furtif en direction du salon.

« Tim a perdu sa mère. »

Ambre reçut la nouvelle comme un uppercut à l'estomac. *Il a perdu sa mère et j'étais pas là.* C'était peut-être à cause de ça, finalement, qu'il avait perdu son regard d'enfant. Pas à cause d'Anton. Pas seulement. *Il est resté deux ans au chevet d'Anton, chaque jour, au centre de rééducation et il a perdu sa mère…*

« Qu'est-ce qu'il s'est passé ? fit-elle d'une voix rauque.

– Elle faisait de l'anorexie. »

Ambre s'en souvenait. Elle revoyait les photos chez Maxime et Lisa. Une femme maigre et frêle, qui devait s'aider de béquilles pour marcher.

« Elle a eu une chute de potassium qui a entraîné un arrêt cardiaque, reprit Rosalie. Il y a un an. »

Ambre resta figée de longues secondes, horrifiée, devant sa tasse vide.

« Ils… ils avaient repris contact ? »

Rosalie dodelina de la tête, pour signifier *Oui et non, pas vraiment.*

« Le frère de Tim a eu un bébé, expliqua-t-elle. Tim a été choisi comme parrain. Maxime l'a annoncé à sa famille et ça a permis de débloquer certaines choses. Pas avec son père. Tim et son père se détestent toujours. Mais avec sa mère, oui. Ils se sont appelés plusieurs fois. Avec son frère aîné aussi. Tim était pas prêt à les revoir. Pas tout de suite. Mais au moins ils se téléphonaient.

– Et elle est morte.

– Oui. »

Rosalie avait l'air grave. Ambre était blême.

« Ils… ils l'ont dit ? demanda-t-elle d'une voix étranglée.

– Quoi donc ?

– Que c'était de sa faute… qu'elle était morte à cause de lui… Dis-moi qu'ils lui ont pas balancé ça à la figure ! »

Rosalie haussa les épaules.

« J'en sais rien, Ambre. Tim en parle pas.

– J'espère vraiment qu'ils ont pas osé.

– J'espère aussi.

– Il a pas besoin de ça. Pas avec cette pourriture d'Anton qui le rend responsable de son handicap. Qui le lui rappelle chaque jour ! »

Rosalie lui fit les gros yeux. Ambre avait élevé la voix et elle craignait que les garçons ne l'aient entendue.

« Quoi, c'est pas vrai peut-être ? reprit Ambre un ton plus bas. Anton le retient pas prisonnier en jouant sur sa culpabilité ?

– C'est pas ce que tu crois, Ambre… »

Rosalie parlait d'une voix calme, assurée. Ambre secoua la tête.

« C'est une ordure. Il a essayé de me culpabiliser moi aussi ! Cet après-midi !

– C'est pas ce que tu crois, répéta Rosalie. C'est Tim qui ne veut pas partir.

– À cause de son chantage justement ! »

Rosalie hésita à répliquer, mais devant la fureur d'Ambre qui ne demandait qu'à exploser, elle laissa tomber.

« Tu reveux du thé ?

– Non merci.

– Tu veux prendre une douche avant de dormir ? Ça te ferait peut-être du bien…

– Oui, je vais faire ça. »

Ambre se leva avec des mouvements lents, encore sonnée par ce qu'elle venait d'apprendre, encore furieuse contre Anton.

La douche ne l'apaisa en rien.

Dans la chambre, elle s'assit sur le petit lit de Sophie, la regarda dormir quelques secondes puis déposa un baiser sur ses cheveux. Ils avaient perdu leur odeur de bébé.

Elle s'allongea sur son matelas, toujours crispée de colère.

Demain elle serait chez elle, avec Marc. Demain elle se sortirait tout ça de la tête, pour la soirée au moins.

Et après ?

4

Quand elle se rappelait Frontignan, ces soixante-quatre jours de bonheur furtif à Frontignan, c'était d'abord de la chaleur qu'elle se souvenait. Une chaleur étouffante. Qui les empêchait de dormir.

Et parfois de faire l'amour. Leurs peaux collaient au matelas, leurs cheveux étaient trempés, leurs mains moites, leurs souffles brûlants... Puis lui revenait le goût des limonades glacées qu'ils prenaient au café San Antonio, près de la plage. Elle sentait aussi la piqûre de l'eau salée. Ils s'étaient baignés tous les jours, sans exception. Et quand ils travaillaient en journée, ils se levaient plus tôt, à six ou sept heures, pour pouvoir aller se baigner. Ils avaient la plage pour eux tout seuls. Ils disaient qu'ils l'avaient fait privatiser et ils s'installaient sur les transats, ceux qu'il fallait louer à la demi-journée une fortune. Et ils souriaient comme des enfants parce qu'ils étaient en train de faire quelque chose d'interdit et qu'ils risquaient une amende. Une fois, ils avaient même fait l'amour sur un de ces transats, un jour qu'il pleuvait et que personne n'avait osé mettre le nez dehors.

Quand elle pensait à Frontignan, c'était l'ambiance du petit marché près de la plage qu'elle retrouvait. Le brouhaha était assourdissant mais elle l'avait toujours trouvé agréable. On entendait les gens parler fort, s'interpeller en criant. On entendait les enfants pleurer ou rire. Le froissement des étoffes, le cliquetis des bijoux – C'est de l'argent, mademoiselle ! » –, le bruit mat du couteau qui tombait sur l'étal et tranchait en deux un melon ou une pastèque.

On entendait de la musique, toujours, car il y avait un stand de CD et de vieux vinyles. Ils allaient au marché chaque semaine et ils goûtaient les fruits, les légumes, les jambons secs, de sorte qu'ils n'avaient plus besoin de manger après. Et ils n'achetaient jamais rien. Ou rarement. Ils disaient qu'avec ce qu'ils avaient économisé en grignotant au marché, ils pourraient s'offrir un cocktail pour deux le soir. Alors ils allaient danser et ils se payaient un mojito.

Frontignan, c'était tout ça : la chaleur étouffante, le goût de la limonade glacée, la piqûre du sel sur la peau, le bruit du marché et les mojitos…

Allongée sur le matelas, entre veille et sommeil, Ambre continua à laisser vagabonder ses pensées.

Elle repensa au premier baiser de Marc… Ils avaient pris un café dans un bar ce jour-là, en fin d'après-midi, et il l'avait raccompagnée à son arrêt de bus. Elle s'était demandé s'il allait finir par l'embrasser ou non. Ils avaient attendu son bus en discutant de tout et de rien et quand il était arrivé, comme tout le monde se pressait pour monter, Marc avait demandé, dans la précipitation : « Je peux t'embrasser ? » Alors elle avait dit oui, la bouche sèche, et il avait plaqué ses lèvres contre les siennes. Puis elle s'était dépêchée de grimper dans le bus. Après coup, elle s'était dit que c'était bête, qu'elle aurait pu continuer à l'embrasser et prendre le bus suivant.

La première fois que Tim l'avait embrassée, lui, il n'avait pas demandé la permission. Ça ne l'avait pas dérangée. Ils rentraient du Monkey Club, passablement éméchés, et ils s'étaient collés l'un à l'autre devant la porte du studio d'Anton. Il avait fait tomber ses clés par terre et ils s'étaient arrêtés net.

Marc demandait, Tim prenait, songea-t-elle.

« Ambre ? »

Cette fois-ci, elle émergea totalement de son demi-sommeil. Sophie était penchée au-dessus d'elle, dans la faible luminosité de la chambre. Ambre. C'était la première fois qu'elle l'appelait par son prénom.

« Bonjour, ma belle. »

Elle se redressa sur un coude. Sophie secoua la tête.

« Je suis pas ta belle. »

Un beau refus, clair, net et précis. Des bras croisés. Une moue renfrognée.

« D'accord. Alors comment je peux t'appeler ?

– Sophie.

– Sophie tout court ?

– Oui.

– Ça sonne pas très bien, Sophie tout court... ça ne fait pas gentil. »

La petite fille sembla réfléchir à la question. Elle haussa finalement les épaules.

« Alors Sophinette, déclara-t-elle.

– Sophinette ? Pourquoi Sophinette ?

– Parce que personne m'appelle comme ça. Papa m'appelle "princesse" et maman m'appelle "trésor" et des fois "Sophie chérie". Et parrain et le grand Tim m'appellent "le monstre". Mais personne m'appelle Sophinette. J'aime bien. Ça rime avec "trottinette". »

Ambre retint un sourire en se mordant la lèvre.

« Bon... Va pour Sophinette. »

La petite fille hocha la tête, satisfaite, avant de se tourner vers la porte, l'air soudain grave.

« Qu'est-ce qu'il t'arrive, Sophinette ?

– Où elle est, maman ?

– Elle est pas dans sa chambre ?

– Non. Elle est pas dans l'appartement. »

Ambre se redressa tout à fait, inquiète.

« Tu as bien regardé partout ?

– Oui. Même dans le salon où parrain et le grand Tim ils dorment encore. J'ai pas fait de bruit. Ils m'ont pas vue.

– D'accord. Je vais me lever avec toi. Elle a dû sortir faire une course... »

Sophie était sceptique mais elle la suivit hors de la chambre, dans son pyjama rose.

Ambre remarqua que la porte d'entrée était entrouverte. Rosalie avait dû sortir pour relever le courrier ou descendre la poubelle.

« P'tit Tim' a faim », indiqua Sophie.

En effet on l'entendait pousser des grognements depuis sa chambre. Comme Ambre ne bougeait pas, Sophie lança avec autorité :

« Bah va le chercher ! »

Debout dans son lit, accroché aux barreaux, Timotée avait les yeux pleins de larmes et les joues rouges. Quand Ambre s'approcha, il fit non de la tête.

« Il veut pas toi. Il veut maman, expliqua Sophie.

– Oui, j'ai cru comprendre...

– Il est petit. Il fait des caprices. Faut le prendre quand même et lui donner à manger. »

Une nouvelle fois il se débattit et grogna :

« Non ! Pas toi ! »

Ambre resta figée devant le lit, incapable de faire un geste. Elle parvenait à peine à le toucher, alors le soulever dans ses bras...

Pourquoi était-ce si compliqué avec Timotée ? Pourquoi, depuis qu'elle était arrivée, elle ne parvenait pas à passer une main dans ses cheveux, à le porter, à lui sourire ? Ce n'était pas si difficile avec Sophie... Sophie était méfiante, elle avait son franc-parler et elle avait refusé de l'appeler par son prénom pendant deux jours, mais elle avait réussi à établir une certaine relation avec elle. L'enfant lui prenait la main, elle lui parlait. Avec Timotée, Ambre restait distante. Sans savoir pourquoi.

Peut-être simplement parce qu'elle avait connu Sophie bébé. Parce qu'elle l'avait bercée, endormie, nourrie. Parce qu'elle l'avait beaucoup aimée. Alors que Timotée était un inconnu pour elle. Quand elle avait débarqué ici après trois longues années d'absence, elle avait découvert ce petit bonhomme aux joues rebondies et aux yeux sérieux de grande personne, qui adorait son parrain et passait ses journées dans les jambes d'Anton. Eux, il les connaissait. Pas Ambre. Il se cachait derrière Sophie, dès qu'elle approchait, et la dévisageait avec une légère frayeur. Et elle, elle ne parvenait pas à lui témoigner une quelconque marque d'affection. Peut-être parce qu'il lui rappelait à quel point son absence avait été longue.

« Tu le prends pas ? »

Sophie la dévisageait avec étonnement.

« Si, je le prends. »

Elle souleva le petit garçon dans ses bras. Il se débattit quelques secondes puis il se calma et cessa même de grogner.

« Il fait des caprices mais il est gentil », dit Sophie.

Ils allèrent dans la cuisine où Ambre installa Timotée dans sa chaise haute tandis que Sophie prenait place à table, le dos bien droit.

« Qu'est-ce qu'il mange le matin ?

– Du lait avec du cacao et dedans, maman met des céréales.

– Et toi, Sophinette, tu veux quoi ?

– Comme p'tit Tim' mais avec du miel dedans.

– D'accord. »

Ambre ouvrit un à un placards et tiroirs pour dénicher deux bols, deux cuillères, le cacao, les céréales et le miel. Elle alla prendre le lait au réfrigérateur.

Quand elle se retourna, elle découvrit Tim à table. Il avait les yeux gonflés de sommeil et les cheveux ébouriffés. Elle fut si surprise de ne pas l'avoir entendu entrer – aussi silencieux qu'un fantôme – qu'elle ne trouva rien d'autre à dire que :

« Salut. T'es levé.

– Oui, comme tu vois. »

– Euh… tu prends quoi pour déjeuner ?

– Comme Sophie. »

Elle sortit un nouveau bol, une nouvelle cuillère, fit chauffer le lait dans une casserole. Personne ne disait rien dans la cuisine.

Timotée attendait en faisant rouler une céréale sur la tablette de sa chaise haute, Sophie faisait tourner un de ses bracelets autour de son poignet et Ambre sentait le regard de Tim dans son dos. Elle faisait son possible pour ne pas penser à Frontignan, à leurs petits déjeuners silencieux où ils terminaient de se réveiller doucement et se contentaient d'échanger des regards.

« Voilà. Faites attention, c'est chaud. »

Elle s'installa avec eux.

« Tu ne manges rien ? demanda Tim.

– Non. Ça va. »

Le silence retomba, à peine troublé par les raclements des cuillères. Tim mangeait sans empressement, comme s'il n'avait pas vraiment faim. De temps en temps il relevait la tête, croisait son regard, sans un mot, et elle détournait les yeux, vers la fenêtre. Ils étaient gênés. Ou amers. Elle ne savait pas trop.

La porte claqua et Rosalie fit irruption dans la cuisine. Elle masqua de justesse sa contrariété devant les enfants et afficha un large sourire.

« Ah, vous êtes levés ! Anton dort encore ?

– Ouais. »

Ambre l'interrogea du regard avec insistance et Rosalie lui fit signe discrètement de la suivre dans le couloir.

« T'étais où ? chuchota Ambre.

– Je suis sortie pour l'appeler encore. Je veux pas le faire ici pour pas inquiéter les enfants.

– Et alors ?

– Rien. J'ai laissé deux messages vocaux. Je te jure, il a intérêt à avoir une très bonne raison pour ne pas me répondre parce qu'il va se prendre la gifle de sa vie quand il va rentrer. »

Elle était sur les nerfs, prête à craquer.

« Demain on est le 24, t'imagines s'il revient pas d'ici là ? Si ce soir je n'ai pas de nouvelles, j'appelle son frère. »

Ambre hocha la tête.

« T'as raison. Appelle son frère. »

L'angoisse monta d'un cran dans l'appartement. Au point que les enfants le sentirent. Ils étaient grognons, irritables. Timotée ne faisait que geindre. Même Anton ne parvenait pas à le calmer. Sophie s'énervait très vite.

Il neigeait beaucoup dehors et ils essayèrent d'occuper les petits avec des activités manuelles. Fabrication de guirlandes avec des emballages dorés de papillotes, dessins à l'aide de pochoirs en forme d'étoile et de bonhomme de neige, découpage des dessins et collages sur les vitres, avec un système d'aimants.

Anton s'éclipsa plusieurs fois dans la matinée pour fumer. Après un repas composé de purée et de jambon, écourté à cause des pleurs de Timotée, on envoya les enfants à la sieste et Anton disparut de nouveau avec ses béquilles.

Tandis que Rosalie était dans la chambre de Timotée pour l'aider à s'endormir, Ambre se retrouva face à Tim dans le salon silencieux. Il neigeait à gros flocons. Tim était enfoncé dans un fauteuil, le regard perdu. Ambre s'échinait à essayer de décoller les papiers aimantés qui s'étaient accrochés à sa montre.

La voix de Tim s'éleva :

« Tu lis toujours ? »

Elle prit quelques secondes avant de relever la tête. Elle savait que sa réponse le décevrait.

« Non. J'ai plus tellement le temps avec le travail...

– Ah.

– Je finis souvent après vingt et une heures et quand je rentre..., tenta-t-elle de se justifier. Marc est dans ses bouquins toute la journée... alors quand je rentre, il a pas vraiment envie d'en voir d'autres.

– Ah. »

Le silence retomba. Tim fixait ses ongles.

« Il fait quoi ? Il est prof, chercheur ?

– Il écrit une thèse.

– Sur quoi ?

– Une thèse d'histoire. Sur l'époque médiévale mais je n'en sais pas plus.

– Ah. C'est un intello donc. »

Elle ne savait pas trop comment le prendre.

« Belle ascension sociale », ajouta-t-il.

Elle sentit une pointe de sarcasme.

« Pourquoi ?

– T'es responsable de magasin maintenant et ton compagnon est doctorant. »

Le mot « compagnon » semblait presque insultant dans sa bouche. Elle se sentit obligée de se défendre :

« Tu parles, je ne sais même pas s'il la finira un jour, sa thèse.

– Oui mais n'empêche... il est loin le temps où tu fréquentais des employés d'hôtel. »

Elle haussa les épaules sans rien trouver à rétorquer. Le silence s'installa de nouveau. Plus pesant que jamais.

« Vous faites quoi alors ? reprit Tim, presque brusquement.

– Hein ?

– Le soir, vous faites quoi ? Vous sortez beaucoup ? Vous allez au cinéma ? Au restaurant ?

– Oh... non, pas tellement. On... Marc n'aime pas vraiment sortir. On regarde des films à l'appartement... on discute... on... Si, il m'a initiée à la BD. J'en lisais jamais. Maintenant j'en feuillette de temps en temps.

– Alors t'as abandonné les romans pour les BD... c'est dommage.

– Pourquoi dommage ? »

Pendant un instant ils restèrent silencieux. Puis Tim se redressa un peu dans le fauteuil.

« T'as pas une vie vraiment palpitante en fait. »

La phrase lui fit l'effet d'une gifle.

« Parce que la tienne l'est ?

– Hé ! Détends-toi ! C'était juste une remarque comme ça.

– Bah je te la retourne. Tu viens de passer les cinq dernières années de ta vie à jouer les aides-soignants. »

Il lui lança un regard noir.

« C'est bas, Ambre. Tu sais très bien que c'est pas la vie que j'ai choisie. J'y ai été contraint par la force des choses. Alors que toi…

– Quoi moi ?

– T'as toute la vie devant toi. T'es jeune. Mais tu t'enfermes dans une existence triste à pleurer. »

« Mais qui te permet de juger ma vie ?

– Ambre, ça n'a rien de méchant. Je pensais que… non, c'est même pas ça… j'espérais que tu mènerais une vie heureuse et amusante. Pas comme la mienne.

– T'inquiète, ma vie reste plus palpitante que la tienne ! Moi au moins je ne vis pas avec quelqu'un que je n'aime pas.

– Ah ouais ? T'en es vraiment sûre ? »

Elle ouvrit la bouche sans pouvoir prononcer un mot. Il allait parler de Frontignan maintenant. Elle en était certaine. Elle se leva pour quitter la pièce. Pour échapper à ça. Trop tard…

« Quand je suis rentré et que j'ai vu que t'étais partie, j'étais… j'étais triste mais… j'étais heureux d'un autre côté. Je me disais que c'était mieux comme ça. Que c'était mieux pour toi. Qu'au moins toi tu pourrais t'offrir une jeunesse, mener une vie que t'aurais choisie. Je t'en ai pas voulu, tu sais, d'être partie. T'as eu raison de le faire. »

Elle resta figée à la porte du salon. Abasourdie.

« Attends… qu'on remette les choses à leur place… Je n'ai pas… »

Elle avait du mal à s'exprimer clairement.

« Je ne suis pas partie. C'est toi qui es parti. Alors moi j'ai fait ce qu'il me restait à faire. Je suis rentrée à Lyon.

– Je ne suis parti qu'une semaine. Tu aurais pu attendre mon retour… qu'on en discute, au moins.

– Je ne pensais pas que tu rentrerais ! Tu n'as pas appelé une seule fois...

– J'étais... j'étais totalement bouleversé. Anton était méconnaissable. Il était cloué au lit avec ses jambes qui ne répondaient plus. Il était incontinent. Il disait qu'il voulait mourir ! Alors... non, non j'ai pas appelé ! Et quand je suis rentré à Frontignan t'étais déjà partie ! Y avait plus rien dans l'appart. L'agence m'a dit que t'avais fait renvoyer mes affaires à Paris, auprès d'Anton, et que...et que t'avais rompu le bail. »

Elle était blême, à court de mots.

« Tu dis rien ? »

Elle secoua la tête et se força à déglutir, à inspirer un peu d'air.

Elle s'imaginait Tim de retour à Frontignan, découvrant l'appartement vide.

« Tu sais, ça n'aurait pas changé grand-chose au fond, lâcha-t-il. Je rentrais pour te dire que j'allais m'installer à Paris, pour rester auprès d'Anton. Mais j'aurais voulu pouvoir te dire au revoir... »

Elle secoua la tête de nouveau. C'était ce qu'elle avait cherché à fuir justement. Les yeux désolés de Tim. Les adieux. Elle n'avait jamais aimé ça. Elle avait préféré s'éclipser, pour rendre les choses plus faciles. Pour tous les deux. Car elle ne l'aurait jamais empêché de rejoindre Anton. Bien au contraire.

« Je savais exactement quelle serait ta décision, rétorqua-t-elle d'une voix étranglée. Et j'ai pensé que c'était mieux comme ça.

– C'était pas mieux comme ça. Pas pour moi. »

Ils restèrent silencieux quelques secondes. Elle toujours adossée au mur, près de la porte, les jambes flageolantes. Lui dans son fauteuil.

« On aurait quand même pu rester amis, reprit-il.

– Non, on aurait pas pu, Tim. Tu m'aurais raconté quoi ? Que tu passais ta vie au chevet d'Anton ? Que t'avais tout plaqué pour lui ? Ton travail, ta jeunesse ? Que vous traversiez toutes ces étapes côte à côte ? Que grâce à ton soutien il parvenait à remarcher et que l'épreuve avait scellé votre relation à tout jamais ? Non. J'avais pas envie d'entendre ça. »

Tim ne trouva rien à répliquer. Elle savait pourquoi : parce qu'elle avait raison. Anton et lui avaient traversé cette épreuve tous les deux et quoi qu'en dise Anton, quoi qu'elle en dise elle-même, ils s'aimaient toujours tous les deux. Sans doute plus fort que jamais. Culpabilité ou non. Disputes ou non. Chantage affectif ou non.

Ils avaient tout enduré ensemble. L'accident d'Anton. La mort de la mère de Tim. Plus rien ne pouvait détruire ce roc qu'ils avaient construit. Ce n'était peut-être pas de l'amour fou, pas de la passion, mais c'était un amour solide, forgé par les épreuves, par le temps et par tous les sacrifices qu'ils avaient faits l'un pour l'autre. C'était inébranlable.

Tim déglutit.

« Mais maintenant…

– Quoi maintenant ?

– On peut être amis maintenant. »

Elle ne savait pas vraiment si elle en avait envie. Si elle y était prête.

« On a changé, répondit-elle.

– Ça c'est sûr. »

Il lui fit signe de venir s'asseoir dans un des fauteuils noirs, à côté du sien. Elle obtempéra, lasse.

« On est devenus adultes cette fois… Pour de vrai, ajouta-t-il.

– Comment ça ?

– On était fiers parce qu'on avait réussi à rester des gosses malgré tout. Malgré Philippe, malgré mes parents… tu te rappelles ? »

Elle acquiesça.

« Mais maintenant c'est fini. On s'est fait avoir. Tous les deux. Tu te teins les cheveux, tu portes des robes et tu ne jures plus que par ton travail. C'est ça ta vie : ton travail et ta vie de couple bien rangée. Tu ressembles à tes parents, ça y est. »

Elle se sentit légèrement vexée par ces derniers mots mais elle n'en montra rien.

« Et je te parle pas de moi, reprit-il avec amertume.

– Tu fais quoi de tes journées, toi ?

– Je m'occupe d'Anton. Enfin maintenant plus tellement... il est redevenu autonome. Mais avant ça me prenait la journée. Je devais... je devais le laver, tu sais. Et l'habiller. En me faisant traiter de tout : il ne supportait pas que je le voie dans cet état... On ne sort pas non plus. Avant, tu te souviens, il adorait ça. Il avait des amis partout. Maintenant, terminé. On ne fait pas grand-chose. On passe beaucoup de temps chez ses parents et avec sa sœur. On voit Gabriel et Rosalie de temps en temps. On rend visite à Maxime et Lisa aussi.

– Tu sais... avec Marc, si on ne sort pas beaucoup, c'est pas parce qu'on a plus rien à faire ensemble ou parce que je ne l'aime pas, comme tu l'as dit tout à l'heure. C'est juste que... on a pas besoin de tout ça pour être bien. On a pas besoin de dîners aux chandelles, de ciné, de soirées entre amis, de fêtes ou de voyages. Rester chez nous, tous les deux, ça nous suffit. »

Elle avait l'impression de chercher à s'en convaincre elle-même.

« Il t'a déjà vue pleurer ?

– Quoi ?

– Il t'a déjà vue pleurer, oui ou non ?

– Non... jamais... Pourquoi ?

– C'est dans les larmes qu'on apprend réellement à se connaître, tu ne crois pas ? »

Elle ne savait pas si Tim parlait encore de Marc et elle ou d'Anton et lui.

« S'il n'a jamais vu tes larmes, Ambre, je ne crois pas qu'il te connaisse si bien... »

Rosalie choisit ce moment pour entrer dans la pièce, masquant derrière un sourire toute autre forme d'émotion qui eût pu laisser deviner qu'elle avait entendu leur conversation.

« Si on préparait des orangettes cet après-midi ? Les enfants seront réveillés dans une heure. »

Ils attendirent tous les quatre que les enfants se réveillent en regardant sans vraiment le voir un téléfilm de Noël, dans le salon. Puis quand Timotée s'éveilla en pleurant, réveillant sa sœur, ils se mirent à l'atelier orangettes en cuisine.

Cependant, plus les heures défilaient, plus le ciel s'assombrissait et plus l'angoisse montait. Tous le sentaient. Ce soir, Rosalie appellerait la famille de Gabriel. Et ce serait sans doute la panique.

Marc appela plusieurs fois au cours de l'après-midi mais Ambre ne put se résoudre à répondre. Il devait s'impatienter, vouloir savoir à quelle heure il devrait l'attendre à la gare. Elle lui avait promis qu'elle rentrait aujourd'hui. Mais impossible de tenir sa promesse. Pas avec Gabriel aux abonnés absents. Pas avec Rosalie et ses enfants seuls pour le réveillon de Noël. Rentrer dans ces conditions était inconcevable.

Les orangettes furent placées au réfrigérateur, les enfants envoyés à la salle de bains. Pendant que Rosalie les lavait, Ambre entreprit de préparer le repas mais le cœur n'y était pas. Elle avait la gorge nouée et elle n'osait même pas imaginer dans quel état de stress devait être Rosalie.

« Je sors quelques secondes », annonça celle-ci avant qu'ils ne se mettent tous à table.

Il était à peine sept heures. Elle allait appeler.

« Ambre ! Petit Tim' demande si on peut manger les orangettes ! »

Sophie se tenait devant son frère comme si elle cherchait à le protéger.

« Non. Après le repas. D'abord on va manger une soupe.

– Maman appelle papa ?

– Je ne sais pas, Sophie. »

Sophie la scrutait, essayant de capter quelque chose sur son visage. Ambre fit tout pour rester impassible.

Rosalie fut de retour plus vite qu'ils ne le pensaient. À son visage blême, à la façon dont ses lèvres tremblaient, ils comprirent que les nouvelles n'étaient pas bonnes.

« Ils ne savent rien », chuchota-t-elle à Ambre en regagnant la cuisine.

Elle ajouta en baissant encore la voix :

« Je vais m'allonger. J'ai besoin d'être un peu tranquille. Vous pouvez faire manger les enfants ?

– Oui, Rosalie. On s'en occupe.

– Sophie chérie, Timotée, venez ici. Maman a très mal à la tête. Elle va s'allonger. Vous allez manger avec Tim, Anton et Ambre. Vous serez bien sages, d'accord ? »

Deux hochements de tête.

« Après ça, vous vous lavez les dents et au lit ! Pas de caprices. N'est-ce pas, petit Tim' ? »

Nouveaux acquiescements. Rosalie déposa un baiser sur chaque tête et s'éloigna dans le couloir. Anton la rejoignit discrètement alors qu'elle arrivait à sa chambre.

« T'en fais pas, Rosalie, lui dit-il tout bas. On reste ici. Tant qu'il est pas revenu on sera ici, avec toi et les enfants.

– Non, Anton... vous avez votre réveillon de Noël et de la famille qui vous attend.

– J'ai déjà décommandé si tu veux tout savoir. Cet après-midi. On reste là. »

Rosalie sembla faire un effort immense pour ne pas éclater en sanglots. L'attention la touchait et elle était sur les nerfs depuis trop longtemps.

« Anton, c'est...

– C'est normal. »

Ambre s'approcha sur la pointe des pieds et intervint à son tour :

« Je reste aussi, Rosalie.

– Non, Ambre. Les garçons seront là. Vous n'avez pas besoin de tous sacrifier votre soirée de Noël.

– Je serai là, Rosalie.

– Tu ne vas pas laisser Marc tout seul le 24 au soir !

– Il s'en sortira. Il passera la soirée avec mon frère. Je me fais pas de souci pour lui. »

Il va me tuer.

« Tu sais quoi, répliqua Rosalie, j'ai une meilleure idée. Tu n'as qu'à l'inviter à passer Noël ici, avec nous. Vous dormirez dans la chambre de Sophie. Ça me fera plaisir de le rencontrer. Si tu es vraiment décidée à rester bien sûr…

– Je ne bouge pas, Rosalie. »

Rosalie se mordit la lèvre inférieure très fort, pour retenir ses larmes d'émotion.

« Ravi de l'entendre, lâcha Anton. Tu as pris la fâcheuse habitude de disparaître à tout va, ces dernières années. »

Ambre ne répondit pas, elle ne lui accorda même pas un regard car elle pressait l'épaule de Rosalie très fort, pour lui dire : *C'est fini. On est tous là. Ça va aller. Gabriel va rentrer.*

Elle appela Marc avant que Tim ne serve la soupe. À sa voix elle comprit qu'il s'était fait énormément de souci.

« Je t'appelle sans arrêt depuis cet après-midi ! »

Elle ne pouvait parler trop fort car elle s'était isolée dans la chambre de Sophie qui jouxtait celle de Rosalie.

« Je suis désolée. On attendait tous la fin de l'après-midi pour prendre une décision… Mais il n'est pas rentré. Rosalie a appelé sa famille. Personne ne sait rien.

– Donc tu ne seras pas là ce soir. »

Elle poussa un soupir.

« Non, Marc, je suis désolée.

– Dis-moi au moins que tu rentres demain… pour notre réveillon tous les deux. »

Elle prit quelques secondes pour répondre et elle le sentit s'agiter.

« Je ne peux pas les laisser tout seuls un soir pareil… mais Rosalie propose que tu viennes passer Noël ici. Il y a de quoi te loger. Elle sera ravie de te rencontrer et… on sera tous les deux ici, à la montagne. Tu verras, c'est sympa. Tu… tu feras la connaissance de mes amis… »

Elle attendit, légèrement angoissée, sa réaction.

« D'accord, chérie.

– C'est gentil, Marc.

– C'est normal… C'est pas une situation facile. Vous allez appeler la police ?

– Je sais pas… Rosalie s'est isolée dans sa chambre… elle a besoin de pleurer un bon coup, je crois… loin des enfants. Peut-être qu'elle appellera demain. Mais elle ne veut pas paniquer les petits.

– Oui… je comprends. »

Le silence retomba. Dans la cuisine, Tim avait déjà dû servir les enfants car on entendait le raclement des cuillères dans les assiettes.

« Tu arriveras demain dans l'après-midi ? demanda Ambre.

– Oui. Je prendrai la voiture.

– D'accord. »

Nouveau silence.

« On repartira ensemble le 25. On sera à l'heure pour le déjeuner chez tes parents. »

Les enfants avaient presque terminé leur soupe. Ambre se laissa tomber à table à côté de Sophie.

« Il va venir ? » demanda Tim.

Depuis leur discussion plus tôt dans l'après-midi, la glace était quelque peu brisée entre eux et il leur était plus facile de se parler.

« Oui.

– Ça va me faire plaisir de le rencontrer », ricana Anton.

Ambre le fusilla du regard.

« Je te préviens : si tu fais une seule remarque désagréable devant lui, une seule allusion gênante, je te promets que je m'arrangerai pour que tu puisses plus jamais remarcher. »

Si Tim sembla s'offusquer, Anton se mit à sourire, amusé.

« Oh, je vois… il ne sait rien ? »

À son silence, il comprit. Sophie s'agita à côté d'eux.

« Vous parlez de quoi ?

– On parle de l'amoureux d'Ambre, répondit Anton, de plus en plus amusé.

– Je le connais pas, moi.

– T'en fais pas, Sophie. Il sera là demain. On va le rencontrer. On a tous hâte, n'est-ce pas ? »

Sophie hocha la tête, enfournant une grosse bouchée de pain. Tim n'avait pas décollé les yeux de son assiette.

Tout en débarrassant la table, Ambre se demanda si ça avait été une bonne idée d'inviter Marc à passer deux jours ici, s'il n'aurait pas été préférable de le laisser à Lyon, dans leur bulle, loin de tout ce passé. « C'est jamais bon de remuer le passé. » C'était ce que Tim avait dit un jour. Il avait peut-être raison. Mais comment faire machine arrière maintenant sans éveiller les soupçons de Marc ?

« Sophie ! cria Anton. Qu'est-ce que tu fais ? »

Il était toujours assis à la table de la cuisine. Il n'avait pas fait un geste pour aider Ambre à débarrasser ou aller avec Tim s'occuper du coucher des enfants.

« Qu'est-ce qu'il y a ? fit Ambre, les mains dans l'eau de vaisselle.

– Sophie est en train de taper à la porte de Rosalie. Va la chercher. »

Elle dut lui lancer un regard noir car il ajouta :

« Le temps que je me déplace, elle aura déjà défoncé la porte. »

Sophie était plantée devant la chambre de sa mère et frappait à petits coups saccadés en appelant :

« M'man ! Ouvre !

– Qu'est-ce qui se passe, Sophinette ? »

Mais Sophinette ne lui accorda pas un regard et poursuivit sa litanie :

« M'man ! Ouvre ! On a oublié la chorale, m'man ! »

La voix faible de Rosalie leur parvint à travers la porte :

« Sophie chérie, maman a très mal à la tête. On ira pas à la chorale ce soir, c'est pas grave.

– Pourquoi t'ouvres pas ? »

Se doutant que Rosalie était en larmes, au comble de l'angoisse, Ambre intervint :

« Sophinette, maman ne doit pas voir de lumière avec sa migraine. Ni entendre de bruit. Alors viens avec moi. Tu t'es lavé les dents ?

– Mais ma chorale ? »

Sophie paraissait terriblement déçue. Les épaules affaissées, des yeux de chien battu, elle semblait sur le point d'éclater en sanglots.

« Vous irez une autre fois. Allez, viens te laver les dents.

– Mais on a le spectacle… »

Ses petites lèvres tremblotaient et des larmes perlaient déjà au coin de ses yeux. Ambre passa un bras autour de sa taille.

« Est-ce que tu veux que je t'y accompagne, Sophinette ? Je resterai pour t'écouter. »

Sophie la dévisagea, mi-sceptique, mi-incrédule.

« Maman ? » appela-t-elle de nouveau.

Rosalie répondit immédiatement :

« Oui, trésor. Tu peux y aller avec Ambre. Ne traînez pas. Vous allez être en retard. »

Le visage de Sophie se transforma d'un coup. Elle hocha la tête, tout sourire, et prit la main qu'Ambre lui tendait.

Tim lisait une histoire à Timotée dans sa chambre, à la lueur d'une petite lampe en forme de lapin.

« J'emmène Sophie à la chorale », lança Ambre depuis la porte.

Tim leva les yeux.

« Tu veux que je vous accompagne ? »

Il fait tout pour redevenir mon ami.

« Non, ça va. Reste avec Anton.

– C'est que pour les filles la chorale ! » précisa Sophie.

Tim sourit.

« C'est à l'église, dit-il à l'intention d'Ambre. Sophie te montrera le chemin si tu ne te rappelles plus. Vous pouvez y aller à pied. C'est à trois minutes.

– D'accord... À plus tard.

– Bonne soirée ! »

Sur le chemin, Sophie trottinait joyeusement. La neige avait arrêté de tomber mais les routes n'avaient pas été dégagées.

« Alors qu'est-ce que tu chantes à part "Forever Young" ? »

Sophie ne se rappelait plus les titres des chansons mais elle connaissait parfaitement les paroles. Alors elle se mit à chantonner. C'étaient des chants de Noël pour la plupart, en français. Mais celui que Sophie préférait était ce chant en anglais, qu'elle s'obstinait à prononcer « Forêveuyan ».

Sur le parvis de l'église, un groupe de parents et d'enfants se pressait. Dans vingt-quatre heures, une foule serait massée ici même, attendant la messe de Noël. Gabriel aurait-il appelé ? Rosalie aurait-elle prévenu la police ?

« Bonjour, Sophie !

– Hé bonjour, ma poupée ! »

La fillette saluait les uns et les autres, lançait un petit signe deci de-là, recevait un bisou. Et Ambre répétait :

« Bonjour. Je suis une amie de Rosalie. »

Arvieux était un petit village. Tout le monde se connaissait ici.

Le chef de chœur était un homme petit et trapu à la barbe blanche. Il réclama le silence car les enfants étaient tous très dissipés en cette veille de réveillon, et commença par un échauffement de la voix. Il fallait répéter « om », « oum », « la », « yo » et laisser traîner la syllabe le plus longtemps possible, sans faire redescendre la tonalité.

Sophie était concentrée, ce qui ne l'empêchait pas de jeter des regards fréquents en direction d'Ambre, comme pour s'assurer qu'elle était toujours là.

L'échauffement terminé, le chœur entama un premier chant de

Noël. C'était beau ce mélange de voix, ce mélange d'innocence et de maturité. La voix des enfants portait celle des parents et la magnifiait. La voix des parents permettait de poser celle des enfants, de la rendre moins volatile, moins ardente. Ambre songea que c'était une bonne idée que Rosalie ait monté ce chœur. Une belle réussite. Elle était bel et bien devenue la super maman qu'elle promettait d'être. Elle n'en avait jamais douté.

Lorsque le chœur entama « Forever Young », elle fut parcourue d'un frisson. Cette chanson, ces voix, ces visages d'enfants insouciants, pleins d'optimisme, et ceux des parents, plus graves, c'était bouleversant.

« Tu pleures toujours en entendant des chants d'enfants ? » chuchota une voix au creux de son oreille.

Elle faillit pousser un cri de surprise et fit volte-face.

« T'es con ! Tu m'as fait peur ! »

Tim était là, assis juste derrière elle, penché en avant.

Pendant un instant elle crut qu'elle avait effectivement pleuré sans s'en rendre compte. Mais non, ses yeux étaient secs. Ça faisait bien longtemps qu'elle n'avait pas versé de larmes.

Puis elle réalisa que le regard de Tim s'était transformé. Son visage entier.

« Qu'est-ce que tu fais là ?

– Anton s'est endormi devant la télévision. Je m'ennuyais. Je suis venu voir Sophie. »

C'était son regard qui avait changé. Son regard d'enfant. Il était revenu ! C'était le même Tim qu'au chalet des Mélèzes, avec quelques années en plus.

« Qu'est-ce qu'il y a ? demanda-t-il, étonné qu'elle le fixe avec insistance. J'ai encore du chocolat autour de la bouche ?

– Hein ? Non ! »

Elle se força à détourner le regard. Et à changer de sujet pour refouler ses pensées :

« Pourquoi tu aurais du chocolat autour de la bouche ? Me dis pas que t'as piqué dans les papillotes des enfants ! »

Il hocha la tête sans cesser de sourire.

« Si… Je le confesse. »

C'était la première fois depuis son arrivée à Arvieux qu'ils avaient une conversation si légère, sans non-dits, sans souvenirs difficiles qui bloquaient les mots.

« J'ai pas changé tant que ça finalement, tu vois », chuchota-t-il.

Elle se retourna pour faire face au chœur.

« Oui, répondit-elle dans un souffle. Finalement tout n'est pas perdu. »

Après quoi, ils redevinrent sérieux et se laissèrent porter par les voix entremêlées. Sophie avait repéré Tim et lui adressa un signe de la main.

Vers la fin de la chanson « Forever Young », Tim chuchota de nouveau dans son cou :

« Ça me rappelle notre conversation de cet après-midi… à propos du fait de rester ou non un enfant avec le temps. »

Le chef de chœur félicita tout le monde et les enfants se mirent à courir à travers les rangées, trop heureux de pouvoir recommencer à jouer et à crier. Sophie se dirigea vers eux avec un visage empreint de fierté.

« T'es venu, dit-elle à Tim.

– Ouais.

– J'ai bien chanté ?

– C'était superbe, Sophinette », assura Ambre.

Tim s'agenouilla auprès de la petite fille et chuchota à son oreille, suffisamment fort pour qu'Ambre l'entende :

« Elle a même pleuré. »

Il était transformé. Ce n'était plus une impression, c'était un fait. Au retour, sur les trottoirs enneigés d'Arvieux, elle retrouva le Tim qu'elle avait connu autrefois. Il plaisantait, il souriait, il taquinait Sophie et elle se demanda si c'était l'absence d'Anton qui le faisait revivre.

Ils traînèrent sur le chemin. Plus que nécessaire. Sophie avait sommeil et ne cessait de bâiller mais Tim s'obstinait à lui faire lancer des boules de neige dans les sapins. Jusqu'à ce qu'il comprenne que ça n'amusait plus la fillette. Qu'il fallait bien rentrer, retrouver l'humeur maussade d'Anton et l'angoisse de la disparition de Gabriel.

Arrivée à l'appartement, Ambre porta Sophie jusqu'à sa chambre, déjà endormie. Elle lui enleva ses vêtements délicatement, sans allumer la lumière, et lui enfila son pyjama. Adossé à la porte, Tim l'observait sans rien dire.

La télévision ronronnait toujours dans le salon. Anton n'avait pas dû se réveiller.

Ambre remonta la couverture sur le petit corps abandonné de Sophie et déposa un baiser sur son front, naturellement, sans y penser. Quand elle se retourna, Tim était toujours là. Immobile.

Elle alla se planter devant lui. Elle imagina lui lancer : *Qu'est-ce que tu fais encore là ? Tu veux me border ou quoi ?* et lui répondre quelque chose comme : *C'est bon. Je voulais juste te dire bonne nuit* d'une voix bougonne.

Finalement ils restèrent muets, debout l'un en face de l'autre, dans l'obscurité de la chambre, pendant près d'une minute. Luttant pour ne pas s'approcher davantage, luttant pour refouler toutes les images qui leur venaient en tête, Frontignan, leurs peaux moites sur les draps humides…

Ils ne firent pas un geste. Ils ne se frôlèrent même pas.

Tim finit par reculer, secouant légèrement la tête comme s'il s'éveillait d'un long sommeil, et il bredouilla :

« À demain. »

Et elle resta plantée là, à la porte de la chambre, tentant de calmer les battements de son cœur.

5

Des gémissements. Des bruissements. Puis la sensation d'une présence. Ambre se réveilla et cligna plusieurs fois des yeux pour distinguer quelque chose dans l'obscurité de la chambre. Sophie se tenait penchée au-dessus d'elle, portant maladroitement son petit frère dans ses bras. Il était tôt. Sans doute cinq heures du matin.

« Qu'est-ce que vous faites debout tous les deux ? » chuchota Ambre.

Sophie reposa Timotée sur le sol et il alla se cacher derrière elle.

« C'est petit Tim', répondit-elle dans un murmure. Il pleurait. Il voulait papa. Mais maman a la porte fermée et elle a mal à la tête. J'ai dit à Tim qu'on allait pas la réveiller.

– T'as bien fait, Sophinette. Venez. Je vais vous faire de la place. »

Elle souleva la couverture et invita les deux enfants à venir la rejoindre sur le matelas. Timotée restait en retrait, secouant la tête, mais Sophie le prit dans ses bras et l'installa de force.

« Ça va mieux, petit Tim' ? » demanda Ambre.

Il cacha son visage dans le cou de Sophie. Cette dame l'effrayait encore.

« J'ai dit à petit Tim' que papa rentre pour Noël. C'est quand Noël ? »

Ambre tenta de garder une voix impassible, assurée :

« C'est ce soir. »

Malgré l'obscurité, elle vit un sourire se former sur le visage de Sophie.

« Alors il sera là ce soir ?

– Oui. »

Timotée découvrit un œil et un bout de nez, timidement. Ambre s'agita un peu, mal à l'aise.

« Il se peut que… »

Elle se racla la gorge.

« Peut-être qu'il ne sera pas là avant demain matin… mais il ne faudra pas pleurer… c'est normal.

– Pourquoi c'est normal ? répliqua Sophie.

– Parfois le Père Noël a besoin d'aide pour distribuer les cadeaux. Tu sais, il en a des milliers. C'est long. Et ton papa devra peut-être encore lui donner un coup de main.

– C'est nul ! soupira Sophie.

– Oui mais… ce n'est pas sûr. »

Le silence retomba dans la chambre. Sophie s'était allongée contre Ambre et Timotée s'était niché dans son cou. Il avait le bout du nez humide de larmes et il reniflait mais il semblait calmé.

« Ambre ?

– Oui, Sophinette ?

– Ton papa…

– Oui ?

– Ton papa, il a déjà aidé le Père Noël ? »

Ambre sourit dans l'obscurité.

« Non. Jamais. Il aurait beaucoup aimé mais il a jamais eu cette chance.

– Tu le connais mon papa ?

– Oui, Sophinette. Je le connais. Avant j'ai habité ici, à Arvieux. Avec ton papa, ta maman, Tim, Anton… et toi aussi.

– Je me rappelle pas.

– Tu étais un bébé. Plus petite que Timotée. »

Sophie se redressa un peu.

« Parrain et le grand Tim ils sont venus à mon anniversaire et à celui de maman. Et des fois ils étaient là quand c'était même pas un anniversaire. Ils dormaient à la maison. Mais toi t'es jamais venue. »

Ambre déglutit. Comment expliquer son absence à Sophie ? Elle ne voulait pas lui mentir parce que c'était une enfant et qu'on lui avait déjà assez menti ces derniers jours.

« Non, je suis jamais venue. »

La question attendue tomba :

« Pourquoi ?

– Tu sais garder un secret, Sophinette ?

– Bah oui ! »

Elle se tourna totalement, de façon à faire face à Sophie. La respiration du petit Timotée s'élevait, lente et tranquille. Il dormait.

« Avant, quand tu n'étais qu'un bébé et que moi j'étais... pas encore une adulte... Tim, le grand Tim, Anton et moi on était très amis. »

La petite fille hocha la tête.

« On passait beaucoup de temps ensemble. On skiait, on s'amusait, on allait danser... Et... le grand Tim et moi on est... comment dire... on est devenus des amoureux... Tu as déjà eu un amoureux ? »

Nouveau hochement de tête.

« Donc on était amoureux mais c'était... c'était pour jouer. On était jeunes encore. Et à la fin des vacances, le grand Tim est retourné avec son vrai amoureux.

– Parrain.

– Oui, parrain. Lui c'était pas pour jouer.

– Comme papa et maman ?

– Oui, comme papa et maman. C'était pour de vrai... Alors moi je suis repartie chez moi, à Lyon. Mais j'étais très triste.

– Pourquoi ?

– À cause du grand Tim. Parce que c'était toujours mon amoureux. Mais lui, son amoureux c'était parrain, tu comprends ? »

Sophie hocha la tête. Elle chuchota, tout doucement :

« Tu as pleuré ?

– Oui, j'ai pleuré. J'ai eu beaucoup de chagrin. Tellement de chagrin que je ne voulais plus revenir ici, à Arvieux. C'est pour ça… C'est pas parce que je ne voulais plus vous voir. Tu comprends ?

– Oui. »

Le silence retomba quelques instants. Sophie jouait avec les bracelets en plastique autour de ses poignets.

« Maintenant t'as un autre amoureux, chuchota-t-elle.

– Oui, et il va arriver cet après-midi.

– Comment il s'appelle ?

– Marc. »

Sophie laissa retomber sa tête sur l'oreiller et elle poussa un petit soupir apaisé. Ambre fit glisser ses doigts dans son cou tout chaud.

Déjà elle devait être plongée dans un rêve peuplé de lutins de Noël, de papas et d'amoureux.

L'interphone se mit à sonner, réveillant Ambre en sursaut. Cette fois le jour était levé. Mais l'appartement était silencieux. Tout le monde dormait encore. Il devait être neuf heures à peine.

Elle se redressa doucement. Les petits dormaient toujours à côté d'elle, insensibles à la sonnerie qui résonnait, Timotée blotti dans le cou de Sophie, son pouce à la bouche.

La sonnerie retentit une deuxième fois. Ambre s'apprêtait à se lever quand elle entendit un bruit de pas, juste à côté, dans la chambre de Rosalie. Par l'entrebâillement de la porte, elle la vit, enveloppée dans un peignoir, passer dans le couloir et se diriger d'un pas précipité vers l'interphone.

Elle songea : *Gabriel ?* Puis : *La police ?*

« Oui ? » fit la voix de Rosalie, une voix nouée, angoissée.

Et tout sembla s'arrêter quand elle entendit répondre :

« Chérie, c'est moi. »

Il y eut un blanc. Par l'entrebâillement, Ambre vit Rosalie qui restait figée, le combiné plaqué à l'oreille.

« Chérie ?

– Oui… oui.

– Avant de monter je voudrais te prévenir… je ne suis pas tout seul… je t'expliquerai tout ça dans la matinée, je te promets. Je… on va avoir une invitée-surprise pour Noël. Tu ne la connais pas… Elle s'appelle Cécile… C'est elle que je suis allé aider. »

Rosalie ne réagissait toujours pas, sa main tremblant autour du combiné.

« Chérie ? Tu nous ouvres ? »

Il fallut quelques secondes à Rosalie pour reprendre ses esprits puis déclencher l'ouverture de la porte, encore incrédule.

Appuyée sur un coude, Ambre n'osait plus bouger. Les secondes défilèrent sans que rien se produise puis quelques coups furent frappés à la porte. Rosalie, toujours pétrifiée, sursauta légèrement, comme si elle ne s'attendait pas à avoir de la visite.

Et Gabriel fut là, sur le seuil, suivi d'une femme frêle, aux épaules basses, à l'échine courbée. Elle devait avoir leur âge. Trente-cinq ans environ. Elle portait à l'épaule un petit sac de voyage.

Gabriel embrassa Rosalie, qui ne recula pas. Il la serra dans ses bras brièvement et annonça :

« Chérie, je te présente Cécile. Cécile, voici ma femme, Rosalie. »

Rosalie resta très digne. Elle hocha la tête, afficha un sourire de circonstance et tendit sa main. La dénommée Cécile avait le teint pâle, des cernes sous les yeux et, de là où elle était, Ambre croyait discerner des traces brunes au niveau des tempes.

« Cécile va rester chez nous quelques jours, reprit Gabriel. Elle… j'ai dû la sortir d'un mauvais pas. »

Rosalie ne posa aucune question et continua de sourire tout en demandant à la femme le plus naturellement du monde :

« Vous voulez poser votre manteau et votre sac ? »

La femme répondit quelque chose d'inaudible et Rosalie

s'empara de son sac tandis qu'elle se débarrassait de son manteau. Gabriel s'approcha.

« J'imagine que tu as dû te faire du souci... je ne pensais partir que deux ou trois jours et une fois là-bas je me suis fait voler mon téléphone. Je suis désolé de...

– Va plutôt voir les enfants. »

Regrettant aussitôt son ton cassant, elle ajouta :

« Ils te croyaient en mission auprès du Père Noël. »

Gabriel hocha la tête avant d'enfiler le couloir d'un pas pressé.

« Ah ! Attends ! l'interpella Rosalie alors qu'il s'apprêtait à entrer dans la chambre de Sophie. Toi aussi tu vas avoir quelques surprises... Nous avons trois invités de plus pour Noël, et un quatrième arrive dans la journée.

– Quoi ? »

Passant la tête par l'entrebâillement de la porte, Gabriel repéra le matelas où se serraient deux petites silhouettes et une plus grande.

« Ambre ! Ça alors ! »

Il paraissait content de la voir. Aussi content qu'incrédule. Timotée, à peine réveillé, se mit à croasser :

« Papa ! »

Gabriel se laissa tomber au pied du matelas en s'exclamant :

« Oui, papa est revenu, les petits monstres ! Le Père Noël l'a relâché ! »

La voix de leur père fit aux deux enfants l'effet d'un électrochoc. Ils bondirent dans ses bras en criant de joie. Gabriel les serra très fort contre lui en répétant :

« Vous m'avez manqué, les petits monstres ! »

Ambre les regardait en souriant et Gabriel lui lança un clin d'œil appuyé en articulant en silence : *Heureux de te revoir parmi nous.*

Le poids de l'attente angoissée et des pires scénarios imaginés ces derniers jours s'était envolé. En une minute à peine, l'appartement avait repris vie.

Après les piaillements des enfants, ce furent les exclamations de Tim et d'Anton, en boxer dans le couloir, tout juste sortis du lit.

« C'est une blague ! J'espère que t'as une bonne raison de revenir comme une fleur juste le jour de Noël ! Vraiment ! » ironisa Anton.

Tim se montra plus mesuré :

« On a tous débarqué en renfort ! Regarde un peu !

– Je vois… vous avez même réussi à tirer Ambre du fin fond de sa boutique ! »

Ambre était tellement heureuse de le voir qu'elle ne nota même pas le reproche voilé derrière la boutade.

Gabriel se tourna vers la nouvelle venue, restée prostrée dans l'entrée, les épaules voûtées, comme si elle voulait disparaître.

« Les gars, je vous présente Cécile. C'est une ancienne amie. Elle… j'ai dû aller lui filer un coup de main en urgence à Paris. Elle va rester avec nous quelque temps. »

Ils la saluèrent sans pouvoir s'empêcher de la dévisager avec curiosité. Personne n'osait rien demander. Pas devant elle. Mais les regards parlaient d'eux-mêmes.

Maintenant qu'elle la voyait de plus près, Ambre remarqua que les marques brunes sur son visage étaient des ecchymoses qui devaient dater de plusieurs jours. C'était une de ces femmes qui devaient chercher à se faire oublier en permanence, à se fondre dans le décor à la façon des caméléons. Sa peau avait pris une teinte terne, comme ses cheveux. Un châtain clair indéfinissable. Des petits yeux noirs fatigués. Ambre lui adressa un sourire encourageant car la femme semblait sur le point de défaillir, tellement elle était mal à l'aise.

« Ambre, tu peux faire du café pour tout le monde et préparer un petit quelque chose à manger ? »

Rosalie l'avait sollicitée avec un regard entendu. Elle souhaitait s'entretenir en privé avec Gabriel. Savoir ce qui l'avait retenu si longtemps. Pourquoi. Qui était cette femme. Pourquoi elle n'en avait jamais entendu parler. Alors Ambre fit un pas vers la cuisine en entraînant gentiment l'inconnue.

« Cécile... c'est bien ça ? »

La femme hocha la tête.

« Vous voulez un café ? Un thé ?

– Oh... non... rien, ça va... »

Devinant combien elle avait peur de déranger, Ambre se montra plus insistante :

« Venez vous asseoir. On va préparer le petit déjeuner. Sophie, Timotée, venez ici... »

Les enfants ne voulaient pas lâcher leur père. Heureusement Anton et Tim étaient là pour faire diversion. Quelques secondes après ils étaient regroupés dans la cuisine, tandis que Rosalie et Gabriel s'étaient éclipsés dans le salon.

Le petit déjeuner ne fut pas de tout repos. Les enfants ne cessaient de jeter des coups d'œil inquiets vers le couloir, réclamant : « Papa ! Papa, viens ! », et Anton, Tim et Ambre s'ingéniaient à mettre la femme à l'aise tout en s'occupant des petits.

« Qui veut un grand cacao ? »

Timotée s'en moquait éperdument. Sophie était accrochée à la porte de la cuisine, scrutant le salon.

« Sophinette, viens t'asseoir ! Ton chocolat au lait est chaud ! »

Cécile se faisait toute petite, tassée sur sa chaise, les jambes croisées, la tête basse.

« Sophinette ? Pourquoi tu l'appelles Sophinette au fait ? »

Ambre sursauta. Tim s'était planté derrière elle pendant qu'elle attrapait le paquet de céréales dans un placard.

« Arrête de me faire sursauter ! »

Il rit. Étrange comme les choses paraissaient faciles et légères depuis le retour de Gabriel... Depuis cette discussion entre eux aussi, la veille, dans le salon... Même la présence d'Anton ne parvenait pas à alourdir l'atmosphère ce matin.

« Pourquoi Sophinette ? répéta-t-il.

– Parce que c'est comme ça qu'elle veut que je l'appelle.

– Ah oui ? Et pourquoi nous on a pas droit à un surnom spécial ? » répliqua-t-il en se tournant vers la petite fille.

Sophie secoua la tête avec un air grognon.

« Je te parle pas à toi ! »

Elle finit par s'asseoir et, de mauvais gré, commença à grignoter ses céréales.

Tim servit un thé à Cécile, d'autorité, et tenta un brin de conversation pour la mettre à l'aise :

« Alors, vous venez d'où ?

– Je... de Paris.

– Vous êtes une vieille amie de Rosalie et Gabriel ?

– Non je... je ne connaissais pas Rosalie. Je suis une amie de Gabriel, oui.

– Vous n'aviez jamais vu les enfants donc ? »

La femme secoua la tête. Tim les lui présenta :

« Sophie a cinq ans et demi. Et voici son petit frère, Timotée, qui a deux ans. »

Elle ne dit rien, réagit à peine. Il reprit :

« On est des amis de Gabriel et Rosalie, nous. On s'est tous rencontrés ici, il y a cinq ans. On s'est pas présentés au fait. Moi c'est Tim. Lui c'est Anton, mon compagnon. Et voici Ambre. On travaillait dans un hôtel ensemble, Rosalie, Ambre et moi... C'est comme ça qu'on s'est connus. »

La femme hocha la tête avec un sourire un peu forcé.

« Enchantée », dit-elle.

Puis elle se mit à boire son thé à petites gorgées précipitées. Comme un chaton blessé. Qu'est-ce qui lui était arrivé ? D'où venaient ses ecchymoses ? D'où sortait-elle ?

Les enfants faisaient à présent la conversation, ce qui dispensait les adultes de parler. Le débat tournait autour des lutins, les « collègues de papa ». Sophie pariait qu'ils étaient petits. Comme elle. Et qu'ils portaient des bonnets rouges, comme ceux du Père Noël. Timotée acquiesçait à tout ce qu'elle disait et répétait des mots. Sophie ajouta qu'il faudrait le demander à papa. Et peut-être avait-il pris des photos ?

Ambre restait figée devant sa tasse de café. À travers la fumée se découpait la silhouette de Cécile, recroquevillée sur elle-même, et elle se demandait si elle avait produit le même effet en débarquant ici quelques jours auparavant. Un fantôme du passé, inconnu des enfants.

Rosalie et Gabriel furent de retour rapidement. Le visage de Rosalie paraissait plus serein. Maintenant qu'elle connaissait le pourquoi de toute cette affaire, elle pouvait pleinement profiter du retour de Gabriel, de la joie des enfants, de son soulagement.

Elle se montra prévenante envers Cécile :

« Vous voulez utiliser la salle de bains ? Vous voulez vous reposer ? Je vais vous installer un matelas dans la chambre de Timotée. Si vous avez besoin de quoi que ce soit, n'hésitez pas à me demander. »

Cécile s'éclipsa pour aller faire un brin de toilette. Dès que la porte de la cuisine se fut refermée, tous les yeux se tournèrent vers Gabriel.

« Oh… c'est assez long à expliquer. »

Il leur désigna les enfants. Il ne pouvait pas parler devant eux. Mais les enfants n'en avaient que faire, des histoires de grandes personnes, seuls les lutins les préoccupaient.

« Ça va, grogna Anton avec mauvaise humeur. On est tous là à cause de toi, tu peux au moins nous fournir un résumé. »

Visiblement c'était devenu sa nouvelle façon de s'exprimer, la mauvaise humeur, le sarcasme, les piques, car Gabriel ne s'en formalisa pas. Au contraire, il se mit à sourire.

« Content de te voir moi aussi », répliqua-t-il.

Il réussit à leur donner une vague explication, entre deux questions existentielles des enfants.

Cécile était une amie qu'il avait connue à Paris, des années auparavant. Son mari était dépressif, un peu instable. Il était parti du jour au lendemain, sans un mot. Il était revenu, plus instable que jamais, et s'était montré violent. D'où les ecchymoses. Elle avait appelé Gabriel, car elle n'avait pu se résoudre à appeler sa famille. Tous lui avaient conseillé de quitter cet homme et elle ne l'avait jamais fait. Elle avait dû couper les ponts avec eux. Leurs liens s'étaient distendus. Elle était un peu seule au monde. Seule avec cet homme. Gabriel était allé la chercher à Paris et l'avait convaincue de prendre un sac, quelques affaires et de partir avec lui quelques jours.

Tout cela était flou, imprécis, mais tous comprirent que Gabriel n'en dirait pas plus. Rosalie elle-même ne semblait pas disposée à s'attarder davantage sur le sujet.

Elle fit dévier la conversation sur l'organisation de l'appartement et la préparation du réveillon.

« On va installer les matelas dans les chambres. Ambre et Marc, vous dormirez dans la chambre de Sophie, je vous mettrai un matelas double. Je vais installer Cécile chez Timotée et il dormira avec nous… Sinon il risque de la réveiller. »

Personne ne voulait briser son monologue et elle releva les yeux vers eux, troublée par le silence.

« Vous restez ici, hein ? Je veux dire… maintenant que vous avez tous annulé vos repas… Ça fait tellement longtemps qu'on s'est pas retrouvés tous ensemble ! »

Anton grommela un vague « Évidemment » et Ambre approuva, au soulagement de Rosalie.

Quelques jours en arrière elle s'était demandé inlassablement : *Qu'est-ce que je fous là ?* Quelques jours en arrière elle aurait profité de l'occasion pour sauter dans le premier train pour Lyon. Mais ce matin Gabriel était là, Sophie et Timotée rayonnaient de bonheur, Rosalie ne voulait pas la voir disparaître et Tim parvenait de nouveau à plaisanter. Elle ne pouvait même pas imaginer rentrer à Lyon. Pas maintenant.

Demain elle repartirait avec Marc. Ils reprendraient la route. Elle poserait sa tête sur son épaule et le paysage montagneux s'effacerait. Ce serait terminé, elle reprendrait sa vie à Lyon, mais aujourd'hui elle était là et il restait quelques bribes de passé à goûter…

« On va devoir refaire quelques courses, poursuivit Rosalie. Et se mettre aux fourneaux assez tôt…

– On va tous s'y mettre », déclara Gabriel, rassurant.

Il avait passé un bras autour de ses épaules, comme s'il ne voulait plus la lâcher.

« Et je vais devoir faire un brin de ménage…

– On va t'aider pour ça aussi. »

Gabriel observait Ambre, par-dessus son café, depuis quelques minutes. Il voulait l'interroger, elle le devinait. Mais il n'osait pas ou alors il ne savait pas par quoi commencer. Finalement il attendit que tout le monde commence à débarrasser la table pour lui demander, tout simplement :

« Ça va ?

– Oui ça va. On s'est tous fait beaucoup de souci pour toi.

– Ça fait plaisir de te voir. »

Il ne la quittait pas des yeux. Elle hocha la tête.

« C'est gentil. Ça me fait plaisir aussi, tu sais.

– T'as fait la connaissance de Timotée. »

Elle sourit et s'empressa d'empiler les bols pour se donner une contenance.

« Oui… Je crois qu'il a encore un peu peur de moi…

– Il va s'habituer. Il n'est pas très sauvage normalement. »

Il la suivit du regard pendant qu'elle allait à l'évier.

« Et tu t'es déjà fait une amie apparemment. »

Elle le regarda sans comprendre. Anton était toujours dans la pièce, adossé à la porte, appuyé à ses béquilles. Il écoutait. Tim aidait Rosalie à la vaisselle.

« Sophie… Elle t'a adoptée je crois, non ?

– Oh… oui… peut-être. »

Le silence retomba, à peine interrompu par le bruit de l'eau dans l'évier et l'entrechoquement des couverts.

« Bon… alors maintenant que tu connais la maison, j'espère que tu reviendras. »

Il lui souriait avec sa gentillesse habituelle. C'était celui d'entre eux qui avait le moins changé. Il n'avait pas pris une ride. Au contraire. C'était comme si la paternité et l'installation à Arvieux l'avaient rajeuni.

« Oui », dit-elle.

Anton eut un rire mauvais.

« T'en fais pas, Gabriel. Tous les éléments sont en place. La pièce de théâtre peut reprendre. Il est temps de finir proprement notre petit drame personnel. »

Gabriel le fixa, interloqué. Ambre se raidit, pressentant la suite. Tim avait arrêté d'essuyer la vaisselle.

« Les amants maudits, séparés par le méchant handicapé, se retrouvent réunis dans l'ambiance de Noël. »

Tim reposa bruyamment un bol. Rosalie se retourna, mi-suppliante, mi-exaspérée.

« Anton, s'il te plaît… pas aujourd'hui. »

Mais Anton s'en moquait.

« Vous n'avez pas pris vos places ? Moi j'ai pris la mienne. Aux premières loges ! Ça a déjà commencé… Regards fuyants et conversations gênées au premier acte. Mais là on passe à la vitesse supérieure. Sourires échangés et complicité retrouvée pour le deuxième acte… Et ce n'est pas fini ! Ce soir ce sera l'apothéose avec l'arrivée du remplaçant, le numéro deux, j'ai nommé Marc.

– ANTON ! » gronda Gabriel.

À la table du petit déjeuner, les enfants interrompirent leur babillage pour se tourner, inquiets, vers leur père et leur parrain.

« Rosalie t'a demandé d'arrêter ! »

Anton continuait de défier Gabriel. Tim restait immobile près de l'évier. Ambre avait agrippé une chaise qu'elle broyait entre ses mains. *Ne rien répondre.*

« C'est bon, Gabriel. Je me casse. »

Il ouvrit la porte du coude et la poussa avec l'une de ses béquilles.

« C'est la sortie pathétique du handicapé. Je vous dispense d'applaudir. »

Silence glacial. Personne ne savait comment réagir. Anton mit un temps infini à quitter la cuisine. Il s'appuyait avec difficulté sur ses béquilles. Chaque pas semblait lui coûter un effort surhumain. Pourtant personne ne se décidait à faire un geste.

Ce fut Cécile qui interrompit ce moment d'interminable malaise, en passant la tête par la porte de la cuisine, gênée.

« Je... je n'ai pas trouvé de shampooing... »

Gabriel lui répondit qu'il allait lui en donner tout de suite et tout le monde parut reprendre vie avec soulagement.

Encore sous le coup de cette scène, Ambre ne parvenait pas à se détendre. Rosalie dut le sentir car elle la retint quelques secondes dans la cuisine, à l'abri des oreilles indiscrètes.

« Gabriel va lui parler... Il s'arrangera pour que tout se passe bien ce soir... je te promets que ça ira... »

Elle répondit, la voix rauque :

« S'il fait une seule remarque, s'il s'avise de mettre Marc mal à l'aise une seule seconde...

– Il le fera pas.

– Marc est pas au courant pour... »

Rosalie hocha la tête, comprenant qu'il ne savait rien de ce qui s'était passé avec Tim, de son chagrin après son départ, de pas mal d'autres choses.

« Ambre, t'en fais pas, s'il dérape une seule fois, Gabriel le gérera... Et nous on s'occupera de Marc. On trouvera une histoire à raconter pour justifier ça... Un vieux traumatisme qui lui aurait fait perdre la raison...

– Tu veux faire passer Anton pour fou ? »

Cette idée lui donnait la nausée. Peut-être davantage que tout le reste. Rosalie haussa les épaules.

« Je veux juste qu'on passe une bonne soirée tous ensemble... »

Ses yeux étaient suppliants, pleins d'espoir. Ambre hocha la tête. Elle irait parler à Anton elle-même. Elle le menacerait du pire s'il le fallait mais elle s'arrangerait pour qu'il la ferme ce soir.

Elles entendirent Timotée et Sophie rire à gorge déployée à l'autre bout de l'appartement, avec leur père.

« Qui c'est cette femme que Gabriel a ramenée ? » interrogea Ambre en baissant la voix.

Rosalie alla refermer la porte de la cuisine et s'y adossa.

« C'est une histoire qui remonte à cinq, six ans. »

Ambre ne put retenir un rire grinçant qui lui fit penser à celui d'Anton.

« Décidément, le passé s'est donné rendez-vous ici. Moi... elle... »

Rosalie se crispa.

« C'était l'époque où j'avais disparu, lâcha-t-elle.

– Oh... »

Elle commençait à faire le rapprochement. À Arvieux, cinq ans auparavant, Gabriel lui avait parlé d'une femme avec qui il avait vécu quelques mois à Paris. Son mari, dépressif, était parti du jour au lendemain. Elle le cherchait depuis trois ans déjà. Ils avaient comblé le vide ensemble.

« C'est la femme avec qui il est sorti quelque temps... dont le mari avait disparu ? chuchota Ambre.

– Oui, c'est elle. »

Ambre se rappelait que Gabriel l'avait revue quand il était rentré à Paris pour récupérer ses dernières affaires avant de s'installer à Arvieux. Elle se souvenait très exactement de son récit : « Elle avait déjà compris que c'était terminé. Il n'y avait plus rien à elle chez moi. On s'est retrouvés dans un café. Elle voulait voir les photos de Sophie. Elle m'a dit qu'elle était contente pour moi, mais elle pleurait. » *Pauvre femme...*

« Gabriel pensait que son mari s'était suicidé...

– Eh bien non. Il est revenu il y a deux ans. Six ans qu'elle l'attendait, désespérée. Quand il est rentré, il paraît qu'elle a failli faire un malaise. D'après Gab il n'est pas simplement dépressif, il est instable. Sans doute schizophrène… Il a pas voulu dire à sa femme où il était allé tout ce temps, il a voulu reprendre sa vie où il l'avait laissée, comme si de rien n'était… Il s'est montré très violent. »

Ambre écoutait, horrifiée.

« Tout ça, reprit Rosalie, Gab ne l'a su que récemment. Depuis qu'il était à Arvieux, ils avaient très peu de contacts. Deux ou trois mails par an pour prendre des nouvelles. Elle lui avait bien écrit un message pour lui dire que son mari était rentré et que c'était difficile… mais sans entrer dans les détails. Gab savait qu'elle l'avait attendu toutes ces années, qu'elle n'avait jamais pu refaire sa vie avec personne d'autre. Il pensait que c'était normal que ce soit difficile pour elle, après toute cette attente. Et puis il y a une semaine, elle l'a appelé un matin très tôt. Elle était en pleine crise d'angoisse. Elle s'était enfermée dans la salle de bains… Elle pleurait et elle répétait que son mari menaçait de défoncer la porte et de la tuer. Gabriel lui a dit d'appeler la police et qu'il allait monter à Paris pour s'occuper d'elle. Il s'est dit que si elle l'avait appelé lui, après toutes ces années, c'était sans doute qu'elle n'avait personne d'autre sur qui compter. Plus de famille. Alors il n'a pas hésité. Il a foncé la rejoindre le jour même.

– En te laissant ce mot. »

Rosalie hocha la tête.

« Il comptait m'appeler une fois là-bas, pour m'expliquer, mais il s'est fait voler son téléphone dans le métro… Il l'a trouvée dans un état abominable, elle était couverte de bleus. Elle ne voulait pas aller à l'hôpital. Elle ne voulait pas partir, laisser son appartement. Gab leur a loué une chambre d'hôtel. Il l'a soignée de force. Elle… apparemment elle ne supportait même plus qu'on la touche… »

Ambre comprenait mieux maintenant les ecchymoses, les épaules voûtées, la posture maladive et craintive.

« Ils ont dû passer trois jours barricadés dans l'hôtel. Elle avait peur de sortir. Après il l'a convaincue qu'elle devait partir loin, sans laisser d'adresse, car son mari ne la laisserait jamais tranquille. Ils ont récupéré quelques affaires chez elle, un matin où il n'était pas là. Ils ont voulu prendre la route mais elle était encore trop faible, elle avait des vertiges, des malaises. Il l'a emmenée à l'hôpital. Ils l'ont gardée deux jours. Gab s'est chargé de la plainte auprès de la police. Parce qu'il l'avait convaincue de porter plainte. Il s'est occupé de la paperasse, des examens médicaux pour constater les blessures, tout ça… Et après ils ont quitté Paris. Elle ne voulait pas venir chez nous… Gab a mis des heures à la convaincre… Elle disait que c'était affreusement gênant de débarquer chez nous, de se trouver en face de moi, des enfants… »

Elle baissa la voix.

« Elle n'a nulle part ailleurs où aller. Quand son mari est rentré après six ans d'absence et sans lui fournir la moindre explication, sa famille lui a conseillé de le quitter. Mais elle a refusé. Elle n'avait pas pu sacrifier six ans de sa vie pour rien. Elle n'allait pas tout gâcher maintenant. Elle lui trouverait des excuses… Pourtant la famille de Cécile était prête à l'accueillir à Nice. Sa mère a même fait la route jusqu'à Paris pour venir la chercher, mais elle l'a chassée en lui disant de se mêler de ses affaires… Ils n'ont pas arrêté de l'appeler, mais chaque fois elle refusait de leur répondre. »

Le silence revint dans la cuisine. Dans le couloir, les rires des enfants résonnaient toujours, ainsi que le bruit de l'eau dans la salle de bains.

« Alors quand son mari l'a menacée de mort… elle n'a pas pu ou voulu se tourner vers sa famille. Et c'est Gabriel qu'elle a contacté. »

Quelques secondes passèrent, quelques secondes pendant lesquelles elles mesurèrent toute l'horreur de la situation.

« Et maintenant elle va faire quoi ? murmura Ambre.

– On va la garder chez nous pour les fêtes. Et après Gab tentera de la persuader de recontacter sa famille… de les rejoindre à Nice. Il veut s'assurer qu'elle ne retournera surtout pas dans les bras de ce cinglé. »

Nouveau silence consterné.

« Waouh, finit par souffler Ambre, quelle histoire…

– Ouais.

– Tu parles d'un Noël pas commun…

– Tu l'as dit. C'est pour ça, c'est bien que vous restiez tous… ça redonnera un peu de légèreté… »

Ambre hocha la tête avec gravité.

Gabriel était parti avec Anton faire des courses pour le repas du soir. Tous savaient qu'il allait en profiter pour lui parler calmement. Après l'altercation dans la cuisine ce matin, il était le seul à pouvoir le raisonner et le convaincre sinon de se montrer aimable, du moins d'arrêter d'agresser tout le monde.

Mais, altercation ou non, leurs moments seul à seul semblaient être assez courants car Tim avait lancé à Rosalie après leur départ :

« Ils ont disparu… comme d'habitude. »

Ils se retrouvèrent donc tous les trois à l'appartement, en charge du ménage, des enfants… et de Cécile.

Tandis que les petits s'émerveillaient devant un dessin animé de Noël, Cécile s'appliquait à passer inaperçue, sursautait dès qu'on lui adressait la parole et ne cessait de demander si elle pouvait aider. Eux essayaient de tout faire pour la mettre à l'aise et l'intégrer mais ils ne pouvaient l'impliquer dans les tâches ménagères. Il était hors de question qu'ils l'épuisent davantage qu'elle ne l'était.

Ils finirent par l'installer sur le canapé, avec Sophie et Timotée, une tasse de thé entre les mains et une assiette de petits sablés sur les genoux.

« Restez tranquille, lui dit Rosalie. Vous êtes en repos ici. Et si les enfants vous embêtent trop, n'hésitez pas à me le dire. »

Cécile se confondit de nouveau en remerciements et Rosalie lui assura une fois de plus que c'était normal.

« Désolé pour Anton, ce matin. »

Surprise, Ambre fit volte-face.

« Tu le fais exprès, Tim ? »

Elle était penchée au-dessus du matelas une place, dans la chambre de Timotée, pour préparer le lit de Cécile et n'avait pas entendu Tim entrer.

« On dirait que ça t'amuse de me faire sursauter !

– Non, c'est toi... tu es tout le temps perdue dans tes pensées. »

Elle ne trouva rien à répondre car il n'avait pas tort. Elle s'affairait machinalement depuis un moment. Elle se rappelait avoir rangé la cuisine puis avoir pensé à quelque chose qui avait rapport à Anton et à sa scène de ce matin. De fil en aiguille, ça l'avait ramenée au soir où il avait appelé quand ils étaient à Frontignan. Et elle s'était mise à repenser à leur appartement là-bas. Au fait qu'ils avaient dormi pendant deux mois sur un matelas à même le sol – un matelas comme celui qu'elle préparait pour Cécile. Ils avaient vécu de rien pendant ce séjour dans le Sud, bossant et économisant chaque sou, et pourtant, quand elle se rappelait cette période, ce n'étaient pas ces questions matérielles qui lui revenaient. C'était autre chose qui s'imposait. L'impression qu'elle avait eue en permanence que tout était trop beau pour être vrai. Car elle se réveillait le matin et le soleil brillait et le visage de Tim était à quelques centimètres du sien sur l'oreiller et il n'y avait aucun nuage dans leur vie. Ils devaient passer deux mois et demi dans le Sud. Deux mois et demi de soleil, de promenades au marché, de baignades et de mojitos. Après ils repartiraient pour l'hiver à Arvieux. Ils retrouveraient Rosalie, Gabriel, Andréa et tous les autres. Les jours où il faisait vraiment trop chaud, ils se disaient qu'ils avaient hâte de retrouver le village des Hautes-Alpes, ses montagnes, son lac, ses chalets. Mais avant ça, une fois la saison dans le Sud finie, ils auraient un mois de liberté. Ils avaient décidé qu'ils iraient voir Maxime et Lisa à Tours. Et les Miller à Lyon. Ils devaient passer quelques jours chez Rosalie aussi, en septembre. Ça leur laisserait encore une semaine. Ils s'étaient dit qu'ils pourraient partir avec un sac à dos et une tente quelque part. N'importe où. Que ça pourrait être amusant d'aller se perdre dans les Pyrénées… Aussi loin qu'ils regardaient à l'époque, aucun nuage ne se profilait. L'avenir tout entier était à écrire. Avec des saisons d'été, des saisons d'hiver, des voyages entre les deux. Ils étaient jeunes, ils ne possédaient rien et c'était pour ça que tout était possible.

Alors Ambre avait vécu ces deux mois en se disant que tout ce bonheur ne pouvait pas durer. Comme si elle pressentait ce qui allait arriver.

Elle revint difficilement au présent, troublée de se retrouver face à Tim, perdue entre souvenirs et réalité.

« Je disais que je suis désolé pour Anton ce matin », répéta Tim.

Arvieux. Elle était à Arvieux, chez Rosalie. Et Marc arrivait dans quelques heures…

« T'y peux rien si Anton a jamais réussi à tourner la page », finit-elle par répondre.

Elle avait le ton dur. Elle songea que c'était un comble pour quelqu'un qui venait de passer cinq minutes à se rappeler les soixante-quatre jours d'amour avec Tim à Frontignan.

« Il est passé à autre chose, fit-il, comme s'il voulait le défendre.

– Ah oui ? Eh bien, on ne dirait pas…

– Il a mis longtemps… je ne dis pas le contraire. »

Comme moi. Comme toi ? Elle se remit à s'affairer avec la taie d'oreiller pour ne pas le regarder. Elle ne savait même pas pourquoi il voulait lui parler de ça maintenant.

« Les premiers mois il me mettait dehors… systématiquement chaque matin. »

Elle tira un peu fort sur la taie et on entendit un bruit sec, comme une déchirure.

« J'arrivais le matin à son centre de rééducation et… il fallait voir dans quel état il était... S'il avait pu se jeter d'une fenêtre il l'aurait fait... mais il pouvait pas se lever tout seul. Alors il m'insultait. Il me criait de repartir. Il disait qu'il n'avait pas besoin d'un mec qui n'en était pas un, qui avait décampé avec la première fille venue. Si je voulais lui être utile, que je prenne cet oreiller, que j'appuie très fort, qu'on en finisse une bonne fois pour toutes. Ça a duré des mois avant qu'il accepte que je reste près de lui, juste près de lui, assis dans un fauteuil, puis encore de longs mois pour qu'il accepte que je le frôle, que ma main touche son corps, même à travers un vêtement. Il était meurtri, le contact physique le rebutait. Je le rebutais. Il ne voyait en moi qu'un type rongé par les remords et la culpabilité qui portait sa croix en restant auprès de lui. »

Elle ne put s'empêcher de songer : *N'était-ce pas le cas au fond ?*

« Il criait mais je savais que ça le tuerait si je repartais. Alors je suis resté. Et au fil des mois, je... j'ai réussi à regagner ma place auprès de lui... »

Elle resta figée, incapable d'affronter Tim. Des larmes dans la gorge. Du plomb dans les poumons.

« Je suis désolée que vous ayez eu à vivre tout ça... »

La main de Tim se posa sur son épaule, brièvement.

« C'est de l'histoire ancienne », déclara-t-il.

Marc arriva un peu après seize heures. Ils étaient tous aux fourneaux. Même Cécile, à qui on avait confié la réalisation de feuilletés, avec les enfants.

Sophie avait placé leurs chaussures à tous sous le sapin de Noël, y compris celles de Cécile, bien que la malheureuse ait tenté de protester – toujours sa peur d'être de trop.

« Ben sinon tu auras pas de cadeau ! » avait répliqué Sophie avec son air sérieux.

Ambre avait les mains pleines de jus de dinde lorsque son téléphone sonna. Marc était à l'entrée d'Arvieux. Il était convenu qu'elle aille le récupérer avec la voiture de Rosalie. Cette dernière lui avait demandé discrètement de profiter de son passage par le centre-ville pour acheter des petits cadeaux pour tout le monde.

« Des chocolats, n'importe quoi… pour que chacun ait un petit quelque chose dans son assiette. »

Puis elle lui avait tendu de la monnaie mais Ambre avait refusé.

« Il est là ? interrogea Rosalie lorsqu'elle raccrocha.

– Oui. »

Elle voulait mettre Anton en garde avant de partir chercher Marc. La crainte de ses réactions impulsives ne l'avait pas lâchée de tout l'après-midi. Il était penché au-dessus du plan de travail avec Gabriel. Elle se racla la gorge.

« Anton ? »

Il ne sembla pas particulièrement surpris, se retourna avec un sourire grimaçant.

« Ah… je crois que je vais avoir droit à quelques instructions. »

Personne ne voulut relever. Elle hocha la tête. Il se saisit de ses béquilles et la rejoignit dans le couloir.

« Alors, lança-t-il, narquois, il y a des sujets tabous ?

– Écoute, Anton, je sais que nous avons un passif, que nous sommes loin d'être les meilleurs amis du monde mais Marc est quelqu'un de bien, de foncièrement bon. Il ne sera là que pour une soirée, une dernière soirée à me supporter et je disparaîtrai de ta vie. Tu ne me reverras plus. Alors je te le demande pour Marc… Est-ce qu'on peut faire comme si on était un groupe d'amis normal ? Un groupe d'amis sans mélodrames ?

– Un groupe d'amis dans lequel Tim et toi n'auriez jamais couché ensemble ?

– C'est l'idée… »

Elle serra les poings. Anton sourit, visiblement amusé.

« Qu'est-ce qui te fait dire que je veux te voir disparaître à tout jamais ?

– Tu me détestes.

– Non… tu me fais légèrement pitié, comme tu l'as dit pour moi. C'est tout. »

Elle secoua la tête, agacée. Il n'y avait rien à en tirer.

« Je vais considérer que c'était un oui.

– Considère ce que tu veux ! »

Elle lui claqua la porte au visage, les nerfs à vif, les joues en feu.

C'était trop tard de toute façon. Trop tard pour faire machine arrière. Marc était là. Elle espérait de toutes ses forces que Gabriel aurait été plus convaincant avec Anton. Que sa parole aurait eu plus de poids.

Elle avait les mains légèrement tremblantes au volant de la voiture de Rosalie. L'appréhension l'empêchait de savourer vraiment l'idée de ses retrouvailles avec Marc.

Elle repéra très vite sa voiture sur le parking de l'hôtel où elle lui avait donné rendez-vous. Elle avait à peine coupé le moteur qu'il était dehors et elle s'extirpait tout juste du véhicule qu'il la prenait dans ses bras.

« Je suis content de te voir ! »

Il la serrait, chuchotait à son oreille et elle se sentait heureuse et anxieuse à la fois.

« Gabriel est revenu ce matin », annonça-t-elle dans son cou.

Marc relâcha son étreinte et la regarda avec sa tendresse habituelle.

« Alors là… quel soulagement…

– Oui.

– Qu'est-ce qu'il… Il a donné une explication ?

– C'est une longue histoire. Il est revenu avec une femme…

– Une femme ?

– Une ex-petite amie en quelque sorte.

– En quelque sorte ?

– Écoute, Rosalie veut que je fasse quelques courses de dernière minute dans le centre-ville. On a qu'à s'arrêter dans un café et je te raconterai tout ça. »

Marc sourit. Il était si heureux de la retrouver. Elle aurait voulu en dire autant mais la soirée à venir lui comprimait les poumons.

Elle se rendit compte qu'elle ne l'avait même pas embrassé et elle se mit sur la pointe des pieds pour déposer un baiser sur sa bouche.

Dans les petites ruelles d'Arvieux, la nuit tombait, les guirlandes de Noël clignotaient. Il n'y avait plus grand monde, seulement quelques retardataires qui se pressaient pour acheter un dernier cadeau.

« C'est chouette, s'extasia Marc en laissant vagabonder son regard sur les chalets alpins typiques, les montagnes enneigées, les forêts... T'as vécu là combien de temps ?

– Six mois.

– Ça a dû être sympa. »

Tu n'imagines même pas.

Marc serrait sa main au creux de ses gants. Il ne la lâchait pas. Il s'arrêtait devant chaque boutique de souvenirs, devant chaque petit chalet d'alpage, devant chaque stand de marrons chauds. Et tout en s'émerveillant de ses yeux d'enfant, il l'interrogeait :

« Avant cette histoire, tu ne m'as jamais parlé de tes amis... Rosalie et Gabriel.

– Eh bien on s'est connus ici. Il y a cinq ans... Comme je t'ai dit, on a pas mal perdu contact. Sans la disparition de Gabriel, je n'aurais probablement jamais remis les pieds ici.

– C'est dommage... C'étaient de bons amis ? »

Elle hocha la tête.

« Oui. Ce sont de bons amis.

– On ne devrait jamais perdre contact avec les gens qui comptent vraiment.

– Je sais mais c'est la vie... il y a la distance et le travail... puis la vie de couple. »

Marc s'était arrêté devant un des derniers cafés encore animés à quelques heures du réveillon. Ambre déglutit en reconnaissant la devanture : *Café Délice.*

C'était là qu'ils s'étaient tous donné rendez-vous un après-midi, cinq ans auparavant, peu après Noël, pour faire la connaissance d'Anton.

Elle revint brutalement à la réalité en voyant que Marc attendait, lui tenant la porte.

Un serveur leur désigna une petite table libre en vitrine. Ils se débarrassèrent de leurs écharpes, gants, manteaux.

« Qui il y a aussi chez Rosalie et Gabriel ? Tu m'as parlé d'autres amis communs. Que vous aviez rencontrés ici.

– Oui… un autre couple… Tim et Anton. »

Plongé dans la carte des boissons, Marc releva à peine les yeux.

« Tu ne t'entends pas vraiment avec eux ?

– Si… pourquoi ?

– Tu n'as pas l'air emballée quand tu parles d'eux. »

Cette fois il avait relevé la tête et la regardait. Elle haussa les épaules en feignant de s'intéresser à ce qu'elle allait choisir.

« Si… C'est juste que… je les ai vraiment perdus de vue, eux. Avec Rosalie, on s'appelait de temps en temps. Mais pas avec eux.

– Jamais en cinq ans ?

– Non. »

Il semblait surpris.

« Ce n'étaient pas de bons amis ? »

Il commençait à l'agacer avec ses questions, alors elle lâcha simplement : « C'étaient des amis tout court quoi », et elle fit signe au serveur.

Quand leurs boissons furent commandées – Marc n'avait pu se résoudre à renoncer à son café habituel – elle entreprit de lui raconter l'histoire de Gabriel et Cécile, les circonstances de leur rencontre et l'arrivée de la pauvre femme, couverte de bleus, à l'appartement ce matin.

« Ton amie Rosalie avait disparu ? » interrogea Marc, le regard fixé sur la ruelle où couraient deux enfants.

Visiblement, de tout ce qu'elle venait de lui dire, c'était ce détail qui le troublait le plus.

« Oui. Elle a disparu pendant un an, sans laisser d'adresse. Gabriel l'a retrouvée il y a cinq ans… Quand on était tous ici à Arvieux. Sophie avait six mois.

– Waouh… Pourquoi elle était partie ? »

Elle lui répondit sans trop entrer dans les détails car il était dix-sept heures trente, les boutiques allaient fermer, ils feraient mieux d'y aller.

Ils retrouvèrent le froid et le vent glacial des ruelles.

« Je suis passé voir ta mère, au pressing, avant qu'ils ne partent pour le Maroc. »

Elle l'avait oubliée, sa mère.

« Ah… Elle va bien ?

– Elle ne savait pas que tu étais à Arvieux. Elle s'étonnait que tu ne sois pas encore allée déjeuner chez eux, comme tu étais en congé.

– J'ai… j'ai pas vraiment eu le temps d'appeler.

– Je comprends. T'avais pas la tête à ça. »

Elle s'était arrêtée devant une minuscule boutique qui proposait des assortiments de chocolats et de sablés joliment emballés.

« Ça te paraît bien ? demanda-t-elle à Marc.

– Oui. Ça me semble parfait. »

Il entra à sa suite dans la boutique et ils se mirent dans la file d'attente.

« Tes collègues de travail m'ont intercepté quand je ressortais du pressing, reprit-il.

– Ah bon ? »

Elle ne parvenait pas à réellement s'intéresser à ce qu'il disait. Sa vie à Lyon, son travail, Marc, l'appartement, c'était tellement loin, comme fictif, irréel. Ces quelques jours à Arvieux, au milieu de Rosalie, Sophie, Tim, Anton, l'avaient fait replonger cinq ans en arrière, effaçant presque le présent.

« Elles étaient surprises que tu n'aies pas appelé une seule fois, pour t'assurer qu'elles s'en sortaient sans toi. Elles voulaient savoir si tu étais malade. Je leur ai dit que tu étais partie en vacances chez des amis, que ça s'était plus ou moins improvisé.

– Alors elles s'en sortent ? fit-elle pour masquer son détachement.

– À merveille. La boutique ne désemplit pas. Cathia te fait dire que vous aurez toutes une belle prime de fin d'année.

– C'est chouette ! »

La vendeuse se pencha vers eux.

« Messieurs-dames ? »

Ils choisirent neuf petits assortiments de chocolats au lait et de sablés à l'orange. La vendeuse leur proposa d'inscrire les prénoms au feutre pailleté sur chaque paquet et ils acceptèrent, la regardant dessiner avec application de belles lettres dorées.

Quand ils ressortirent, le ciel s'était encore assombri. C'était une nuit noire, sans étoiles. Les guirlandes clignotaient. Les restaurants avaient dressé leurs tables. Les boutiques se vidaient, les ruelles étaient cette fois totalement désertes.

« On a encore un peu de temps ? demanda Marc. J'aimerais bien que tu me montres l'hôtel où tu travaillais.

– Oui, d'accord. »

Ils regagnèrent les deux voitures en se tenant par la main. Elle ne savait pas ce qui était le plus étrange : se retrouver dans les rues d'Arvieux avec Marc ou réaliser à quel point sa vie à Lyon lui semblait loin et sans substance, ce soir. Elle frissonna. Marc passa un bras autour de ses épaules et la serra contre lui.

« C'était une bonne idée finalement de passer le réveillon de Noël ici, dit-il.

– Tu trouves ?

– Oui… J'ai l'impression d'en apprendre un peu plus sur toi. »

Pourvu que ce ne soit pas le cas.

Elle se rappelait chaque détail du chemin pour aller du centre du village à l'hôtel-restaurant Les Mélèzes. Elle se rappelait chaque virage et chaque pin.

L'hôtel avait été décoré avec goût. Ambre supposait que c'était Sylvie qui s'en était chargée. Des branches de houx retenues par des rubans dorés s'entrecroisaient sur la façade, sous les fenêtres. De petites étoiles argentées clignotaient au-dessus de la porte vitrée de l'accueil et on distinguait dans le hall un immense sapin illuminé.

Michel et Sylvie devaient être en train de régler les derniers détails pour le repas du réveillon. La famille de Sylvie était-elle là, cette année aussi ? Auraient-ils une longue table réservée dans la salle de restaurant ?

Un groupe de jeunes gens fumait, devant le chalet. Ils devaient avoir entre vingt et vingt-cinq ans. Deux filles et deux garçons. En tenue de rigueur. Jupes et pantalons noirs. Chemises blanches.

Des saisonniers sans doute, qui prenaient l'air avant d'attaquer le service.

« C'est toi et tes amis il y a cinq ans, non ? » lança Marc.

Il lui souriait. Elle avait une boule dans la gorge. Du plomb dans les poumons. C'était exactement ce à quoi elle était en train de penser. Ce même réveillon de Noël, cinq ans auparavant. La douleur affreuse qu'elle ressentait en permanence depuis plusieurs jours. Philippe qui ne quittait plus son esprit. Les chocolats qu'ils dévoraient dans le salon au troisième étage, à l'approche du 24. Tim qui se renfrognait au fur et à mesure que l'heure avançait. Le service. Douloureux. Le chemin pour la messe de minuit. La poussette. Sophie dans sa robe rouge, sa barrette en forme de renne dans les cheveux. Le parvis de l'église. Les chants d'enfants. Tim assis sur les marches glacées. Tim et ses premières confidences. Ses larmes. Elle n'arrêtait pas de pleurer à cette époque. Le retour au chalet. La nuit dans le lit de Tim.

« Ça va ? s'inquiéta Marc en la voyant blême.

– Oui. Mais j'ai froid », mentit-elle.

C'était trop. C'était trop d'être ici, après toutes ces années, pour le réveillon de Noël, avec Anton, Tim, Rosalie, Gabriel… Avec Marc qui ignorait tout.

Elle avait pensé que toute cette période était loin, que les souvenirs n'étaient plus aussi cuisants. Mais c'était toujours là, ça brûlait dans sa poitrine. *Pourquoi j'ai pas réussi à m'en remettre ?* Elle ne comprenait pas pourquoi elle rêvait soudain de se retrouver cinq ans en arrière, dans cet hôtel, assise dans le salon sous les toits, attendant de prendre son service. Elle souffrait à cette époque. *J'avais hâte que le temps file, pour que j'oublie Philippe, pour que la douleur soit moins présente.* Aujourd'hui elle aurait tout donné pour remonter le temps. Sentir de nouveau la chaleur du chalet. La présence réconfortante de Tim et Rosalie. Sophie. Les mois de bonheur qui l'attendaient.

Les quatre saisonniers avaient écrasé leurs cigarettes et remontaient les marches en riant. Marc répéta :

« Ça va ? T'es un peu bizarre depuis que je suis arrivé...

– Je dois couver quelque chose, bredouilla-t-elle.

– Alors viens... On rentre vite. »

Les portières claquèrent. *Adieu Les Mélèzes.* Elle comprenait pourquoi elle avait fui Arvieux toutes ces années... et à quel point elle avait eu raison de le faire.

Elle fut prise de violentes nausées sur le trajet du retour et elle dut ouvrir toutes les fenêtres pour ne pas vomir sur le volant.

Est-ce qu'on n'est pleinement heureux qu'une fois dans sa vie ? Est-ce que ma chance est passée ?

Elle pensait n'importe quoi. Elle avait trouvé un nouveau bonheur avec Marc, avec son travail.

« C'est quel étage ? »

Elle s'était encore perdue dans ses pensées. Ils étaient dans l'ascenseur et Marc attendait, le doigt en l'air.

« Quatrième. »

Les portes se refermèrent.

« T'as vu, j'ai fait la bûche au chocolat finalement... »

Il lui désignait un plat allongé qu'il tenait dans ses mains, recouvert de papier aluminium. Elle ne l'avait même pas vu le sortir de la voiture. Pas plus que la valise qui était posée à ses pieds.

« Quelle bûche ?

– Celle que tu voulais cuisiner pour ce soir… j'avais acheté les ingrédients, je l'ai faite. Tout seul. Je voulais pas venir les mains vides, tu comprends.

– C'est gentil. Rosalie va être contente. »

Les portes de l'ascenseur s'ouvrirent sur un agréable fumet. Une petite tête passée dans l'entrebâillement les épiait.

« Ils sont là ! Ils sont là ! » cria Sophie avant de disparaître en courant.

Ils entrèrent et le visage de Gabriel apparut depuis la cuisine.

« Bonsoir, Marc ! Bienvenue chez nous ! »

La seconde d'après, Sophie revenait en galopant, suivie de Timotée et Rosalie, les yeux pétillants, qui entraînait dans son sillage une Cécile intimidée.

« Salut, vous deux ! Marc, je suis Rosalie. Je suis ravie de te rencontrer. »

Plus rayonnante que jamais, elle se chargea avec bonheur des présentations. Marc distribuait les sourires, les bises et les poignées de main. Il semblait à l'aise. Timotée consentit à lui faire un bisou, lui qui était encore trop effrayé par Ambre pour la laisser approcher, et Sophie ne le dévisagea pas avec méfiance. Marc attirait la sympathie. Immédiatement.

Quand Anton et Tim finirent par se montrer, ils affichaient tous les deux un sourire amical, dissipant définitivement la nausée d'Ambre.

« Salut, je suis Anton.

– Et moi Tim.

– Enchanté. Je suis Marc.

– Viens, je vais te montrer où poser ta valise », lui dit Gabriel.

Et il l'entraîna dans le couloir. Rosalie gazouillait, le plat de bûche entre les mains :

« C'est lui qui a fait ça ? C'est adorable ! »

Anton, Tim et Cécile rejoignirent le salon. Sophie et Timotée gambadaient derrière Gabriel et Marc.

« Je crois que les enfants l'adorent déjà, confia Rosalie à Ambre à voix basse.

– Ouais. Il produit cet effet sur pas mal de monde.

– Et il est bel homme… ce qui ne gâche rien. »

Elles s'esclaffèrent, Rosalie franchement, Ambre de façon un peu crispée.

« Je me demandais où vous étiez passés. Vous ne reveniez pas…

– On a pris un café dans le centre et je lui ai montré l'hôtel.

– Oh, bonne idée.

– Tiens, j'allais oublier, voilà ce que j'ai acheté. »

Elle tendit à Rosalie les petits paquets de chocolats et de sablés personnalisés.

« C'est parfait. Tu viens m'aider ? Je pense qu'on va pouvoir commencer à servir l'apéritif. »

6

Et voilà. Tout est en place. Le spectacle peut commencer.

Gabriel avait remonté de la cave une longue table, qu'il avait installée dans le salon. Le couvert avait été dressé, l'apéritif disposé. Au milieu des bougies rouges et des confettis que Sophie avait fabriqués l'après-midi.

Ambre était assise le dos bien droit, la gorge nouée. En face, l'homme qu'elle avait le plus aimé sur cette terre. À côté, celui qui était toujours passé en premier, qui l'avait fait voler en éclats. À deux reprises. À côté d'elle, lui tenant la main avec douceur, celui qu'elle aimait aujourd'hui. Ils étaient tous là, réunis, à quelques centimètres les uns des autres. *Acte 3. Scène 1. C'est parti.*

« Qui veut du crémant ? »

Gabriel était imperméable à cette tension. Rosalie aussi d'ailleurs, tout comme Cécile, Marc et les enfants. Mais tous les trois, ils savaient et ils osaient à peine échanger des regards.

Les coupes furent remplies. Un plat de feuilletés fourrés aux escargots circula.

Pour se montrer poli et sans doute parce qu'il était gêné de se retrouver au milieu de tous ses inconnus, Marc entreprit de faire la conversation, s'adressant à Gabriel :

« Alors Rosalie et toi… Est-ce que vous êtes mariés ?

– Non mais c'est tout comme. Avec deux enfants, on est plus que mariés, répliqua Gabriel avec un clin d'œil.

– Et vous ? » interrogea Marc en se tournant vers Tim et Anton.

Les yeux d'Anton brillèrent de plaisir.

« Non. J'ai trouvé plus efficace pour passer la corde au cou de Tim. Je suis tombé dans un ravin et je suis devenu handicapé. C'est un plan infaillible.

– Il plaisante, intervint Gabriel. Il a un humour noir affreux. Fais pas attention à lui. »

Marc tenta de masquer tant bien que mal sa gêne.

« Je suis désolé, je ne savais pas…

– C'est pas pour moi qu'il faut être désolé mais pour mon cher et tendre. C'était pas un cadeau, c'est certain. Outre les troubles de l'érection, il a dû se coltiner mon incontinence et me torcher pendant presque dix-huit mois…

– Anton ! s'écria Rosalie. On a des enfants à table !

– Et pourtant regarde-nous… On forme le couple de l'année ! »

Marc ne sut que répondre, se raidit. Gabriel reprit la parole pour dissiper très vite le malaise :

« Et Ambre et toi est-ce que vous projetez de vous marier un jour ? »

Ambre se crispa, les doigts autour de son verre. Elle entendit Marc répondre en passant un bras autour de ses épaules :

« Oui. Un jour. Bien sûr. »

Elle sentit l'éclat du regard de Tim posé sur elle. Elle était certaine qu'il lisait en elle, qu'il devinait son malaise. Car de mariage il n'était pas question. Pas pour elle en tout cas. Et elle avait l'impression de manquer d'air.

« Comment vous vous êtes rencontrés ? s'enquit Rosalie. Ambre est restée bien mystérieuse. »

Marc resserra encore son étreinte autour de ses épaules et sourit.

« On s'est rencontrés chez les parents d'Ambre.

– Marc travaillait avec mon frère, intervint Ambre.

– Dans sa boutique de bandes dessinées ?

– Oui. Ils étaient amis depuis quelque temps et Mathieu l'a invité à la maison un dimanche.

– Et ? »

Ambre avait encore la bouche sèche. Elle laissa Marc raconter tout en réclamant une autre coupe de crémant. De temps en temps, une bribe de la discussion lui parvenait et elle entendait un rire de Rosalie, une question de Gabriel.

« En fait on s'est croisés pendant des mois chez ses parents, sans oser se parler vraiment. On voyait bien qu'on se plaisait mais… Mathieu était toujours là… Je savais qu'elle lisait. J'ai fini par avoir l'idée de lui prêter une BD. »

Elle tenta d'ignorer le tic sur le visage de Tim qui devait songer que, décidément, tout était toujours une histoire de livres avec elle.

« Elle est venue me la rendre à la boutique deux jours après. Elle m'a dit qu'elle l'avait dévorée. Je crois qu'elle avait menti. »

Marc lui souriait et elle lui sourit en retour, encore crispée. Elle n'avait pas lu la bande dessinée, c'était vrai. Mais elle avait voulu lui faire plaisir à l'époque. Elle voyait bien qu'il avait du mal à lui adresser la parole. Il la regardait toujours, avec cet air effaré et désolé, comme s'il pensait ne jamais pouvoir l'atteindre. Alors elle avait prétendu qu'elle avait été emballée et il lui en avait prêté trois autres. Elle s'était efforcée de les parcourir. Au moment de les lui rapporter, elle avait avoué qu'elle préférait les romans. Il l'avait regardée avec un air tellement déçu qu'elle avait ajouté : « C'est pas grave, on peut continuer à se voir. » Et il avait dit, plein d'espoir : « C'est vrai ? » Elle avait avisé le thermos de café sur son comptoir. « Tu aimes le café ? On pourrait prendre un café ? »

À partir de là, ils avaient pris l'habitude de se retrouver dans un bistrot. Il lui parlait de la boutique de BD et elle de son magasin de vêtements. Il évoquait sa thèse et elle son nouveau poste de responsable.

Ils se demandaient : « Tu as fait quoi cette semaine ? » et invariablement lui répondait qu'il avait travaillé à sa thèse, fait quelques heures à la boutique pour payer son loyer, rendu visite à ses parents, était allé au cinéma avec son ami Adrien, et elle qu'elle avait beaucoup travaillé, passé son jour de repos à dormir, fait des courses avec sa mère, pris un verre avec Cathia ou avec Émilie, de la boutique. Les réponses étaient toujours les mêmes et pourtant ils se posaient quand même la question pour s'assurer que les choses ne changeaient pas, que leurs vies poursuivaient leur cours, pour le simple plaisir d'échanger quelques mots aussi.

Leur relation en était restée là si longtemps qu'elle avait fini par se demander si elle ne s'était pas trompée. Si Marc voulait vraiment autre chose qu'une amitié timide, ou s'il n'était pas gay. Pour en avoir le cœur net, elle avait annulé un de leurs rendez-vous un après-midi, en prétendant qu'elle allait au cinéma avec un garçon. La fois d'après, elle avait senti Marc différent. Nerveux, plus insistant dans ses questions. Demandant en particulier si ce garçon était un collègue ou un ami de longue date. Elle avait dit qu'il n'était ni l'un ni l'autre et attendu qu'il l'embrasse. Il l'avait accompagnée à son arrêt de bus et juste avant qu'elle ne monte il s'était enfin décidé.

« Elle a été jusqu'à me rendre jaloux pour arriver à ses fins ! » conclut Marc.

Rosalie sourit.

« C'est typiquement féminin ! »

Et Gabriel fit semblant de s'offusquer.

Tout en jouant distraitement avec sa fourchette, Ambre songea que c'était étrange car, après ce baiser, leur relation avait évolué très vite. Comme si, une fois qu'elle eut gagné la confiance de Marc, elle n'avait plus eu à faire ses preuves auprès de lui. À peine quatre mois après, il lui proposait de s'installer dans son petit studio d'étudiant. Ils avaient vécu quelque temps dans vingt-cinq mètres carrés. Grâce au bon salaire d'Ambre, Marc avait arrêté de travailler à la boutique de BD et au printemps ils avaient emménagé dans un appartement plus grand. Les choses s'étaient passées naturellement, sans heurt.

« Et donc, qu'est-ce que tu fais dans la vie, Marc ? interrogea Gabriel.

– J'écris une thèse d'histoire.

– Dans quel domaine ?

– La période médiévale.

– Oh vraiment ? On a quelques centres d'intérêt communs alors ! lança Gabriel. J'enseigne l'histoire-géo au collège.

– C'est marrant ! J'ai passé moi aussi le concours de prof. Mais j'étais pas sûr d'être fait pour ça… »

Pendant qu'ils poursuivaient leur discussion, Rosalie déclara qu'il était sans doute temps de préparer les toasts de foie gras s'ils voulaient avoir terminé le repas avant la messe. Ambre se leva à sa suite.

« Je vais t'aider. »

Dans la cuisine, Rosalie semblait ravie.

« Ça se passe bien, non ?

– Oui… pour le moment.

– Ça va aller. Arrête de t'inquiéter. »

Elles firent griller les toasts et découpèrent le foie gras en fines tranches. Sophie arriva en courant, deux poupées sous le bras.

« On va manger, m'man ?

– Oui, trésor. Dans quelques minutes.

– Et le Père Noël ?

– Je te l'ai déjà dit, il passe quand tout le monde fait dodo. Allez, va te laver les mains, trésor, on va passer à table. »

Tim passa la tête par la porte de la cuisine.

« Besoin d'aide ? »

Ambre se raidit légèrement.

« Non, ça va. »

Rosalie se tourna vers lui.

« Et là-bas tout va bien ?

– Oui. »

Il laissa Sophie filer, ses poupées sous le bras, avant d'ajouter :

« Marc interroge Anton sur son accident. »

Ambre en fit tomber son couteau sur le plan de travail. Rosalie posa une main sur son avant-bras pour l'inciter à se calmer.

« Merde ! Je suis désolée.

– Non, ça va. Anton n'a jamais été aussi agréable. Il répond à toutes ses questions très posément.

– Ah bon ? »

Tim hocha la tête.

« Marc sait le prendre apparemment… Il a une façon de demander, comme ça, tout simplement, sans se montrer gêné. Je crois que c'est ce qui manque à Anton. Les gens sont toujours trop gênés avec lui. »

Tim vint se planter à côté d'Ambre, devant le plan de travail.

« Ça m'a l'air d'être quelqu'un de bien. »

Rosalie approuva, se léchant les doigts.

« C'est certain. »

Ambre tournait et retournait le couteau entre ses mains. À côté, Tim semblait attendre quelque chose. Ce fut quand Rosalie s'éloigna pour récupérer les toasts dans le grille-pain qu'il se mit à chuchoter :

« Je retire tout ce que j'ai dit sur ta vie triste à pleurer avec Marc.

– C'est parce qu'il plaît à Anton que tu as revu ton jugement sur lui ?

– Non… C'est parce que c'est vraiment quelqu'un de bien. J'imagine que tu ne peux pas être malheureuse avec lui.

– Effectivement. C'est peut-être aussi pour ça qu'il ne m'a jamais vue pleurer.

– Ça se tient… »

Là-dessus Rosalie revint avec les toasts grillés et ils terminèrent de les préparer en silence, avant de regagner le salon.

Tim avait raison : Marc avait une façon bien à lui de s'adresser aux gens. Avec ses yeux désarmants de sincérité, son ton dénué de sous-entendus, il était touchant. C'était sans doute pour ça que les enfants l'avaient adopté dès son arrivée. Pour ça qu'Anton avait répondu à ses questions sans agressivité et pour ça aussi que Cécile y répondait à présent sans montrer de gêne, alors que Rosalie avait débarrassé les entrées et apportait la dinde. Cécile qu'on évitait de brusquer depuis ce matin, qu'on essayait de ménager à tout prix au point de la traiter comme une gosse. Mais maintenant que Marc s'adressait à elle comme à une vraie personne, elle semblait bien.

« J'ai rencontré mon mari au lycée, expliqua-t-elle. On était dans la même classe en terminale et on a commencé à sortir ensemble à dix-huit ans. Après on s'est perdus de vue pendant quatre ans puis je suis retombée sur lui dans un bar. Il était guitariste. Il courait les cachets depuis des années. Sa carrière était sur le point de décoller, disait-il. Enfin, les galères étaient derrière lui. »

L'ambiance s'était considérablement détendue autour de la table. Tous écoutaient Cécile qui, quelques heures plus tôt, osait à peine prononcer un mot.

« C'était un drôle de type qui voulait vivre la vie d'artiste, il refusait de voir la réalité en face. Il s'endettait, ne décrochait que de rares cachets et s'était mis à fumer un peu trop. Il me trouvait psychorigide, imperméable à l'Art et à son talent, il disait que je ne le comprenais pas. Pourtant, la seconde d'après il disait m'aimer plus que tout au monde. C'était une relation en dents de scie qui m'épuisait et me comblait à la fois. Elle aurait fini par m'épuiser, me lasser tout à fait s'il n'était pas parti. Mais voilà, il a disparu sans laisser de traces… »

Ces mots s'adressaient à Marc en particulier, qui sans détour venait de lui demander : « Tu es ici à cause de ton mari, n'est-ce pas ? » Il ne l'avait pas vouvoyée, comme le faisaient Rosalie, Ambre, Tim et Anton. Quelques secondes de malaise avaient suivi, vite balayées par Cécile : « Oui c'est ça… mais c'est une longue histoire.

– Il a disparu combien de temps ?

– Six ans. J'étais persuadée qu'il avait essayé de faire carrière ailleurs, loin de ses échecs. Je surveillais les articles de journaux, les programmations des salles de concert dans toute la France, les groupes qui jouaient dans les bars, les réseaux sociaux… J'étais sûre de le voir réapparaître.

– Pendant six ans ?

– Pendant six ans. »

Elle baissa la tête comme si un sentiment de honte l'effleurait tout à coup.

« Ce n'était pas une rupture. C'était… Je ne sais pas ce que c'était à vrai dire. Ça ressemblait à une évaporation… S'il m'avait donné une explication, écrit un mot d'adieu, s'il m'avait quittée pour une autre, s'il m'avait congédiée, j'aurais pu comprendre. J'aurais pu passer à autre chose avec le temps. Mais il était là, le soir, il frottait les cordes de sa guitare en sifflant et le lendemain il n'était plus là. »

Un silence pesant retomba autour de la table que seul Marc eut le courage de briser :

« La plus grande souffrance alors, c'est de ne pas savoir ?

– Oui. »

Elle était transformée tout à coup. Ses épaules s'étaient redressées. Son regard n'était plus éteint. Elle était moins transparente, moins terne.

Ambre gardait ses mains crispées autour de son assiette. Elle sentait le regard de Tim, perçant, fixé sur elle. Elle croyait deviner ce qu'il pensait : elle aussi s'était évaporée sans laisser de numéro de téléphone. Pendant cinq ans. Pourtant cette histoire n'avait rien de comparable avec le drame vécu par Cécile. Elle s'obstina à l'ignorer. Plus loin, Rosalie aussi semblait hantée par ses propres souvenirs. Son visage avait perdu quelques couleurs. Son regard fuyait, s'échappait à travers la fenêtre. Ce récit la ramenait à sa disparition brutale alors qu'elle portait Sophie dans son ventre. À l'enfer qu'elle avait fait vivre à Gabriel.

« Qu'est-ce qu'il a fait pendant ces six années ? poursuivit Marc.

– Il n'a jamais rien voulu me dire. Quand il est rentré, il n'avait plus de guitare, il ne jouait plus. Il avait quelques blessures au visage qui semblaient mal soignées. Il m'a juste dit qu'il *avait pris l'air*.

– Il est vraiment revenu comme ça ? interrogea Rosalie effarée.

– Il a sonné à la porte, a déposé son sac à dos dans l'entrée et m'a dit qu'il allait prendre une douche… comme ça… Comme s'il était parti la veille. »

Elle toussota, comme si elle avait avalé une bouchée de travers.

« Ça va ? demanda Rosalie inquiète en lui tendant un verre d'eau.

– Oui. Ça va. »

Elle disparut dans son verre d'eau et dans le silence qui suivit, tout le monde comprit qu'elle en avait terminé, qu'elle n'aurait pas le force de revenir sur ce sujet.

Sophie, qui coloriait dans un coin du salon, s'approcha de la table et grimpa sur les genoux de Rosalie.

« C'est quoi, m'man ?

– C'est de la dinde, trésor, avec des marrons. Tu en veux ?

– Que des marrons.

– D'accord. Alors va t'asseoir. »

L'intervention de la fillette fut la bienvenue. Cécile se plongea dans son assiette et plus personne ne voulut l'interroger davantage sur son mari.

D'un ton léger, Gabriel se mit à raconter son arrivée à Arvieux, cinq ans plus tôt.

« Ce sont les premiers que j'ai rencontrés, fit-il en désignant Tim et Ambre. Ils arrivaient devant le chalet et j'étais planté là, à me demander si j'étais au bon endroit. Ce sont eux qui m'ont abordé. »

Ils acquiescèrent en souriant.

« Vous savez qu'ils m'ont pris pour un fou dangereux ! Oui, ces deux-là ! »

Autour de la table, tout le monde écoutait, amusé.

« Je suis revenu parler à Rosalie le lendemain et ils sont intervenus. Ils étaient prêts à appeler la police !

– C'est de ma faute, intervint Rosalie. J'avais rien voulu leur dire !

– J'ai bien cru que Tim allait me casser la figure ! »

Tim eut un haussement d'épaules, qui voulait vaguement dire : *Non, quand même pas...*

« Et après ils sont tombés sur moi dans cette boîte, le Monkey Club. J'étais déprimé, en train de boire whisky sur whisky, vous vous rappelez ? »

Deux hochements de tête. Ambre s'efforçait de sourire. Elle sentait le regard de Marc posé sur elle.

Tim enchaîna :

« On t'a accompagné au whisky et on a fini bien bourrés. Je me souviens qu'à un moment tu as comparé Rosalie à une fleur sauvage ! »

Toute la tablée éclata de rire. Même Anton riait franchement.

« Ça ne devait jamais sortir du club !

– Désolé, mon vieux, mais c'était trop tentant. »

Rosalie se tourna vers Marc et Cécile.

« C'était un endroit où ils sortaient souvent, le Monkey Club, entre saisonniers. Moi je gardais Sophie en général. C'était le repaire d'Anton. Sa deuxième maison. »

Celui-ci hocha la tête.

« Ouais. On avait notre table réservée. En mezzanine.

– C'est d'ailleurs là qu'il a rencontré Tim, reprit Rosalie.

– C'est aussi là que j'ai vu Ambre la première fois », ajouta Anton.

Ambre retint son souffle, certaine qu'une pique allait suivre – comme toujours avec lui. Mais il s'en tint là, et Rosalie enchaîna :

« C'est un des hauts lieux d'Arvieux. Moi j'ai davantage fréquenté le Sunny. C'est un bar qui fermait tôt. Vers une heure. On y buvait des bières le mercredi soir. »

Visiblement Anton avait consenti à une trêve le temps du repas. Ambre se laissa aller contre le dossier de sa chaise. Marc passa une main dans ses cheveux et elle se pressa contre lui, sans même y penser.

« C'était Greg qui avait instauré cette tradition, ajouta Rosalie. D'ailleurs, vous savez quoi ? Héléna et lui se sont remis ensemble ! »

D'après la réaction de Tim et Anton, Ambre comprit qu'elle était la seule à ignorer qu'Héléna et Gregory s'étaient à un moment séparés. À eux non plus elle n'avait jamais écrit.

« Ah bon ? Mais je croyais qu'elle avait rencontré un Allemand avec qui elle devait se marier !

– Elle l'a plaqué un mois avant le mariage !

– Non !

– Si ! Gregory et elle avaient repris contact quelques semaines plus tôt. Elle est retombée amoureuse de lui. Belle histoire, non ?

– Ouais… Mais… et l'Allemand ?

– On s'en fout de l'Allemand, Tim ! »

Éclats de rire autour de la table.

De là les anecdotes s'enchaînèrent, les souvenirs succédant aux souvenirs. Marc et Cécile relançaient, Tim, Anton, Rosalie, Gabriel et Ambre racontaient à tour de rôle. Timotée s'était endormi dans les bras de Gabriel et ce fut Sophie qui vint mettre un terme à leur discussion en réclamant : « M'man ! Je veux le dessert ! », ce qui fit bondir Rosalie.

« La messe de Noël ! Dans dix minutes ! On va la louper ! »

Tout le monde se leva dans un joyeux brouhaha. Gabriel attrapa Sophie par la main.

« On mangera le dessert après, princesse. »

On enfila manteaux, gants, bonnets, écharpes. Anton renonça à ses béquilles et consentit à s'installer dans le fauteuil roulant, sans broncher. Décidément il faisait beaucoup d'efforts ce soir. Il paraissait fatigué aussi. Comme si le fait d'abandonner son cynisme faisait tomber le masque et le dévoilait tel qu'il était : épuisé, résigné.

Ils prirent le chemin de l'église en une étrange procession. Gabriel devant, avec la poussette de Timotée. Puis Rosalie et Cécile, tenant chacune Sophie par une main. Ensuite Anton dans son fauteuil roulant qui butait sur les pavés des ruelles, poussé par Tim. Enfin Ambre et Marc, qui avait emprisonné sa main dans la sienne.

C'était bizarre de voir Anton dans son fauteuil. Depuis qu'Ambre était arrivée à Arvieux, il s'était toujours efforcé de se déplacer seul, avec ses béquilles, quoi qu'il lui en coûte. Ce soir elle avait le sentiment de le voir tel qu'il était devenu. Et non plus tel qu'elle l'avait gardé dans son souvenir. Grand, beau, fort, terriblement en colère. À présent, il ne lui restait que la colère.

Cling-cling-cling faisait le fauteuil sur les pavés.

Et Ambre se souvint alors du groupe de copains que Tim et elle avaient eu dans le Sud. Des saisonniers qu'il avait rencontrés au cours des étés précédents. Ils avaient tous entre vingt et trente ans. Parmi eux il y avait Emma. Le visage mangé de taches de son, des cheveux blonds très fins, très raides, Emma n'avait aucun filtre, jamais. Aucune gêne. Elle parlait comme elle pensait. Spontanée, profondément honnête. La première fois qu'Ambre les avait tous vus, c'était Emma qui avait lancé tout à trac :

« Alors c'est vrai… t'es vraiment une fille. »

Les autres lui avaient fait les gros yeux mais elle avait haussé les épaules.

« Ben quoi, vous aussi vous pensiez qu'il nous faisait marcher… que c'était Anton qui allait débarquer. »

Après un silence assez gênant, Tim avait répondu sans se vexer :

« Non, c'est vrai. Je vous avais pas menti », à quoi Emma avait répliqué avec son éternel sourire malicieux :

« En tout cas elle est vraiment comme tu nous avais dit. »

Ambre n'avait pas osé demander des précisions sur ce que Tim leur avait raconté d'elle. Elle avait apprécié Emma presque tout de suite. Elle était maladroite, trop vive, totalement unique. Elle éclatait souvent de rire, sans prévenir. Ça surprenait toujours au début. Puis on finissait par l'imiter car le rire d'Emma était communicatif.

Un soir ils s'étaient tous retrouvés sur une place, au cœur de Frontignan, avec des packs d'une mauvaise bière et ce type prétentieux qui jouait de la guitare.

« C'est comme une extension de sa bite, disait toujours Emma. Il la montre à toutes celles qui passent sous sa fenêtre. "Elle est belle, hein ? Tu veux la voir de plus près ? Tu veux la toucher ?" »

Ce soir-là ils avaient marché dans les ruelles désertes et ils avaient volé un caddie de supermarché. Les roues faisaient exactement le même bruit métallique que le fauteuil d'Anton ce soir, sur les pavés d'Arvieux. *Cling-cling-cling*. Emma avait grimpé dedans et elle avait insisté pour qu'Ambre la rejoigne :

« Allez, la p'tite nonne ! »

C'était comme ça qu'elle l'appelait car elle disait qu'Ambre avait un air de sainte-nitouche – « On te donnerait le bon Dieu sans confession ! » Elles s'étaient retrouvées toutes les deux dans le caddie, poussé par un gars du groupe, aussi saoul que les autres, et Emma avait lâché :

« Pfff, c'est dingue comme il te regarde !

– Qui ? avait fait Ambre.

– Tim ! Idiote !

– Comment il me regarde ? »

Emma avait levé les yeux au ciel, exaspérée.

« Les yeux de l'amuuuur ! » avait-elle lancé avant de s'esclaffer.

Ambre avait ri en détournant le regard.

« T'es con !

– Non, c'est vrai ! » s'était exclamée Emma.

Après quelques secondes, tandis que ça continuait de brailler autour d'elles, Ambre avait posé la question qui la démangeait :

« La première fois que tu m'as vue, tu as dit que j'étais exactement comme Tim l'avait dit… Qu'est-ce qu'il avait dit ? »

Emma avait souri avec un air mystérieux.

« Que tu étais lui… au féminin. »

C'était ce que Tim avait déjà confié à Anton quelques mois plus tôt, quand ils étaient encore amis tous les trois à Arvieux. Emma avait ajouté :

« Et il n'avait pas menti.

– Comment tu l'as su, en un seul regard ?

– Je l'ai su… c'est tout. »

Le silence était retombé. Le groupe s'était arrêté sur un coin d'herbe où tous s'étaient affalés. Ambre et Emma n'avaient pas bougé du caddie.

« Alors t'as trouvé ton âme sœur, non ? » avait repris Emma en passant ses bras autour de ses genoux.

Ambre avait secoué la tête.

« Tu crois à ce genre de conneries, toi ?

– Bien sûr ! Et je pensais que t'y croyais aussi, p'tite nonne ! »

Ambre avait levé les yeux au ciel sans répondre.

« Tu le sauras bien assez tôt de toute façon.

– Quoi donc ?

– Si c'est vraiment ton âme sœur.

– Change de disque, Emma !

– Rien ne peut séparer deux âmes sœurs. Elles traversent tout et elles finissent toujours par se retrouver, tu verras. »

Cling-cling-cling. Le fauteuil buta sur un caillou qu'un enfant avait envoyé joyeusement au milieu de la ruelle.

Anton était l'âme sœur de Tim. À l'époque Ambre ne le savait pas. Mais aujourd'hui, maintenant qu'elle les voyait dans les ruelles d'Arvieux, Tim poussant le fauteuil d'Anton, le regard bien droit, comme s'il n'avait jamais douté, elle en était certaine.

« Ça va pas, chérie ? »

Marc. Marc et ses yeux dont elle n'avait jamais réussi à déterminer la couleur. Entre le marron et le vert, avec des petites stries noires.

« Si, ça va. »

Elle lui sourit mais il la regardait toujours avec inquiétude.

« T'es pensive.

– Oh… C'est à cause de tous ces souvenirs dont on a parlé à table. Ça me replonge en arrière. »

Il serra sa main dans la sienne. Elle gardait les yeux fixés devant, sur Sophie qui sautillait d'un pavé à l'autre. Mais elle sentait le regard de Marc sur elle.

« Vous avez passé de bons moments ensemble, on dirait.

– Oui… Très bons… Qu'est-ce qu'il y a ? Pourquoi tu me regardes comme ça ?

– Rien… Ça me surprend que tu n'aies pas gardé contact avec eux, du coup. »

Une légère exaspération dans sa voix quand elle répondit :

« Je te l'ai dit… la distance, le travail… C'est la vie, c'est comme ça.

– Pour les autres, d'accord… mais Anton… »

Elle s'arrêta net.

« Quoi, Anton ? » lança-t-elle d'une voix étranglée en se tournant vers lui, lui lâchant la main.

Verts. Ils étaient verts, ce soir, les yeux de Marc, brûlants, inquisiteurs, rivés sur elle.

« Il m'a dit qu'il avait eu cet accident à peine un mois après la fin de la saison d'hiver. »

Elle déglutit. Elle se remit à marcher doucement, avec détachement.

« Oui. C'est vrai.

– Et tu lui as jamais rendu visite ? »

Sa gorge se noua davantage.

« Non. »

Elle n'ajouta rien. Il n'y avait rien à ajouter. Elle se dit qu'elle n'aurait jamais dû faire venir Marc ici. *Jamais.*

« Il est resté en rééducation deux ans. Tu ne l'as jamais appelé ?

– C'est quoi cet interrogatoire à la fin ? »

Marc reprit sa main dans la sienne et se radoucit :

« J'essaie juste de comprendre, chérie.

– Comprendre quoi ? On a perdu contact c'est tout !

– Mais pourquoi tu t'énerves ? »

Elle se força à respirer lentement. Elle allait tout gâcher si elle continuait comme ça. Tout foutre en l'air. Elle adopta une voix plus calme :

« Je pouvais pas… Je peux pas t'expliquer pourquoi mais… il se trouve que je ne pouvais pas. »

Marc passa un bras autour de ses épaules et la serra contre lui. La sentant légèrement tremblante, il se méprit totalement sur la nature de son émotion et murmura dans ses cheveux :

« Je comprends que c'était dur pour toi, chérie. Je comprends que tu n'aies pas voulu voir ton ami dans cet état. Je suis désolé. J'aurais pas dû t'embêter avec ça. »

Elle resta muette. Au bord de la nausée.

Le parvis de l'église était bondé. Des touristes, des habitants. Des familles pour la plupart massées devant les lourdes portes de bois.

Gabriel et Tim soulevèrent le fauteuil roulant. Tim entra dans l'église sans une once d'hésitation. C'était terminé sa bataille contre l'Église. Il avait abandonné pour Anton. Et à cause de la mort de sa mère sans doute. Ils installèrent Anton au bout d'une rangée, à côté de Tim. Rosalie prit Sophie sur ses genoux, Gabriel, Timotée. Cécile s'assit à côté d'Ambre et Marc, les mains croisées, les épaules voûtées.

Il y eut quelques toussotements, quelques raclements de gorge.

Les portes se refermèrent et le prêtre s'avança dans la travée centrale. Ambre se redressa, essayant d'apercevoir l'autel par-dessus les têtes. Comme cinq ans en arrière, une crèche vivante avait été constituée et les enfants tenaient le rôle des Rois mages, de Joseph, de Marie. Mais cette année, il n'y avait pas de vrai nourrisson dans le panier en osier, simplement un poupon en plastique.

Les bruits de pas du prêtre résonnèrent dans le silence tandis que toute la foule se levait. Sophie chuchota : « M'man, regarde, c'est Maxence dans la crèche ! » et Rosalie la fit taire.

Lorsque le prêtre eut atteint l'autel, toute l'assemblée se rassit et, du coin de l'œil, Ambre vit le visage de Tim disparaître derrière sa grosse écharpe, comme si c'était sa façon à lui de ne pas vraiment être là. Elle détourna vivement le regard quand leurs yeux se croisèrent brièvement.

« Frères et sœurs, c'est avec bonheur que je vous accueille ce soir dans notre belle église pour célébrer la nativité du Christ, Jésus Notre Seigneur. »

Les mains de Cécile s'étaient jointes sur ses genoux. Marc s'était redressé. Anton avait le regard brillant, droit devant. Rosalie serrait Sophie contre elle.

Tim gardait ses mains dans ses poches. C'était Noël mais il portait quand même un sweat à capuche et sa tignasse était comme toujours décoiffée.

Marc posa une main sur le genou d'Ambre et le pressa. Elle l'observa, du coin de l'œil. Marc était concentré sur les enfants dans la crèche, sur le sermon du prêtre, le front légèrement plissé. Elle connaissait son visage par cœur. Elle aurait pu le reconnaître dans le noir rien qu'en passant une main sur ses joues, sur son menton, dans ses cheveux. Il avait des traits réguliers, des pommettes bien dessinées et des yeux ourlés de longs cils. Ses cheveux bruns étaient souples, à peine bouclés . Ils étaient doux et sentaient toujours le cuir. Alors que la plupart des gens le trouvaient beau, Ambre n'avait pas tout de suite su comment le qualifier. Après quelque temps, elle avait compris qu'il était beau, oui, mais de cette beauté froide, sans charme particulier. Il manquait quelque chose pour réchauffer ses traits, au fond de ses yeux.

Elle sursauta légèrement. Elle avait laissé son regard vagabonder dans la foule, sans y penser, et elle venait d'apercevoir Michel et Sylvie qui tentaient de photographier discrètement un petit garçon blondinet portant le costume de Melchior. Leur fils, Maxence. Michel avait beaucoup vieilli. Ses tempes étaient gagnées par les cheveux gris. Son front s'était dégarni. Sylvie avait moins changé même si son visage s'était creusé et que ses lèvres étaient bordées de petites ridules.

Marc, suivant son regard, chuchota à son oreille :

« Tu les connais ?

– Ce sont mes anciens patrons. »

Ils se turent car le prêtre s'était tourné vers les enfants et une fillette s'avança vers l'autel. L'instant d'après, elle entamait un chant, repris en chœur par les autres.

Ambre sentit la tête de Tim se tourner vers elle et elle lui jeta un regard discret, sans bouger le cou. Il était presque immobile lui aussi mais il eut un mouvement imperceptible du menton pour désigner la porte en bois de l'église, comme pour dire : *On se tire ?* avec un minuscule sourire qu'elle lui rendit. L'instant d'après, son regard était de nouveau vissé sur les enfants du chœur et Ambre l'imita, gardant encore aux lèvres ce semblant de sourire.

La foule se pressait vers la sortie de l'église, Marc poussait Ambre en avant, les deux mains sur ses épaules, quand ils entendirent :

« Ça alors ! Vous tous réunis ! »

Sylvie et Michel, tenant par la main le petit Maxence, se frayaient un chemin dans leur direction.

« Hé, Michel, Sylvie ! lança Gabriel. Comment vous allez ? »

Ils s'insérèrent dans une rangée vide pour laisser passer les gens et permettre à la petite famille de les rejoindre. Les accolades furent chaleureuses. Sylvie attira Ambre dans ses bras.

« Ça alors ! Ça fait des années qu'on ne t'a pas vue dans le coin ! Qu'est-ce que t'as changé ! »

Elle desserra son étreinte et Ambre lui dit :

« Je te présente Marc, mon petit ami.

– Bonsoir, Marc. Je suis Sylvie. Enchantée.

– Ambre ici ! s'exclama Michel derrière elle. Mais c'est un miracle ! Regarde, c'est mon fils ! Tu ne l'as jamais vu, n'est-ce pas ? »

Ambre s'accroupit pour saluer le petit Maxence. C'était un gamin aux joues rondes, au nez retroussé, dont les yeux se fermaient de sommeil.

« Qu'est-ce que vous faites tous ici pour Noël ? poursuivit Michel lorsqu'elle eut plaqué un bisou sur la joue du petit. Vous avez organisé des retrouvailles ?

– Oui, en quelque sorte, répondit Rosalie. Gabriel nous a surtout fait une grosse frayeur !

– Qu'est-ce qu'il vous a encore fait ?

– Je vous raconterai », éluda Gabriel pour ne pas mettre Cécile dans l'embarras.

Sylvie se rapprocha d'Ambre.

« Alors, ma belle, qu'est-ce que tu as fait tout ce temps ? On était déçus que tu ne nous rendes pas visite… Andréa aussi. Il pensait te revoir la saison suivante. Nous aussi.

– Oh… je… ma mère s'est démenée pour me trouver du travail à Lyon…

– Dans la restauration ?

– Non. Une boutique de vêtements. Je dois avouer que j'ai beaucoup travaillé ces dernières années, mais c'est un super boulot.

– Vous êtes là jusqu'à quand ? Vous pourriez venir manger chez nous tous ensemble… cette semaine ce serait bien, non ? »

Ambre, qui s'était tournée vers Marc, répondit :

« On repart demain. C'est dommage.

– Oui… vraiment… Et vous, les garçons ? demanda Sylvie à Anton et Tim. Vous restez ici encore longtemps ? »

Ambre n'entendit pas la suite car ils furent bousculés par la foule et Michel annonça que les sœurs de Sylvie étaient déjà sorties de l'église et devaient les attendre.

On se salua chaleureusement en se souhaitant un joyeux Noël.

« J'ai été contente de te revoir ! lança Sylvie en serrant bien fort la main d'Ambre. Si tu n'as pas le temps de faire un saut au chalet avant de rentrer à Lyon, passe-moi un coup de fil ! Ça me ferait plaisir !

– Promis ! »

Ils se pressèrent vers la sortie tandis que Sophie piaillait avec excitation :

« C'est maintenant, maman ? C'est maintenant les cadeaux ? »

Marc se pencha dans les cheveux d'Ambre, lui chatouillant l'oreille.

« On dirait que tu es une véritable surprise de Noël, ici. »

Elle voulut répliquer quelque chose mais il plaqua un baiser sur ses lèvres, la réduisant au silence.

Ils se montrèrent bruyamment enjoués sur le trajet du retour. Sophie réclamait le Père Noël et le dessert et les cadeaux. Timotée, bien réveillé maintenant que la messe était terminée, répétait chacun des mots de sa grande sœur de sa petite voix de crapaud. C'était Gabriel qui poussait le fauteuil d'Anton, loin devant. Ambre n'entendait pas ce qu'ils se disaient mais ils parlaient fort et riaient beaucoup. Tim et Rosalie étaient avec les enfants, tentant de canaliser leur énergie débordante, sans succès. Cécile traînait un peu à l'arrière, un léger sourire aux lèvres. Quant à Marc, il semblait heureux. Il prenait la main d'Ambre puis la relâchait pour admirer les chalets illuminés alentour, les montagnes plongées dans l'obscurité, les ruelles enneigées tout en répétant :

« C'est vraiment chouette ! »

Lorsqu'ils arrivèrent à proximité de l'immeuble, il déclara :

« Je suis content d'être venu, chérie. C'était une bonne idée de passer Noël ici, tous les deux. »

Elle lui donna raison. Finalement, c'était une bonne chose que Marc soit avec eux.

De retour à l'appartement, chacun reprit sa place à table. Elle retrouva Marc en pleine conversation avec Tim. C'était étrange de les voir ensemble, comme s'ils constituaient deux pans de sa vie bien distincts qui n'avaient rien à faire côte à côte, qui n'auraient jamais dû se croiser. Elle s'approcha discrètement. Ils discutaient de Lyon.

« J'y suis allé une seule fois… le temps d'un week-end, dit Tim.

– Tu as aimé ?

– Oui. C'était un très bon week-end. »

Ambre se raidit, mais il n'ajouta rien.

« Tu es originaire d'où ? demanda Marc.

– De Tours.

– Ah. J'avais un oncle là-bas. »

Tim tenait sa langue. Anton restait muet, cloué dans son fauteuil. Le secret était bien gardé et Ambre quitta le salon, soulagée, pour aller aider Rosalie.

Le plateau de fromages fut servi avec une bonne bouteille de vin rouge. Cécile, épuisée, s'excusa mille fois et quitta la table pour aller se coucher. On servit le dessert dans la foulée, car les enfants étaient eux aussi à deux doigts de s'endormir à table. La bûche au chocolat de Marc fut saluée par tout le monde. Rosalie apporta les desserts qu'ils avaient préparés tous ensemble dans l'après-midi : des canelés, des tuiles, une bûche à l'orange, le tout assorti d'un plateau de fruits.

L'ambiance était bon enfant, on parlait de tout et de rien. Du travail, des vacances, du coût de la vie à Arvieux, à Amiens, à Lyon… Gabriel fit rire la tablée avec une imitation de ses élèves. On mangea et on but plus que de raison, si bien que quand les enfants furent envoyés au lit, même les adultes tombaient de fatigue et ils regagnèrent leurs chambres sans se faire prier.

La chambre était plongée dans le noir. Dans le couloir, la dernière lumière venait de s'éteindre. Marc avait étendu son bras pour qu'Ambre puisse dormir dans son cou. Tout contre lui, elle sentait l'odeur de cuir de ses cheveux. Elle jouait à laisser courir sa main le long de son bras et elle songeait que tout s'était bien passé finalement.

À côté d'eux, un mouvement dans le lit de Sophie leur indiqua que la petite fille ne dormait pas. La voix de Sophie s'éleva, étouffée par un bâillement :

« Ambre ?

– Oui, Sophinette ?

– C'est lui, Marc, ton amoureux, hein ? »

Elle sourit dans l'obscurité et sentit Marc sourire aussi.

« Oui, c'est lui. Tu l'aimes bien ?

– Oui mais… »

Sophie suspendit sa phrase.

« Mais quoi, Sophinette ? »

La petite fille gigota dans son lit. Puis :

« Mais alors… il était où parrain ? »

Ambre sentit son estomac se contracter, pressentant qu'ils s'aventuraient sur un chemin dangereux. Marc murmura à côté d'elle :

« C'est qui parrain ?

– C'est Anton. »

Et s'adressant à Sophie, sur la défensive :

« Il est tard, Sophinette, pour poser des questions. C'est l'heure de dormir.

– Il était où parrain quand Tim c'était ton amoureux ? » répliqua vivement Sophie de sa voix fluette.

« Non, Sophinette. Tim, c'est l'amoureux de parrain. Moi, mon amoureux, c'est Marc. Je t'ai expliqué hier, tu te souviens ?

– Oui. »

Dans le silence qui suivit, Ambre n'osait même pas respirer, priant pour que Sophie s'en tienne là et cède au sommeil.

« Mais hier, reprit la petite voix fluette, hier tu as dit qu'avant Tim c'était ton amoureux. Et tu étais triste après, parce que Tim il est retourné avec parrain, et toi tu avais du chagrin. Et tu venais plus voir papa et maman. »

L'atmosphère dans la chambre s'était soudain chargée. Dans l'obscurité, figé, Marc ne disait rien mais il l'observait. Ambre sentait ses yeux braqués sur elle, aux aguets.

« Non, Sophinette. Tu as dû te tromper. Tim aime les messieurs, tu le sais bien.

– Mais hier tu as dit…, insista Sophie, sûre de son fait.

– Non.

– Menteuse ! » s'exclama la fillette, outrée.

Ambre était morte de honte. Marc attendait, scrutant la moindre inflexion dans sa voix qui pourrait la trahir.

« Sophinette, tu as dû confondre…

– Non ! Tu es une menteuse ! Parrain il a dit que c'était vrai ! Mais que t'avais menti. Parce que… parce que… »

Son sentiment d'injustice l'empêchait de reprendre son souffle.

« Parce que c'était toi la vraie amoureuse de Tim. Il a dit que c'était toi. Que c'était pas pour de faux. Et toi et le grand Tim vous avez été dans une maison. Une maison à la mer. Mais après parrain il est tombé dans le trou et après… et après il était très malade, dans un hôpital. Il avait mal à ses jambes. Et Tim est parti de la maison à la mer pour s'occuper de lui. C'est parrain qui l'a dit ! Toi t'es une menteuse ! »

Ambre ouvrit et referma la bouche plusieurs fois, cherchant une issue. Mais il n'y avait rien à dire. Marc avait compris. Il avait retiré son bras de sous sa tête et s'était écarté d'elle.

« Il était où parrain… quand Tim et toi vous étiez dans la maison à la mer ? »

Silence de plomb. Les secondes défilèrent.

« Ambre ? »

La voix de Marc était étrangement grave et lointaine.

« Quoi ?

– Sophie attend une réponse. »

Elle tenta de calmer son souffle. Son estomac pesait des tonnes. Tout son corps était engourdi.

« Il... », hésita-t-elle.

C'était inutile de mentir. Pour Marc, les paroles de Sophie venaient d'expliquer à elles seules toutes ses interrogations de la soirée : « Tu ne m'as jamais parlé de tes amis... Rosalie et Gabriel. C'étaient de bons amis ?... Ça me surprend que tu n'aies pas gardé contact avec eux, du coup... Pour les autres, d'accord... mais Anton... Tu lui as jamais rendu visite ? Il est resté en rééducation deux ans. Tu ne l'as jamais appelé ? »

Au prix d'un gros effort, elle réussit à bredouiller :

« Il était... il était dans la montagne... il skiait.

– Ah..., fit Sophie. Et il est tombé dans le trou ?

– Oui... Il est tombé dans le trou. »

Le silence retomba. Sophie bâilla, se retourna dans son lit. Maintenant qu'elle avait obtenu la réponse à sa question, elle allait probablement s'endormir.

Pas Ambre. Marc encore moins. Ils étaient crispés, immobiles, chacun à une extrémité du matelas. Elle avait les poumons comprimés à étouffer.

« Ambre, est-ce qu'on peut aller discuter quelques secondes dans la cuisine ? » murmura Marc.

Sa voix était d'un calme exemplaire. Elle ne put qu'accepter.

Il se leva, ouvrit la porte de la chambre. La lumière inonda le couloir et elle le rejoignit, refermant derrière elle, les jambes tremblantes, le visage blême.

Ils ne dirent pas un mot jusqu'à ce qu'ils aient atteint la cuisine où ils s'enfermèrent, jusqu'à ce que Marc ait pris place à table, au milieu des restes du repas.

Il portait un T-shirt et un jogging en guise de pyjama. Vêtue d'une simple chemise de nuit, elle se sentait nue face à lui.

Il s'adressa à elle d'une voix posée et claire :

« Est-ce que tu vas arrêter de me mentir maintenant ?

– J'ai pas… c'est pas… »

Elle avait la gorge sèche.

« Tu vas arrêter de me prendre pour un idiot ? Tout le monde était au courant…

– Marc… »

Sa voix était suppliante, faible, geignarde.

« C'est quoi l'histoire ? Tim et toi ?

– C'est rien.

– Vous avez eu une histoire tous les deux.

– Une histoire… C'est un bien grand mot. On était jeunes. »

Il la fixait, absolument pas dupe. Elle était trop livide pour feindre le détachement.

« Tout à l'heure Anton a dit qu'il avait passé la corde au cou de Tim avec son accident. Avant cela, Tim et toi vous étiez ensemble ?

– C'est une vieille histoire…

– Mais eux… ils avaient déjà eu une histoire. Eux ils s'étaient connus ici bien avant toi… »

Il recoupait toutes les informations entendues pendant la soirée, faisait le lien.

« Tu lui as volé son petit ami, pendant cet hiver à Arvieux ?

– Non. Non, c'est pas ça…

– Si c'est ça. Tu es partie avec son petit ami. Vous vous êtes installés à la mer. Mais il a eu cet accident et Tim est retourné auprès de lui. Il t'a quittée pour Anton. C'est pour ça que tu n'as jamais daigné lui rendre visite à l'hôpital. »

Son silence signa un aveu.

« Et aujourd'hui, après cinq ans, tu t'en es pas remise…

– C'est faux !

– Regarde-moi dans les yeux à la fin ! »

Elle secouait la tête, comme une enfant obstinée. Elle refusait de le regarder dans les yeux. À la place, elle bafouilla :

« C'est une histoire ancienne…

– Si c'était si ancien, si ça ne comptait pas, alors tu m'en aurais parlé ! Tu ne te serais pas obstinée à me le cacher. Ce soir encore, je t'interrogeais et tu mentais ! »

Le silence s'épaissit, les enveloppa tout entiers. Marc se mit à faire les cent pas. Ambre respirait à peine.

« Comment as-tu pu m'inviter ici, sans m'avoir jamais rien dit de cette histoire ? Tu m'as caché toute une partie de ta vie. Ils savaient tous, autour de la table ! Tous ! Sauf moi ! Tu m'as placé ici, comme un pauvre pantin idiot et tu m'as regardé discuter tranquillement avec ton ex. Vous aviez fait une liste de sujets à éviter ? Vous aviez des noms de code ? Ça vous a amusés ?

– Arrête, Marc, tu dis n'importe quoi.

– Et moi… et moi qui me faisais une joie de te retrouver… de rencontrer tes amis… d'en savoir un peu plus sur toi… Tu n'as fait que mentir. Depuis que tu as mis les pieds ici, chaque conversation téléphonique tu as menti et tu as continué toute la soirée.

– C'est une vieille histoire ! Tout le monde l'a oubliée !

– Ah oui ?

– Oui !

– Et toi ?

– Quoi moi ?

– Toi tu l'as oubliée ?

– Évidemment !

– Tu as mis cinq ans à pouvoir te trouver en face d'eux et tu vas me dire que tu l'as oubliée ? »

Elle s'obligea à soutenir son regard. Ils chuchotaient mais elle avait l'impression qu'ils hurlaient.

« Je suis en face d'eux. Avec toi. C'est bien la preuve que j'ai oublié, non ?

– Non. C'est juste la preuve qu'il a fallu que Gabriel disparaisse pour que tu aies le courage de te trouver en face d'eux.

– Marc… »

Il cessa de faire les cent pas et se planta face à elle. Il la dévisagea avec un air qu'il n'avait jamais eu, qui la glaça.

« Je ne te reconnais plus. Comment ai-je pu me tromper autant à ton sujet ?

– Arrête ! »

Elle essaya d'attraper une de ses mains mais il la repoussa, doucement. Avec lassitude.

« Je vais rentrer ce soir.

– Arrête, tu ne vas pas partir maintenant…

– Je t'excuserai auprès de mes parents. Ils ne t'en voudront pas de rater le déjeuner de Noël.

– Qu'est-ce que tu racontes ? Tu… tu rentres sans moi ?

– Je crois que c'est mieux que tu restes ici quelques jours…

– Marc, écoute, je conçois que c'était humiliant mais…

– Je ne sais plus qui tu es. Je ne sais même plus si je dois te croire quand tu parles. J'ai besoin d'air pour quelque temps… J'ai besoin d'y voir plus clair. »

Ils étaient verts ses yeux, définitivement verts. Il n'y avait pas de marron. C'étaient les stries noires qui donnaient cette impression. Dire qu'elle avait mis deux ans pour s'en rendre compte…

Marc disparut dans le couloir. Elle resta plantée dans la cuisine, dans sa chemise de nuit ridicule.

Plus tard, après qu'elle eut fumé trois, quatre, cinq cigarettes pour tenter en vain de se calmer – elle avait trouvé un paquet d'Anton sur la table de la cuisine –, elle se força à boire un verre d'eau et elle ouvrit grande la fenêtre, pour chasser l'odeur du tabac. Puis elle entendit des pas étouffés dans le couloir et le bruit de la porte d'entrée qui s'ouvrait. Elle ne bougea pas. Ne songea même pas à le rattraper. La porte se referma et elle resta là, les yeux secs ouverts sur le vide de sa vie.

7

« M'man, regarde ! Timotée aussi a un gros cadeau ! C'est quoi ?

– Ouvre-le, trésor. Je ne sais pas.

– M'man ! J'arrive pas à ouvrir toute seule !

– Attends quelques secondes, trésor. »

Baissant la voix :

« Comment ça, il est parti ? »

Sophie avait réveillé toute la maisonnée avec des cris de joie : le Père Noël était passé ! Tim et Anton avaient à peine eu le temps de sortir du clic-clac que le sol du salon était déjà jonché de papier cadeau.

Plantée à la porte du salon, Ambre répondit discrètement à Rosalie :

« On a eu… on a eu une petite explication.

– Sur quoi ?

– Il… disons qu'il ignorait pas mal de choses sur… Arvieux et vous tous. »

Rosalie hocha la tête en aidant Sophie à déchirer un emballage récalcitrant.

« Ça d'accord… mais comment il a découvert ces… choses ? »

Anton et Tim s'approchèrent, intrigués par leurs messes basses.

« Marc est pas là ? » demanda Tim.

Incapable d'ouvrir la bouche, elle détourna le regard. À côté, elle vit Rosalie gesticuler de façon peu discrète pour signifier aux garçons que Marc était parti mais qu'il ne fallait pas en parler. C'était compter sans Anton. La trêve de Noël était visiblement terminée car un large sourire de satisfaction envahit son visage, rapidement suivi d'un rire. Un horrible rire grinçant. Puis il se mit à applaudir avec des gestes lents, comme au ralenti. *Clap-clap-clap*.

Devant le sapin, les enfants et Gabriel se retournèrent, intrigués. Anton les regarda tous, rayonnant.

« Hé ! Qu'est-ce qu'il y a, les amis ? J'applaudis la fin de l'acte 3 ! Le départ du numéro deux, Marc, qui a enfin découvert le pot aux roses !

– Anton ! » gronda Gabriel.

Ambre se refusa à intervenir. Elle se sentait bouillonner mais pas question de sortir de ses gonds : Anton n'espérait que ça. Elle resta plantée bien droite, à côté de la porte du salon, la main sur la poignée.

« Quoi ? On a plus le droit d'applaudir un spectacle de qualité ? Ni de se réjouir du malheur des autres ?

– Anton ! » répéta Gabriel d'une voix plus forte.

Anton lâcha ses béquilles qui tombèrent au sol avec un bruit métallique, faisant sursauter tout le monde. Puis il leva ses mains bien haut et les posa sur sa tête avec un large sourire.

« Ce n'est pas moi. J'aurais aimé avoir ce plaisir mais vous êtes tous témoins : je me suis tenu à carreau toute la soirée. Vous pouvez me fusiller du regard, tous… mais vous le savez que ce n'est pas de ma faute ! Vous savez que c'est à cause des regards insistants de Tim sur Ambre…

– ESPÈCE D'ORDURE ! »

Personne ne s'était attendu à ce qu'Ambre explose. Jusque-là elle paraissait résignée à garder le silence, les mâchoires serrées, mais maintenant elle criait sans retenue :

« C'est toi ! Tu l'as fait exprès ! C'est la dernière fois que je t'entends lui dire que c'est de sa faute !

– Ambre…

– C'est entièrement TA faute ! Tu as utilisé Sophie ! Tu savais qu'elle ne tiendrait pas sa langue ! »

Rosalie tenta d'intervenir :

« Ambre… de quoi tu parles ?

– Tu lui as raconté tout ça et tu savais qu'elle le répéterait ! T'avais parié là-dessus ! Sur le fait qu'elle parlerait devant Marc !

– Mais t'es totalement folle, ma pauvre fille !

– Non ! C'est très clair au contraire ! Bravo ! »

Elle se mit à applaudir à son tour, le visage déformé de colère. Tout le monde la dévisageait, sans comprendre. Timotée s'était caché derrière Gabriel.

« C'était ingénieux ! J'en attendais pas moins de toi ! Ça te permettait d'être insoupçonnable, hein ?

– Mais t'es dingue ? Je… je pouvais pas savoir que Sophie parlerait !

– Bien sûr que si puisqu'elle avait déjà parlé ! Elle t'avait déjà répété mes paroles ! T'as compris que c'était un excellent moyen pour faire parvenir ton message jusqu'à Marc !

– J'ai jamais utilisé Sophie ! Je ferais jamais un truc pareil ! C'est qu'une enfant !

– Tu es capable de tout !

– Les enfants parlent, c'est tout ! Tu devrais le savoir ! Ils ne gardent pas les secrets ! C'est comme ça. Tu ne peux t'en prendre qu'à toi ! »

Sophie écoutait sans comprendre, le front plissé d'inquiétude. Rosalie la prit dans ses bras et elle tenta d'intervenir de nouveau :

« Qu'est-ce qu'il s'est passé ? Est-ce que Sophie a raconté quelque chose qu'elle ne devait pas ? »

Voyant la fillette sur le point de pleurer, Ambre se calma instantanément et, ravalant sa colère :

« Non. C'est rien. C'était un accident. »

Rosalie fixait sa fille en faisant les gros yeux.

« Trésor, tu as répété un secret ? Tu sais que ce n'est pas beau…

– Non, ça va, intervint Ambre. C'était même pas un secret. C'était pas un secret puisque tout le monde le savait déjà. »

Elle adressa un sourire à Sophie, qui se voulait réconfortant. Et Anton lâcha, dans le silence du salon :

« Tout le monde sauf Marc. »

Elle se retourna et la gifle partit dans un sifflement magistral.

« Pourquoi elle a tapé parrain ?

– Trésor, retourne ouvrir tes cadeaux.

– M'man, pourquoi elle a tapé…

– C'était pour rire ! »

Anton était resté immobile, les mâchoires serrées, tentant de sauver la face devant tout le monde. Tim hésitait encore entre indignation et hébétude. Gabriel essayait désespérément de réorienter l'attention des enfants vers les cadeaux.

« Regarde, petit Tim', une voiture ! »

Sophie ne pouvait détourner les yeux d'Ambre et d'Anton.

« Tes cadeaux, trésor ! insista Rosalie. Regarde, Timotée en a ouvert un nouveau ! »

La petite fille consentit à rejoindre le sapin, sans pour autant cesser de leur lancer des regards intrigués.

« Alors, lâcha Anton, sardonique, ça fait du bien ? »

Un bien fou. J'en rêvais depuis que je suis arrivée ici. Elle se força à déglutir.

« Tu l'as cherché…

– T'aurais eu tort de te gêner… Frapper un handicapé, c'est pas interdit à ce que je sache… ni totalement lâche. »

Elle baissa la voix pour que les enfants ne l'entendent pas :

« T'es une ordure. Et les ordures ça mérite des baffes. »

Il allait répondre quelque chose mais il se retint. Auprès du sapin, Sophie poussait des cris de joie en découvrant sa poupée. Ils avaient fait assez de dégâts comme ça.

Ambre s'obligea à fuir le salon pour le reste de la matinée. Fuir Tim, Anton et les enfants qui la regardaient avec effarement maintenant. En quelques heures elle avait totalement perdu la confiance de Sophie. Elle était d'abord devenue une menteuse avant d'être celle qui frappait parrain et criait. Quant à Timotée, il courait se cacher derrière Gabriel ou Anton dès qu'il la voyait approcher.

Elle se réfugia dans la cuisine, où elle se chargea de la vaisselle puis de la préparation du repas de Noël. Cécile était là, dans un coin, se faisant toute petite. Elle aussi avait choisi de s'isoler. Pour ne pas avoir l'impression de les déranger tous, en famille. Sa présence ne contrariait pas Ambre. Au contraire. Elle lui donnait le sentiment qu'elle avait encore une alliée ici.

Elles étaient en train de mettre les escargots au four quand Ambre se décida à parler :

« Désolée pour toi… tu te retrouves bloquée ici avec la cinglée de service. »

Cécile sourit et déclara avec la même voix assurée que la veille, lorsque Marc l'interrogeait :

« J'aimerais beaucoup avoir ton aplomb. »

Ambre la dévisagea, sceptique.

« Mon aplomb ? Quel aplomb ?

– Être capable de gifler un homme… j'en rêverais.

– C'est pas un homme. Juste un handicapé. »

Elle pensait que sa remarque acerbe arracherait une grimace à Cécile mais ce ne fut pas le cas.

« C'est de ça que je parle !

– Quoi ?

– Ta repartie.

– C'est pas de l'aplomb. Je suis affreusement méchante, c'est tout. »

Cécile secoua la tête.

« Non… Tu ne te laisses pas marcher sur les pieds, c'est tout.

– Je gifle rarement les gens… au risque de te décevoir. C'était un cas… exceptionnel. »

Cécile se rassit à la table de la cuisine avec un petit gémissement. Ses jambes semblaient la faire souffrir. Ambre songea qu'elles devaient être couvertes des mêmes hématomes qu'elle avait sur le visage.

« Peu importe, reprit Cécile en posant ses mains à plat sur la table. Tu ne te laisses pas faire. »

Haussement d'épaules peu convaincu.

« Tu parles… j'ai effrayé les enfants et j'ai failli gâcher leur Noël à tous. »

Cécile ignora sa remarque.

« Tu as quoi ? Dix ans de moins que moi ?

– Je ne sais pas… Tu as l'âge de Gabriel ?

– Plus ou moins.

– Alors oui, plus ou moins.

– Eh bien j'ai l'impression que c'est moi qui ai dix ans de moins que toi.

– C'est parce que t'es dans une mauvaise passe. »

Cécile la regardait d'un air sceptique. C'était vrai qu'elle paraissait plus jeune : épaules voûtées, jambes croisées, mains crispées, elle ressemblait à une petite fille craintive.

« C'est à cause de cet homme », déclara Ambre d'un ton abrupt.

Cécile la dévisagea avec surprise.

« Il t'a détruite. Mais tu t'en remettras. Et un jour tu gifleras un handicapé. »

Cécile sourit, franchement cette fois.

« Mais j'aurai jamais ton répondant.

– Ça viendra. Quand tu iras mieux.

– T'as toujours été comme ça ?

– Comment ? Sarcastique ?

– Non ! Optimiste. »

Si tu savais… un jour j'ai voulu mourir.

« Pas toujours. Demande à Rosalie. Quand je l'ai connue j'étais au fond du trou.

– Ah bon ? »

Cécile n'osa pas en demander plus. Ambre précisa d'elle-même :

« Il me tapait pas… mais il était marié. Avec deux enfants.

– Oh !

– J'avais vingt ans. »

Elle esquissa un geste de la main qui signifiait : *C'est de l'histoire ancienne.*

« Comment tu t'en es sortie ?

– Je suis arrivée ici et j'ai rencontré Tim et Rosalie.

– Et ?

– Et il faut laisser les gens t'aider.

– Comment ça ?

– Ça peut être tentant de rejeter tout le monde dans un moment comme celui-là. Mais c'est pas une bonne idée.

– Ah. »

Elle n'était pas sûre que Cécile ait compris ce qu'elle voulait dire mais elle ne voulait pas l'assommer maintenant avec le discours de Rosalie sur *les autres*.

« Tu vas faire quoi après les fêtes ? » demanda-t-elle à la place.

Le visage de Cécile se rembrunit.

« Je sais pas…

– Tu as de la famille à Nice, non ? »

Cécile secoua la tête.

« Ah… je croyais.

– Si… si, j'en ai mais… non, je ne pense pas que j'irai.

– Tu ne veux pas les voir ?

– Pas vraiment… Pas maintenant. »

Ambre ne comprenait que trop bien.

« Ouais, fit-elle. C'est plus facile avec des inconnus parfois. »

Cécile hocha la tête.

Le silence retomba quelques instants. Ambre reprit la préparation du repas. Elle sortit la salade verte du réfrigérateur et s'assit à la table, à côté de Cécile, pour en trier les feuilles.

« Tu iras où alors ? »

Cécile fut incapable de répondre. Elle resta là, figée, les épaules tombantes, le regard dans le vide.

« En tout cas ne retourne pas là-bas. Faut que tu partes. Ça fait du bien de partir.

– Je ne sais pas.

– Si. Tu verras. »

Elle lui sourit avec douceur, espérant ainsi réchauffer un peu son visage fatigué et bleui.

« Et tu sais quoi ? Si Marc ne me pardonne pas, je pourrai partir avec toi. On ira au soleil. Dans le Sud. Qu'est-ce que t'en penses ? »

Cécile retrouva le sourire, se redressa légèrement. Elle avait regagné quelques années déjà.

« Il te pardonnera, dit-elle soudain.

– Comment tu le sais ?

– Ça se voit. Il peut pas vivre sans toi. »

C'était une affirmation claire, nette, un peu brutale. Ambre resta figée, une feuille de salade à la main. Et Cécile lui porta le coup de grâce :

« Mais toi, si. »

Si l'on passait outre la présence d'Anton et les coups de téléphone répétés à Marc, restés sans réponse, le repas de Noël fut plutôt agréable. Les petits avaient oublié l'altercation du matin et ne parlaient plus que de leurs nouveaux jouets. Gabriel, Rosalie et Tim faisaient leur possible pour maintenir une ambiance légère et bon enfant. On termina le repas sur un jeu de mime pour faire plaisir à Sophie et on se laissa tomber dans les fauteuils du salon, une tasse de thé fumant entre les mains.

« Des nouvelles de Marc ? » demanda Rosalie à voix basse.

Ambre secoua la tête.

« Il est en famille.

– Tu l'as appelé ?

– Six fois.

– T'as laissé des messages ? »

Pour dire quoi ? « T'as raison, tu ne me connais pas. J'ai plus jamais été aussi heureuse après lui » ?

« Non.

– Tu devrais peut-être…

– J'ai jamais été très douée pour parler. Je saurais pas quoi lui dire.

– Alors écris-lui. »

Elle haussa les épaules. Accroupie à côté du sapin, Sophie donnait la tétée à sa poupée.

« Tu peux rester ici autant que tu veux, reprit Rosalie à voix basse.

– Je rentre demain. »

Rosalie parut déçue.

« On se retrouve à peine…

– Je reviendrai.

– Tu parles ! »

Un court instant de silence passa. Un peu plus loin, Anton et Gabriel parlaient eux aussi à voix basse. Cécile s'était assoupie, la tête sur l'accoudoir de son fauteuil.

« Et Marc ? Si tu rentres, la cohabitation sera houleuse.

– Sans doute moins qu'avec Anton.

– Laisse-toi quelques jours. »

Rosalie avait son regard suppliant mais Ambre ne plia pas.

« J'ai regardé les trains, Rosalie. Je partirai demain avant midi. »

Rosalie ravala sa déception.

« D'accord. »

Elles ne dirent plus un mot jusqu'à l'heure du bain des enfants. Elles regardèrent Sophie prendre soin de sa poupée et la peigner pendant de longues minutes, avec une patience infinie.

Plus tard, alors que les enfants sortaient du bain, Ambre regagna la chambre de Sophie pour commencer sa valise. Elle avait des gestes lents, désordonnés. Elle égara plusieurs fois sa trousse de toilette puis sa chemise de nuit. Elle scrutait le silence de la chambre, espérant entendre à tout moment la sonnerie de son téléphone, et voir s'afficher le prénom de Marc à l'écran.

Elle songeait à la première nuit qu'elle avait passée chez lui. Deux ans avant. C'était dans son studio d'étudiant. Ils avaient ouvert une bouteille de vin rouge et picoré des olives. Elle n'avait mangé que les vertes, laissant les noires au fond de la coupelle. À un moment donné, ils s'étaient laissés tomber sur le canapé de Marc qui faisait aussi office de lit et de bureau lorsqu'il planchait sur sa thèse. C'était la première fois qu'un homme la touchait depuis son retour de Frontignan. Trois ans. Ça avait été un véritable séisme. Elle en était restée tremblante, haletante, songeant que Marc pouvait la détruire à tout moment.

Après, elle n'avait plus jamais ressenti cette secousse sismique et elle avait compris qu'elle s'était un peu emballée. Mais c'était resté, ce souvenir brûlant des mains de Marc sur sa peau. De la fièvre qui l'avait envahie.

« Tu fais quoi ? »

Sophie s'était plantée devant elle, emmitouflée dans un peignoir vert pomme, les cheveux mouillés.

« Je fais ma valise.

– Tu pars quand ?

– Demain matin.

– Chez toi ?

– Oui chez moi. À Lyon. »

Sophie croisa ses petits bras sur sa poitrine. Elle avait une moue déçue.

« Alors tu vas louper mon spectacle !

– Pardon ?

– Les chansons. »

Elle avait complètement oublié le spectacle de la chorale de Sophie dans le chamboulement de ces dernières heures.

« C'est quand, Sophinette ?

– Demain. Tu te rappelles pas ? »

Devant le silence d'Ambre, Sophie afficha la même mine défaite que sa mère, plus tôt dans le fauteuil. Elle lui ressemblait beaucoup. Ambre l'avait observée avec ses poupées, elle avait la même patience, la même douceur que Rosalie.

« Bon, fit-elle en s'asseyant sur le lit de la fillette. Tu sais quoi ? Je vais attendre un peu… Je partirai après-demain. »

Sophie la scruta, les bras toujours croisés sur la poitrine.

« C'est vrai ou tu mens ?

– Non ! C'est vrai, Sophinette.

– Cette nuit t'as menti. »

Les yeux de Sophie étaient graves et perçants.

« Oui, j'ai menti.

– Pourquoi ? »

Elle poussa un léger soupir.

« Pour pas faire de peine à Marc.

– Pourquoi ?

– Parce que… »

C'était compliqué d'expliquer cela à un enfant. Mais Sophie attendait et elle savait que c'était l'occasion ou jamais de regagner sa confiance.

« Parce que… parce que les adultes sont pas très drôles, tu sais… Ils ont des secrets. Plein de secrets. Et… quand on a un amoureux, on est supposé lui raconter nos secrets.

– Pourquoi ?

– Pour lui montrer qu'on l'aime beaucoup.

– C'est comme prêter ses jouets ? »

Ambre sourit. Sophie vint se percher sur le lit à côté d'elle.

« Oui, raconter ses secrets c'est comme prêter ses jouets. Et moi je n'ai pas prêté mes jouets à Marc. Je lui ai pas raconté mon secret… à propos du grand Tim… de la maison à la mer… Alors cette nuit, j'ai menti pour pas faire de peine à Marc… Il aurait été très déçu de savoir que je gardais des secrets… tu ne crois pas ? »

Elle était incapable de savoir jusqu'à quel point Sophie comprenait ce qu'elle essayait de lui dire. Tout cela était bien complexe pour une enfant de cinq ans et demi. Mais Sophie était vive et intelligente.

« Pourquoi tu lui as pas dit ton secret sur le grand Tim ? »

Ambre garda le silence quelques secondes, pas sûre elle-même de connaître la réponse.

« Parce que... parce que c'était un souvenir triste... Tu te rappelles, je t'ai dit que j'avais eu beaucoup de chagrin...

– Oui.

– Alors c'était mieux de pas en parler. De l'oublier. »

La petite fille hocha la tête. Elle s'était mise à mâchouiller son pendentif en forme de rose. Pendant de longues secondes, elle resta pensive, balançant ses pieds dans le vide.

« Mais alors..., relança-t-elle, c'était qui le vrai amoureux du grand Tim ? Pour de vrai, hein, pas pour de faux... »

Ambre ne put s'empêcher de sourire.

« C'était Anton, Sophinette.

– Mais parrain a dit que c'était toi.

– Alors tu n'auras qu'à le demander à Tim. »

Sophie fronça les sourcils, mâchant plus assidûment que jamais sa rose.

« Il veut pas le dire, Tim.

– Ah ? Tu lui as demandé ? »

Hochement de tête.

« Il a dit que c'était y a longtemps.

– Il a raison.

– Que c'était y a longtemps et qu'il faut plus en parler.

– C'est vrai. Et je suis sûre qu'il y a des tas de secrets plus intéressants. »

Sophie la regarda, sceptique, laissa retomber son pendentif.

« Moi j'ai pas de secrets, dit-elle.

– Ah non ? Tu es sûre ?

– Oui ! »

Ambre se mit à la chatouiller sous le menton. La petite fille recula en riant.

« Tu es sûre ? Tu n'as pas un amoureux par exemple ?

– Non !

– Regarde-moi bien !

– Non ! Au secours ! MAMAN ! »

Sophie se mit à ramper sur le lit pour échapper aux chatouilles d'Ambre.

« Tu es prisonnière, Sophinette ! »

L'enfant riait à pleine gorge, poussant des petits cris aigus.

« Sophie ! Laisse Ambre terminer sa valise ! » cria Rosalie depuis la salle de bains.

Ce fut Sophie qui répondit, hurlant à pleins poumons :

« Elle part pas, maman ! Elle reste pour mon spectacle ! »

« Bon… Marc, c'est moi… Comme t'as dû le voir, j'ai essayé de t'appeler à peu près toutes les heures… Je… »

Elle fit tourner son bracelet en or orné de petits grelots autour de son poignet. Un cadeau d'anniversaire de Marc, un an auparavant.

« Rappelle-moi… Je… je voulais rentrer demain matin mais Sophie a son spectacle de chorale demain soir et elle tient à ce que je sois là… Donc je rentrerai après-demain mais rappelle-moi s'il te plaît… »

Elle chercha quelque chose à ajouter puis renonça et raccrocha. Le téléphone retomba avec un bruit sourd sur la table de la cuisine où elle s'était isolée. Les enfants étaient au lit. Cécile était partie se coucher, elle aussi. Elle paraissait épuisée en permanence. Tout l'appartement était silencieux.

Quelques instants, elle resta assise, devant la table vide, faisant rouler entre ses doigts les petits grelots dorés. C'était elle qui avait demandé ce bijou. Marc avait voulu savoir ce qu'elle aimerait pour son anniversaire et elle avait dit : « Un bracelet » parce que son poignet était nu depuis trop longtemps et qu'elle songeait qu'il était temps que Marc y prenne enfin sa place, à son poignet.

Avant de quitter Frontignan, elle avait commencé par décrocher le bracelet argenté avec le flocon de neige que lui avaient offert ses amis d'Arvieux et elle l'avait mis dans sa poche en se disant qu'elle s'en débarrasserait. Puis les choses n'avaient pas traîné : elle était passée au bar où elle travaillait et elle avait donné sa lettre de démission.

De tous leurs copains, elle n'avait prévenu personne de son départ, sauf Emma. Elle était allée sonner à son interphone. Il faisait déjà nuit. Elle devait prendre le dernier train. Celui de vingt-deux heures trente. Emma lui avait dit de monter mais Ambre lui avait répondu qu'elle ne pouvait pas, avec sa grosse valise.

« Quelle valise ? C'est quoi cette histoire ? »

Emma avait dévalé les trois étages et déboulé sur le trottoir, les yeux écarquillés.

« Tu pars où ? »

Cela faisait une semaine que Tim avait rejoint Paris, dans la précipitation, sans avertir qui que ce soit. Ambre avait gardé le secret jusqu'alors.

« Anton a eu un accident. C'est assez sérieux. Il est hospitalisé.

– Quoi ? »

Les taches de son se découpaient clairement sur le visage d'Emma, sous l'éclairage du lampadaire.

« Il a chuté à ski. Il est paralysé. Il a appelé Tim.

– Quoi ? Mais… quand ?

– Lundi dernier. Tim l'a rejoint tout de suite. Et il est pas revenu. »

Elle avait ravalé sa fierté, les larmes qu'elle sentait venir.

« Il va pas revenir, Emma. J'ai lâché l'appartement. C'est tout vu avec l'agence. J'ai rendu les clés. Je l'ai pas dit aux autres. Je suis juste venue te dire au revoir. Tu leur diras ?

– Ambre, attends…

– J'ai mon train dans trente minutes. »

Emma faisait son possible pour éviter de s'affoler mais sa voix était montée dans les aigus :

« Tu peux pas faire ça, Ambre. Il... tu peux pas partir comme ça. Tu peux pas le laisser ! »

Ambre avait haussé le ton et répété d'une voix plus dure :

« Il reviendra pas.

– Qu'est-ce que tu racontes ?

– Tiens, je te laisse mon adresse mail. On s'écrira, d'accord ?

– Tu l'as appelé ? Appelle-le au moins ! »

Emma bégayait, gesticulait. Ambre, elle, restait d'un calme surprenant.

« Ça va aller, Emma. Il est avec Anton. Il... »

Elle avait refoulé les larmes qui lui montaient à la gorge. Respiré bien fort pour ne pas craquer.

« Il a fait le bon choix. Ça ira pour lui.

– Pourquoi t'appelles pas ?

– Parce que ça sert à rien. On a pas besoin de toujours parler pour se comprendre, hein ?

– Ambre... »

Elle avait essuyé une larme qui avait commencé à dévaler sa joue. Très vite, du revers de la main, pour qu'Emma ne la voie pas.

« Allez... je vais louper mon train si ça continue. Tiens, prends mon adresse. »

Emma avait attrapé le bout de papier qu'Ambre lui tendait, trop abasourdie pour réagir. Elle n'avait pas bougé quand cette dernière l'avait embrassée. Une bise sur chaque joue.

« Embrasse les autres pour moi ! »

Emma avait hoché la tête, muette, avant de bredouiller un « Mais... p'tite nonne... » qu'Ambre avait fait semblant de ne pas entendre et elle avait marché très vite, tirant sa valise derrière elle.

À la gare, elle avait voulu jeter son bracelet avec le flocon de neige dans une des poubelles du hall mais elle n'avait pu s'y résoudre. Elle l'avait remis dans sa poche en se disant qu'elle le jetterait plus tard. Puis elle l'avait égaré au fil des années, sans doute au cours d'un de ses déménagements : de chez ses parents à son petit studio, de son studio à celui de Marc puis de chez Marc à leur nouveau chez-eux.

C'est ce genre de chose que je suis supposée raconter à Marc ?

Quelques coups à la porte. Elle sursauta violemment.

« Oui ? »

Alors qu'elle s'attendait à se trouver face à Rosalie, ce fut la tête de Tim qui apparut dans l'entrebâillement.

« Désolé si je te dérange.

– Non, ça va. Je… j'essayais d'appeler. »

Il resta quelques secondes debout, face à la table, ne se décidant ni à s'asseoir ni à parler.

« Tu veux aller boire un verre ? » demanda-t-il enfin.

Elle le regarda, hébétée.

« Hein ? Pour quoi faire ?

– Pour te changer les idées. C'est ce genre de truc qu'on propose quand un ami vient de se faire plaquer, non ?

– Hé ! Je me suis pas fait plaquer ! répliqua-t-elle aussi sec.

– T'en es sûre ?

– Oui… il a pas dit que… »

Elle essaya de se remémorer les dernières paroles de Marc dans la cuisine, la veille au soir, avec une certaine panique – « J'ai besoin d'air pour quelque temps » –, balbutia :

« Non il a pas dit… il a dit qu'il avait besoin d'un peu de temps mais c'était pas… non, je crois pas. »

Elle s'interrompit en voyant la mine moqueuse de Tim.

« Non je me suis pas fait plaquer ! asséna-t-elle avec véhémence.

– Bonne nouvelle alors. »

Il la taquinait. C'était tellement surprenant qu'elle resta quelques secondes sans voix.

« Bon, finit-elle par lâcher avec une certaine brusquerie, tu veux le prendre où, ce verre ?

– Je sais pas… Au Monkey Club ?

– Et Anton ?

– Parti.

– Comment ça, parti ?

– Avec Gabriel. Ils sont allés faire un tour. Il a pris ses béquilles et son paquet de clopes. »

Elle déglutit, la gorge un peu sèche.

« Et Rosalie ?

– Presque endormie devant la télé... C'est elle qui m'a suggéré de te faire sortir. »

Elle n'avait visiblement plus d'échappatoire – ce dont elle n'était pas totalement mécontente.

« Bon..., répéta-t-elle. Alors je te suis.

– Cache ta joie ! Je fais ça pour t'aider, tu sais... Perso, ça m'ennuie de devoir passer la soirée à te tendre des mouchoirs en te tapotant dans le dos.

– Est-ce que j'ai l'air effondrée ?

– On verra après deux verres...

– Je pleurerai pas ! Y a aucune raison ! Je me suis pas fait plaquer !

– C'est toi qui le dis !

– Ferme-la !

– D'accord, d'accord. »

« Bon alors, il s'est passé quoi ? »

Ils étaient accoudés au comptoir, devant deux shooters de vodka.

Ambre avait suggéré de se rendre au Monkey Club à pied mais Tim avait insisté pour qu'ils prennent la voiture.

« On la laissera là-bas si on a trop bu, avait-il dit.

– Ça m'étonnerait. Un verre et on rentre.

– C'est ça. Une fois que tu auras commencé à pleurer, tu ne voudras plus arrêter de picoler... »

Comme d'habitude, le club était bondé de jeunes qui s'agitaient sur la piste, le bar pris d'assaut, la mezzanine pleine à craquer.

« Il s'est passé quoi ? répondit Ambre. Eh bien... j'ai oublié que les enfants étaient incapables de tenir leur langue... voilà ce qu'il s'est passé. »

Tim grimaça en sentant passer l'alcool pur dans sa gorge.

« T'en es vraiment sûre ?

– De quoi ?

– C'est vraiment la faute de Sophie tout ça ? »

Elle vida son verre d'un trait.

« Non. T'as raison », lâcha-t-elle à contrecœur.

Tim leva un sourcil, se retenant de sourire.

« J'ai raison ?

– Oui. C'est de ma faute.

– Développe.

– Commande une autre tournée !

– Je croyais que tu ne comptais boire qu'un ver...

– Commande ! »

Tim appela le serveur.

« Alors... je t'écoute, fit-il une fois qu'ils furent resservis.

– Y a rien de plus à dire... C'est de ma faute... Je lui avais rien raconté... »

Tim laissa passer une petite seconde avant de lâcher :

« Je t'avais bien dit qu'il te connaissait pas ! »

Elle préféra faire comme si elle n'avait rien entendu. Elle laissa son regard se perdre au-dessus de la foule, buvant son verre à petites gorgées. Elle se sentait vieille, tout à coup, au milieu de cette foule de saisonniers et de touristes.

« Donc, c'est pas la faute d'Anton ? »

Elle avala une gorgée de travers et se mit à tousser violemment.

« Ça va ? » demanda Tim.

Mais elle ne lui rendit qu'un regard noir.

« Tu le défends toujours.

– Non. Pas toujours... Par exemple la gifle, tout à l'heure, je pense qu'il l'a bien méritée.

– Heureuse de te l'entendre dire ! Alors tu ne m'en veux pas trop d'avoir maltraité ton protégé ?

– C'est pas mon protégé.

– Bien sûr que si. Il peut pas faire un pas sans que tu le suives du regard. »

Il reposa son verre un peu brutalement sur le comptoir.

« Tu peux pas savoir ce que c'est. »

Visiblement elle l'avait vexé. Et elle songea qu'il n'avait pas tort, qu'elle n'avait aucune idée de ce qu'ils avaient enduré. Elle-même s'était obstinée à protéger Marc, à ce qu'il reste en dehors de tout ça, à l'abri de ses secrets. C'était ce qu'on faisait quand on aimait quelqu'un. On le protégeait.

« Désolée, dit-elle. C'était nul de te balancer ça.

– Carrément nul. »

Pendant un instant, aucun des deux ne parla. Finalement ce fut Tim qui reprit :

« Vous avez déjà eu des disputes comme ça ?

– Avec Marc ? Non !

– Jamais ?

– Non… on ne se dispute jamais. Marc est plutôt… il est pas comme ça.

– Pas comment ?

– Je sais pas… Il fait toujours en sorte que tout se passe bien. Il me contredit jamais. Il est doux. Tout est simple avec lui…

– D'accord. »

Le silence retomba entre eux.

« Et au lit ?

– Tim ! »

Il se mit à rire et elle l'imita.

« T'es pas possible !

– Quoi ? On est redevenus amis, non ?

– Pas encore !

– Ah non ? On est quoi alors ? »

Elle réfléchit quelques secondes, laissant son regard vagabonder de visage en visage.

« On est de vieilles connaissances.

– Justement. Entre vieilles connaissances, y a pas de mal à parler de sexe. »

En guise de réponse, elle leva le bras pour intercepter le barman.

« Un autre ? fit Tim, surpris.

– Si je dois supporter tes questions gênantes, il vaut mieux. »

Quelques minutes plus tard, ils avaient vidé leur troisième shooter et Ambre commençait à se sentir légèrement ailleurs. Flottant au-dessus de la foule.

« Au lit ça va, laissa-t-elle tomber d'une voix pâteuse, à moitié affalée sur le comptoir, la tête posée dans la paume de sa main.

– Eh ben ça doit être la joie, ironisa Tim.

– Pourquoi tu dis ça ?

– On dirait que t'es sur le point de te pendre.

– C'est parce que je suis un peu triste. Et j'ai oublié mon téléphone à l'appartement. Si jamais il appelle, je pourrai pas répondre.

– Ah ! On y est alors ? »

Elle le regarda sans comprendre.

« On y est où ?

– Au moment où tu te mets à pleurer en réalisant que t'as perdu l'homme de ta vie. »

Elle secoua la tête sans grande conviction.

« Je l'ai pas perdu.

– Je sais pourquoi tu réagis comme ça. Pourquoi tu te voiles la face.

– Ah oui et pourquoi ?

– Parce que tu t'es toujours figuré que si ça devait se finir, c'est toi qui le quitterais. Pas l'inverse. »

Il n'avait pas tort, se dit-elle, mais la question n'était pas là puisque Marc ne l'avait pas quittée.

« Après-demain je serai à Lyon et il aura déjà tout oublié. Tu verras.

– Pourquoi t'es triste alors ? »

Il la regardait avec trop d'insistance. Avec trop de douceur aussi.

« Je... parce que... »

Elle secoua la tête, agacée.

« Et pourquoi tu voudrais toujours que je pleure d'abord ? C'est quoi cette obsession ? »

Lui aussi avait posé son coude sur le comptoir et la regardait toujours avec insistance, la tête dans le creux de sa main, légèrement penchée. Elle n'aimait pas ça, ça lui donnait envie d'aller se cacher dans son cou.

« Tu sais que c'est comme ça que je suis tombé amoureux de toi ? » lança-t-il tout à coup.

Elle se redressa brusquement, craignant d'avoir compris. Redoutant terriblement d'avoir compris.

« Hein ? »

Tim cria plus fort pour couvrir la musique et les voix :

« C'est en te voyant pleurer que je suis tombé amoureux de toi. »

Il continuait de la fixer, la tête inclinée sur le côté. Elle sentit ses jambes défaillir. Elle se raccrocha au comptoir.

« Je ne pleure plus... Ça fait des années. »

Elle joua quelques secondes avec son verre vide, laissant ses doigts en dessiner le contour, pour ne pas avoir à regarder Tim dans les yeux.

« C'est dommage », dit-il.

Elle haussa les épaules.

« Toi tu ne plaisantes plus ou presque. C'est ça qui est dommage. »

Il releva la tête, l'air offensé.

« Si, je plaisante toujours !

– Non. Jamais quand Anton est là, en tout cas.

– Ça n'a rien à voir… Qu'il soit là ou non… »

Elle avait trop bu et elle en était ravie. Sinon elle n'aurait jamais osé s'aventurer sur ce terrain.

« Quand t'es avec lui, t'es presque mort. Mais quand t'es sans lui, tu te transformes.

– Tu dis n'importe quoi.

– Pas du tout. Tu recommences à sourire. Tu plaisantes. Tu retrouves même ton regard d'avant.

– Mon regard d'avant ?

– Oui, ton regard, quoi. »

Moi c'est de ton regard que je suis tombée amoureuse…

« Il te pourrit la vie à ce point ? reprit-elle sans ménagement.

– Ambre ! Je ne te permets pas !

– Quoi ? T'oses à peine respirer quand il est là !

– C'est faux !

– T'oses jamais l'envoyer balader !

– C'est à cause de toi s'il est si méchant !

– *Quoi ?*

– Parfaitement ! »

Ils avaient haussé le ton, mais ce n'était pas à cause de la musique. Elle n'était plus affalée sur le comptoir. Elle était plantée bien droite sur ses deux jambes.

« Je croyais qu'il était affreux avec tout le monde !

– Mais il l'est encore plus quand t'es là !

– Ah oui ? Et je peux savoir pourquoi ?

– Tu le sais bien ! Pour les mêmes raisons qui ont poussé Marc à partir ! »

Elle encaissa sans un mot. Il avait raison. Elle savait pourquoi Anton la détestait. Et pourquoi Marc avait disparu.

« Bon, dit-elle. On va pas se disputer.

– Non… Pas tous les jours. »

Ils se tournèrent face au comptoir et regardèrent le barman faire des allers-retours pendant quelques instants.

« Anton ne me pourrit pas la vie, déclara Tim au bout d'un moment.

– Si tu le dis… »

Tim grimaça. Il se tourna vers elle complètement.

« Ça va pas être possible…

– Quoi donc ?

– Si on redevient amis, tu es censée apprécier mon compagnon. Ce ne sera pas possible autrement. »

Elle haussa les épaules.

« Je ferai semblant.

– T'es une très mauvaise menteuse.

– Je fais ce que je peux. »

Il se mit à rire et elle ne put s'empêcher de l'imiter. Un tout petit rire qui se transforma en un rire franc, de ces rires qui font mal au ventre mais chaud au cœur.

« Je crois que je suis plus doué que toi pour ce genre de chose, reprit Tim une fois calmé.

– Pour quoi ?

– Pour faire semblant d'apprécier ton mec. »

Les yeux d'Ambre s'agrandirent d'incrédulité.

« Tu n'apprécies pas Marc ? Mais… tout le monde l'adore… »

Tim haussa les épaules.

« Ça doit être pour ça…

– Qu'est-ce que tu veux dire ?

– Je le trouve… je sais pas… *plat*. Trop parfait. Rien ne dépasse. Il est gentil. Il est propre sur lui… C'est emmerdant !

– T'es gonflé ! Hier soir tu as dit que c'était quelqu'un de bien !

– Mais c'est quelqu'un de bien. Un type très bien. Tout à fait correct et… *normal*.

– Et alors ?

– Alors t'as jamais aimé ça, les types normaux. Ni les relations normales.

– J'ai peut-être changé. »

Tim la jaugea quelques secondes, sans pouvoir se départir de son air sceptique.

À ce moment ils se firent bousculer par un groupe de jeunes qui jouaient des coudes pour atteindre le comptoir. Pendant quelques instants, ils se retrouvèrent séparés. Quand Tim réussit à la rejoindre, elle cria par-dessus la musique :

« Qu'est-ce que tu voulais dire au juste par "Tu n'aimes pas les types normaux" ? Est-ce que tu sous-entends que je n'aime pas Marc ?

– Ça n'a aucune importance puisque tu dis avoir changé.

– Réponds à ma question !

– Bon… d'accord… Oui, c'est ce que je sous-entends.

– Eh bien tu te trompes ! Je l'aime énormément ! »

Un sourire s'étala sur le visage de Tim.

« Le "énormément" était de trop… tu viens de me donner raison. »

Pendant un instant, elle crut qu'elle allait le gifler. Elle s'obligea à garder son calme, serra les poings, retint sa respiration, fixa son regard ailleurs.

« On clôt le volet "petit ami" ? » demanda Tim, conciliant.

Elle lui lança un regard noir.

« On est vraiment forcés de redevenir amis ?

– Non. Mais ça me plairait… Tu m'as manqué. »

Elle resta muette, mal à l'aise. Toute sa colère s'était envolée.

« Bon, voilà ce que je te propose, reprit Tim. On redevient amis mais on ne parle pas de sexe et on ne parle plus de nos mecs. D'accord ?

– D'accord.

– Je ferai semblant de te croire quand tu diras que tu aimes Marc et toi…

– Et moi je ferai comme si tu étais heureux avec Anton.

– Ok, parfait. »

Il lui tendit une main.

« Marché conclu ?

– Ouais... Marché conclu. »

Elle prit sa main. Le premier contact avec lui après toutes ces années. Elle surprit un tic nerveux sur son visage. Lui aussi ça le troublait. Elle voulut retirer sa main rapidement. Et détourner le regard. Mais il la retint dans la sienne. Trop longtemps.

La foule se pressait autour, allant et venant du bar à la piste. Eux restaient immobiles, face à face, sans se lâcher.

Elle se racla la gorge pour dissiper le malaise. Il parut réaliser la situation et retira sa main. C'était fini.

« On prend un dernier verre et on rentre ? dit-il, l'air aussi détaché que possible.

– Ok. »

Elle tenta de se recomposer un visage neutre, de calmer les battements de son cœur, mais la paume de Tim avait laissé comme une brûlure sur sa peau. Impossible d'ignorer cette sensation. C'était comme si Tim tenait toujours sa main dans la sienne. Une sensation semblable aux douleurs fantômes, après une amputation. On sait que le membre n'est plus là et pourtant on ressent toujours sa présence douloureuse. Au point d'en devenir fou.

Les portières de la voiture claquèrent. Après le vacarme de la discothèque, le silence du parking et de l'habitacle donnait le tournis.

« T'es sûr que tu peux conduire ? » demanda Ambre.

Elle se sentait nauséeuse, autant d'avoir trop bu que d'avoir eu cette discussion.

« T'en fais pas. »

Tim mit le moteur en marche. Elle se cramponna à la portière car elle sentait son estomac se retourner.

« Au pire on se prendra un arbre ou un ravin...

– Tais-toi. Je sais conduire.

– Et Marc sera obligé de me pardonner... et de rester avec moi ad vitam aeternam pour pousser mon fauteuil. »

Elle éclata d'un affreux rire. Tim ne riait pas. Elle se cramponna plus fort et fixa la route devant elle car la nausée s'intensifiait.

« T'es saoule, constata-t-il.

– Non. »

Mais quelques mètres plus loin, elle dut lui demander de s'arrêter. Elle eut juste le temps d'ouvrir la portière et de se pencher en avant. Entre deux haut-le-cœur, elle sentit Tim qui lui tenait la tête et les cheveux. Puis elle l'entendit sortir de la voiture et le vit soudain planté devant elle.

« Ça va ?

– Pas trop. »

Il lui tendit un mouchoir.

« Tiens, au moins je les aurai pas pris pour rien. »

Elle n'eut pas la force de sourire. Elle attendit, penchée en avant, que la vague de nausée s'éloigne. Elle avait souillé ses chaussures et le bas de son pantalon. Elle se demanda ce que penserait Marc s'il la voyait dans cet état…

« C'est pathétique, lâcha Tim. Mais au moins, ça ressemble déjà plus à une soirée post-rupture. »

Elle n'eut ni la force ni le temps de répliquer. Elle fut de nouveau saisie d'une violente nausée et il recula d'un bond pour épargner son jean et ses baskets.

« C'est pathétique », répéta-t-il.

Il lui tendit un autre mouchoir.

« C'est fini maintenant ?

– Je sais pas. »

Elle releva la tête avec prudence, croisa le regard de Tim, mi-dépité, mi-peiné, et elle se mit à rire nerveusement.

« Quoi ? Qu'est-ce qu'il y a ?

– Moi qui ne voulais pas que tu me voies vomir. Tu te rappelles ? »

Elle vit un sourire se former sur le visage de Tim.

« Oui, je me rappelle.

– Eh bien c'est fait.

– Oui… Tu vois, ce n'était pas la peine de me laisser passer toute la nuit à la porte de la salle de bains. »

Ils éclatèrent de rire au souvenir de cette nuit à Frontignan, plus de quatre ans en arrière. Un vendredi soir, ils avaient décidé de manger au restaurant car c'était l'anniversaire de Tim. Ils avaient choisi une gargote pour touristes où on avait vue sur la plage et où on pouvait manger un plat de moules à dix euros avec frites à volonté. La soirée s'était merveilleusement bien passée… jusqu'à leur retour à l'appartement où Ambre avait été prise de violentes nausées. Enfermée dans la salle de bains, elle entendait Tim tambouriner à la porte.

« Ça va mieux ? »

Et elle répondait que non entre deux vomissements. Ça n'en finissait plus. Quand elle se relevait pour se passer de l'eau sur le visage, les nausées la reprenaient.

« Ouvre ! » répétait Tim.

Et elle répondait avec une voix d'outre-tombe :

« Non. C'est pas fini.

– Mais laisse-moi entrer. Je te tiendrai la main.

– Plutôt crever ! Je veux pas que tu me voies comme ça ! »

Il avait attendu près d'une demi-heure, lui demandant régulièrement si ça allait. À un moment, elle avait arrêté de répondre et il avait crié, affolé : « Tu fais quoi ? Ambre, ça va ? » en tapant contre la porte. Un murmure lui était finalement parvenu :

« Désolée… je m'étais endormie par terre.

– Viens dans le lit. »

Pour toute réponse, il avait entendu ses vomissements reprendre.

« Va dormir. J'en ai pour la nuit.

– Non, je reste ici. Si tu t'étouffes, comment je le saurai ?

– Je m'étoufferai pas. »

Il était allé chercher de quoi dormir et s'était constitué un couchage sommaire devant la porte de la salle de bains.

« Ouvre. J'ai un oreiller et un duvet pour toi. »

Elle avait hésité :

« C'est pas un piège ?

– Je te promets que non. »

Elle avait entrouvert, juste assez pour passer la main et récupérer le duvet et l'oreiller. Puis elle s'était allongée sur le carrelage. Tim, de l'autre côté de la porte, l'entendait de temps en temps tousser ou vomir et il lui parlait :

« Ça va mieux ?

– Je compte les carreaux. Et toi ?

– Je tue les moustiques. Combien y a de carreaux alors ?

– Douze rangées de vingt. Tu savais qu'il y avait plus de carreaux gris que de blancs ?

– Non.

– Combien t'as eu de moustiques ?

– Sept pour le moment. »

Plus tard, alors qu'il s'était assoupi, il l'avait entendue dire quelque chose.

« Quoi ?

– Je disais que c'est sans doute le meilleur anniversaire de ta vie.

– Oui. Dans le top trois. Il manque que la musique. Tu veux de la musique ? »

Ça l'avait fait rire. Et vomir de nouveau.

Il y avait eu une accalmie à un moment dans la nuit.

« Tiens, avait dit Tim en glissant sous la porte une feuille et un crayon à papier. Tu veux faire un morpion ou un pendu ? »

Elle avait ri. Puis elle avait griffonné sur le papier et le lui avait refait passer. Il n'y avait ni morpion ni pendu. Juste le dessin d'un bonhomme avec une jupe. Une fille. Accroupie en train de vomir.

Tim avait ajouté un bonhomme sans jupe mais avec une tignasse en pétard sur la tête. Le bonhomme se trouvait à côté de la fille et il lui tenait la main.

Lorsque le dessin était repassé sous la porte, la fille s'était relevée et elle tendait un paquet cadeau au garçon. Il y avait une bulle qui disait : *Désolée et bon anniversaire.*

Tim avait ajouté une bulle où le garçon répondait : *C'est cool, j'aime le vomi et dormir par terre.*

Ils avaient ri, chacun d'un côté de la porte. Ils s'étaient passé le papier des dizaines de fois, sans échanger un seul mot, seulement des traits de crayon à papier. Les personnages s'embrassaient, faisaient l'amour, dansaient, buvaient des mojitos, partaient marcher dans les Pyrénées, chacun avec un énorme sac à dos et une tente. Mais sur tous les dessins, Tim ajoutait une petite moule, cachée dans une herbe ou derrière un tronc d'arbre, qui disait : *Ambre, j'aurai ta peau !*

Puis, alors qu'Ambre avait de nouveau fait glisser le papier, quelques minutes s'étaient écoulées sans réponse de Tim. Elle avait fini par gratter à la porte.

« Tu dors ? »

Il avait demandé en retour :

« C'est quoi ?

– De quoi tu parles ?

– La fille sur ton dessin… qu'est-ce qu'elle a sur la tête ?

– Un diadème… »

Puis d'une voix plus lointaine :

« Et un voile. »

Nouveau silence. Après quoi Tim avait dit d'une voix profonde, grave :

« Et sur elle, c'est une robe ?

– Oui.

– Et à son doigt… c'est une bague ? »

Elle n'avait pas répondu.

« Je croyais que tu voudrais jamais de ça…, avait-il repris. Que les robes t'allaient pas.

– Elles ne me vont pas. »

Et elle avait ajouté, la voix étouffée par la cloison :

« Mais toi le nœud papillon te va. Tu seras bien assez beau pour deux. »

Il avait dégluti. Au bout de quelques secondes il avait réussi à répliquer :

« Comment tu sais que ça m'ira ? J'en porte jamais.

– J'ai vu ton frère dans son costume de marié.

– Et ?

– Et il était beau. »

Il était resté figé, le papier entre les mains, comme hypnotisé.

« Tu es sérieuse ou tu me fais marcher ?

– Je vomis mes tripes… J'ai probablement de la fièvre…

– Qu'est-ce que ça veut dire ?

– Ça veut dire que j'ai peut-être des hallucinations et que j'ai perdu toute lucidité.

– Ouf ! »

Pourtant quand il avait repassé le papier sous la porte, le bonhomme portait un nœud papillon et il souriait.

Plus tard – c'était seulement quelques jours avant le coup de téléphone d'Anton –, tandis qu'ils étaient assis sur leur balcon, à même le sol, les jambes passées à travers les barreaux se balançant dans le vide, ils avaient évoqué à demi-mot le dessin des mariés. Ils se disaient qu'ils étaient jeunes et que la vie était encore longue et pleine de promesses pour eux. Que peut-être ils rencontreraient d'autres personnes, tous les deux, et qu'alors ils se sépareraient sans doute. Ils se disaient que c'était triste mais que c'était mieux que vieillir avec quelqu'un qu'on n'aimait plus. Et il avait demandé :

« Tu te marieras ?

– Non, avait-elle répondu, sûre d'elle. J'en aurai plus jamais envie. »

Et il avait compris que c'était une déclaration d'amour.

« Ça va mieux ? »

Tim lui tendait un autre mouchoir. Elle était bien à Arvieux, nauséeuse, grelottant de froid.

« Quel anniversaire je t'ai fait passer…, dit-elle en souriant.

– Le meilleur ! »

Elle eut un petit rire.

« C'est tout ce que je te souhaitais. »

Elle remonta la fermeture de son manteau car le vent glacial lui griffait le cou.

« On peut repartir ? demanda Tim.

– Oui… Conduis doucement. »

Il claqua sa portière et elle se cala au fond de son siège, tremblante. La voiture démarra, s'engagea lentement sur la chaussée et elle garda les yeux fixés sur ses genoux et sur ses jambes qu'elle voyait encore pendre dans le vide sur ce balcon de Frontignan. Elle avait dit vrai. Elle n'avait plus jamais eu envie de se marier. Ad vitam aeternam.

Elle songea à Marc. Il était de ces personnes qui avaient peur de tout dans la vie mais qui disaient « Je t'aime » sans problème, comme si ça pouvait les rassurer. Il disait aussi « ma chérie » ou « ma puce ». Elle, elle n'en avait jamais été capable. Elle ne disait : « Je t'aime » que si on le lui disait et les « chéri » restaient immanquablement bloqués dans sa gorge.

Tim était comme elle. Il avait toujours trouvé ces petits noms ridicules et impersonnels. Il disait qu'il n'y avait rien de plus fort qu'un prénom et que c'était dommage d'enlever ça à une personne pour lui assigner un surnom usé à force d'être utilisé par des centaines et des centaines de couples.

Marc lui avait dit : « Je t'aime » pour la première fois après l'amour et elle avait fait semblant de s'être endormie. Après il le lui avait redit et elle avait mis des mois à pouvoir répondre simplement : « Moi aussi. » Marc l'appelait « ma chérie » et elle Marc. Juste Marc.

L'appartement était plongé dans l'obscurité quand ils rentrèrent. Tout le monde dormait.

« Va t'asseoir dans la salle de bains, chuchota Tim. Je t'apporte un verre d'eau et un Doliprane. »

Ambre s'exécuta mais attrapa au passage son téléphone portable, sur la table de la cuisine. Dans la salle de bains, elle s'assit sur le rebord de la baignoire et entreprit de rincer ses chaussures tout en consultant son téléphone. Son cœur fit un bond quand elle vit s'afficher un appel manqué de Marc.

Il était minuit, un marteau-piqueur lui pilonnait le crâne, mais elle composa immédiatement son numéro.

« Marc ! » souffla-t-elle avant même qu'il ne prononce un mot.

Il y eut un silence au bout de la ligne puis il soupira :

« Chérie. »

Et elle s'agrippa au rebord de la baignoire, de soulagement. Elle se mit à chuchoter très vite, s'obligeant à ne pas regarder ses chaussures et son bas de pantalon tachés :

« Je suis désolée, Marc. Je voulais pas te mettre mal à l'aise. Je voulais pas te cacher des choses intentionnellement. C'était juste… c'était pas facile pour moi d'en parler. En aucun cas je ne pensais que ça te ferait du tort que tu l'ignores… au contraire. Mais je vais rentrer. Après-demain je serai là et je me rattraperai. Je te promets.

– Ambre, calme-toi. »

Il avait sa voix douce. Sa voix de Marc. Elle reprit sa respiration.

« Chérie, c'est moi qui suis désolé de t'avoir laissée là-bas toute seule pour Noël… et de ne pas t'avoir répondu au téléphone.

– C'est pas grave, Marc.

– J'étais très fâché, je me suis senti si humilié ce soir-là…

– Je sais.

– Mais ça va mieux maintenant. Je me suis calmé. J'aurais pas dû m'emporter comme ça.

– C'est pas grave », répéta-t-elle.

Le soulagement faisait battre son cœur très vite et le sang cognait contre ses tempes, amplifiant sa migraine. *Marc…* Elle aurait rêvé d'être chez eux, de pouvoir se laisser aller contre lui, de simplement s'endormir contre lui.

« Je serai là après-demain, Marc.

– Non, chérie.

– Quoi, non ?

– Ne rentre pas tout de suite. »

Elle sentit son estomac se vriller. Elle bégaya, luttant contre la migraine :

« Mais… qu'est-ce que…

– Je crois que c'était une bonne idée que tu ailles chez ton amie finalement… et que tu passes Noël là-bas… que tu les retrouves tous… T'avais besoin de régler certaines choses de ton passé… il était temps que tu le fasses.

– Mais… y a rien à régler !

– J'ai eu l'impression de ne pas te connaître, et je ne veux plus jamais ressentir ça.

– Qu'est-ce que tu veux dire ? »

Un court silence au bout de la ligne. Elle devina qu'il se passait la main sous le menton au crissement de sa barbe.

« Si tu rentres… enfin *quand* tu rentreras, je veux être sûr.

– Sûr de quoi ?

– Sûr de toi. Sûr de te connaître. Je veux plus jamais me sentir face à une inconnue. Quand tu auras décidé de rentrer, je veux que tu le fasses en connaissance de cause.

– Tu entends quoi par là, Marc ?

– Ça veut dire qu'après avoir tout réglé là-bas, tu me raconteras tout, absolument tout. Je veux savoir si tu pensais encore à lui quand tu m'as rencontré… Si tu pensais à lui la première fois que je t'ai embrassée. Si ça t'arrive encore aujourd'hui. Tu *devras* me le dire. Et ensuite on tournera cette page, *tous les deux.* »

Elle resta muette, fixant ses chaussures dans la baignoire.

« Chérie ? Est-ce que c'est d'accord ? »

Elle hocha la tête, accentuant encore le martèlement dans sa boîte crânienne.

« D'accord. »

Sa voix ressemblait à un miaulement.

« Alors prends ton temps. Je t'attendrai. Je préfère attendre et savoir que tu me reviens *pour de vrai*. Sans secrets.

– D'accord, répéta-t-elle.

– Maintenant va dormir, chérie. T'as l'air épuisée. »

Je viens de me saouler, de vomir mes tripes et ma tête va exploser...

« Oui. »

Elle prit une petite inspiration avant d'ajouter :

« Merci de me pardonner, Marc. Je suis désolée.

– C'est rien, chérie. On en discutera tous les deux quand tu rentreras. Va dormir maintenant.

– Je t'aime. »

C'était sorti tout seul. Sans qu'elle s'en rende compte. L'alcool avait fait prendre à sa voix un ton larmoyant et implorant.

« Moi aussi. Bonne nuit, chérie. »

Et il raccrocha.

Elle resta immobile sur le bord de la baignoire, attendant que les battements à ses tempes se calment. Elle ne vit pas tout de suite que Tim se tenait à la porte, un verre d'eau et un cachet à la main. Il la regardait, dépité.

« Quoi ? » lança-t-elle d'une voix âpre.

Il s'approcha et lui mit le verre d'eau entre les mains et le cachet de force dans la bouche.

« C'était pathétique... mais maintenant on est sûrs d'un truc...

– Quoi ?

– Tu ne t'es pas fait plaquer. »

Il souriait. Avec son sourire d'avant et son regard d'enfant. *Tim...*

« C'est une bonne nouvelle, non ? »

Et elle se mit à sourire à son tour, malgré sa migraine, malgré le ridicule de la situation. Et alors ce fut comme avant. Quand ils étaient au chalet, quand elle pleurait sous le lavabo et qu'il lui tendait la main, quand il la consolait de Philippe, quand il lui parlait d'Anton. Exactement comme avant.

Elle le regarda droit dans les yeux, sans cesser de sourire.

« En fait je suis contente qu'on redevienne amis. »

Il hocha la tête, retrouvant un air plus grave.

« Oui… Moi aussi. Il était temps. »

8

Une fois rentrée à Lyon, est-ce que je pourrais rester amie avec Tim ?

Non. Non parce que Marc n'apprécierait pas. Non parce que je ne pourrais jamais empêcher les flashs qui me reviennent en permanence quand je suis avec lui.

Un jour elle avait demandé à Tim : « Pourquoi t'as besoin de moi ? » et Tim avait répondu :

« J'ai pas besoin de toi. »

Elle avait failli s'offusquer mais il avait ajouté :

« Mais j'ai terriblement besoin de croire que tu as besoin de moi. »

Quand elle avait posé la même question à Marc, trois ans plus tard, il avait donné la réponse basique, attendue, celle qu'elle avait peut-être cherché à obtenir de Tim. Il avait dit : « Parce que je t'aime », tout simplement. Et ça ne l'avait pas satisfaite. Elle s'était dit que, finalement, la réponse de Tim était la bonne.

Je pourrais expliquer à Marc qu'il n'y a rien de mal entre Tim et moi.

Mais quand il me prend la main, il ne la lâche plus et moi j'ai des douleurs fantômes.

Elle se força à émerger de son demi-sommeil. Elle était seule dans la chambre. Sophie s'était levée. Elle l'entendait parler avec Gabriel et Anton dans le salon.

Elle avait encore mal au crâne. Et la bouche pâteuse.

Rosalie était dans la cuisine. Elle donnait un biberon de cacao au petit Timotée.

« Coucou ! lança-t-elle.

– Salut.

– Bonne soirée ? »

Ambre haussa les épaules.

« J'ai trop bu, j'ai été malade… Mais Marc ne m'en veut plus.

– Oh ! Il a appelé ? Qu'est-ce qu'il a dit ? »

Elle se laissa tomber sur une chaise.

« Il veut que je reste ici le temps qu'il faut pour régler tout ce qu'il me reste à régler du passé…

– Il veut parler de Tim et d'Anton ?

– Oui. C'est de la foutaise. Je lui ai répondu qu'il y avait rien à régler, que c'était de l'histoire ancienne. »

Le silence de Rosalie sembla lui hurler en pleine face : *Menteuse !*

« Tu restes jusqu'à quand alors ? demanda-t-elle au bout de quelques secondes.

– Jusqu'à demain, c'est sûr… J'ai promis d'assister à votre spectacle.

– Et après ?

– Je sais pas. »

Rosalie fit un geste de la main comme pour dire : *On s'en fiche.*

« Rien ne presse. T'es la bienvenue ici. Quand tu en auras marre de nous, tu prendras ta valise et on te conduira à la gare. »

Ambre esquissa un sourire qui relança momentanément sa migraine.

« Au fait, lança Rosalie, Gabriel doit conduire Cécile à la gendarmerie cet après-midi. Des choses à régler en rapport avec sa plainte. Je pensais emmener les enfants faire de la luge. Anton est partant. Tu nous accompagnes ? »

L'idée de se retrouver avec Anton ne l'enchantait guère mais elle hocha la tête.

Elle regarda Rosalie reposer le biberon de Timotée sur la table et lui essuyer la bouche. Puis elle se décida à demander :

« Et Tim ? Il ne vient pas avec nous ? »

Rosalie releva la tête et la regarda avec un étonnement qui mit Ambre mal à l'aise.

« Quoi ? Qu'est-ce qu'il y a ?

– Je pensais que tu savais…

– Que je savais quoi ? »

Elle ne put empêcher une légère vague de panique la traverser.

« Il est arrivé quelque chose ?

– Non ! Non ! se récria Rosalie. Il est reparti pour le travail. C'était prévu depuis le début.

– Ah.

– Il s'était engagé à assurer des extras à Amiens pendant trois jours. Il reviendra après… »

Puis devant l'air consterné d'Ambre :

« Je pensais qu'il te l'avait dit… »

Elle secoua la tête, mi-troublée, mi-furieuse.

« Non… Il… on a bu quelques verres hier au Monkey Club mais il a rien dit. »

Il savait que je devais partir demain. Il s'est éclipsé en sachant qu'il ne me reverrait pas. Il est parti sans me dire au revoir.

« Il a peut-être oublié », tenta Rosalie avec douceur.

Elle secoua de nouveau la tête, un sourire amer aux lèvres.

« Non. Je sais exactement pourquoi il a fait ça. »

Elle réentendait sa voix dans le salon, quelques jours plus tôt : « Je ne suis parti qu'une semaine… Y avait plus rien dans l'appart. L'agence m'a dit que t'avais fait renvoyer mes affaires à Paris, auprès d'Anton, et que…et que t'avais rompu le bail… Tu aurais pu attendre mon retour…qu'on en discute, au moins… J'aurais voulu pouvoir te dire au revoir… »

Rosalie la regardait sans comprendre.

« C'est une vengeance personnelle, Rosalie. Une petite vengeance.

– Tu crois ?
– J'en suis certaine. »
Comment avait-il osé ? Juste au moment où ils redevenaient amis.
Elle ne pourrait plus partir maintenant. Pas avant de l'avoir revu et insulté comme il se devait.
Elle attendrait, trois jours s'il le fallait.

Cécile avait repris des couleurs. Les ecchymoses sur son visage s'étaient atténuées et elle ne courbait plus en permanence le dos. Elle s'était fait du souci pour Marc et Ambre et quand cette dernière lui annonça que les choses s'étaient arrangées, elle soupira de soulagement, comme si elle était directement concernée par cette histoire. C'était une éponge émotionnelle. Comme Marc. Sans doute parce qu'elle était fragilisée.
Gabriel et elle quittèrent l'appartement juste après le repas, alors qu'Ambre aidait Rosalie à préparer les enfants. Anton avait enfilé son blouson de ski et son bonnet. Il se tenait prêt dans l'entrée avec ses béquilles.
C'était le vrai Anton, se dit Ambre, celui qu'elle avait connu autrefois. Avec son ancienne veste de skieur. Sans Tim. C'était comme si lui aussi se transformait. Il paraissait plus sûr. Plus déterminé. C'était Anton le champion. Anton le dieu grec. Sans ses muscles mais avec cette même force dans les traits, cette même impression de puissance.
Est-ce qu'ils n'arrivent plus à être eux-mêmes, ensemble ?
« Sophie, aide ton petit frère à mettre ses moufles. Maman doit chercher les clés. »
Les enfants étaient excités à l'idée d'aller faire de la luge. Surtout Timotée qui ne cessait de pousser des cris de joie.
Ambre aurait aimé partager leur enthousiasme. Mais il n'y avait en elle que de la fureur contre Tim et de l'amertume à l'idée de se trouver face à Anton.

Ils chargèrent la voiture avec trois luges en plastique. Ils attachèrent les enfants et Ambre prit place avec eux à l'arrière.

Rosalie s'arrêta sur un parking au pied d'une petite piste de ski pour débutants. Un espace y avait été aménagé pour les descentes à luge. L'endroit était peuplé d'enfants euphoriques et de parents épuisés, qui traînaient les luges dans lesquelles s'entassaient leurs rejetons bruyants.

Rosalie vérifia que Sophie et Timotée étaient bien couverts avant de les laisser s'élancer à l'assaut de la piste et de les suivre en tirant les luges.

Anton progressait lentement dans la neige, avec ses béquilles. Le plus longtemps qu'elle le put, Ambre se força à l'ignorer mais elle finit par se retourner.

« Tiens, prends mon bras. »

Le ton n'était pas amical. Celui d'Anton pas davantage :

« Avance, fous-moi la paix. »

Il lui en voulait toujours pour la gifle de la veille, devant tout le monde, dans le salon. Elle lui en voulait toujours pour ses remarques désobligeantes, ses provocations, pour la façon dont il avait encore tenté de culpabiliser Tim.

« Comme tu voudras », répliqua-t-elle avec froideur.

Pour autant elle n'osa pas le laisser à la traîne. Alors elle ralentit et l'attendit, sans toutefois lui adresser un regard ou un mot.

En haut de la piste, Sophie et Timotée étaient déjà confortablement installés chacun dans une luge. Rosalie avait pris place derrière son fils.

« Parrain, parrain ! réclama le petit garçon à grand renfort de sourires.

– Non, p'tit Tim, lui dit Rosalie tout bas, parrain ne descendra pas avec toi. À cause de ses jambes. »

Anton sembla se renfrogner encore. Il planta ses béquilles dans la neige et s'affala dans la dernière luge.

« Ambre ? demanda Rosalie. Tu t'installes avec Sophie ?

– Non, je vous regarde. Je ferai la prochaine descente. »

Les enfants et Rosalie leur adressèrent des signes de la main et comptèrent jusqu'à trois avant de s'élancer.

Ambre se retrouva seule à côté d'Anton, songeant qu'elle n'avait rien prévu pour marcher dans la neige. Les bottes en daim qu'elle avait aux pieds seraient fichues après ce séjour à Arvieux, elle serait quitte pour en racheter. Elle se demandait si elle pourrait en faire livrer à la boutique, avant les soldes de janvier. C'était une des périodes les plus difficiles de l'année. Après les fêtes de Noël. Elle avait cru mourir d'épuisement l'hiver dernier. Pendant tout un mois, il avait fallu réordonner la boutique chaque soir, en vue du lendemain. Les rayons étaient sens dessus dessous. Les cabines remplies de vêtements négligemment jetés en boule. Pour ne pas faire rester ses vendeuses trop tard, elle s'était obstinée à se charger seule du rangement. Jusqu'à vingt-trois heures. Minuit parfois. Marc l'attendait inquiet à l'appartement et, quand elle appelait, il venait la chercher en voiture. Il lui disait qu'elle devait se ménager, arrêter d'être si perfectionniste. Quand ils rentraient, il lui avait toujours préparé un plateau repas et elle s'affalait sur le canapé. Parfois elle s'endormait avant même d'avoir terminé son assiette.

Le tout dernier soir des soldes, Marc était venu la chercher à la boutique à vingt-deux heures.

« J'en ai encore pour une heure », lui avait-elle dit.

Il l'avait prise par le bras et il avait rétorqué :

« Ça fait trois semaines qu'on a pas fait l'amour. Rentre à la maison. »

Elle l'avait regardé, étonnée.

« Trois semaines ?

– Oui, trois semaines. Tu t'endors tous les soirs sur le canapé depuis trois semaines. Je crois même que tu as oublié de te doucher un soir. »

Elle avait souri. Il l'avait poussée vers la sortie. Elle avait fermé le rideau de fer avec empressement. Dans la voiture ils n'avaient pas dit un mot et, une fois à l'appartement, il l'avait soulevée dans ses bras et portée jusqu'à leur chambre. Ça avait été presque aussi fort que la première fois, lorsqu'elle avait ressenti cette secousse sismique, et puis… elle s'était endormie.

« Encore, m'man ! Encore ! »

Les enfants étaient de retour en haut de la piste. Rosalie, derrière, remontait les luges avec peine.

« Attendez, les enfants ! »

Mais elle fut à peine arrivée à leur hauteur que Sophie se réinstallait dans sa luge et s'élançait.

« Sophie ! NON ! Qu'est-ce que j'ai dit ! »

Timotée applaudissait en riant. Rosalie l'installa de force dans la deuxième luge et ils dévalèrent à la suite de la fillette.

Ambre et Anton les virent devenir de plus en plus petits sur la piste, puis disparaître de leur champ de vision.

« Tu voudrais pas me pousser ? » demanda-t-il soudain.

Elle se retourna vivement. Il était toujours affalé sur la luge. Il scrutait le bas de la piste en plissant les yeux.

« Quoi ?

– Ça te plairait pas de me pousser de là-haut ?

– Non », fit-elle d'un ton glacial.

Anton détacha son regard de la piste pour le planter dans les yeux d'Ambre.

« Je pourrais pas m'arrêter.

– Ah.

– Ouais. Mes jambes sont nases après la montée qu'on vient de se taper.

– Ah », répéta-t-elle.

Elle ne voulait pas lui faire le plaisir d'entrer dans son jeu.

« Et les freins de cette luge sont foutus », ajouta-t-il.

Il lui désigna les petites manettes en plastique qui avaient été arrachées d'avoir été trop tirées.

« Tu pourrais me pousser. De toutes tes forces... t'en as pas beaucoup, c'est vrai, mais avec l'élan je prendrais de la vitesse... et paf ! »

Il attendit sa réaction, son regard vert clair toujours braqué sur elle.

« Non, répliqua-t-elle. Je ne te pousserai pas. »

Il se tut quelques secondes.

« Tu aurais peur qu'on te mette ça sur le dos ? reprit-il. À cause de la gifle ?

– Non. Je refuse juste d'entrer dans ta provocation.

– Il ne s'agit pas de provocation. J'aimerais que tu me pousses de là-haut.

– Garde ta salive !

– Je suis sérieux, Ambre. »

Son ton était grave, légèrement suppliant. Surprise, elle l'observa plus attentivement. À bien y regarder, il n'avait pas l'air de ces derniers jours. Il n'était ni cynique ni sarcastique. Pas renfrogné non plus. Il était juste... normal... Tel qu'elle l'avait connu autrefois.

« T'es tombé sur la tête ? lança-t-elle avec aigreur. Qu'est-ce qui te prend ?

– Il me prend que j'en ai marre de faire attention, de me ménager, de ne plus vivre... Tu peux pas t'imaginer à quel point je meurs d'envie de dévaler cette piste... et advienne que pourra. »

Elle haussa les épaules avec une certaine cruauté.

« Eh bien fais-le. Tu n'as pas besoin de moi.

– J'ai pas suffisamment de forces.

– Demande à Rosalie.

– T'es débile ou tu le fais exprès ? Elle me laisserait jamais faire ça. Alors que toi...

– Qu'est-ce que tu veux ? Me faire accuser de violence sur un handicapé ? »

Il resta d'un calme olympien, scrutant la piste.

« Je pourrais me blesser, tu sais... ou mourir...

– Ça ne me ferait ni chaud ni froid.

– Justement…

– Quoi, justement ?

– Tu peux me pousser puisque tu t'en moques. Avec un peu de chance, vous seriez débarrassés de moi, Tim et toi. »

Elle serra les dents.

« Anton, ne me provoque pas ! Après ce que tu m'as fait devant Marc… je pourrais bien te prendre au mot !

– Eh bien vas-y ! Tu me détestes suffisamment pour me pousser, non ? »

Elle lui tourna le dos et reporta son attention sur la piste. En contrebas, elle distingua les enfants et Rosalie. Ils avaient l'air de construire un bonhomme de neige.

« Ambre, je te parle ! »

Elle se retourna, de plus en plus en colère.

« Tu cherches quoi ?

– Je te demande juste ton aide !

– Pour te foutre en l'air ? Non merci ! Tu as déjà bien assez pourri la vie de Tim.

– Voilà, c'est bien ce que je disais : tu me détestes.

– Non.

– Si, rappelle-toi… quand tu as compris qu'il ne reviendrait pas, quand tu as compris qu'il s'apprêtait à te quitter… ça t'a fait mal, non ? »

Elle resta de marbre, les bras croisés, refusant de repenser au moindre de ces moments.

« Quand tu as rendu l'appartement… non, mieux ! Quand tu es rentrée à Lyon, chez tes parents… tu m'as détesté à ce moment-là, non ?

– Non. »

Comment aurait-elle pu détester quelqu'un qui venait de voir voler en éclats ses rêves et toute sa vie, qui venait en plus de perdre son petit ami et se retrouvait cloué dans un lit d'hôpital, réduit à un tas de chair meurtrie ?

« Moi je t'ai détestée. Si tu savais comme je t'ai détestée ! D'abord à Arvieux ! Quand j'ai compris que tu me l'avais pris… Je l'ai compris bien avant vous. Au lac de Roue… tu sais, si je m'étais écouté, j'aurais cassé la glace et je vous aurais enfoncé la tête sous l'eau. À tous les deux… J'en avais la force… J'aurais pu vous noyer sans problème… tous les deux. J'aurais regardé vos cadavres flotter et j'aurais jubilé. Mais je l'ai pas fait. Comme toi aujourd'hui… Tu n'oses pas me pousser. Moi aussi j'ai été trop lâche à ce moment-là… tu vois où ça m'a mené. Mais après… après, ce que je ne savais pas, c'est que j'étais capable de haïr encore plus fort… Si, c'est possible. À l'hôpital, quand je l'ai vu arriver et qu'il m'a dit qu'il resterait… avec l'air de souffrir… si tu m'avais demandé de te pousser du haut d'une piste à ce moment-là, je l'aurais fait.

– Peut-être mais moi je ne t'ai pas détesté », asséna-t-elle.

Et c'était pire. Parce que, malgré sa rancœur, elle avait estimé ne pas avoir le droit de le détester. Parce qu'elle, elle avait encore ses jambes.

Elle se souvenait de sa première nuit dans sa chambre à Lyon. La douleur, les larmes. La sensation de vide. La certitude qu'elle allait mourir, dans son lit, tant elle se sentait étouffer. Et le plus insoutenable dans cette douleur : comprendre qu'elle ne pourrait jamais en vouloir à Anton. Anton que son terrible accident rendait définitivement hors d'atteinte de toute haine de sa part.

Oui, c'est ça le pire.

« Ambre, tu fais quoi ? » Il avait la voix légèrement paniquée. Il ne s'y attendait pas. Il n'était pas prêt. Il avait une jambe repliée sous l'autre et un gant accroché à une béquille. Trop tard, elle venait de le pousser dans le vide. De toutes ses forces. C'était ce qu'il voulait, non ? Il ne cria pas mais elle eut le temps de lire la peur dans ses yeux, juste avant que la luge ne commence à dévaler la pente.

Et là, elle réalisa.

Mais qu'est-ce que j'ai fait ?

Elle se mit à courir derrière la luge en criant : « Anton ! », se tordit la cheville mais continua à courir. Elle volait littéralement, au risque de percuter des gens.

Il va mourir et c'est moi qui l'aurai tué. Et j'aurai tué Tim en même temps…

« Anton ! »

Il ne l'entendait pas. La luge filait et droit devant se dressait le grillage de sécurité métallique. Hérissé comme du barbelé.

Il va être couvert de sang. Je serai couverte de son sang…

Il passa devant Rosalie et les enfants en trombe. Les enfants éclatèrent de rire en le montrant du doigt, Rosalie resta hébétée, trop paniquée pour que le moindre son sorte de sa bouche.

Ambre n'eut pas le temps d'anticiper. Elle entendit le choc bien avant de comprendre qu'Anton et sa luge s'étaient encastrés dans le grillage, bien avant de comprendre qu'elle devait freiner sa course folle. Elle cria, buta contre la luge, décolla du sol et retomba lourdement sur Anton. Elle l'entendit jurer. Le vit grimacer de douleur.

« Ça va ? Anton, ça va ? »

Il était pâle, les yeux exorbités. Mais il paraissait n'avoir aucune plaie.

« T'es complètement cinglée. »

Il avait parlé d'une voix blanche, lointaine. Voyant des curieux arriver, il leur fit de grands gestes pour les inciter à partir.

« Ça va, rien de grave ! »

Ambre, elle, était muette, tremblante, le cœur battant la chamade. Elle s'attendait à le voir exploser de colère, la repousser sans ménagement, mais certainement pas à le voir sourire, avec cet air un peu dément.

« Waouh, fit-il, c'était *juste* dingue. »

Il releva la tête, la dévisagea. Elle tenta de se redresser mais elle avait une douleur dans le coude et elle resta à demi assise sur son torse.

Soudain, une sorte de hoquet le secoua. Suivi d'un deuxième.

Elle ne comprit pas tout de suite qu'il riait. Un rire nerveux. Un rire réflexe après la peur panique qu'il avait eue. Elle aussi avait les nerfs qui lâchaient. Elle commença à sourire. Anton riait comme elle ne l'avait pas vu rire depuis longtemps. La luge était brisée en deux à côté d'eux, le grillage avait été enfoncé, manquant de s'écraser sur le capot d'une voiture. Alors elle se mit à rire à son tour. De soulagement. Du ridicule de la situation, tous les deux vautrés l'un sur l'autre et incapables de se relever tellement ils riaient.

« T'es malade ! » hoquetait Anton.

Et elle répondait, entre deux esclaffements :

« Tu m'aurais vue courir comme une dératée en criant ton nom ! »

C'étaient des mois et des mois de ressentiment, de frustration, de haine refoulée qu'ils expulsaient ainsi.

« Alors là merci, Ambre ! J'ai plus rien fait d'aussi fou depuis des années ! »

Elle l'avait enfin libéré en se laissant rouler dans la neige à côté de lui. Mais il ne se relevait pas, il restait allongé, sans cesser de sourire. Son visage entier était transformé.

« Je savais que je pouvais compter sur toi ! Je savais que tu le ferais ! Il y avait que toi pour le faire ! »

Et il souriait de plus belle, allongé, les bras en croix. Elle ne savait pas vraiment ce qu'il voulait dire mais qu'importe, l'essentiel était qu'il continue à sourire.

Les enfants furent sur eux, riant, criant :

« Parrain ! Parrain ! T'as foncé dans le grillage !

– Oui, et je l'ai même cassé, répondit Anton, hilare, en leur désignant ce qu'il restait de la barrière de sécurité.

– Oh et… il va falloir racheter une luge…, ajouta Ambre.

– On s'en fiche, répliqua Sophie, elle était déjà toute fichue ! »

Les enfants contemplaient les dégâts avec un air ravi. C'était amusant, deux adultes qui faisaient des bêtises.

« Allez récupérer vos luges ! » ordonna Rosalie.

Pendant qu'ils partaient en courant, elle se pencha sur eux, inquiète :

« Vous n'êtes pas blessés ?

– Non. Rien à signaler.

– Qu'est-ce qu'il s'est passé ? »

Ce fut Anton qui répondit, d'un ton sans appel :

« Je me suis plus amusé comme ça depuis des années ! »

« Avance plus vite ! C'est dingue d'avoir aussi peu de muscles ! »

Les enfants étaient remontés en haut de la piste avec Rosalie. Ils les avaient laissés régler le problème du grillage avec un responsable de la station. Il avait fallu procéder à un constat et signer un papier. A priori, l'incident ne leur coûterait rien car aucune voiture n'avait été touchée et le grillage devait être changé dans l'année. Après quoi, il avait fallu rejoindre Rosalie et les enfants. Mais les béquilles d'Anton étaient restées là-haut et ses jambes ne le portaient plus. Alors il s'était laissé tomber dans un fragment de la luge cassée et il avait ordonné à Ambre :

« Remonte-moi maintenant. »

Depuis quinze minutes déjà, elle suait et s'arrachait la peau des mains, tirant de toutes ses forces sur la corde, sous ses railleries. Quand il ne lui lançait pas des ordres, il se moquait et, quand il ne se moquait pas, il lui jetait des boules de neige dans les cheveux. Mais ce n'était pas grave car un miracle s'était produit cet après-midi, là, sur la piste, après qu'elle l'eut poussé dans le vide. Leur rancœur. Elle avait disparu. Elle, elle, s'en était débarrassée en le poussant, lui s'en était débarrassé en dévalant la pente la peur au ventre, avant d'atterrir sans une égratignure dans le grillage.

« Pause ! »

Elle s'arrêta sur la piste, à bout de souffle, et se laissa tomber à genoux.

Il lui décocha une boule de neige en plein visage, puis une deuxième, tout sourire. Elle ne riposta pas, elle n'en avait pas la force. Elle s'allongea sur la neige, insensible au froid, et il continua de la bombarder sans aucune pitié, jusqu'à lui recouvrir le corps.

« Bon, maintenant qu'on ne peut plus bouger ni l'un ni l'autre, on les attend ici ? » fit-il.

Ils étaient au milieu de la piste, exposés à toutes les luges qui dévalaient à toute vitesse, mais ils s'en moquaient éperdument.

« Ouais, on les attend ici. »

Une seconde passa.

« Tu sais, dit-il soudain, si tu avais été avec moi dans ce ravin, tu serais morte en quelques heures. »

Elle le fixa sans émotion particulière.

« Sans doute.

– C'est certain, tu es une incapable. »

Il continuait de la fixer, couverte de neige.

« Heureusement que t'étais à Frontignan alors… »

Silence. Un cri d'enfant. Une luge passa tout près d'eux.

« Ouais. Heureusement. »

Il sourit. Et elle se dit qu'ils étaient peut-être en train de redevenir amis.

« On a passé l'après-midi dans la neige, avec les enfants… Je crois que j'ai attrapé un rhume. J'arrive pas à me réchauffer. Quand on est rentrés, j'avais les vêtements trempés, tu sais… Et cette douleur au coude ! Je suis tombée sur Anton ! Je crois que je me suis fait un genre de luxation. »

Ambre était au téléphone avec Marc dans la chambre de Sophie. Tous les autres étaient à la cuisine où Rosalie leur préparait des chocolats chauds.

« Tim n'était pas là ? »

Il avait demandé ça l'air de rien mais elle sentit une certaine crispation.

« Non, il est plus là.

– Comment ça ?

– Il est reparti pour son travail… À Amiens.

– Il va pas revenir ?

– Si. Dans trois jours.

– Et avec Anton, ça se passe comment ?

– Je crois que… je crois que les choses sont en train de s'arranger entre nous. »

Elle entendit Marc se passer la main sous le menton.

« Tu vois, c'était une bonne chose que tu restes.

– Oui… sans doute, répondit-elle évasiment, avant de changer de sujet : Dis-moi, tu m'as excusée auprès de tes parents de leur avoir fait faux bond le 25 ?

– Oui. Ne t'en fais pas.

– Tu leur as pas dit… qu'on s'était disputés ?

– Non, chérie. Je ne leur ai rien dit. »

Il s'écoula un court silence. Ambre s'était mise à jouer avec les grelots à son poignet.

« J'ai un petit cadeau pour toi, ajouta Marc.

– Ah ?

– De mes parents, ma sœur et son mari. Je crois que tu vas avoir toute la panoplie des savons parfumés pour le bain.

– Comment tu le sais ?

– Ça empeste la pivoine dans tout l'appartement. »

Elle sourit.

« Comment va Cécile ? demanda Marc.

– Ça va. Elle reprend des couleurs. Cet après-midi elle est allée au commissariat avec Gabriel, régler quelque chose en rapport avec sa plainte.

– Elle avait pas l'air très bien. Il ne faudra pas la laisser toute seule…

– Non, on est là… on va pas la laisser filer. Elle s'en sortira. On a toujours plus de ressources qu'on l'imagine.

– Tu lui passeras le bonjour de ma part, d'accord ? »

Elle ne put retenir un haussement de sourcils étonné.

Ce sont les mêmes. Trop sensibles. Trop pleins d'empathie. Deux éponges émotionnelles.

« Oui, promis.

– Tu sais… si elle a besoin d'un toit… je pensais… on pourrait l'accueillir chez nous quelque temps.

– Oui. On pourrait. Je ne sais pas ce qu'elle a décidé pour la suite mais… je lui en parlerai. »

Il a besoin de sentir que les autres sont fragiles autour de lui. Pour avoir l'air fort. J'ai dû lui sembler fragile au début. Mais maintenant ?

« Et ta thèse, ça avance ?

– Pas trop.

– Tu t'y remettras après les fêtes.

– Oui. »

Au bout du fil, elle entendit soudain la sonnerie de l'interphone. À cette heure-ci, en pleine semaine, ça ne pouvait être qu'une seule personne.

« Ton frère est là. Je vais raccrocher, chérie. On se rappelle demain ?

– Oui. On fait comme ça. »

Pas un mot sur la date de son retour. C'était un pacte implicite entre eux. Il la laissait prendre son temps.

« Je t'embrasse.

– Moi aussi, Marc. »

Elle devait avoir une entorse au coude. C'était ce qu'Anton avait déclaré pendant qu'ils buvaient leurs chocolats chauds dans la cuisine. Elle avait du mal à le plier et il était légèrement enflé.

« Et toi t'as rien ?

– Non. Moi je suis résistant.

– Mouais… Tu pourrais t'être cassé les deux jambes que tu t'en rendrais même pas compte. »

Cécile les écoutait en souriant, la tête posée dans le creux de sa main.

« C'est dommage… le grillage n'a pas endommagé ton pseudo-sens de l'humour. »

Rosalie leva les yeux au ciel, sans pouvoir masquer son air ravi. Elle voyait bien que les tensions étaient retombées cet après-midi. Peut-être mettait-elle ça sur le compte de l'absence de Tim.

Ambre se tourna vers Cécile.

« Tu vois, parfois j'ai *effectivement* dix ans de moins que toi. »

Cécile acquiesça, en souriant toujours. Et Rosalie de répliquer :

« On dirait que vous avez dix ans tout court.

– C'est à cause de toi, Rosalie, déclara Anton.

– Oui, renchérit Ambre, tu nous emmènes faire de la luge et ensuite tu nous fais des chocolats chauds.

– On a même eu le droit de mettre la radio dans la voiture !

– Et puis tu nous emmènes à un concert ce soir…

– Avec un peu de chance on aura droit à une histoire avant de dormir !

– Et à un deuxième chocolat chaud ! »

Cécile riait. En silence. De petites fossettes creusaient ses joues.

« C'est trop, Rosalie ! s'exclama Anton.

– Oui. Vraiment trop. Tu vas faire de nous des enfants pourris gâtés. »

Ambre se tourna vers Cécile.

« Et toi ? Ça a été ce rendez-vous au commissariat cet après-midi ?

– Oh… oui. C'était sans doute moins amusant que la luge. »

Elle souriait toujours en disant cela, ce qui encouragea Ambre à poursuivre, tandis que Rosalie, Anton et les enfants filaient au salon :

« Tu devais finaliser ton dossier de plainte ?

– Oui, et donner mon accord.

– Ton accord pour quoi ?

– Ils l'ont hospitalisé. En hôpital psychiatrique.

– Suite à ta plainte ?

– Oui. Ils n'ont pas encore avancé de diagnostic précis mais ils vont le garder quelque temps. Ensuite il faudra qu'il soit placé sous tutelle. »

Cécile eut une légère grimace avant de reprendre :

« Comme c'est mon mari, je suis censée être sa tutrice légale. Le cas étant un peu particulier, ils envisagent de le placer plutôt sous la tutelle de ses parents.

– Tu as donc donné ton accord pour cette solution ? »

Cécile ne répondit pas tout de suite. Elle prit une gorgée de chocolat et la garda en bouche quelques secondes, peut-être pour gagner du temps.

« Non.

– Non ? »

Cécile eut un haussement d'épaules.

« Non je… je peux pas me décider comme ça, se justifia-t-elle.

– Tu veux dire que… tu préférerais que ce soit toi qui deviennes sa tutrice légale ? »

Nouveau haussement d'épaules, nouvelle gorgée de chocolat chaud. Plus longue celle-ci.

« C'est mon mari.

– Oui mais…

– Je peux pas l'abandonner avec sa maladie…

– Mais il était violent…

– Parce qu'il est malade. »

Ambre resta quelques secondes interloquée. C'était donc ça, songeait-elle, qu'on voyait dans toutes les émissions, à la télévision, à la radio, dans les magazines… Ces femmes battues qui prenaient envers et contre tout la défense de leurs maris, qui les couvraient, les défendaient.

Elle prit sa voix la plus douce, craignant de paraître trop intrusive ou insistante, pour faire remarquer :

« Mais il t'a… il t'a menacée de mort, non ? »

Cécile garda le regard fixe et répéta, obstinée :

« Il est malade. »

Il a fait de ta vie un enfer, il t'a couverte de bleus ! À quoi bon dire ces choses-là ? Cécile savait tout ça. Et ça ne faisait aucune différence.

Ambre se racla la gorge, changea de position sur sa chaise et tenta d'adopter un autre angle d'attaque :

« Si tu deviens sa tutrice légale... tu ne pourras pas partir. »

Cécile la regarda étrangement, comme si elle ne voyait pas du tout de quoi Ambre voulait parler, comme s'il n'avait jamais été question pour elle de partir.

« Tu devras toujours être dans le coin, pour n'importe quelle décision le concernant... et même si tu pars, ils t'appelleront sans cesse... Pour le moindre détail de sa vie tu devras être consultée. »

Cécile haussa les épaules.

« Tu ne t'en débarrasseras jamais », asséna alors Ambre.

Elle avait conscience d'être allée un peu loin en utilisant le mot « débarrasser » mais l'attitude passive de Cécile l'inquiétait.

« C'est mon mari », répéta celle-ci d'un ton plus dur.

Ambre se rendit compte qu'elle l'avait blessée.

« Ça te ferait pourtant du bien de partir... de changer d'air... de ne plus avoir à penser à lui en permanence.

– Que je sois sa tutrice ou non, je penserai à lui en permanence », répliqua Cécile avec une certaine sécheresse.

Ambre secoua la tête, s'acharnant désespérément :

« Tu l'oublieras avec le temps. Je te promets que tu y arriveras. Si tu pars... »

Cécile l'interrompit d'un geste de la main.

« On verra », dit-elle.

Puis elle prit une longue gorgée de chocolat chaud, la savoura quelques secondes, reposa sa tasse lentement sur la table et ajouta d'une voix plus douce :

« J'ai trois jours pour me décider. »

Pendant qu'elle aidait Rosalie à préparer le repas du soir, Ambre songeait qu'ils n'avaient que trois jours pour tenter de convaincre Cécile de prendre ses distances avec son mari et refuser sa tutelle. Elle en avait discuté discrètement avec Rosalie et Gabriel. Tous étaient du même avis mais ils ne voulaient pas brusquer Cécile. Seul Gabriel la connaissait suffisamment pour pouvoir la faire changer d'avis. Elle l'écouterait, disait Rosalie. C'était lui qu'elle avait appelé à l'aide, donc elle l'écouterait.

Ambre n'en était pas si convaincue. Elle repensait à la façon dont Marc avait parlé à Cécile au réveillon de Noël. Sans gêne, sans délicatesse particulière, sans faux-semblants. Simplement. Elle se rappelait combien le visage de Cécile s'était transformé, la vitesse à laquelle ses traits s'étaient animés. C'était quelqu'un comme Marc qu'il fallait pour la convaincre. Il était d'une douceur et d'une patience infinies. Cela ajouté à son sens de la pédagogie faisait qu'il parvenait toujours à rallier les autres à sa cause. Ambre n'avait jamais su lutter. C'était ainsi qu'il désamorçait les conflits et rendait la vie simple et sans accroc. Il expliquait sans violence, sans agressivité, il démontrait et argumentait tranquillement, quitte à y passer des heures. Ambre songea qu'ils pourraient le faire intervenir, en dernier recours. Cécile semblait l'apprécier. *Et puis c'est un inconnu. C'est plus facile avec des inconnus parfois.* Cécile l'écouterait peut-être, lui.

On expédia le repas rapidement car le concert de la chorale débutait à vingt heures. Une fois tout le monde prêt, Anton voulut prendre ses béquilles mais, arrivé à la porte d'entrée, il renonça. Ses jambes avaient subi plus d'épreuves aujourd'hui qu'elles ne pouvaient en supporter. Et, contre toute attente, il se tourna vers Ambre :

« Va me chercher mon fauteuil. »

Pas de « s'il te plaît », pas de « merci ». Ça faisait partie du jeu.

Tout le monde attendit tandis qu'Ambre se débattait avec le fauteuil.

« Je ne sais pas déplier ton machin, grommela-t-elle.

– Il va falloir que tu apprennes. »

Elle releva la tête, exaspérée.

« Ah oui ? Et pourquoi ?

– Tim est pas là. Tu vas devoir me servir d'assistante personnelle.

– Ce n'est pas déjà suffisant de s'adresser la parole ?

– Si. Mais ça ne m'aidera pas à marcher.

– Bon. »

Sophie s'impatientant auprès de l'ascenseur, Anton se décida à accélérer le mouvement. Il prit appui contre le mur et d'un geste assuré déplia le fauteuil.

« Voilà, maintenant débloque les roues. »

Ambre actionna le petit embout en plastique qu'il lui désignait puis ils purent quitter l'appartement.

Une fois dehors, tandis qu'ils marchaient tous en file indienne sur la route qui menait à l'église, Ambre demanda avec un air faussement bougon :

« Et en quoi d'autre consiste mon rôle d'assistante personnelle ?

– Mmh… à répondre à tous mes besoins, répondit Anton.

– Tes caprices tu veux dire ?

– Non, mes besoins.

– C'est une question de point de vue.

– Ah bon ?

– Parfaitement. Tu as eu un assistant un peu trop impliqué dans son travail mais c'est terminé. Ta nouvelle assistante n'est pas si aimable. Elle n'hésitera pas à te remettre à ta place.

– Elle a déjà commencé je crois.

– Elle y travaille dur.

– Et elle s'en sort bien. »

Même si elle ne pouvait voir son visage, elle était persuadée qu'il souriait, amusé, dans son fauteuil. Elle-même ne put s'empêcher de sourire.

« Monsieur a l'air d'apprécier que sa nouvelle assistante le remette à sa place, si je comprends bien. »

Il se retourna à demi pour la regarder.

« Il faut dire qu'il se faisait une joie de la retrouver.

– Ah oui ? »

Il reprit sa position initiale, regardant droit devant lui.

« Oui. Il savait qu'elle oserait, elle.

– C'est pour ça qu'il se permettait d'être aussi ignoble avec elle ? »

Il ne répondit pas. Le fauteuil butait sur les pavés, comme le soir de Noël, et ils avançaient au rythme des *cling-cling*.

« Ou bien c'est parce que tu me détestes ? ajouta Ambre.

– À ton avis ?

– Jusqu'à hier j'aurais choisi la réponse numéro deux. Aujourd'hui j'hésite…

– Choisis celle qui t'arrange. Aide-moi à descendre. »

Ils étaient arrivés devant le parvis de l'église et ses marches en pierre. Gabriel arriva à leur rescousse et aida Anton à se relever. Ambre se débattit quelques secondes avec le fauteuil avant de réussir à le refermer.

« Tu vois, tu progresses, lança Anton avec sarcasme.

– Tu ne m'as pas répondu.

– Non. »

Il lui fit un signe du menton pour qu'elle lui tende son bras et il y prit appui.

Rosalie et Sophie avaient filé dans la rangée centrale pour rejoindre la chorale. Les autres allèrent s'asseoir dans les premiers rangs. Timotée, excité, se trémoussait sur les genoux de son père et essayait en vain d'apercevoir sa sœur et sa mère.

Ils furent rejoints par Sylvie, Michel et leur petit Maxence.

« Salut, tout le monde ! »

Ils prirent place sur le banc juste devant. Le petit Maxence semblait contrarié. Il avait les joues mouillées de larmes, l'air renfrogné et les bras croisés.

« Alors ? demanda Sylvie en se tournant vers Ambre et Anton. Vous êtes toujours à Arvieux ? Qu'avez-vous fait de vos moitiés ?

– Marc est rentré à Lyon, répondit Ambre simplement. Je suis restée quelques jours de plus pour profiter de Rosalie, Gabriel et les enfants.

– Et Tim ?

– Il est parti bosser, dit Anton.
– Il fait toujours des extras ?
– Oui, toujours. Avec les fêtes, il a eu pas mal de demandes.
– C'est une bonne chose. »
Elle se tourna vers son mari et déclara :
« Il faut qu'on les invite à dîner un de ces soirs. »
Michel approuva.
« Quand est-ce que Tim revient ?
– Lundi soir.
– Ambre, tu seras toujours là ?
– Oh je… je ne pensais pas rester si longtemps…
– Tu dois repartir quand ? »
Elle chercha quoi dire. Impossible d'avouer que même si elle n'aimait pas l'idée de laisser Marc seul à Lyon, elle ne pourrait rentrer sans avoir revu Tim et lui balancer ses quatre vérités.
Anton intervint :
« Elle est en congés. Elle peut rester jusqu'à lundi soir. »
Sylvie la scruta pour obtenir sa confirmation. Ambre songea que c'était Marc qui lui avait demandé de rester, après tout. Autant qu'elle voulait.
« Oui d'accord. Je serai là.
– Super ! fit Sylvie. Vous viendrez en fin d'après-midi pour l'apéritif. Ça me fait plaisir ! On perd tellement de vue les saisonniers… je trouve ça dommage. C'est un aspect du métier qui me chagrine. »
À ce moment Maxence tira le bras de sa mère, pleurant à chaudes larmes.
« Qu'est-ce qui lui arrive ? demanda Ambre.
– Oh, il voulait chanter avec Sophie.
– L'année prochaine, il pourra s'inscrire, non ?
– Tu plaisantes ? C'est une chorale parents-enfants. Ni Michel ni moi ne savons chanter juste !
– Pauvre enfant, soupira Anton. Né dans la mauvaise famille… Un rêve brisé si jeune… »

Michel et Sylvie s'esclaffèrent mais, au même instant, un homme près de l'autel tapa dans ses mains.

« S'il vous plaît, messieurs-dames ! Nous allons commencer dans une petite seconde. Merci de refermer les portes. »

L'église s'était bien remplie. Certes, elle n'accueillait pas autant de monde que pour la messe du 24, mais c'était honorable.

« Nous vous remercions de votre venue. Nous savons que vous avez tous hâte de nous entendre chanter mais d'abord nous allons laisser Didier Mouchon, le chef de chœur, vous présenter sa chorale. »

Ambre profita de cet instant de battement pour se pencher vers Anton.

« Pourquoi tu fais en sorte que je reste ? » chuchota-t-elle.

Il eut un imperceptible mouvement d'épaules.

« T'es pas pressée de rentrer, si ?

– Pour quelqu'un qui voudrait me voir disparaître, je trouve ça très étrange.

– Tu ne veux jamais me croire…

– Comment ça ?

– Je te l'ai déjà dit : je ne vois pas ce qui te pousse à croire que je voudrais te voir disparaître. »

Elle secoua la tête mais elle n'eut pas le temps de répondre car Anton ajouta :

« J'ai besoin d'une assistante… Tim n'est plus là.

– C'est donc ça… »

Ils reportèrent leur attention sur le chef de chœur quelques secondes. Puis Anton se pencha à son tour vers elle.

« Pour Marc c'est pareil, tu refuses de me croire…

– Croire quoi ? Que tu ne l'as pas fait exprès ?

– Oui.

– Considère que l'affaire est close. »

Puis, comme il ne disait rien, elle ajouta :

« Alors c'est pas la réponse numéro deux ? »

Il se contenta de sourire.

Le discours du chef de chœur fut ponctué par un tonnerre d'applaudissements. Des flashs crépitèrent. Puis les premières notes s'envolèrent dans l'église, se répercutant en écho dans les alcôves. Cécile se redressa légèrement, Timotée ouvrit grands les yeux. C'était doux, c'était harmonieux. Concentrés, enfants et adultes étaient tous vêtus de noir, avec un accessoire rouge pour rappeler Noël. Un foulard, une ceinture, un bandana, un bijou. Ambre nota avec une certaine émotion que Sophie portait le foulard de Philippe, celui qu'elle lui avait offert cinq ans auparavant.

Les chants se succédèrent, entrecoupés d'applaudissements et de commentaires ravis dans le public – « C'était beau, hein ? » À chaque morceau, les acclamations redoublaient et l'atmosphère dans l'église se réchauffait.

Enfin, le chœur entama le chant final, celui que visiblement tous attendaient. « Forever Young ». Le silence se fit encore plus solennel pendant que le chef de chœur donnait ses instructions à voix basse. Puis les premières notes jaillirent et un frisson collectif parcourut le public.

C'était la chanson de Tim. Incontestablement. La chanson de leur hiver à Arvieux, tous les trois, quand ils partaient à la mer en pleine nuit, quand ils se sentaient libres, quand ils s'endormaient sur le sable et regardaient le lever du soleil, quand Anton entrait dans l'eau glacée sans hésiter. Tout ça c'était loin.

Putain, pourquoi c'est si loin ?

Ambre ignora la boule douloureuse qui se formait dans sa gorge et se concentra sur les paroles du dernier couplet.

It's so hard to get old without a cause
I don't want to perish like a fading horse
Youth's like diamonds in the sun
And diamonds are forever
So many adventures couldn't happen today
So many songs we forgot to play

So many dreams swinging out of the blue
We'll let them come true
Forever young[1]*...*

Tim avait raison. Ils s'étaient fait avoir tous les trois. Ils étaient tristes à pleurer. Ils avaient cessé d'être des diamants au soleil...

Les applaudissements crépitèrent et, une à une, chaque personne dans le public se leva pour acclamer les choristes.

« Lève-toi ! » ordonna Ambre à Anton.

Il allait répliquer qu'il ne pouvait pas mais elle le saisit par le poignet et le força à se mettre debout.

« T'es folle ? Tu me fais mal !

– On va sortir au Monkey Club ce soir, toi et moi, lança-t-elle tout en continuant à applaudir, sans même le regarder.

– Hein... ? fit Anton en la dévisageant.

– On est samedi soir, non ?

– Oui, on est samedi soir, et alors ?

– Je parie que ça fait des années que tu n'es plus sorti un samedi soir.

– Effectivement...

– Alors on va y remédier. »

Il la fixait toujours.

« Ambre, j'ai trente ans maintenant.

– Non, Anton, t'as pas trente ans. T'en as quatre-vingts. Et c'est plus possible. On sort ce soir. »

Dans la foule des voix scandaient :

« Une autre, une autre ! »

Le chef de chœur fit signe aux chanteurs de se remettre en place

1. « C'est si dur de vieillir sans une cause à défendre / Je ne veux pas périr comme un cheval en fuite / La jeunesse c'est comme des diamants au soleil / Et les diamants sont éternels / Tant d'aventures ne pourront pas arriver aujourd'hui / Tant de chansons que nous avons oublié de jouer / Tant de rêves qui surgissent de nulle part / Faisons qu'ils deviennent réalité. / Éternellement jeunes... »

et le public se rassit. De nouveau s'éleva le final, avec encore plus d'intensité que la première fois.

Let's dance in style
Let's dance for a while
Heaven can wait
We're only watching the skies
Hoping for the best
But expecting the worst
Are you going to drop the bomb or not... [1] *?*

Ambre se cala contre le banc en bois avec un sourire de satisfaction. Anton ne l'avait pas lâchée du regard et souriait lui aussi.

Personne n'était très pressé de rentrer. Sylvie et Rosalie étaient en pleine conversation sur le parvis de l'église au milieu d'une foule qui prolongeait la soirée en bavardages. Gabriel, Cécile et Michel étaient plus loin, commentant le concert. Timotée s'était endormi dans les bras de son père.

Anton s'était laissé tomber sur les marches en pierre du parvis et fumait une cigarette avec lenteur et délectation, comme si c'était là le meilleur moment de sa journée. Quant à Sophie, elle faisait des allers et retours en sautillant entre ses copines de la chorale et Ambre, assise à côté d'Anton.

« T'as vu, j'ai mis ton foulard.

– Oui j'ai vu, Sophinette.

– Et j'ai toujours la rose de ma gourmette. T'as des bijoux, toi ?

– J'ai un bracelet.

– Montre ! »

1. « Dansons avec style, dansons un instant, / Le paradis peut attendre, nous ne faisons que regarder le ciel, / Espérant le meilleur mais nous attendant au pire, / Allez-vous larguer la bombe ou non ?... »

Sophie se pencha en avant, ses boucles vinrent chatouiller le poignet d'Ambre.

« C'est quoi ? demanda-t-elle en attrapant les breloques.

– Ce sont des grelots.

– Oh. C'est comme des cloches ?

– Oui c'est ça.

– Mais ils font pas de bruit ?

– Non.

– C'est qui qui t'a offert les cloches ?

– Marc. C'était mon cadeau d'anniversaire.

– Ah. »

Sophie replaça ses boucles derrière ses oreilles et repartit en courant vers ses copines.

« Tiens », dit Anton.

Il tendit sa cigarette à Ambre et elle la prit, plus pour lui faire plaisir que par réelle envie. Elle tira une bouffée, puis une seconde, étendant ses jambes devant elle.

« Qu'est-ce que t'as voulu dire cet après-midi, quand tu as dit que tu te faisais une joie de me retrouver ? »

Anton reprit sa cigarette et en aspira une longue bouffée avant de répondre :

« Après que tu m'as poussé dans le vide ?

– Oui. »

Il haussa les épaules. Elle le relança :

« Et ce soir, quand tu as dit que tu m'attendais depuis longtemps ? »

Il écrasa sa cigarette contre une marche en pierre, sortit son briquet de sa poche et se mit à jouer avec, faisant jaillir une flamme qu'il écrasait de ses doigts.

« Bah, finit-il par répondre, tu vois bien.

– Non.

– Si, tu vois bien. T'as dit que j'étais qu'un légume et que je te faisais simplement un peu pitié, rien d'autre…

– Je le pensais pas.

– Je sais que tu le pensais pas. Pas toi. Mais les autres oui. Même s'ils ne le disent pas.

– T'exagères…

– Non. C'est bien vrai. Plus personne n'ose me malmener. Je peux être affreux, insultant, ignoble… aucune réaction. Je ne suis plus qu'un handicapé, tu vois. On me préserve. On ne me traite même plus comme une personne à part entière. »

Il laissa jaillir une flamme plus longtemps et s'amusa quelques secondes à la passer sous la paume de sa main.

« Toi, je savais que tu m'épargnerais pas. Pas après ce qui nous était arrivé… le départ de Tim de Frontignan, son installation à Paris… Je savais que tu me préserverais pas. Je t'en avais trop fait baver. Alors quand Rosalie m'a dit que tu viendrais ici… »

Il eut un petit sourire, presque involontaire. La flamme vacilla et il l'écrasa contre sa paume.

« J'étais presque content, tu vois. J'avais hâte de voir ce que t'avais dans le ventre.

– Et je t'ai pas déçu ?

– Non. Tu m'as même giflé. J'aurais jamais pensé que tu en viendrais aux mains ! »

Ils se sourirent.

« Et surtout tu me regardes pas comme eux. Tu me vois comme je suis. Une pourriture. »

Elle resta songeuse quelques instants. La flamme éclairait par intermittence le visage d'Anton et elle le trouva plus beau que jamais, avec ses pommettes saillantes et ses yeux creusés.

« T'es pas une pourriture, Anton… ni un légume… t'es un dieu grec. »

Il la dévisagea, légèrement moqueur.

« Tu te fous de moi ?

– Pas du tout. D'ailleurs, je dois te l'avouer, je t'ai toujours vu comme ça… comme un dieu grec.

– T'as jamais été très saine d'esprit.

– Je te l'accorde.

– Je te faisais fantasmer ?

– Non, pas vraiment, mais disons que… je t'admirais. Tu m'impressionnais.

– C'est plus le cas ?

– Si, justement. C'est pour ça que je te dis que tu n'es ni une pourriture ni un légume. Pour moi tu es un dieu grec. C'est toujours comme ça que je te vois. »

Il réfléchit quelques secondes.

« Parce que j'ai Tim ?

– Non. Parce que… parce que t'as une force… et je te parle pas de force physique… t'as une force intérieure. »

Il l'observa avec scepticisme, sans rien trouver à répliquer.

Durant quelques instants, il continua de jouer avec la flamme de son briquet. Il ne semblait pas ressentir la douleur.

« Alors, si je comprends bien, tu ne me détestes pas ? reprit Ambre. Tu étais simplement odieux avec moi pour me faire réagir ?

– Je t'ai beaucoup détestée, je te l'ai dit, mais c'est fini depuis longtemps… Et tu sais pourquoi ? Parce que je n'ai plus de raisons de t'en vouloir par rapport à Tim : ça fait plusieurs années que c'est fini entre lui et moi. Il n'y a plus rien. »

Elle se redressa vivement.

« Que… comment ça ? »

Il la regarda comme si elle était une enfant naïve, avec une légère condescendance mêlée de pitié.

« Je t'en prie. Tu devais bien t'en douter. On ne survit pas à ça.

– On ne survit pas à quoi ?

– Je suis son patient, il est mon médecin. On ne se voit plus autrement. On est bloqués dans ce schéma.

– Mais… »

Il rangea son briquet dans sa poche, comme si en mettant fin à son petit jeu il signifiait que la discussion en resterait là. Et elle n'insista pas.

Elle se sentait le cœur lourd. Elle songeait : *À quoi ça a servi tout ça ? Pourquoi on s'est fait du mal comme ça ? On a tout détruit.* Si au moins elle avait pu se dire que tout n'avait pas été vain… Si au moins elle avait pu croire que le départ de Tim avait permis de reconstruire quelque chose entre Anton et lui…

Mais tout était usé, tout était noir, tout était éteint à force de vivre et de souffrir comme ça. *On ne reconstruit pas artificiellement quelque chose.* Tim était revenu auprès d'Anton et malgré toute sa bonne volonté leur relation était morte. Anton invoquait l'hospitalisation, la rééducation… Ça les avait enfermés dans des rôles. Mais si c'était autre chose ? Si on ne pouvait simplement pas se contenter de vouloir ? *L'amour ça vous tombe dessus, ça vous transperce, ça vous terrasse, ça remet tout en question, ça détruit tous vos équilibres. Mais ça ne se décide pas. C'est toujours plus ou moins un accident. Pas un choix. On ne peut pas simplement le vouloir. Même très fort. Ça ne prend pas…*

D'ailleurs, moi aussi j'ai voulu très fort. Mais est-ce que j'ai réussi mieux qu'eux ?

Elle tentait de rejeter ces pensées, ces affreuses pensées qui lui barbouillaient l'âme.

« Alors, on sort ? » demanda soudain Anton.

Ils s'étaient tous regroupés, prêts à reprendre le chemin de l'appartement de Rosalie et Gabriel. Sylvie et Michel avaient disparu, Maxence dans les bras. La foule s'était dispersée sur le parvis de l'église.

« Oui, on sort », répondit Ambre.

Elle n'en avait plus envie à présent mais cela faisait bien longtemps qu'elle ne faisait plus ce dont elle avait envie.

« On vous laisse ici alors ? demanda Rosalie.

– Oui.

– Tenez, voilà un jeu de clés. Amusez-vous bien. À demain. »

Tandis que le petit groupe s'enfonçait dans l'obscurité des ruelles, Anton se tourna vers Ambre. Il semblait épuisé, tassé au fond de son fauteuil. Il n'avait sans doute pas plus envie qu'elle d'aller au Monkey Club. Pourtant il lança, décidé :

« On y va ? »

La foule était dense à l'intérieur. Comme tous les soirs sans doute. Le fauteuil avait été replié dans l'entrée. Ambre soutenait Anton et jouait des coudes pour leur frayer un passage. Ils se laissèrent tomber sur des tabourets hauts près du bar et commandèrent des boissons.

Ils se mirent à boire en silence. Ils avaient tous les deux une mine défaite. *Qu'est-ce qu'on fout là ?*

Anton ne pouvait plus danser maintenant. Mais de toute façon, il n'avait jamais vraiment aimé ça. Elle ne se rappelait pas l'avoir déjà vu sur la piste. Elle se le rappelait en haut, sur la mezzanine, accoudé à la rambarde, les regardant se déchaîner, Tim et elle. Ou assis à une table avec ses amis. Il aimait être entouré.

« Tu vois le type là-bas ? lança-t-il en se penchant vers elle. Regarde discrètement, je t'en supplie. »

Il lui désignait un homme d'une trentaine d'années, brun, des yeux noirs. Un homme dans le genre d'Andréa, plutôt beau, plutôt bien bâti.

« Ouais, dit-elle. Tu le connais ?

– Non. Mais il me regarde avec insistance depuis tout à l'heure.

– Ah ?

– Il attend que tu te lèves pour venir me parler. »

Elle fronça les sourcils.

« Tu me demandes de partir ?

– Juste de me laisser quelques minutes. »

Il prit un air suppliant, répéta :

« Juste quelques minutes. »

Elle jeta un regard discret à l'homme. Anton avait raison. Il ne cessait de les observer.

« Et Tim ? »

Il lui lança un regard désabusé qui signifiait : *Je t'en prie, t'es pas idiote, on est plus des gosses, la vie est dégueulasse mais c'est comme ça.*

« Qu'est-ce que tu comptes faire avec ce type ? »

Il secoua la tête avec impatience.

« Ça fait des années que ça m'est plus arrivé. Que j'ai plus mis les pieds dans un bar. Qu'on m'a plus regardé comme un mec.

– Et Tim ? insista-t-elle, le ton dur.

– Ambre, ça fait des années qu'on m'a plus dragué ou payé un verre. Rien que pour cinq minutes en face de ce type, avec ce regard… je donnerais tout ! »

Elle resta agrippée à son verre, contrariée. Tout en songeant qu'après tout Anton était adulte et qu'elle n'avait aucune leçon à lui donner.

« Et si Tim me pose des questions ? Je lui dirai quoi ? Je suis censée lui mentir ? »

Anton secoua la tête.

« Il te demandera rien. »

Elle hésita encore un moment, remuant nerveusement les glaçons au fond de son verre. Puis elle se leva.

« Ok, je rentre. Tu n'auras qu'à m'appeler quand tu voudras, je viendrai te chercher en voiture. D'accord ? »

Il acquiesça. Il retint sa main quelques instants. Juste le temps de lui glisser à l'oreille :

« Merci. T'as vraiment assuré aujourd'hui. »

En traversant la salle, elle avait le cœur lourd, un goût amer dans la bouche. Elle vit l'homme rejoindre Anton et prendre place sur le tabouret qu'elle venait de libérer. Penchés l'un vers l'autre à se toucher, ils commencèrent à discuter. L'homme souriait beaucoup. Anton souriait peu mais ses yeux brillaient.

Elle attendit encore un peu, qu'Anton hèle le barman, que deux verres soient déposés devant eux, qu'ils trinquent. Puis elle se dirigea vers la sortie. Elle ne voulait pas savoir ce qui se passerait ensuite. Pas penser à Tim qui était en ce moment à Amiens. Pas voir à quel point tout ce gâchis avait été inutile. Tim seul ce soir. Elle seule ce soir. Anton seul aussi, qui essayait de se reconstruire une image dans les yeux de cet inconnu.

9

Anton n'appela pas.

Le lendemain matin, il était là, à l'appartement. Ambre se demanda s'il avait passé la nuit avec le type du bar et s'était fait ramener ou s'il était rentré par ses propres moyens, après quelques verres, poussant difficilement son fauteuil dans la neige. Ce dont elle était sûre, c'était qu'ils n'en parleraient ni l'un ni l'autre et s'empresseraient d'oublier cet épisode, pour Tim.

Elle songea que Tim n'aurait jamais fait une chose pareille, lui. Il était trop droit, trop honnête. Il prenait une décision, aussi difficile qu'elle soit, et il s'y tenait. Même si pour cela il devait se sacrifier, sacrifier sa jeunesse, son propre bonheur.

Emma avait dit un jour qu'elle était comme lui, se rappela Ambre.

Paradoxalement, après avoir changé de numéro de téléphone et coupé tous les ponts qui auraient pu la mener à Tim, à Rosalie ou à Gabriel, elle avait continué à correspondre pendant quelque temps avec Emma par mail. Parce qu'elle avait été témoin de leur bonheur à Frontignan. Parce que si un jour Tim devait l'oublier, si elle-même parvenait à l'oublier à force d'efforts, au moins il resterait Emma pour témoigner de leur histoire. Elles avaient échangé de nombreux mails, dans lesquels Ambre s'inventait une vie heureuse et quelques rencontres éphémères avec des hommes. En vain. Emma lisait entre les lignes et commençait toujours ses messages par : *Très chère Ambre, je vais faire semblant de te croire…*

Emma n'avait jamais revu Tim. Quand il était rentré à

Frontignan et avait trouvé l'appartement vide, il était reparti à Paris aussi vite. Il n'était passé voir aucun de leurs amis. Pas même Emma. *J'aurais pu lui expliquer. J'aurais pu le faire changer d'avis, l'obliger à réfléchir,* avait-elle dit dans un de ses messages. Mais il n'avait pas voulu se laisser une seule chance de changer d'avis, tout comme Ambre lorsqu'elle avait résilié sa ligne téléphonique.

Une autre fois, Emma demandait : *Tu ne reviendras jamais en arrière ? Même si tu souffres le martyre ? Tu n'essaieras jamais ? Plus jamais ?* Ambre avait répondu qu'elle ne souffrait pas le martyre, qu'elle était très heureuse à Lyon et que non, jamais, plus jamais elle ne reviendrait en arrière. *C'est ça votre problème,* avait écrit Emma en retour. *Vous êtes pareils. Vous prenez une décision et elle est irréversible. Même si elle vous fait souffrir, vous vous y tenez. Vous devez aimer mener des vies de héros tragiques.*

Des héros tragiques…, songea-t-elle en avalant ses céréales. *Tu parles… Des héros de vies ordinaires, plutôt. De vies mornes. Non ! Même pas des héros. Des figurants.*

Car les héros agissaient, changeaient le cours de l'histoire. Mais Tim comme elle se contentaient de passer en se faisant oublier, chacun dans leur existence sans saveur.

C'est pas vrai ! Pourquoi je suis d'une humeur aussi merdique aujourd'hui ?

La réponse, elle l'avait sous les yeux : Anton se trouvait en face d'elle, mangeant bruyamment ses céréales, le visage étrangement détendu.

Je suis sûre qu'ils ont passé la nuit ensemble.

Il avait l'air heureux et c'était insoutenable.

Pour échapper à sa présence, elle se proposa d'assurer la corvée courses. Cécile se porta très vite volontaire pour l'accompagner, comme si elle aussi voulait fuir quelqu'un ou quelque chose. À leur grande surprise, Sophie planta d'autorité sa main dans celle d'Ambre et déclara :

« Moi aussi je fais les courses. »

Ce matin elle avait demandé à Ambre de lui faire sa tresse puis de choisir le collier qu'elle porterait pour la journée. Manifestement, elle l'avait adoptée.

Elles se retrouvèrent donc toutes les trois dans la voiture de Rosalie, Ambre au volant, Cécile à côté, serrant contre elle son sac à main, et Sophie à l'arrière.

« Ça va, Cécile ? demanda Ambre tandis qu'elle mettait le moteur en marche.

– Oui. Ça va.

– T'avais l'air pressée de quitter l'appartement. »

Cécile rougit légèrement.

« C'est que… je suis pas très à l'aise à l'idée de rester chez eux aussi longtemps… j'ai peur de déranger.

– Faut pas. Moi aussi j'avais peur de déranger, mais Rosalie est vraiment contente qu'on soit tous là.

– Oui… enfin… c'est différent pour toi.

– Pourquoi ça ?

– T'es son amie. Moi je suis juste… »

Elle jeta un regard à Sophie, dans le rétroviseur. La petite fille était occupée à feuilleter un magazine de mode trouvé sur la banquette.

« Je suis l'ex de son mari, tu comprends ?

– Ouais, je vois… Mais faut pas t'en faire… on est tous dans des situations un peu gênantes. Moi aussi.

– Il m'a semblé comprendre mais… je suis pas sûre d'avoir saisi tout ce qu'il y a entre vous… »

Ambre jeta à son tour un regard dans le rétroviseur. Sophie était absorbée dans sa lecture.

« Il y a cinq ans, j'ai connu Tim, Anton et Rosalie, ça tu le sais.

– Oui.

– Tim et Anton étaient déjà en couple. Anton était vice-champion de ski alpin. C'était… c'est un beau garçon, mais imagine-le à l'époque. C'était le plus beau mec d'Arvieux. Et c'était Tim qui l'avait. Moi j'étais l'amie de Tim et il m'emmenait partout avec eux. Bref, on était toujours fourrés ensemble et les choses ont commencé à devenir… étranges.

– C'est-à-dire ?

– Ambiguës.

– Ah.

– Alors Anton a fini par demander à Tim de choisir entre lui et moi. Je te la fais courte. Tim l'a choisi puis les choses se sont envenimées entre eux car Tim se montrait détestable. Anton l'a laissé partir. Tim est revenu vers moi et… on a fini par emménager ensemble, dans le Sud, dans l'appartement qu'ils avaient choisi tous les deux. Et puis… »

Elle jeta un nouveau coup d'œil à Sophie, qui déchirait des pages avec concentration.

« Et puis Anton a eu son accident. Tim… eh bien… Tim s'est senti responsable ou… ou il a compris qu'il ne pouvait pas le laisser dans cette galère ou… je ne sais pas trop… Les sentiments, tout ça, ça ne s'explique pas. Quoi qu'il en soit, il a renoué avec Anton et je l'ai jamais revu avant aujourd'hui. »

Pendant un instant on n'entendit plus que le frottement des essuie-glaces – il s'était mis à neiger – et le bruit du papier que Sophie déchirait.

« Voilà, tu comprends maintenant le pourquoi de ces tensions avec Anton et… et le pourquoi de la dispute avec Marc.

– Il ne savait rien de cette histoire ?

– Non… Il l'a apprise par hasard et… et il prétend que j'ai encore des choses à régler avec tout ça… Quoi qu'il en soit, pour ce qui te concerne, ne te fais pas de souci : Rosalie est adorable, elle te gardera ici autant que tu voudras, autant que tu en auras besoin. Et si jamais tu veux changer d'air, tu pourras toujours passer quelque temps à Lyon, chez Marc et moi. On t'accueillera volontiers.

– Non. C'est gentil mais je ne pourrai jamais accepter. J'aurais trop peur de vous déranger.

– C'est Marc qui me l'a proposé. »

Cécile se tourna vers elle.

« C'est vrai ? demanda-t-elle.

– Bien sûr c'est vrai.

Ambre songea qu'elle avait eu raison de parler de Marc : il semblait avoir sur Cécile une influence plus grande que tous les autres.

« C'est quelqu'un de bien, tu sais », lâcha alors Cécile.

Ambre se sentit légèrement irritée par cette remarque, sans trop comprendre pourquoi.

« Oui je sais.

– Vraiment. »

Cette fois-ci elle ne put retenir un tic d'agacement et elle sentit Cécile se ratatiner dans son fauteuil. C'était quoi au juste ? Une façon de lui signifier qu'elle n'avait aucune idée de la valeur d'un homme comme lui ? Une façon de lui faire comprendre qu'elle n'en était pas digne ? Qu'elle perdait son temps ici alors que Marc l'attendait patiemment à Lyon ?

Non, ça c'est ta mauvaise conscience qui parle. Cécile te fait juste un compliment sur ton petit ami.

Elle était de nouveau d'une humeur de chien. Il fallait absolument qu'elle se calme. Oui mais c'était la deuxième fois que Cécile la faisait se sentir si coupable. « Il peut pas vivre sans toi… Mais toi si », lui avait-elle affirmé quelques jours plus tôt.

« On a des façons différentes d'aimer, voilà tout », lâcha Ambre avec raideur.

Cécile s'enfonça encore plus profondément dans son fauteuil.

« Je disais juste que t'avais de la chance de l'avoir », murmura-t-elle d'une voix à peine audible.

Regrettant de l'avoir brusquée, Ambre lui adressa un sourire forcé.

« Désolée, j'ai peu dormi, je suis sur les nerfs. »

Une fois au supermarché, elles se répartirent les achats. Ambre envoya Sophie avec Cécile pour avoir quelques secondes de répit, seule avec elle-même. Au rayon surgelés, fouillant nerveusement parmi les sachets de haricots verts et ceux d'épinards, elle essayait de se rappeler le moment où elle avait senti que Marc était celui qu'il lui fallait. Ce moment qu'on retrouvait dans toutes les relations. Ce moment où l'on se sentait exactement à l'endroit où l'on devait être. *On ne reste pas avec quelqu'un pendant deux ans si on n'a pas ressenti ce moment-là au moins une fois, non ?* Mais plus elle cherchait, moins elle trouvait.

Elle avait toujours pensé que Marc était quelqu'un de bien, qu'elle n'aurait voulu avoir personne d'autre que lui pour partager sa vie, parce qu'il lui offrait exactement ce qu'elle attendait : la sécurité et la sérénité. Mais elle ne parvenait pas à mettre la main sur ce moment précis où elle s'était sentie comblée. Pas seulement apaisée, pas seulement en sécurité. Comblée, emplie, amoureuse.

Peut-être la fois de la secousse sismique ? Mais si elle voulait être totalement honnête avec elle-même, elle devait reconnaître que Marc n'y était pour rien, que ses années de solitude étaient les seules responsables de ce séisme intérieur.

Pas de souvenirs de vrai bonheur, simplement de moments agréables. *Bon sang, il doit quand même bien y en avoir eu de ces instants qui sonnent comme une révélation ? Comme une certitude ?*

« Ambre ! »

Sophie était de retour, un paquet de céréales entre les mains.

« Pose-le dans le caddie, Sophinette. »

Sophie obéit puis elle escalada le caddie et resta en équilibre précaire, suivant Ambre des yeux, d'un bac réfrigéré à l'autre. Elle ne parvenait plus à penser maintenant que Sophie était là. Sophie qui fixait son bracelet avec les grelots.

L'anniversaire ! C'était un moment mémorable, non ? Cet anniversaire qu'ils avaient fêté tous les deux en dînant sur la table basse du salon, assis en tailleur à même le sol. Marc avait débouché une bouteille de vin. C'était lui qui avait cuisiné. Elle ne parvenait pas à se rappeler ce qu'ils avaient mangé ce soir-là. Ce n'était pourtant pas si vieux… Après le dessert il lui avait tendu son cadeau et elle l'avait saisi sans empressement parce qu'elle savait exactement ce qu'il contenait. C'était elle qui lui avait demandé ce bracelet. Elle l'avait déballé, un sourire aux lèvres, mais sans l'excitation qu'on éprouve face à une vraie surprise. Elle avait détaché le bracelet de la boîte dorée et Marc le lui avait accroché. Elle l'avait admiré à son poignet, puis elle avait embrassé Marc. Sans euphorie. Sans sourire émerveillé de petite fille.

Voilà, la vie avec Marc était semblable à ce cadeau. Sans surprise. Sans excitation. Sans euphorie. Il était toujours égal à lui-même. Même au lit. C'était une vie paisible, agréable et douce. Mais c'était… Quel mot avait employé Tim déjà pour parler de Marc ? Plat. C'était tout à fait ça.

Elle déposa un sachet de haricots surgelés dans le caddie, convaincue d'une chose désormais : elle n'en trouverait aucun, de ces moments de certitude et de révélation, de ces moments forts, d'évidence.

« J'aime pas ça, c'est pas bon ! lança Sophie en lorgnant le sachet de haricots.

– C'est dommage, répliqua Ambre. C'est moi qui cuisine maintenant, jusqu'à mon départ. Et j'adore ça, les haricots. »

Sophie la sonda avec méfiance.

« Si, je t'assure. J'en cuisine en entrée : salade de haricots. Et en plat chaud : gratin de haricots avec steak haché de haricots. Et le dessert, alors là c'est ma spécialité : flan de haricots avec son coulis de haricots accompagné d'un biscuit croquant aux haricots ! D'ailleurs, tu n'as pas trouvé les céréales aux haricots pour ton petit déjeuner ? Avec du lait et du miel, c'est excellent ! »

Sophie sauta du caddie et tapa du pied.

« Tu dis n'importe quoi !

– Évidemment que je dis n'importe quoi ! »

Le visage grognon de Sophie se fendit d'un sourire magique, qui fit pétiller ses yeux.

« T'es bête ! » rigola-t-elle.

Ambre le reconnut, ce sourire magique, ce fameux sourire de

petite fille. Et elle comprit : il n'y avait que Tim qui avait réussi à le susciter chez elle.

Parce que lui était un cadeau surprise. Un véritable cadeau surprise. Un de ceux qui partent sans dire au revoir, qui attendent inlassablement de vous voir pleurer, qui vous font sursauter dès qu'ils approchent, qui vous regardent vomir en vous tendant des mouchoirs, qui vous répètent que vous êtes pathétique mais qui vous apportent un verre d'eau et de quoi soulager votre migraine. Un cadeau surprise qu'on ouvre avec excitation et empressement. Celui qu'on espère tous recevoir.

« Pourquoi tu as laissé Cécile toute seule, Sophinette ?

– Parce qu'elle est pas marrante. »

Ambre s'assura que Cécile n'était pas dans les parages puis elle baissa la voix :

« Il faut pas dire ça, Sophinette. Pas devant elle, d'accord ?

– Pourquoi ?

– Ça ne lui ferait pas vraiment plaisir. »

Sophie haussa les épaules. Elle s'était approchée du bac contenant les glaces et son regard vagabondait des boîtes d'esquimaux aux cônes chocolat-vanille.

« Et puis ce n'est pas vrai. Cécile est très gentille. Je suis sûre qu'elle peut être marrante.

– Mais elle rigole jamais. Et elle fait pas de blagues.

– Ça c'est parce qu'il lui est arrivé des malheurs. »

Sophie releva la tête.

« Des malheurs comment ?

– Des choses tristes. Des choses douloureuses.

– Comme des gros mots et des coups de pied ?

– Oui. Exactement comme ça. »

Le visage de la fillette devint grave.

« Mais tu sais, elle va rigoler de nouveau, ajouta Ambre.

– Quand ?

– Bientôt. Cet après-midi peut-être.

– Comment tu sais ?

– Ben je pense que si on est gentilles et amusantes, peut-être qu'on y arrivera, à la faire rire. »

Sophie semblait réfléchir activement.

« D'ailleurs, à partir de maintenant, ça peut être notre mission, déclara Ambre.

– Secrète ?

– Oui. Ultrasecrète. »

Sophie se pencha vers elle avec une mine concentrée.

« Notre mission, ce sera de la faire sourire. Chaque fois qu'on y arrivera, on mettra une croix sur une feuille et à la fin on comptera les points. Et la gagnante aura droit à… quelle est ta glace préférée, Sophinette ?

– Les cônes au chocolat.

– Alors la gagnante aura droit aux cônes au chocolat. »

Sophie hocha la tête avec sérieux.

« Comment on fait pour qu'elle rigole ?

– Je ne sais pas. On peut commencer par ne pas la laisser toute seule dans le magasin par exemple. On peut lui chanter des chansons ou lui faire des sourires tout simplement. »

Sophie ne semblait pas vraiment convaincue. Ambre s'accroupit devant elle.

« On peut lui prêter nos jouets, lui raconter nos secrets, lui demander son avis sur les colliers qu'on veut porter…

– Pourquoi ?

– Pour qu'elle se sente importante. »

Peut-être qu'ainsi elle ne retournera pas auprès de son mari. Peut-être qu'elle refusera la tutelle. Ça, elle ne pouvait l'expliquer à Sophie.

La petite fille sembla vouloir ajouter quelque chose mais elle n'en eut pas le temps car Cécile revenait les bras chargés et Ambre se précipita pour l'aider.

Afin d'accélérer le mouvement, elle proposa à Sophie et Cécile un jeu de piste : chacune se voyait attribuer trois éléments de la liste de courses et la première qui revenait au caddie avec les trois ingrédients avait gagné. Sophie perdait à chaque fois et elle décida d'abandonner avec un air boudeur, les bras croisés sur sa poitrine.

« C'est trop dur. »

Ambre se pencha à son oreille.

« Peut-être mais regarde… je l'ai fait rigoler. »

Sophie fronça les sourcils, ne comprenant pas tout de suite à quoi Ambre faisait référence.

« Le cône au chocolat sera pour moi », ajouta-t-elle.

Et Sophie sourit de son sourire magique de petite fille en levant le pouce : *Un point.* Ambre lui chuchota :

« Essaie de me rattraper ! »

Sa mauvaise humeur s'était envolée. Ambre conserva son entrain et sa légèreté sur le trajet du retour, poussant la musique un peu trop fort dans la voiture.

Elles déchargèrent les courses toutes les trois et, une fois à l'appartement, Rosalie les aida à les ranger. Elles préparèrent le repas dans une ambiance détendue mais au moment de passer à table, quand Ambre vit Anton avec son visage heureux, elle se referma immédiatement.

Après le repas, Rosalie proposa de faire une promenade pour profiter du soleil. Emmitouflés dans leurs manteaux, ils parcoururent Arvieux, Anton dans son fauteuil poussé par Gabriel à l'avant, les filles et les enfants à l'arrière. Rosalie entreprit d'expliquer la vie du village à Cécile mais Ambre remarqua qu'elle paraissait ailleurs.

Ils regagnèrent l'appartement alors que le jour tombait et les enfants se jetèrent sur un paquet de petits-beurres dans la cuisine pendant que Rosalie préparait le thé.

« Ambre ? »

Silence. La voix d'Anton s'éleva de nouveau depuis la salle de bains.

« Ambre ! »

Elle s'était obstinée à l'éviter tout l'après-midi, pour ne pas avoir à penser à la soirée de la veille au Monkey Club, à sa trahison. Mais maintenant qu'il l'appelait, comment se dérober ?

« Ouais, j'arrive. »

Elle quitta la cuisine à contrecœur et traîna les pieds jusqu'à la salle de bains.

« Je suis là. Qu'est-ce que tu veux ? »

La porte était fermée. Elle entendit Anton se déplacer, de l'autre côté, puis lui ouvrir. Elle ne put masquer sa surprise ni sa gêne en le découvrant presque nu face à elle.

« Qu'est-ce que tu fais ? »

Il la força à entrer et referma la porte brusquement. Il ne portait qu'un boxer et une chaussette au pied gauche. Il n'avait pas lâché une de ses béquilles sur laquelle il prenait appui, une grimace de douleur sur le visage.

« Qu'est-ce que tu fais ? répéta-t-elle, de plus en plus mal à l'aise.

– J'ai besoin de mon assistante. »

Elle resta en retrait, contre la porte, essayant de ne pas regarder son corps presque nu.

« T'as pas rempli ton job aujourd'hui », ajouta-t-il.

Elle haussa les épaules.

« Quoi ? Tu m'en veux pour hier soir ?

– Non. Je ne veux même pas qu'on en reparle.

– D'accord. Alors aide-moi. »

Il s'assit sur le rebord de la baignoire. Dans le miroir au-dessus du lavabo, elle aperçut son dos – son dos auparavant si musclé, si fort, si rassurant – balafré. Une large cicatrice s'étendait sur au moins dix centimètres le long de la colonne vertébrale. Et il y en avait d'autres, sur tout le corps. Certaines blanchâtres, d'autres encore rouges.

Auparavant il avait la peau hâlée. Les années en centre de rééducation, sans voir la lumière du jour, l'avaient rendue pâle, maladive. Ses muscles avaient fondu. Pour autant il gardait un corps tout à fait admirable, mais le contraste avec le Anton d'avant était sidérant. Cinq ans auparavant, en voyant sur la plage son corps de dieu grec, elle avait songé que même de dos il était beau. Et que ses cicatrices – sur son épaule et son genou – le rendaient encore plus impressionnant. Aujourd'hui il en avait trop. Et il n'avait plus rien d'un athlète.

Elle restait figée. Lui attendait. Il voyait qu'elle le sondait, qu'elle parcourait chaque centimètre carré de sa peau.

« Vas-y. Admire le spectacle, lâcha-t-il d'une voix traînante, légèrement amère.

– Non je... qu'est-ce que tu attends de moi ? Qu'est-ce que tu veux que je fasse ? »

Il ignora totalement sa demande.

« J'ai bien récupéré, tu sais. J'ai repris du poids. Dix kilos. J'ai plus d'escarres. Mes cicatrices sont presque blanches, on ne les voit plus autant et je suis redevenu continent. »

Il avait un regard étrange. Elle ne comprenait pas où il voulait en venir.

« Au début, reprit-il, pendant plus d'un an, j'étais incapable de me changer, de me laver. »

Elle resta muette, la gorge nouée, pendant qu'il poursuivait :

« J'avais des infirmières pour le faire mais elles n'étaient pas toujours là et puis... Tim tenait à s'en charger lui-même... pour me prouver qu'il était pas revenu pour rien, qu'il avait encore de nobles sentiments. »

Il eut un rire grinçant.

« Alors il est allé jusqu'à essuyer ma merde et il comprenait pas que c'était *ça* justement qui me donnait envie de le voir disparaître. Que je lui en étais pas reconnaissant. Au contraire. Je le haïssais. Je le haïssais de tenir absolument à me voir dans cet état... Et ça, il voulait pas l'entendre. Il était là, il s'obstinait à me lever, à me laver, à m'essuyer, à m'habiller. Y avait rien à faire. Je lui hurlais de partir. Je l'insultais. Je l'ai même frappé une fois ou deux, je l'avoue. Il a jamais rien laissé paraître.

– Pourquoi tu me dis ça ? réussit-elle à articuler, toujours figée contre la porte.

– Je sais pas trop… En attendant, j'ai besoin de toi. »

Il attrapa le pommeau de douche.

« Je veux me doucher mais j'ai plus la force de me déshabiller…

– Anton ! répliqua-t-elle, les dents serrées. À quoi tu joues ?

– Et j'arrive pas non plus à grimper dans la baignoire.

– Tu te moques de moi ? »

Il n'affichait pourtant aucun air amusé, pas plus que blessé ou implorant. Son visage n'était qu'une façade neutre.

« Tu sais, ce que tu as devant toi, c'est la plus belle version de moi de ces quatre dernières années.

– Je m'en fiche ! Il est hors de question que je te touche.

– Je te dégoûte ? »

Elle s'approcha de lui, en colère.

« Tu joues à quoi ?

– Je joue à rien.

– Si, tu joues ! En permanence ! Déjà hier avec la luge. Qu'est-ce que tu cherches ?

– Je te demande juste ton aide.

– Non ! Non, tu ne me demandes pas mon aide ! Tu essaies d'obtenir quelque chose de moi et je ne sais pas quoi ! »

Il était toujours assis sur le rebord de la baignoire, impassible, à moitié nu. Il ne cherchait même pas à se défendre. Et elle, debout, en colère, continuait de vitupérer :

« Tu veux quoi ? Me montrer à quel point tu as souffert ? À quel point Tim a souffert ? À quel point ça a tout bousillé entre vous ? Tu essaies de justifier ton comportement d'hier soir, c'est ça ?

– Tiens, je croyais que tu ne voulais pas en parler…

– Tu me demandes de te déshabiller et de regarder tes cicatrices pour excuser ton comportement d'hier avec ce type ?

– Il n'y a rien à justifier, Ambre, répondit-il calmement.

– Tu espères que je te pardonne alors ?

– Il n'y a rien à pardonner non plus.

– Je vois que tu t'arranges avec ta propre conscience…

– Ambre, t'as vraiment cru que j'étais reparti avec ce type… en fauteuil roulant ? »

Soudain elle prit conscience de la réalité de sa situation et comprit combien ses soupçons envers lui étaient ridicules.

« Je ne me suis même pas levé du tabouret. Je suis resté assis. Je l'ai laissé partir et j'ai attendu que le Monkey Club se vide totalement… Ensuite, j'ai demandé au barman d'aller chercher mon fauteuil. »

Il eut un sourire amer.

« Nettement moins excitant, hein ? »

Elle déglutit et lâcha d'une voix étranglée :

« Pourquoi tu m'as pas appelée ?

– Je voulais me débrouiller tout seul.

– T'as dû mettre des heures à rentrer.

– Le barman a eu pitié. Il m'a ramené. »

Le silence retomba dans la salle de bains. Anton ne bougeait pas, il avait reposé le pommeau dans la baignoire. Il ne voulait pas vraiment qu'elle le lave. Visiblement c'était juste un prétexte.

« Pourquoi tu fais ça alors ? reprit-elle, sur la défensive.

– T'imposer le spectacle de mon corps ?

– Oui. Et me raconter tout ça sur Tim et toi… »

Il haussa les épaules avec une certaine lassitude.

« Pour te montrer qu'il ne peut plus rien exister entre lui et moi. Pour que tu en sois bien consciente. Ça te facilite la tâche, non ? »

Elle recula légèrement. *Je ne suis plus ton rival. Je vous rends votre liberté*, voilà ce qu'il voulait lui signifier. La gorge nouée, elle chevrota :

« Non… au contraire, Anton. »

Il la fixa avec intensité et perplexité, attendant qu'elle s'explique.

C'est trop tard ! avait-elle envie de crier. Au lieu de quoi elle lâcha d'une voix blanche :

« Non. T'es en train de tout faire exploser.

– Quoi ?

– Tout. »

Marc. Sa vie à Lyon. Ce qu'elle croyait savoir…

Il tendit le bras comme pour lui dire : *Attends* car elle avait posé une main sur la poignée de la porte.

« T'as pas besoin de moi pour te laver, dit-elle. Je serai à la cuisine. »

Au moment où elle allait sortir, elle s'arrêta, se retourna vers lui.

« Ça te dirait de conduire ce soir ? »

Il la regarda comme si elle avait perdu la raison.

« Hein ?

– T'as jamais pu reconduire, non ?

– Euh… non.

– Eh bien, je t'emmène conduire ce soir. »

Il ne réagissait toujours pas. Elle ajouta :

« C'est mieux que t'aider à te laver, non ? »

Alors il esquissa un sourire. Un sourire magique. Un sourire de petit garçon. Et elle comprit qu'elle venait de faire exactement ce qui s'imposait. Sans en avoir vraiment conscience. Sans qu'Anton lui-même en ait conscience. Et elle songea que si Sophie avait été là, elle aurait pu lever deux doigts : *Deux points.* Sauf que ce point-là, il valait de l'or.

Ils étaient sur un parking désert, à une dizaine de kilomètres d'Arvieux, le moteur éteint. À Rosalie et Gabriel, ils avaient dit qu'ils allaient boire un verre au Monkey Club.

« Encore ? » s'était étonnée Rosalie.

Ils avaient juste souri et ils avaient quitté l'appartement. Ambre avait déclaré qu'ils commenceraient sur un parking mais Anton, impatient, avait pris la route dans un crissement de pneus.

« T'es cinglé ! » avait-elle crié en s'agrippant à la poignée.

Il avait accéléré, faisant grimper l'aiguille sur le compteur, jusqu'à ce qu'elle lui ordonne de s'arrêter. Il s'était contenté de ralentir.

« Et si tes jambes ne répondent plus ? avait-elle demandé, blanche.

– Je pensais que tu me faisais confiance.

– C'est pas une réponse ça, Anton.

– Ça va, je suis à soixante-dix… »

Ils avaient roulé pendant près d'une heure sans destination précise. Elle avait gardé la main au-dessus du frein à main, par sécurité, et même si ça l'avait fait tiquer, il n'avait rien dit. Puis il avait lâché :

« Je fatigue. »

Et ils s'étaient arrêtés sur ce parking désert, plongé dans l'obscurité. Anton avait ouvert la fenêtre et allumé une cigarette. La radio grésillait.

« T'écoutes toujours les Beatles ? »

Cela fit sourire Anton et il la regarda avec un semblant de tendresse.

« Non… C'est comme ça que tu te rappelles de moi ? »

Elle sourit à son tour.

« Oui. Le dieu grec. Les Beatles. Ton dos musclé qui s'enfonce dans l'eau glacée.

– À Nice ?

– Oui. À Nice. »

Pendant un instant, le silence retomba et on n'entendit plus que la radio qui diffusait une publicité pour du foie gras.

« Moi c'est les livres, déclara finalement Anton.

– Hein ?

– Ce que je me rappelle de toi, c'est les livres… et tes cheveux sur le visage de Tim quand il dormait et dont il tenait en permanence une mèche dans sa main… »

Elle esquissa un sourire.

« On formait un drôle de ménage à trois, non ? »

Anton s'esclaffa, et des volutes de fumée s'envolèrent dans la voiture.

« Oui. On peut le dire.

– Moi j'étais bien avec vous. »

Anton ne répondit rien et un nouveau silence s'installa.

« Tu l'as vraiment frappé ? reprit Ambre au bout de quelques secondes.

– Qui ? Tim ?

– Ouais. Tout à l'heure, tu as dit que tu l'avais frappé. »

Il se renfrogna légèrement.

« Oui, fit-il simplement.

– Alors je suis d'autant plus contente de t'avoir giflé. »

Il ne releva pas. Elle étendit ses jambes devant elle. Sa cigarette terminée, Anton referma la fenêtre.

« Sa mère est morte, déclara-t-il sans préambule.

– Je le sais.

– Il te l'a dit ?

– Non, c'est Rosalie qui me l'a dit. Quand je suis arrivée ici.

– Mais lui… il t'en a parlé ?

– Non.

– À moi il n'a jamais voulu en parler.

– Jamais ? »

Il secoua la tête.

« Je ne sais même pas s'il est allé à l'enterrement.

– Comment ça, tu ne sais pas ?

– Il a disparu une semaine entière. Il a jamais voulu me dire où il était parti. »

Il se tourna vers elle et la dévisagea avec plus d'intensité.

« J'ai toujours pensé qu'il était allé te voir. »

Elle secoua la tête, formelle.

« Eh ben non. J'ai plus jamais entendu parler de lui jusqu'à mon arrivée ici.

– Ah… »

Il se mit à pianoter avec ses doigts sur le volant.

« C'est son grand frère, Franck, qui l'a prévenu. Ils avaient repris contact les derniers temps… Après le coup de fil, Tim est parti. J'avais aucune nouvelle. Il était pas chez Maxime. Je l'ai appelé, ils l'avaient pas vu. Quand Tim est rentré, il m'a demandé de ne plus jamais en parler… de sa mère… et il a jamais évoqué cette semaine. »

Elle hésita à poser la question :

« Pourquoi il serait venu me trouver moi, après tout ce temps ?

– Parce que ça n'a toujours été que toi. Même s'il vit avec moi.

– Qu'est-ce que tu veux dire ?

– Il se raidit dès qu'il entend parler de Lyon ou Frontignan ou même Arvieux et toutes les nuits, inlassablement, même après cinq ans, il passe sa main sur ma tête et comme il ne trouve pas tes cheveux, il pousse une espèce de grognement et il se retourne dans son sommeil… Il n'en est même pas conscient… Et puis il lit plus que des bouquins déprimants et il passe son temps à regarder des guides de randonnées dans les Pyrénées sans jamais en acheter un seul. Je sais pas pourquoi il fait ça mais je me suis toujours dit que ça avait un rapport avec toi. Et ma sœur… il s'est mis à passer tout son temps avec ma sœur… comme s'il cherchait à tout prix à retrouver une présence féminine. »

Il se tut. Attendant une réponse qui ne vint pas.

À la radio retentirent les premiers accords d'une nouvelle chanson.

« C'est pas le pire, tu sais, ce que t'as vécu, reprit Anton au bout de longues minutes.

– Je m'en doute.

– Non… je parle pas de l'accident et tout ça. Je te parle du fait d'être seule et de le savoir avec moi. Ça je l'ai connu quand vous étiez à Frontignan, et c'était dur, oui, mais c'était rien… rien comparé au fait d'être avec lui, de savoir qu'il ne m'aimait pas et devoir vivre au quotidien avec ça. »

Un silence un peu lourd s'abattit. Ambre finit par lâcher :

« Je sais pas quoi te dire. Je sais pas pourquoi tu me racontes tout ça.

– Faut croire que j'ai besoin de parler et comme t'es coincée avec moi dans cette voiture, j'en profite. »

Elle sourit. Lui aussi.

« Allez, à ton tour », l'encouragea-t-il.

Elle soupira et s'étira. Le siège grinça.

« Moi je… »

Elle réfléchit et poussa un nouveau soupir.

« Je crois que je m'ennuie avec Marc.

– …

– Tu dis rien ?

– Non. Moi non plus je ne sais pas quoi te répondre. »

Un nouveau silence s'installa. Plus long.

« On rentre ? dit-elle.

– Ouais. On rentre. Mais tu prends le volant. »

Toute la maison était endormie. Dans la chambre de Sophie, Ambre se glissa sous la couverture sans faire de bruit. Elle entendit la fillette pousser un petit soupir et se retourner. Quand soudain :

« Ambre ? » chuchota l'enfant.

Ce n'est pas possible d'avoir un sommeil aussi léger !

« Dors, Sophinette. Il est tard.

– Ambre, répéta la petite voix, j'ai un point moi aussi.

– Pardon ?

– Cécile. Elle a rigolé. J'ai fait le clown avant de dormir et elle a rigolé. »

Ambre sourit. Elle se releva de son matelas et vint s'asseoir au bord du lit de Sophie. Elle passa une main sur son petit front tout chaud.

« C'est bien, Sophinette. On est ex æquo alors.

– Ça veut dire quoi ?

– Ça veut dire qu'on a le même nombre de points. »

Ambre continua de caresser son front et ses bouclettes, et sentit peu à peu la petite fille se détendre tandis que sa respiration devenait de plus en plus profonde.

« Tu sais, tu m'as manqué, Sophinette », chuchota-t-elle.

Le front de Sophie se plissa légèrement mais elle ne répondit rien. Elle était déjà retournée dans les bras de Morphée. Alors Ambre regagna son matelas et elle s'endormit presque instantanément. Sans plus penser à rien. Ni à la discussion avec Anton dans la voiture. Ni même au fait qu'elle n'avait pas appelé Marc. Pour la première fois depuis son arrivée ici, elle l'avait totalement zappé.

10

Lundi. Ce soir Tim revient. C'est passé vite finalement.

Une semaine qu'elle était à Arvieux, réalisa-t-elle. Une semaine pile.

Elle n'avait plus de vêtements propres. Rosalie lui avait proposé de faire une lessive la veille et toutes ses affaires séchaient encore dans le salon. Elle portait un vieux jean de Rosalie – « Un vestige d'avant mes grossesses » – et un pull trop grand. Anton s'amusait à siffler dès qu'elle entrait dans une pièce et lui lançait :

« Sexy ! »

Sophie s'était mis en tête d'aller à la patinoire extérieure aujourd'hui. Timotée, toujours de l'avis de sa grande sœur, la soutenait avec enthousiasme. Les adultes acceptèrent volontiers et tout le monde se mit en route après le repas de midi. C'était une ambiance légère, une ambiance de vacances. Une nouvelle journée de loisir, au grand air, s'annonçait, suivie du repas prévu chez Sylvie et Michel.

Même Cécile semblait se détendre et se laisser aller à cette ambiance bon enfant. Elle se débrouillait plutôt bien sur les patins. Rosalie suivait Timotée, les deux mains en avant, prête à le rattraper. Sophie filait à toute allure. Gabriel et Anton, assis sur un banc, étaient en pleine conversation.

Tandis qu'elle glissait, que les formes autour d'elle devenaient floues, que l'air frais lui fouettait le visage, Ambre repensait sans trop savoir pourquoi à la conversation de la veille, dans la voiture, avec Anton. Et à un détail en particulier : l'histoire des guides de randonnées dans les Pyrénées. Lui revint le souvenir d'une nuit à Frontignan, dans la chaleur étouffante de l'été…

Elle avait réussi à s'endormir malgré la moiteur ambiante et les bruits de la rue, quand Tim avait dit :

« Ambre, j'ai eu une idée. »

Elle avait ouvert les yeux avec difficulté et elle l'avait trouvé parfaitement éveillé, assis dans le lit, sa lampe de chevet allumée, devant trois ou quatre guides de randonnées ouverts, surlignés, cornés.

« Je dormais, tu sais, avait-elle fait remarquer.

– Désolé. J'avais pas fait attention. »

Elle avait failli se mettre en colère en voyant l'heure – trois heures du matin –, mais il paraissait si sérieux, si concentré qu'elle l'avait trouvé touchant.

« Tu voulais me parler de quelque chose ?

– Oui… Je sais qu'on a prévu les tentes mais je me demandais… »

Il pointa du doigt un guide.

« Ici ils indiquent un gîte qui se trouve sur le chemin qu'on a choisi et c'est pas un gîte comme un autre. Les propriétaires ont un élevage de lamas et on peut les approcher. Ils peuvent même nous donner quelques conseils pour les apprivoiser. »

Tandis qu'elle songeait : *Il me réveille à trois heures du matin pour me parler d'un élevage de lamas comme s'il présidait un Conseil des ministres*, Tim poursuivait :

« Je me disais que ça pourrait être sympa. Je sais bien que le but est de se perdre dans la nature, de s'arrêter le moins possible dans ce genre d'endroits… mais ce serait original, non ? Tu as déjà vu des lamas, toi ? »

Elle avait secoué la tête.

« Tu sais, ça me plairait vraiment qu'on s'y arrête, mais bien sûr, c'est à toi de me dire… si tu considères que c'est tricher, alors on n'ira pas. »

Il l'avait scrutée avec un mélange d'espoir et de crainte au fond des yeux. Et elle avait songé qu'elle n'en rencontrerait jamais deux, des garçons comme lui, et qu'il n'avait aucune crainte à avoir car elle aurait dit oui à tout, elle l'aurait suivi n'importe où et il n'en était même pas conscient.

« Oui, super, ça me tente aussi. »

Il avait souri avec son sourire d'enfant, puis il avait entouré quelque chose sur la page du guide.

« Tu crois qu'on arrivera à en apprivoiser un ? »

De nouveau sa voix l'avait fait sursauter. Elle ne s'était pas rendu compte qu'elle s'était rendormie. Tim l'observait avec des yeux rieurs.

« Quoi ?

– Tu crois qu'on arrivera à apprivoiser un lama ? »

Il était trois heures quarante-cinq maintenant. Il avait refermé tous les guides et les avait posés à côté du matelas, à même le sol.

« Je sais pas…, avait-elle marmonné. Si on est patients, peut-être.

– Tu dormais ? »

Elle avait songé à lui répondre : *Tu te moques de moi ?* mais il ne se moquait pas du tout. Il avait les yeux légèrement écarquillés et l'air encore concentré. Il lui tenait tellement à cœur, ce périple dans les Pyrénées.

« Oui… je dormais.

– Désolé. C'est que je m'ennuie sans toi. »

Elle s'était sentie fondre et s'était dit que même s'il exagérait – il aurait quand même pu attendre le matin pour lui parler de ces fichus lamas ! – elle n'aurait voulu se trouver à aucun autre endroit qu'auprès de lui.

C'étaient de moments comme ça qu'elle aurait voulu se souvenir de sa vie avec Marc. Des moments d'évidence.

Elle avait beau chercher, rien de tel ne lui revenait.

Ce fut une vraie journée de vacances, une de ces journées où l'on ne pouvait plus vraiment reconnaître les adultes parmi les enfants. Parce qu'après la patinoire, ils gagnèrent une piste de luge et Rosalie aida Sophie à faire un bonhomme de neige avec excitation. Parce que Gabriel apprit à Timotée à faire des boules de neige et à les lancer sur Ambre et Anton, et que des deux, c'était Gabriel qui s'amusait le plus. Parce qu'Anton et Ambre jouèrent le jeu comme des gosses. Parce que Cécile chercha avec application un bout de bois pour servir de nez au bonhomme de neige et revint toute fière avec un bâtonnet marron sans s'apercevoir que c'était une crotte de chien glacée. Fou rire général. Ils en hoquetaient encore lorsque Sophie se faufila jusqu'à Ambre pour lui glisser à l'oreille :

« En fait elle est marrante. »

Quelques minutes après, ils remontaient tous en voiture, les joues roses et le nez glacé. Ambre, installée à l'arrière avec Cécile, voulut en profiter pour l'interroger discrètement :

« Alors, t'as pris ta décision ? »

Cécile fit d'abord semblant de ne pas comprendre.

« Concernant la tutelle », précisa Ambre.

Cécile se frotta les mains l'une contre l'autre.

« Presque. »

Comme elle n'ajoutait rien, Ambre insista :

« Tu penches pour quelle solution ?

– Je vais accepter la tutelle », répondit Cécile sur un ton d'évidence.

Ambre s'enferma dans la chambre de Timotée pour appeler Marc. Elle était tellement préoccupée par ce qu'elle avait à lui dire qu'elle ne prit même pas la peine de lui demander comment il allait.

« Marc, c'est moi.

– Salut.

– Il faut que tu nous aides. »

Il y eut un léger temps de flottement, comme s'il s'était attendu à autre chose, à quelques mots, quelques excuses peut-être pour son silence de la veille.

« Oui, dis-moi, finit-il par lâcher.

– Cécile ! Elle veut accepter de devenir la tutrice légale de son mari !

– La tutrice légale ?

– Il est en hôpital psychiatrique… Ils vont le placer sous tutelle. Compte tenu de la situation, ils pensaient désigner ses parents comme tuteurs mais Cécile veut que ce rôle lui revienne. “Pour ne pas l'abandonner avec sa maladie”, comme elle dit. »

Silence au bout de la ligne.

« Marc ? Tu ne dis rien ?

– Qu'est-ce que tu veux que je fasse ?

– Lui parler.

– Pourquoi moi ?

– Parce qu'elle t'écoutera. L'autre jour, t'as réussi à la rendre bavarde et souriante… elle me parle souvent de toi. Je crois que tu pourrais réussir à la raisonner. »

Nouveau silence.

« Marc ?

– Oui… désolé… je pensais que tu m'appelais pour prendre de mes nouvelles… pas pour me demander un service. »

Elle perçut une légère amertume dans sa voix.

« C'est pas pour te demander un service, c'est pour que tu sauves la vie de Cécile en véritable héros ! »

Il ne répondit rien. Il n'était pas d'humeur à plaisanter. Il n'était *jamais* d'humeur à plaisanter. Elle prit sur elle et ajouta :

« Je suis désolée de ne pas t'avoir appelé hier, j'étais très occupée… J'ai pas mal aidé Anton. »

C'était bien ça qui rendait Marc bougon car il répliqua presque immédiatement :

« J'ai cru que tu m'avais oublié.

– Dis pas de bêtises !

– J'ai attendu toute la soirée.

– Je suis désolée, répéta-t-elle. J'étais… j'étais avec Anton. Je l'ai emmené conduire un peu.

– Conduire ? Il a le droit de faire ça ?

– Non… pas vraiment… »

Nouveau silence, plus long.

« À quoi tu joues ? »

Elle encaissa le coup avec un peu d'agacement.

« Je ne joue à rien.

– Je trouve ça étrange que tu le mettes en danger comme ça.

– Bon… concernant Cécile, est-ce que tu acceptes ? » reprit-elle sans masquer son impatience.

Après tout, il lui avait demandé de rester à Arvieux le temps qu'elle voulait. Il ne pouvait pas lui en vouloir aujourd'hui d'être un peu absente.

« Je veux bien lui en toucher quelques mots mais je ne suis pas sûr d'arriver à grand-chose…

– Je vais me débrouiller pour te la passer, d'accord ? Mais ne lui dis pas que je t'ai parlé de la tutelle, il faut qu'elle amène le sujet d'elle-même. »

Il poussa un léger soupir.

« Honnêtement, je ne comprends pas ce que tu es en train de me faire faire…

– Je tente le tout pour le tout pour la sortir de cette galère », répondit-elle avant de franchir la porte de la chambre de Timotée.

Dans le couloir elle aperçut Cécile et lui fit signe d'approcher.

« Qu'est-ce qu'il y a ? demanda Cécile, inquiète.

– Je suis avec Marc au téléphone. Il me demande comment tu vas.

– Ah.

– Je te le passe ? »

Et, sans lui laisser le temps de réagir, elle lui flanqua le téléphone entre les mains puis s'éclipsa rapidement.

Elle l'entendit prononcer : « Allô ? » et, rassurée, elle alla se planter devant Anton, dans le salon.

« On a deux heures avant le repas chez Sylvie et Michel. On va faire un tour ? »

Ça voulait dire : *On va conduire ?* et Anton le savait.

« Ouais on y va. »

Il avait fait des progrès depuis la veille. Sa conduite était plus souple. Sans doute parce qu'il était moins crispé. Elle aussi. Elle avait lâché la poignée de la portière.

« Quand est-ce que Tim rentre ? demanda-t-elle, l'air de rien, en regardant distraitement par la fenêtre.

– Il sera là dans une heure je crois. »

Il passa une vitesse et se tourna vers elle.

« Il faudra pas lui dire pour la conduite, hein ?

– Non, bien sûr. Ça restera entre nous. »

Ils roulèrent près d'un quart d'heure en silence. Elle le laissait faire. Il accélérait brutalement, freinait, virait sur la gauche, pour tester la voiture, pour tester ses réflexes aussi. Il se débrouillait bien. Elle n'avait plus peur du tout.

Les mots de Marc lui revinrent – « À quoi tu joues ?... Je trouve ça étrange que tu le mettes en danger comme ça » – et elle déclara soudain :

« Marc m'énerve. »

Anton leva un sourcil étonné, sans quitter la route des yeux.

« Pourquoi ça ? »

Elle mit quelques secondes à répondre.

« Je ne sais pas. Il m'énerve... dans sa façon d'être.

– C'est-à-dire ?

– Il a peur de tout. Il est toujours trop prudent. Il est trop raisonnable. Il ne plaisante jamais. Il est trop... plat. »

Anton émit un petit sifflement et sourit.

« Eh bien... Il n'a donc que des défauts ?

– Non ! Non mais c'est que... », protesta-t-elle maladroitement.

Le sourire d'Anton s'élargit.

« T'en fais pas. Moi c'est pareil avec Tim. Je le supporte plus. »

Elle le regarda avec une certaine sévérité.

« Tim n'a rien d'exaspérant.

– C'est toi qui le dis…

– Qu'est-ce que tu peux bien lui reprocher ? »

La réponse tomba brutalement :

« De ne pas partir.

– Hein ?

– Oui. De ne pas prendre ses affaires et partir. »

Elle voulut dire quelque chose. Les mots restèrent bloqués dans sa gorge.

« Je croyais qu'on ne se jugeait pas, déclara Anton.

– Je ne te juge pas.

– Si. Tu penses que je lui suis tellement redevable que je ne devrais même pas avoir une pensée pareille. »

Il n'avait pas tort, reconnut-elle. Quoi qu'elle en dise, elle le jugeait et elle n'en avait aucun droit.

« Le problème, c'est qu'il m'empêche d'avancer.

– J'avais plutôt l'impression qu'il t'avait beaucoup aidé à avancer.

– Il m'a surprotégé plus que forcé à avancer.

– Il a fait ce qu'il pensait être le mieux.

– Et je lui en serai toujours reconnaissant. C'est vrai. Sans lui je me serais flingué. »

Il lui lança un drôle de regard. Trop honnête. Elle détourna les yeux.

« S'il avait pas été là à se battre à ma place, je me serais flingué. Si j'avais pas pu décharger toute mon agressivité sur lui, c'est contre moi que je l'aurais fait. Je me serais débrouillé pour me foutre en l'air. »

Elle garda obstinément les yeux sur la route.

« Mais maintenant ça va. Je veux oublier tout ça. J'arrive à marcher avec des béquilles. Je suis sûr qu'avec des efforts, un jour, je pourrai m'en passer. J'ai des projets, j'aimerais redevenir le Anton d'avant. Mais *il* est là. Et dans ses yeux je ne suis et je ne serai plus jamais que le Anton handicapé. »

Il a besoin de parler, songeait Ambre. *Il n'a sans doute eu personne à qui se confier toutes ces années. Mais pourquoi moi ?*

« Il y a rien de pire que ça…, reprit Anton, se sentir dépendant de quelqu'un, et éternellement redevable. Tant que j'aurai Tim dans ma vie, j'y arriverai pas. Je ne pourrai pas avancer, reprendre mon indépendance. Il continue de se comporter comme un médecin. Il continue de m'assister. Et moi je continue de me sentir diminué. C'est ça que tu ne peux pas comprendre. Il m'empêche de retrouver ma liberté.

– Si ça te pèse tant, tu n'as qu'à lui en parler. »

Il eut un rire sans joie.

« On est dans une impasse, là, très chère Ambre. Ça fait des mois que je lui demande de partir. »

Elle le dévisagea avec une lourdeur dans l'estomac.

« Mais il refuse. Il aurait l'impression de m'abandonner et il s'est fait la promesse de rester coûte que coûte.

– Alors pars, toi. »

Elle fut surprise de s'entendre prononcer cette phrase.

« Ouais… mais tu sais, je pouvais pas…

– Maintenant tu peux. Tu sais conduire… », répliqua-t-elle d'une voix étrangement rauque.

Anton hocha la tête. En passant une vitesse, il frôla sa main et elle ne fut pas certaine que ce soit involontaire.

« Ouais. Et je sais que je peux de nouveau séduire des types dans les bars. »

Un silence amer emplit l'habitacle.

« Et Tim, qu'est-ce qu'il deviendra ? » demanda-t-elle d'un ton abrupt.

Anton se tourna brièvement vers elle. Dans ses yeux elle lut : *Toi. Il sera avec toi.*

« Non, répliqua-t-elle en secouant la tête. Non, Anton. Ça marche pas comme ça. On ne se sert pas des autres pour réparer les pots cassés ou pour… pour récupérer sa liberté en toute bonne conscience. »

Ils passèrent un rond-point en silence. Ils entraient dans Guillestre. Les chalets d'alpage réapparaissaient.

« C'est pas ma liberté, Ambre… c'est la sienne que je lui rends. Et la tienne.

– Je l'ai reprise depuis longtemps. J'ai pas attendu ta bénédiction, Anton. »

Il accéléra un peu trop brutalement. Elle se retrouva collée au siège.

« Alors quoi ? lâcha-t-il avec mauvaise humeur. T'es vraiment amoureuse de ce Marc ?

– Et toi, rétorqua-t-elle, tu peux me dire à quoi ça a servi tout ça ? »

La séparation. L'installation de Tim à Paris. Ces années de douleur. Ces années à pleurer ses fantômes… Il la regarda gravement avant de répondre :

« À me garder en vie. »

Elle se rappela ses mots : « S'il avait pas été là à se battre à ma place, je me serais flingué » et se cala plus profondément dans son siège.

« Mais tu penses peut-être que ça n'en valait pas la peine », ajouta-t-il.

Elle lutta pour contenir la vague d'émotion qui l'emplissait tout à coup. Car elle repensait à ses larmes, cette première nuit à Lyon, puis toutes les suivantes. Et à celles qu'elle n'avait plus voulu verser mais qui avaient été encore plus douloureuses. Toutes ces douleurs invisibles. *Toutes mes douleurs fantômes.* Elle tenta de reprendre sa respiration, oppressée. Comme ce premier soir à Lyon, quand elle avait cru mourir. Puis elle regarda les mains d'Anton sur le volant. Ses grandes mains. Fortes. Bien dessinées. Elles n'avaient pas perdu de leur superbe. Elles maniaient le volant et les vitesses avec dextérité. Elles sauraient construire quelque chose, porter quelqu'un d'autre. Elles sauraient ne pas être vaines.

Elle déglutit avec difficulté et hocha la tête.

« Si. Ça en valait la peine. »

Anton fit tourner le volant lentement. La voiture ralentit et finit par s'immobiliser sur le bord de la chaussée. Il détacha sa ceinture.

« Je suis fatigué », dit-il alors.

Elle le vit poser sa tête contre le volant, entre ses mains, et rester ainsi.

« Pardon, Ambre. »

Elle resta pétrifiée sur son siège.

« Pardon », répéta-t-il.

De quoi s'excusait-il ? De l'avoir privée de Tim. Et de toutes ces souffrances qu'il leur avait fait subir.

Elle approcha une main tremblante de ses cheveux blonds et se mit à les caresser. Comme elle le faisait avec Sophie. Pour lui dire qu'elle lui pardonnait.

La nuit était tombée quand ils reprirent le chemin du retour. De temps en temps, une guirlande de Noël venait illuminer tout ce noir.

« Je l'ai cassé, tu sais. Totalement brisé. Mais toi, tu sais comment le réparer, pas vrai ?

– Je ne sais pas si je me souviens vraiment…

– Ça ne s'oublie pas. »

« Vous étiez où ? On a cru qu'on allait partir sans vous ! »

Ils avaient à peine franchi le seuil de l'appartement que Rosalie leur était tombée dessus.

« Mais…

– Ils nous avaient dit de venir en fin d'après-midi ! Il est presque vingt heures !

– On a pas vu passer le temps… »

Les enfants étaient déjà emmitouflés dans leurs manteaux. Cécile avait son sac à main sur l'épaule. Gabriel son bonnet.

« Où est Tim ? demanda Anton.

– Il est pas encore arrivé. Il nous rejoindra plus tard ! Allez, on y va ! Dépêchez-vous ! » grogna Rosalie.

Ambre ne tenta même pas de protester. Elle aurait voulu s'apprêter un peu. Se doucher, se changer. Mais elle sentait qu'il était préférable de se faire toute petite.

« Me dites pas que vous étiez encore au Monkey Club ! »

Les remontrances se poursuivirent dans l'ascenseur. Anton affichait un air ennuyé, ce qui exaspérait encore davantage Rosalie.

« Non, on s'est juste baladés. »

À la sortie de l'immeuble, Gabriel chuchota avec amusement :

« Vous avez commis l'impensable. Comment avez-vous osé ? »

Et Rosalie se tourna, furieuse :

« Je t'ai entendu, Gabriel ! »

Heureusement, ses récriminations furent interrompues par le cri suraigu du petit Timotée :

« Tim ! Tim ! Maman, Tim ! »

Il sautillait sur place et montrait du doigt une voiture qui venait de se garer. Tim eut juste le temps de s'extirper du véhicule avant que Rosalie lui agrippe le bras.

« Ah, t'es là ! On y va ! »

Et il se retrouva aussitôt entassé à l'arrière de la voiture de Gabriel entre Ambre et Sophie, tandis qu'Anton prenait place à côté du conducteur. À quelques mètres de là, Rosalie attachait Timotée dans sa propre voiture, dans son siège bébé, et Cécile s'empressait de monter à l'avant.

« Tu parles d'une expédition ! soupira Gabriel.

– Elle est toujours stressée comme ça ? grommela Anton.

– Non, pas toujours. Mais elle ne supporte pas d'arriver en retard, c'est l'affront numéro un dans sa liste des crimes contre l'humanité. »

Ils s'esclaffèrent tous, même Sophie qui n'avait sans doute rien compris à la boutade. Gabriel se retourna un grand sourire aux lèvres.

« Alors, Tim, tu as fait bonne route ? »

Tim semblait ne pas être encore redescendu sur terre. Il avait les yeux légèrement écarquillés, la mine interrogative.

« J'ai une question.
– On t'écoute...
– Mais où on va, putain ? »
Et tout le monde éclata de rire.

Sur le trajet, Sophie entreprit de l'interroger sur son emploi du temps précis pendant ces trois derniers jours : « T'étais où ? », « Pourquoi ? », « Pour ton travail ? Mais c'est quoi ton travail ? », « Et pourquoi tu as travaillé ? C'est les vacances ! ». Ambre les observait à la dérobée. Tim portait encore sa chemise de service, tachée d'huile, et il n'avait pas eu le temps de se raser car un début de barbe ombrait le bas de son visage. Quant à ses chaussures, elles n'étaient pas lacées. *Il s'est dépêché de revenir, on dirait.*

Le chalet des Mélèzes brillait dans la nuit noire. À peine furent-ils sortis de voiture que Michel apparut, un tablier noué autour de la taille.

« Salut, tout le monde ! »

Sylvie et lui avaient décidé de lever le pied à l'hôtel pour la naissance de Maxence. Ils en avaient confié la gestion à Andréa, qui avait endossé son rôle à la perfection pendant trois ans. Puis il était reparti en Italie. Après son départ, Michel avait repris du service. Mais des soirs comme celui-là, quand ils recevaient, ils n'hésitaient pas à déléguer la supervision du restaurant à un de leurs amis, un certain Richard.

« Richard a un restaurant dans le centre du village. Alors on se file des coups de main à tour de rôle », leur expliqua Michel tandis qu'ils contournaient le chalet pour atteindre la dépendance du couple, à la lisière de la forêt.

À la porte, Sylvie les attendait, tout sourire. Elle ne paraissait pas plus fâchée que ça par leur retard mais Rosalie se confondit en excuses, n'hésitant pas à insister sur le fait que tout était de la faute d'Ambre et Anton qui avaient « disparu sans prévenir pendant plus de deux heures ». Sylvie lui assura que ce n'était pas grave et elle les invita à entrer.

Ambre n'avait mis les pieds qu'une seule fois chez Michel et Sylvie. C'était le soir où elle y avait retrouvé Philippe, vers la fin de la saison, et elle était tellement stressée qu'elle n'avait pas vraiment prêté attention au décor. Aujourd'hui l'appartement avait été réaménagé et comportait deux chambres séparées. Celle de Maxence avait quelque peu débordé sur la pièce principale à en juger par le nombre impressionnant de figurines et de voitures qui jonchaient le sol.

Sylvie avait dû suivre le regard d'Ambre car elle déclara d'un ton désolé :

« Je l'ai fait ranger cet après-midi mais le naturel a repris le dessus. »

Une longue table avait été dressée, abondamment décorée de petites bougies, de guirlandes, de paillettes dorées. Dans chaque assiette, un bonhomme de neige miniature portait le nom de chaque convive.

« C'est superbe, Sylvie ! s'extasia Rosalie. Tu t'es démenée !

– Je suis tellement contente de vous avoir tous ici ! »

La tête blonde de Maxence fit son apparition à l'entrée de la pièce.

« Dis bonjour, chéri ! » lui lança Sylvie.

Maxence était timide. Il avança une joue et resta figé, attendant que chacun y dépose un bisou. Le temps que les adultes prennent place à table, les trois enfants avaient disparu dans la chambre du petit garçon, sans un bruit.

« Alors, qu'est-ce que je vous sers ? »

Cécile s'était tassée au fond de sa chaise, gênée d'être là. Tim, sans doute intrigué par les paroles de Rosalie – « Ils ont disparu sans prévenir pendant plus de deux heures » –, observait Anton et Ambre à la dérobée.

« Champagne pour l'occasion ? C'est pas tous les jours qu'on reçoit ses anciens saisonniers à dîner ! »

Ils acquiescèrent volontiers. Michel distribua les coupes. Sylvie avait les yeux pétillants.

« Comme vous avez changé, tous ! Je me souviens encore de votre arrivée ici ! »

Elle se tourna vers Tim.

« Toi t'étais le premier ! Un an avant Rosalie et Ambre. Je te revois entrer dans le hall en traînant toutes tes valises derrière toi ! Elles avaient l'air de peser des tonnes. Et tu as demandé si on avait un ascenseur. C'est la première chose que tu as demandée. Avant même de te présenter ! »

Tout le monde se mit à rire.

« Quand on t'a répondu que non, j'ai cru que tu allais t'évanouir ! »

La bonne humeur de Sylvie était contagieuse.

« Et toi, Rosalie, tu avais la petite Sophie dans tes bras. Elle n'avait que quelques mois. Elle n'arrêtait pas de pleurer et tu étais tellement nerveuse !

– C'est rien de le dire !

– Tu étais persuadée que les autres saisonniers te haïraient. À cause des pleurs !

– En fait ils ont été plutôt compréhensifs... malgré la minceur des cloisons !

– Ah ça ! Tout le monde s'en plaint, de nos cloisons !

– Moi je trouvais ça plutôt sympa d'entendre tout ce qui se passait à l'étage, intervint Tim.

– Tu plaisantes ?

– Non. Ça donnait encore plus d'intimité à la vie en collectivité.

– De l'intimité ? s'exclama Rosalie. On en avait pas vraiment !

– Le manque d'intimité créait plus d'intimité. »

Ils le dévisagèrent tous sans comprendre. C'était bien Tim, ça. Jamais en accord avec les autres.

Rosalie leva un sourcil, sceptique.

« Personnellement, je me serais passée de connaître l'heure exacte du pipi matinal de Daniel ! »

Cécile s'étrangla en avalant une gorgée de champagne. Gabriel lui tapa dans le dos en riant.

« Moi j'aimais bien entendre Daniel et Delphine se lever. Le bruit du café qui coulait, je trouvais ça rassurant. »

Ambre hocha la tête. Tim avait raison. Elle avait aimé entendre les ronflements du vieux Wilson et la musique dans la chambre d'Andréa. Ça lui donnait l'impression de faire partie d'une grande famille.

Sylvie se redressa sur sa chaise, reposant sa coupe de champagne un peu trop brusquement.

« Ça vous dirait de retourner voir vos chambres ? Les saisonniers sont en plein service. »

Les yeux de Rosalie se mirent à pétiller.

« Oh oui, j'aimerais beaucoup ! »

Tim et Ambre approuvèrent, avec plus de réserve. Plus d'appréhension peut-être.

« Allez-y. On vous garde le champagne au frais. »

Ils se levèrent tous les trois de table et Rosalie partit devant, trottinant comme une petite fille.

« Ça va être marrant de se retrouver là-bas tous les trois ! »

Ils contournèrent le chalet sans un mot, entrèrent dans le hall où trônait un immense sapin de Noël. Des voix, des éclats de rire, des bruits de couverts leur parvenaient un peu étouffés depuis le couloir menant au restaurant.

« C'est étrange d'être là », chuchota Rosalie.

Elle parlait à voix basse comme s'ils menaient une expédition secrète, comme si leur présence dans l'hôtel était illégale.

Ambre les suivit dans l'escalier en colimaçon avec l'impression d'être plongée en plein rêve, de survoler la scène sans en faire réellement partie. Tim n'était guère plus présent. Un air hagard. Des yeux écarquillés.

La même porte, la même pancarte : *Réservé au personnel.* Le même petit escalier qui menait au dernier étage, sous les toits. Rosalie se retourna, l'air surexcité.

« Attention, chuchota-t-elle, vous êtes prêts ? »

La main sur la poignée, elle attendait leur signal pour ouvrir. Tim hocha la tête. Ambre répondit : « Oui » d'une voix un peu rauque.

« Tadam ! »

En même temps Rosalie actionna l'interrupteur du couloir. La lumière fusa. Leurs yeux mirent quelques secondes à s'habituer. Rien n'avait changé. C'était le même corridor, le même parquet, les mêmes portes entrouvertes sur les chambres, la même atmosphère de confort. Mais par-dessus tout, c'était la même odeur. Le plus frappant c'était ça. Ce même mélange de parfums : shampooing, pain grillé, eaux de toilette, sueur, café, gel douche, chaussures neuves… L'odeur de toutes ces vies entremêlées sous le même toit.

« Vous venez pas ? »

Rosalie avait déjà parcouru la moitié du couloir. Ambre et Tim restaient figés à l'entrée.

« Si, si. »

Ils s'avancèrent avec toujours cette impression d'être plongés en plein rêve. Dans la salle de bains, un des lavabos gouttait. Dans une des chambres, une lampe de chevet avait été laissée allumée. Des vêtements traînaient au sol. Des serviettes humides pendaient aux fenêtres.

« Regardez ! Ma chambre ! » s'écria Rosalie.

Ils entrèrent sur la pointe des pieds, n'osant rien toucher. L'ancienne chambre de Rosalie accueillait visiblement deux jeunes hommes. Des caleçons sales s'empilaient au pied d'un des lits. Une odeur de déodorant trop musquée emplissait la pièce. Un ordinateur était posé sur la table en bois, près de la fenêtre. Une paire de skis avait été accrochée au mur, en guise de décoration.

« Ici il y avait le lit de Sophie, se rappelait Rosalie en désignant un espace entre un lit et une armoire. Là je faisais sécher mon linge. Et là je changeais Sophie. Oh là là, ça fait bizarre !

– Ouais.

– On va voir le salon ? »

Ils passèrent devant l'ancienne chambre de Tim et Ambre, dont la porte était fermée.

« Qu'est-ce qu'ils sont bordéliques ! » s'exclama Rosalie.

Le salon-cuisine n'avait absolument pas changé non plus. C'étaient toujours les mêmes fauteuils disposés en cercle autour du poêle à bois, toujours la même bibliothèque débordante de livres contre le mur, les mêmes lucarnes, les mêmes lampes sur pied. En revanche, Rosalie avait raison : la pièce était envahie d'assiettes sales, de verres à demi vides, de magazines jetés pêle-mêle, de cendriers pleins de mégots.

« Combien de fois on a pu jouer aux cartes à cette table !

– Oui. Combien de parties de tarot ! Tu t'obstinais à nous apprendre !

– Et les séances vernis !

– Le *tea time* dans les fauteuils ! »

Ils eurent tous les trois le même soupir mélancolique. Ils déambulèrent dans la pièce, laissant traîner un doigt sur un fauteuil, une lampe, s'asseyant quelques secondes dans un fauteuil. Ambre alla se poster devant une lucarne, là où elle avait vu si souvent Wilson se planter, le regard perdu vers la forêt, la pipe dans la bouche.

« Ça paraît plus petit que dans mon souvenir », déclara Rosalie.

Tim était devant la bibliothèque, ses yeux passant d'un ouvrage à un autre.

« Et vous vous rappelez cette soirée avec Andréa ? On avait trop fumé. On était tous couchés sur ce tapis.

– Oui, c'était bien celui-là. »

Ambre n'avait pas bougé de la lucarne. Malgré l'obscurité, elle parvenait à apercevoir le petit chemin qui s'enfonçait dans la forêt, celui qu'elle avait emprunté nombre de fois avec Wilson.

« On va voir notre chambre ? »

Elle sursauta en entendant la voix de Tim. Il s'était planté à côté d'elle. Encore une fois elle ne l'avait pas entendu approcher. Elle n'était pas très sûre d'en avoir envie, mais Rosalie répondit pour elle :

« Oui ! Venez ! »

Ils poussèrent la porte avec appréhension, comme des voleurs. La pièce était plongée dans l'obscurité. Ils n'osèrent pas allumer, se contentant de la lumière du couloir. Ici, les deux lits avaient été rapprochés. Rosalie eut un rire amusé.

« Tiens, il y a un couple dans votre chambre. »

C'était étrange de l'entendre prononcer « votre chambre ». Tim s'avança. Les occupants devaient fumer à en juger par l'odeur qui imprégnait la pièce. Ils jouaient aussi de la musique. Une guitare était posée dans un coin, ainsi qu'un ampli.

Sur la table en bois, près de la fenêtre, un tube de rouge à lèvres et un rasoir électrique, une pince à épiler et un tube d'après-rasage. Les accessoires classiques d'un couple fille-garçon.

« Bon… je vais rejoindre les autres ! » lança Rosalie.

Tim se retourna.

« Ok. On arrive. »

Ambre se sentit gênée de se retrouver seule avec lui dans cette chambre, après les révélations d'Anton. Elle était sur le point de rattraper Rosalie quand elle entendit Tim lâcher du fond de la pièce :

« Je crois qu'ils sont un peu hippies. »

Il s'était agenouillé devant l'ampli. Elle s'approcha à petits pas, pas vraiment à l'aise.

« Pourquoi tu dis ça ?

– Regarde. »

Un petit harmonica trônait sur l'ampli et derrière la guitare, contre le mur, avait été accroché un poncho assez typique du style baba cool.

« Ouais… Un couple de hippies.

– Ça doit être la chambre qui veut ça… La chambre des atypiques, déclara-t-il.

– Des atypiques ? En quoi on était des atypiques ? »

Il haussa les épaules en se relevant.

« On l'était, c'est tout. Mais on avait pas besoin de porter des ponchos et de jouer de l'harmonica pour ça. »

Il l'abandonna sur cette phrase mystérieuse pour s'approcher de la fenêtre. Elle le regarda poser ses deux mains à plat sur le rebord.

« Notre canapé », dit-elle.

Elle le vit sourire dans le reflet de la fenêtre.

« Tu plaisantes ? Notre véranda ! »

Elle le rejoignit. D'ici aussi on voyait la forêt qui s'étendait au loin et la dépendance de Sylvie et Michel, illuminée.

« On dirait que ça s'est arrangé avec Anton », déclara Tim en se tournant vers elle.

Pour se donner une contenance, elle grimpa sur le rebord de la fenêtre et s'y installa, les jambes dans le vide.

« Oui. On a pas mal parlé. »

Elle le vit reculer d'un pas, puis l'observer à travers ses paupières plissées.

« Là c'est la vraie Ambre, fit-il.

– Comment ça ?

– Là c'est vraiment toi. Assise sur le rebord de notre fenêtre, avec un jean et un pull sans forme, les cheveux en désordre. C'est comme ça que je te préfère.

– Pourquoi ? Parce que ça te permet d'oublier que je suis une fille ? »

Il ignora le ton légèrement piquant.

« Non, parce que c'est comme ça que je t'ai connue. »

Un instant de silence suivit. Un peu embarrassant.

« Avec ton maquillage, tes cheveux teints, tes robes et tes bottes, tu me fais trop peur.

– Peur ?

– Oui. Tu ressembles à une femme, une vraie. Une adulte. C'est trop impressionnant.

– Je suis pas sûre de te suivre. »

Il haussa les épaules.

« Là t'es toi sans tricherie. Juste toi.

– Ah… »

Il se rapprocha de la fenêtre et se posta tout à côté d'elle. Il la fixait toujours.

« Je suis déçu, finit-il par dire.

– Déçu de quoi ? Mon maquillage, mes cheveux et tout ça ?

– Non. De ta réaction. »

Elle le regarda sans comprendre.

« Tu ne m'as même pas crié dessus ! Tu t'es rendu compte au moins que j'étais parti sans te dire au revoir ? »

Un sourire s'étala sur le visage d'Ambre. Sans le vouloir elle avait adopté la meilleure manière de se venger. L'ignorance la plus totale.

« Bien sûr que je m'en suis rendu compte ! J'étais furieuse ! Je voulais rester jusqu'à ton retour pour pouvoir te dire ma façon de penser.

– Tu l'as pas fait…

– Ben non, j'ai oublié. Il s'est passé tellement de choses entre-temps.

– J'étais même pas sûr que tu serais encore là quand je rentrerais.

– Anton m'a un peu forcé la main… avec ce dîner chez Sylvie et Michel.

– Alors tu rentres quand ?

– Je sais pas… Pas tout de suite. »

Il ne fit aucun commentaire et c'était tant mieux.

« T'as dit qu'il s'était passé beaucoup de choses depuis mon départ. Raconte.

– Oh… Cécile doit prendre une décision concernant son mari. Il s'est fait hospitaliser en psychiatrie. Elle doit choisir si elle deviendra sa tutrice légale ou non. Quand elle m'a dit qu'elle voulait accepter, j'ai fait en sorte qu'elle ait une petite discussion au téléphone avec Marc. On en a pas reparlé mais je suis sûre qu'il l'aura fait changer d'avis.

– Quoi d'autre ?

– Il y a eu le concert de la chorale. Une sortie de luge, une autre à la patinoire.

– Je vois… Tu t'es amusée comme une folle.

– Oui.

– Et avec Anton ? »

Pas question d'évoquer le Monkey Club ni leurs virées en voiture.

« On s'est rabibochés sur une luge, répondit-elle sur un ton léger.

– Comment ça ?

– On s'est fait une petite frayeur. Une descente sur une luge sans freins. On a atterri dans un grillage. Plus de peur que de mal et après ça on a rigolé comme des bossus. C'est à partir de là que les choses se sont arrangées. »

Tim l'observait comme l'autre soir, au Monkey Club, la tête légèrement penchée sur le côté.

« Tu vois, c'était pas ce que tu croyais… Y a plus d'histoire de rivalité ou de jalousie.

– Non. Je sais. »

Elle repensa aux autres qui les attendaient, à table.

« Il faut qu'on y retourne, non ?

– Ouais. Sans doute. »

Elle sauta à terre. Lui ne bougea pas. Il resta devant elle, lui bloquant le passage.

« Tim… on y va ?

– Attends.

– Attends quoi ?

– Si jamais tu repars à Lyon demain…

– Non. Je te l'ai dit, je ne sais pas encore quand je repars mais ça ne sera pas demain.

– Si jamais tu décidais de partir sans prévenir, sans me dire au revoir, histoire de me rendre la monnaie de ma pièce…

– Non. Je te promets que je ne le ferai pas. On est quittes maintenant.

– Oui mais si jamais… si jamais tu t'évaporais, ou… ou tu te faisais enlever… je me disais… on devrait toujours se dire au revoir au cas où on ne se reverrait plus jamais… non ? »

Il avait un sourire amusé. Son sourire taquin de petit garçon. Elle songea qu'il n'avait pas tort : atypique, il l'était vraiment, sans poncho ni harmonica.

« Alors tu veux me dire au revoir ? »

Son sourire s'élargit encore. Il hocha la tête.

« Au cas où tu mourrais », ajouta-t-il.

Elle sourit à son tour.

« Non. Au cas où *toi* tu mourrais. Question statistiques, j'ai plus de chances de te survivre. »

Il eut un haussement d'épaules.

« D'accord. Alors au cas où je mourrais. »

Il lui tendit une main. Elle tendit la sienne, sceptique.

« On ne se fait pas une bise au moins ?

– Si tu y tiens. »

Ils échangèrent une drôle de bise qui claquait un peu trop fort puis il se redressa vivement.

« Allez, j'ai faim ! »

Ils refermèrent soigneusement la porte derrière eux et traversèrent le couloir.

Dans l'escalier en colimaçon, la lumière s'éteignit brutalement et Ambre poussa un cri en se rattrapant de justesse à la rampe. Au-dessous d'elle, Tim grogna :

« Je l'avais oubliée, cette putain de minuterie !

– T'es où ? »

Elle tendit une main et rencontra sa nuque. Un courant

électrique traversa tout son bras. Elle le retira vivement mais elle l'avait senti se raidir, lui aussi. Les mots d'Anton lui revinrent : « Il se raidit dès qu'il entend parler de Lyon ou Frontignan ou même Arvieux, et toutes les nuits, inlassablement, même après cinq ans, il passe sa main sur ma tête et comme il ne trouve pas tes cheveux, il pousse une espèce de grognement et il se retourne dans son sommeil. »

Elle resta figée, sa main contre sa poitrine, une main encore palpitante après la sensation de décharge.

« Bouge pas. Tu vas tomber, dit-il.

– Je bouge pas », répondit-elle, la bouche sèche.

Elle le sentit se déplacer. Il faisait un noir total dans cet escalier mais il lui sembla qu'il était juste devant elle, sur la marche du dessous.

« Tu fais quoi ? chuchota-t-elle. Tu ne cherches pas l'interrupteur ? »

Sa voix lui répondit, tout près, à quelques centimètres de son oreille :

« Non. »

Son cœur s'accéléra.

« Pourquoi tu cherches pas l'interrupteur ?

– Tu l'as senti toi aussi ? »

Elle répondit dans un murmure :

« Quoi ? Le courant électrique ?

– Non. Moi c'était plutôt comme un coup de fouet. »

Et il enchaîna aussitôt, en parlant très vite :

« Tu sais, j'ai failli tomber amoureux de la sœur d'Anton, Lucy, à force de me persuader qu'elle était toi.

« Pourquoi tu me dis ça ? »

La réponse tomba, comme une évidence :

« Au cas où je mourrais. »

Malgré l'étrangeté de la situation, elle sourit. *Tim et ses répliques de gosse…*

« Et puis ça l'aurait pas fait de tomber amoureux de la sœur d'Anton, non ? »

Elle déglutit.

« Non. C'est vrai. Ça l'aurait pas fait. »

Il ne bougeait pas. Il semblait attendre quelque chose. Les yeux d'Ambre commençaient à s'habituer à l'obscurité et elle discernait sa silhouette. Il se tenait bien devant elle, à quelques centimètres à peine. Et elle, sa main palpitait toujours. Comme si elle était encore en contact avec sa nuque.

Elle s'entendit prononcer, avec une stupeur absolue, d'une voix qu'elle reconnut à peine tellement elle était rauque et profonde :

« Moi je suis plus jamais tombée amoureuse. De personne. »

Il ne répondit rien, il resta immobile, alors elle n'y tint plus et se pencha vers lui. Pour en avoir le cœur net. Une bonne fois pour toutes.

« Au cas où tu mourrais », murmura-t-elle.

Et avec cinq ans de retard, dans cet escalier en colimaçon du chalet plongé dans le noir, elle lui donna son baiser d'adieu, celui qu'elle lui avait toujours dû. Un baiser des plus douloureux. Un baiser chargé de regrets, d'amertume, de souvenirs tristes. Un baiser de héros tragiques.

« Alors, comment vous avez trouvé le chalet ? s'enquit Sylvie.

– Oh, pareil à lui-même. »

Ils reprenaient place à table, dans la lumière trop crue de la dépendance. Tous les observaient.

« Les saisonniers sont plus bordéliques qu'on ne l'était », intervint Rosalie.

Sylvie leva une main, l'air de dire : *Ne m'en parle pas !*

« Je ne veux plus mettre les pieds à leur étage ! Ils me rendent dingue avec leurs mégots ! »

Une nouvelle bouteille de champagne avait été ouverte. Sylvie avait déposé sur la table un plateau d'amuse-gueules.

Ambre, assise à côté de Gabriel, s'interdisait de regarder

Anton, en face d'elle, mais elle sentait ses yeux braqués sur elle. Il se doutait. Il savait. Tandis qu'elle tendait son verre à Michel, elle croisa son regard par accident. Une demi-seconde. Et elle ne put s'y tromper. C'était bien un sourire qu'il lui adressait, presque imperceptible. Alors elle songea que si Tim et elle étaient des héros tragiques, lui était une sorte de démiurge qui tirait les ficelles et les observait avec un malin plaisir. C'était assez étrange… et désagréable.

Je ne peux plus rentrer à Lyon après ce baiser.

Marc avait été formel : « Quand tu auras décidé de rentrer, je veux que tu le fasses en connaissance de cause… Ça veut dire qu'après avoir tout réglé là-bas, tu me raconteras tout, absolument tout. »

Elle s'imagina passer la porte de leur appartement avec sa valise, et balancer à Marc : *J'ai embrassé Tim mais ce n'était qu'un baiser d'adieu. Celui que je lui devais depuis cinq ans. Maintenant tout est réglé. On va dîner ?…*

Elle avait du mal à prendre part aux conversations. Pourtant l'ambiance était chaleureuse. Même Cécile avait les joues rouges et l'air détendu. Entre l'entrée et le plat, Tim déclara qu'il avait rapporté une petite surprise d'Amiens.

« Des bonbons ? s'exclama Sophie, perchée sur les genoux de Gabriel.

– Non. Pas des bonbons.

– Alors quoi ? lança Rosalie.

– L'album souvenir. Avec toutes les photos de nos six mois à Arvieux. »

La tablée explosa de joie.

C'était Tim qui avait gardé l'album qu'ils avaient créé à quatre mains. Ambre s'en était longtemps réjouie. Ça l'avait aidée à aller de l'avant de n'avoir aucun souvenir de cette période.

« Le problème, c'est qu'il est dans ma voiture. J'ai pas eu le temps de le sortir, Rosalie m'a littéralement kidnappé », ajouta Tim avec un petit sourire.

On se moqua gentiment de Rosalie et Gabriel déclara qu'il allait accompagner Tim pour récupérer le fameux album.

On profita de leur absence pour débarrasser les assiettes de l'entrée et Rosalie chargea Ambre d'allonger le petit Timotée sur le canapé. Il tombait littéralement de sommeil. Elle le couvrit d'un plaid et s'assit à côté de lui, le regardant dormir.

Sophie grimpa sur ses genoux.

« Pourquoi t'as pas d'enfants, toi ? »

La question fit sourire Cécile, qui venait de les rejoindre.

« Parce que je suis trop jeune, répondit Ambre.

– T'as quel âge ?

– Vingt-cinq.

– Et Marc ? »

J'ai trahi Marc… Elle garda un visage impassible.

« Vingt-cinq aussi.

– Il veut faire des enfants ?

– Je… non… pas pour le moment.

– Mais après ? Vous aurez des bébés ? »

Non. Sans doute pas.

« Je suis plus jamais tombée amoureuse. De personne. » Comment avait-elle pu dire ça ?

« Ambre ! Hou hou !

– Oui, Sophinette ?

– Vous aurez des bébés après ?

– Je… je ne sais pas, Sophinette. On verra. Peut-être. »

Sophie prit un air concentré, un doigt posé sur les lèvres.

« Et vous allez vous marier ?

– Non ! »

La vigueur de la réponse laissa Sophie stupéfaite.

« Pourquoi… ?

– Parce qu'on est pas forcés de se marier, Sophinette… Regarde ton papa et ta maman, ils sont pas mariés.

– Oui mais ils ont des enfants.

– Nous on en a pas et on veut pas se marier. C'est comme ça. On fait pas comme tout le monde. »

Sophie se trémoussa. À l'autre bout du salon, Maxence lui faisait de grands signes et elle hésitait à le rejoindre.

« Allez, va voir ton amoureux, il t'attend.

– C'est pas mon amoureux ! se rebiffa Sophie.

– C'est ça oui… Tu sais qu'il pleurait l'autre soir, à ton spectacle ? Il voulait chanter avec toi… Moi je crois qu'il est un peu amoureux de toi.

– N'importe quoi ! »

Mais le stratagème fonctionna : Sophie sauta au bas du canapé et s'enfuit en courant.

Cécile vint s'asseoir sur l'accoudoir, à côté d'Ambre.

« Alors c'est vrai ? Pas de mariage ni de bébé ? »

C'est dingue, ça ! Ils vont tous s'y mettre !

« Non. Ça ne fait pas partie de mes projets…

– Quand il aura fini sa thèse, peut-être ?

– Oui. Peut-être. »

Il ne la finira jamais. Il refuse de la finir de toute façon.

« Dis-moi…, reprit Cécile avec hésitation.

– Oui ?

– Tout à l'heure… quand tu m'as passé Marc… tu lui avais demandé de me faire changer d'avis, non ?

– De quoi tu parles ? fit Ambre, l'air innocent.

– À propos de la tutelle. Tu lui avais demandé de me raisonner ?

– Non ! Pas du tout. Pourquoi cette question ? »

Cécile eut un sourire pas dupe.

« Parce que si c'était le cas, eh bien… il a fait tout l'inverse. »

Ambre ne put masquer sa stupéfaction.

« Comment ça ?

– Il m'a encouragée à accepter la tutelle et m'a longuement expliqué le bien que cela me ferait de me sentir responsable de lui, de me sentir positionnée en adulte face à lui et d'avoir le pouvoir de décision sur sa vie.

– Mais c'est... c'est ridicule ! Pourquoi il a fait ça ?

– Alors je vais refuser la tutelle.

– *Quoi ?* » s'exclama Ambre.

Sur le sofa, le petit Timotée poussa un grognement et se retourna.

« Je n'y comprends plus rien, ajouta-t-elle plus bas.

– Ce n'est pas ridicule. Je crois au contraire que c'était ingénieux.

– Comment ça ?

– Je m'attendais à ce que tout le monde me pousse à refuser la tutelle. Et j'avais envie de leur tenir tête. De me montrer forte en décidant du contraire.

– Mais lui t'a dit exactement l'inverse de ce que tu pensais entendre...

– Oui. Et j'y étais pas préparée... Il m'a mise en face de mes propres arguments et, venant de sa bouche, c'était... comment dire... *percutant*. Je me suis rendu compte du ridicule de la chose. À quel point c'était sans avenir... »

Ambre resta quelques instants soufflée. *Y a pas à dire, il est fort.*

« C'était risqué », finit-elle par déclarer.

Cécile haussa les épaules.

« Pas tant que ça... C'est de la manipulation de base.

– N'empêche que t'es tombée dans le panneau.

– Ouais. Faut croire que j'avais besoin de ça pour réagir. »

Ambre resta songeuse quelques secondes. Puis demanda subitement :

« Tu crois que c'est ce qu'il a essayé de faire ?

– Quoi ?

– Marc. Tu crois qu'il a essayé de faire la même chose avec moi quand il m'a encouragée à prolonger mon séjour ici tout le temps qu'il faudrait ? Tu crois qu'il a fait ça juste pour que je rentre auprès de lui ? »

Cécile resta muette. Elle se refusait à répondre et ce silence n'augurait rien de bon.

« Cécile ?

– Je ne sais pas… peut-être. »

Ambre eut un air légèrement horrifié.

« Si, murmura-t-elle avec lenteur. Je crois qu'il l'a fait pour ça… Mais il s'est planté. »

Cécile hocha la tête.

« Oui. Il s'est planté. »

À peine revenu avec Gabriel, Tim avait ouvert l'album sur la table et chacun y allait de son commentaire. Surtout Sophie.

« Et là ? C'est toi à côté de maman ?

– Oui, Sophinette, c'est moi. »

Juchée sur les genoux d'Ambre, la fillette était incrédule. Comme si elle n'y avait jamais cru à toute cette histoire selon laquelle sa maman et Ambre avaient été amies, selon laquelle Ambre l'avait connue bébé. Et maintenant qu'elle avait les clichés sous les yeux, elle n'en revenait pas.

« Et là ?

– C'est moi aussi. Et toi, tu te vois ? »

Le petit doigt de Sophie pointa une poussette d'où dépassait une tête de bébé. La photo avait été prise lors d'une de leurs nombreuses balades dans Arvieux, quand Tim voulait tester son appareil. Il mitraillait à tout va. Les paysages, les chalets, les traces de pas dans la neige et elles, en permanence. Là on les voyait toutes les deux en train de discuter à côté de la poussette de Sophie, Tim les avait prises à leur insu, au naturel.

« Oui c'est toi. Je te l'avais dit, Sophinette, on en a passé des heures, toutes les deux, à se promener. »

Sophie tournait les pages avec avidité. Plus loin elle eut le plaisir de découvrir parrain Anton et encore plus loin :

« Papa ! C'est toi ici !

– Oui, princesse, c'est moi. Je suis beau, hein ? Plus beau que tous les autres, pas vrai ?

– Bah oui ! »

Ici une photo d'une sortie en raquettes. Là quelques clichés nocturnes de l'expédition au lac de Roue. Du blanc tout autour et la lune. Pleine. Ronde. Surréaliste.

Çà et là des post-it griffonnés, des dessins, une note de restaurant presque effacée.

Rosalie semblait ravie mais Ambre se sentait oppressée. Le poids des souvenirs. Le poids du passé. Et le souvenir tout frais du baiser dans l'escalier. Anton restait silencieux au fond de sa chaise. Lui non plus ne voulait plus entendre parler du passé. Il regardait droit devant. Reprendre sa liberté. Tout effacer. Repartir de zéro. C'était ce qu'elle avait fait elle aussi. Ainsi que Rosalie. Elle ne pouvait pas lui en vouloir. Chacun sa deuxième chance.

Et Tim ?

« Merci pour tout, c'était une super soirée. »

Ils étaient tous à la porte, leurs manteaux sur le dos. Gabriel portait son fils endormi et Tim Sophie qui avait fini par succomber à la fatigue elle aussi. Rosalie avait raison, reconnut Ambre. Ça avait été une bonne soirée, malgré l'épisode au chalet, malgré l'album, malgré la sensation d'avoir trahi Marc.

« Passez nous dire au revoir avant de quitter la région, hein ! N'oubliez pas ! » dit Michel à Tim, Anton et Ambre.

À côté, Sylvie donnait une accolade à Cécile.

« Ravie de t'avoir rencontrée.

– De même. »

On se lança de derniers signes de la main, de derniers « Bonne nuit ! » et la petite troupe regagna les voitures, laissant des empreintes dans la neige.

Plus tard, alors qu'ils avaient tous regagné l'appartement et qu'elle se lavait les dents, Ambre songea qu'elle allait devoir appeler Marc. Au moins pour le remercier d'avoir parlé à Cécile. Elle devrait le faire demain et elle avait une boule à l'estomac rien que d'y penser.

Puis elle se dit que tout compte fait, elle pourrait l'appeler maintenant : à minuit passé, il ne répondrait pas. *Un message et hop, ce sera réglé…*

Elle s'isola dans la cuisine et chuchota sur son répondeur, heureuse qu'il ne puisse pas voir la teinte cramoisie qu'avait prise son visage :

« Marc, c'est moi… Je suis désolée de t'appeler si tard, on rentre d'un dîner chez Michel et Sylvie, mes anciens patrons. J'ai… Cécile m'a parlé… Elle m'a dit que tu l'avais fait changer d'avis alors je… je voulais te remercier… »

Elle marqua un temps, contemplant son reflet dans les vitres de la cuisine. Sa silhouette floue dans sa chemise de nuit. Ses cheveux emmêlés. Ce n'était pas comme ça que Marc l'aimait, lui. C'était avec tout son attirail de femme. Avec ses bijoux. Son maquillage.

« Tout le monde dort ici donc je vais devoir te laisser. Je t'embrasse. À plus tard. »

Elle raccrocha et, le cœur battant, coupa immédiatement son téléphone. Au cas où, réveillé par la sonnerie, il chercherait à la rappeler. *Toutes mes félicitations, Ambre, tu n'es qu'une pourriture. Une lâche et une sombre pourriture.*

Dans le couloir, elle croisa Rosalie qui venait de border Timotée.

« Ambre ? Ça va ? » lui demanda-t-elle en lui posant une main sur l'épaule.

Elle songea qu'elle devait vraiment avoir une sale tête pour que Rosalie ait cet air soucieux.

« Oui, ça va… Elle est très belle, non, la sœur d'Anton ?

– Hein ? » fit Rosalie, désarçonnée par cette question incongrue.

Ambre y avait pensé tout le reste du dîner, un peu dans la voiture et ensuite en se lavant les dents.

« La sœur d'Anton, c'est Lucy c'est ça ?

– Oui.

– Tu l'as déjà vue ?

– Au baptême de Timotée. Elle… »

Rosalie se trémoussa, mal à l'aise. Elle n'avait pas convié Ambre au baptême. Elle ne souhaitait pas s'étendre sur ce sujet.

« Elle accompagnait Anton. Tim travaillait.

– Elle est très belle ?

– Oui… c'est une très belle femme.

– C'est ce qu'il me semblait. »

Rosalie la scruta avec une perplexité croissante.

« Pourquoi tu me demandes ça ?

– Comme ça.

– T'es sûre que ça va ?

– Sûre. Bonne nuit, Rosalie.

– Euh… oui… bonne nuit. »

11

« Ambre ? C'est Cathia ! »

Ambre fut surprise d'être si peu heureuse d'entendre sa collègue. Après tout, Cathia était ce qui se rapprochait le plus d'une amie. Elles prenaient des verres ensemble, parlaient des garçons et s'échangeaient leurs crèmes de jour. Elles en oubliaient qu'elles travaillaient ensemble et qu'Ambre restait malgré tout sa supérieure.

« Salut, Cathia. Ça va ?

– Oui, super ! Je me demandais ce qu'il t'arrivait ! Pas un seul coup de fil en une semaine. La boutique aurait pu brûler ! »

Ambre s'éloigna du salon où elle s'était installée avec tous les autres après le petit déjeuner.

« Je parie qu'elle est toujours debout.

– Oui… C'est dommage d'une certaine façon… j'aurais bien pris quelques jours de vacances !

– Ça viendra… en février.

– Ouais. Après l'enfer des soldes. »

Ambre s'assit sur le lit dans la chambre de Sophie.

« Alors ça tourne bien ?

– Oui… J'ai croisé Marc ce matin. Il passait dire bonjour à ta mère, au pressing. Il avait pas l'air très en forme.

– Ah ? »

Je ne l'ai même pas rappelé ce matin ! Ça aurait été la moindre des choses, mais elle ne parvenait pas à surmonter son malaise.

« Il m'a dit que tu étais toujours là-bas, à la montagne, chez tes amis.

– Oui. Je… je les ai pas vus depuis longtemps… J'essaie d'en profiter.

– Eh bien, tu vas devoir vite rentrer ! » répliqua Cathia.

Ambre se figea.

« Ah oui ? Pourquoi ?

– T'as oublié ?

– Quoi ?

– Dans deux jours on fête la nouvelle année ! »

Et merde ! Pas déjà !

« T'as l'air d'être un peu ailleurs, constata Cathia.

– Oui j'ai… j'ai un peu perdu la notion du temps ici.

– Bon… Quoi qu'il en soit, le restau est réservé. On vous attend Marc et toi à vingt heures. Émilie a râlé. Elle a dit que c'était tôt mais ça nous permettra de faire durer l'apéro ! »

Cathia attendait une réaction. Et Ambre ne savait plus où elle en était.

Quand elle était arrivée à Arvieux, elle s'était maintes fois demandé : *Qu'est-ce que je fous là ?* Elle avait eu l'impression de se retrouver au cœur d'un monde qui n'était plus le sien, où elle n'avait rien à faire. Et maintenant qu'elle avait repris ses marques, qu'elle avait recommencé à nouer des contacts, remué tout ce passé, c'était sa vie à Lyon qui lui paraissait totalement étrangère. Dénuée de sens.

« D'accord… Vingt heures alors.

– Émilie et son cher et tendre risquent d'arriver en retard, alors on compte sur vous, les cocos… tâchez d'être à l'heure !

– Ouais. Pas de souci.

– Allez je te laisse, la pause est finie ! Je t'embrasse, à jeudi !

– À jeudi ! »

Elle raccrocha, déboussolée. *Et maintenant ?*

Elle l'avait oubliée, cette soirée du 31. Elle avait pensé pouvoir retarder son retour à Lyon à loisir, sans se presser, mais il y avait ce fameux réveillon. Cathia, Émilie et Ambre avaient décidé de le fêter ensemble, avec leurs conjoints. Ce serait sympa, s'étaient-ils dit.

Mais maintenant ce fichu réveillon bouleversait tout en l'obligeant à rentrer au plus tard dans deux petits jours… *Pas maintenant. Pas maintenant que je suis devenue la confidente de Sophie. La complice d'Anton. Que je retrouve juste Rosalie et Gabriel. Pas alors que Tim est à peine revenu.*

Elle pouvait se décommander peut-être. Et quoi ? Laisser Marc y aller seul ? Si ce n'était pas une rupture ça, ça y ressemblait étrangement.

Ce matin ils avaient pris leur petit déjeuner et ils s'étaient tous rassemblés au salon, autour de Cécile. Pour l'aider à faire le point. Elle avait appelé la gendarmerie et refusé la tutelle. Restait à savoir ce qu'elle ferait à présent, où elle s'installerait. Gabriel répétait : « Et Nice ? Ta famille ? » et elle refusait catégoriquement.

Rosalie avait sorti une carte de France et déclaré :

« Regarde ! Il y a plus de trente-cinq mille communes ! T'as que l'embarras du choix ! »

Alors ils avaient tous pioché des crayons de couleur dans la trousse de Sophie et ils avaient commencé à entourer les villes où ils auraient aimé habiter. Ça avait viré au jeu. Ça n'aidait pas vraiment Cécile à prendre une décision, mais ça lui avait rendu le sourire.

Et maintenant voilà qu'il faut partir…

« C'était le boulot ? demanda Gabriel en voyant Ambre regagner le salon, la mine préoccupée.

– Non… Enfin si… une collègue et amie.

– Rien de grave ?

– Non ! La boutique va bien ! Elle voulait simplement me parler du réveillon du jour de l'an qu'on doit passer ensemble… Je l'avais zappé. »

Rosalie, qui aidait Timotée à faire un puzzle, ne put retenir une exclamation :

« Tu ne vas pas déjà rentrer, quand même ! »

– Je crains que si...

– Ambre !

– C'était prévu depuis un certain temps... Le restaurant est réservé et... Marc m'attend. »

Rosalie avait du mal à cacher sa déception. Près du sapin, assise au milieu de ses poupées, Sophie esquissa une moue identique.

« Je comprends, va... mais je m'étais dit que comme les garçons restent, on aurait pu le fêter tous ensemble ici.

– Je sais... Ça m'aurait plu.

– Mais tu as raison. Tu as Marc à Lyon. T'allais pas rester éternellement de toute façon. »

Malgré son ton compréhensif, Rosalie avait un regard de chien battu. Comme Sophie. Anton gardait les yeux rivés sur le ciel à travers la fenêtre du salon. Un dieu grec impassible. Tim touillait nerveusement son café.

Ils sont aussi dépités que moi.

« On a encore deux jours, dit-elle avec un optimisme forcé.

– Oui, fit Rosalie. Et puis... on en aura bien profité. »

Sophie, elle, secouait la tête en silence, ses petits sourcils froncés, incapable de faire semblant.

Les garçons avaient décidé de s'occuper du repas du midi. Ils s'étaient enfermés tous les trois dans la cuisine. Rosalie était partie à la pharmacie avec les enfants. La bronchite du petit Tim' résistait au baume aux huiles essentielles et autres médecines douces, il lui fallait un traitement plus costaud.

Il ne restait qu'Ambre et Cécile dans le salon, devant la carte de France gribouillée. Quelqu'un avait dessiné un cœur autour d'Arvieux.

« Donc tu rentres après-demain ? demanda Cécile.

– Oui.

– Marc va être content. »

Son estomac se contracta douloureusement. Elle ne l'avait pas encore appelé. Pas le courage. Elle se disait : *Après le repas*. Il lui avait paru fâché la veille. Qu'est-ce que ce serait après… quand elle lui aurait parlé du baiser au chalet…

« Il avait l'air contrarié hier.

– C'est parce qu'il te sent loin. Quand tu seras de retour et que tu auras passé ta robe de réveillon, il oubliera tout. Tu lui diras qu'il t'a manqué et que tu es heureuse d'être là. »

Sauf que je mentirai en lui disant ça…

Elle se força à sourire.

« Et toi alors ? Tu as choisi la commune de tes rêves ? »

Le visage de Cécile se rembrunit. Elle repoussa la carte sur la table.

« C'est pas tant le village le problème, tu sais… Habiter ici ou là, ça n'a aucune importance… Je pourrais même vivre sous terre je crois…

– Alors c'est quoi ? »

Cécile haussa les épaules.

« Je ne sais pas. Je ne m'imagine dans aucune de ces villes. Chez moi c'était cet appartement minuscule à Paris. Nulle part ailleurs.

– Chez toi ça peut être n'importe où », répliqua Ambre.

Elle pensait au poème de Wilson. Un poème qui ne l'avait jamais quittée.

« Rappelle-moi de te faire lire un poème que m'a un jour offert un ami… »

Puis elle se saisit de la carte et la lissa pour faire disparaître les plis.

« Bon. Voilà où on en est. T'as coupé le dernier lien.

– Quoi ?

– Le dernier lien qui te retenait à ton passé. À ton mari. »

Cécile la dévisagea toujours sans comprendre.

« La tutelle, c'était ce qui te rattachait encore à tout ça. Tu l'as refusée. C'est fini maintenant. Tu peux le laisser derrière toi. Tu as une page vierge devant toi. »

Elle se saisit d'une feuille qui traînait sur la table. Sophie y avait gribouillé un soleil qui souriait, dans le coin à droite.

« Tu as même un soleil qui sourit. Si c'est pas un signe, ça... »

Elle griffonna un titre : *Nouvelle vie de Cécile*. Et un rond avec un *d* à l'intérieur pour « départ ». Puis une flèche qui menait à *Nice / famille*.

« Voilà ta première possibilité. Les appeler. T'installer quelque temps là-bas. »

Cécile secoua la tête avec ferveur.

Ambre inscrivit sous cette flèche : *Peut-être mais dans longtemps*. Cécile l'observait sans amusement, les bras croisés, le visage fermé.

« Alors quoi d'autre ?

– Rien, répliqua Cécile.

– Tu as des amis ? De la famille plus lointaine ? »

Cécile lui adressa un regard noir.

« Bon. Je prends ça pour un non. »

Ambre reprit son stylo et dessina deux autres flèches qui menaient à deux ronds : *Arvieux / Gabriel et Rosalie* et *Lyon / Marc et Ambre*.

« Arrête ça, lança Cécile avec mauvaise humeur. Je suis pas une gamine. T'as pas besoin de me faire des dessins. »

Mais Ambre l'ignora. Elle dessina une quatrième flèche et un rond plus gros. À l'intérieur elle écrivit : *Nouveau départ / tout un champ de possibles*, puis elle releva la tête.

« C'est pas un dessin. C'est un arbre de probabilités. Comme en mathématiques.

– C'est débile.

– Pas tant que ça. Parfois quand on ne va pas bien, on a du mal à avoir une bonne vision de son champ des possibles. On noircit tout. On a l'impression qu'il n'y a plus rien devant. Aucune direction envisageable. »

Cécile ne répondit rien et Ambre fut persuadée qu'elle avait touché juste.

« Faire un schéma ça peut aider. Regarde… tu es loin de n'avoir aucune issue. Tu as deux solutions si on veut résumer. Ou tu t'installes là où tu as des attaches. Ta famille, ici, ou chez nous à Lyon. Ça peut être un bon compromis quand on a trop peur de recommencer de zéro. Tu te trouves un appartement, un travail et tu sais que tu as quelqu'un juste à côté, à quelques pâtés de maisons ou à quelques kilomètres. Tu sais que tu n'es pas seule… Au fait, tu travaillais dans quoi à Paris ?

– Dans une crèche. J'étais auxiliaire puéricultrice. J'ai dû arrêter à cause des coups. »

Ambre choisit d'ignorer le ton plutôt acerbe de ces mots.

« Tu trouverais du travail sans problème à Lyon. Je pourrais te présenter mes collègues. On irait boire des cafés et on pourrait se promener dans le parc de la Tête d'or. La vie est plutôt agréable à Lyon. »

Même visage fermé, mêmes bras croisés.

« Et la deuxième solution ? lança Cécile sans amabilité.

– La deuxième c'est de choisir une de ces villes au hasard et tout reconstruire là-bas. »

Pendant quelques secondes, Cécile resta de marbre. On entendait des éclats de voix venues de la cuisine et des casseroles qui s'entrechoquaient.

« C'est ce que tu as fait ? demanda finalement Cécile.

– Repartir de zéro ?

– Oui. En débarquant à Arvieux il y a cinq ans. À cause de cet homme. »

Pendant une seconde, elle fut surprise d'entendre Cécile évoquer Philippe puis elle se remémora leur discussion dans la cuisine, le jour de Noël.

« Oui. C'était l'idée… Moi non plus je ne voulais plus entendre parler de ma famille. Puis finalement j'ai pas eu le courage de couper tous les liens. J'ai gardé celui-là. J'ai accepté de les revoir.

Je regrette pas… C'est pas irréversible, tu sais. Tim par exemple, il a décidé de couper les ponts avec sa famille quand il a eu dix-huit ans. Et quatre ans après il a repris contact avec un de ses frères. Six ans après, il a accepté d'appeler sa mère. Et Rosalie ! Rosalie a essayé de disparaître et puis finalement, quand Gabriel l'a retrouvée, elle a accepté sa main tendue. Maintenant ils vivent ensemble avec deux enfants. »

Cécile avait les yeux rivés sur le dessin d'Ambre, le visage froid.

« Et donc ? lâcha-t-elle.

– Et donc il ne faut pas avoir peur de se tromper ou de… ou de prendre une mauvaise décision. Encore une fois, rien n'est irréversible. Tu peux toujours changer d'avis un jour ou l'autre. Le tout c'est d'avancer, d'aller de l'avant. De ne pas rester dans cet entre-deux. »

Cécile planta finalement son regard dans celui d'Ambre.

« Et tu crois qu'on peut rattraper des années comme ça, en un claquement de doigts ? »

Elle avait parlé avec une certaine dureté. Manifestement évoquer sa vie ne lui plaisait pas. Pas du tout. Ambre recula légèrement au fond de sa chaise.

« Pourquoi tu me dis ça ?

– Rien n'est réversible. On ne rattrape jamais des années perdues.

– Je crois que tu te trompes ! » répliqua Ambre avec véhémence.

Cécile se pencha encore plus en avant au-dessus de la table.

« Non c'est toi qui te trompes avec ton optimisme béat ! »

Ambre se figea, soufflée par le ton qu'avait employé Cécile. Soufflée par son regard noir. Elle resta muette au fond de son siège et ce fut ce silence qui fit s'écrouler Cécile. Elle lâcha un drôle de soupir qui ressemblait à un sanglot, avant de s'affaisser sur sa chaise comme une poupée de chiffon. Les épaules basses, le visage défait et les yeux légèrement effarés.

« Je suis désolée, Ambre, gémit-elle, retrouvant sa voix de petite souris. Je sais pas ce qui m'a pris de crier comme ça.

– Non, c'est rien.

– T'essaies juste de m'aider et moi… »

Elle s'interrompit car Ambre s'était mise à sourire.

« Quoi ? Pourquoi tu souris comme ça ?

– Parce que c'est bien. C'est bon signe. Avant tu chuchotais et tu craignais de n'avoir jamais de repartie. Maintenant tu hausses le ton. Bientôt tu pourras gifler Anton ! »

Cécile sourit à son tour. Timidement.

« Moi aussi j'envoyais promener tous ceux qui essayaient de m'aider, ajouta Ambre. C'est normal.

– Mais ça ne fait pas avancer les choses. »

Ambre fit glisser vers elle le schéma surmonté d'un soleil.

« Ça, ça fait avancer les choses. Choisis une flèche et fonce. Si tu changes d'avis, ce n'est pas grave. Parfois on peut rattraper les années… Regarde Rosalie et Gabriel, ils te donnent pas envie d'être optimiste ? Béatement même ? »

Elle lui lança un regard taquin. Cécile haussa les épaules en souriant.

« Si, ils donnent envie d'y croire.

– Alors… »

Elle fut interrompue par la sonnerie de son téléphone. Son cœur battit plus vite avant de voir clignoter le mot *Maison*.

« Je reviens. »

Elle avait eu peur, une fraction de seconde, que ce ne soit Marc. *Je ne suis pas prête*. Mais ce n'était que sa mère. Elle lança un « Allô ? » soulagé en se glissant dans la chambre de Sophie.

« Ambre, c'est moi », lança Mme Miller.

Il était presque treize heures. Elle avait dû quitter le pressing pour le déjeuner. Elle avait deux heures de pause. Largement le temps pour rentrer manger à la maison, comme elle le faisait chaque jour.

« Comment ça va ? Vous êtes bien rentrés du Maroc ? C'était comment ? »

Elle se montrait bavarde et enjouée car elle n'avait pas trouvé le ton de sa mère particulièrement aimable et elle pressentait ce qui allait suivre.

« Marc est venu me voir à la boutique ce matin. »

Et voilà, on y est. Tout le monde a vu Marc ce matin. Sauf moi. Moi je me cache ici.

« Oui, je sais, maman. J'ai eu Cathia au téléphone. Elle m'a dit qu'elle l'avait croisé alors qu'il passait te voir. »

Un silence un peu lourd au bout du fil. Un silence qui résonnait comme un reproche. Qui la faisait se sentir coupable. Coupable de laisser Marc seul à Lyon. Lui qui était si dévoué, si protecteur.

« Il m'a dit que tu n'étais toujours pas rentrée d'Arvieux. Il avait pas la grande forme, il m'a paru fatigué et… et triste. »

Elle déglutit. Que répondre ?

« Je rentre après-demain. Je ne suis partie que quelques jours, tu sais… Ça m'a fait du bien.

– Moui. »

On aurait dit un ricanement. C'était surprenant de la part de Mme Miller.

« Maman… qu'est-ce qu'il y a ?

– Ça te fait rarement du bien de le revoir », lâcha Mme Miller d'une voix sèche.

Elle resta quelques secondes abasourdie. Son cœur tapait fort dans sa poitrine.

« Maman… de quoi tu… ?

– Je pensais que la deuxième fois, tu aurais compris. J'ai cru qu'à cause de lui tu n'aurais plus jamais personne. »

Cette fois-ci le doute n'était plus permis : sa mère parlait bien de Tim, et pas du tout en bons termes. Ambre réussit à bredouiller :

« Qu'est-ce que tu racontes ?

– C'est vrai. S'il y avait pas eu Marc, qui sait où tu serais ? J'ai vraiment cru que tu y arriverais pas. Que tu retrouverais jamais personne. Il t'a fait toucher le fond. Mais il y a eu Marc. C'est pas donné à tout le monde de rencontrer un garçon comme lui. »

Elle resta soufflée par le ton glacé. On sentait poindre des années de colère dissimulée. Des années de silence, à faire comme si de rien n'était et à l'observer de loin. Mme Miller vouait une véritable haine à Tim. Ambre ne l'avait jamais soupçonné.

« Maman… tu ne sais pas de quoi tu parles. C'est pas…

– Il t'a quittée deux fois.

– Mais ça c'est du passé… On est juste… on est juste amis, se défendit-elle d'une voix de petite fille.

– Ce que je sais, moi, répliqua sa mère, c'est que Marc est à Lyon tout seul, qu'il ne va pas bien. Et toi tu restes là-bas, auprès de *lui*. »

Il y avait tant d'écœurement dans ce mot. Elle ne daignait même pas prononcer son prénom.

« Je sais que tu es adulte et que tu fais tes propres choix mais je crois que là tu te perds un peu, alors il m'a semblé bon de tirer la sonnette d'alarme. »

Aucune réponse. Mme Miller attendit dans un silence tendu.

« Ambre ? »

Elle bredouilla d'une voix brouillée par la colère et l'ahurissement :

« Il ne m'a pas quittée deux fois. C'est la vie. Elle a été dégueulasse avec lui.

– Quoi ?

– Laisse tomber. Je vais rentrer demain à Lyon. Arrête de t'inquiéter. »

Léger silence. Mme Miller n'osait y croire.

« Tu avances ton retour ?

– Oui. »

Sa mère ne put retenir un soupir de soulagement.

« Tu peux encore l'appeler par son prénom, tu sais, lâcha

Ambre avec amertume. Tim, c'est pas un monstre. Tu ne me feras jamais changer d'avis là-dessus.

– Bon… »

Mme Miller ne voulait pas s'aventurer sur ce terrain hostile. Maintenant qu'elle avait obtenu gain de cause, mieux valait couper court.

« On se voit demain alors ? dit-elle.

– Sans doute.

– Venez manger à la maison. Mathieu sera là. On fera un repas de fête.

– D'accord.

– Bon… C'est bien. Alors… je t'embrasse.

– Moi aussi. »

Les choses s'étaient quelque peu améliorées entre Ambre et ses parents toutes les années qui avaient suivi ce fameux hiver à Arvieux. Leurs relations étaient moins silencieuses, moins distantes. Mais aujourd'hui elle se demandait si elle n'aurait pas préféré un bon gros silence à ces mots-là. *Il ne m'a pas quittée deux fois !*

Elle envoya valser une des poupées de Sophie à l'autre bout du lit puis la récupéra en se reprochant ce geste de violence stupide. Elle savait que sa mère avait raison. Elle devait appeler Marc maintenant. Avant que le malaise ne devienne trop envahissant.

« Marc, c'est moi.

– Tiens. Une revenante. »

Le ton était totalement dénué d'humour. Elle tenta d'adopter une voix enjouée pour lancer :

« Je rentre demain ! Surprise ! »

Seul un silence glacial lui répondit. *C'est pas vrai ! Qu'est-ce qu'ils ont tous, aujourd'hui ?*

« Marc ? Tu ne dis rien ?

– Je réfléchis…

– À quoi ? »

Elle sentait l'étau se resserrer. Il était furieux. Plus seulement fâché.

« Je me demandais si tu revenais simplement parce que Cathia t'avait appelée… simplement à cause du réveillon… D'ailleurs, quand je l'ai croisée ce matin, je lui ai dit que tu l'avais probablement oublié ce réveillon… comme tout le reste…

– Marc ! protesta-t-elle. C'est toi qui m'as dit de rester ici le temps qu'il fallait ! De régler tout ce qu'il y avait à régler !

– Oui, je l'ai dit.

– Alors pourquoi tu me le reproches aujourd'hui ? »

Un silence au bout de la ligne. Elle crut entendre un soupir étouffé.

« Parce que je sens que je suis en train de te perdre. Et je crois que sans ce réveillon, tu ne serais pas rentrée. Tu aurais arrêté de m'appeler et tu ne serais jamais rentrée.

– Arrête tes bêtises ! Je rentre demain et je ne repartirai plus. Promis. En tout cas, pas sans toi. »

Il poussa un grognement qui ressemblait au « Moui » de Mme Miller. Mi-sceptique, mi-sarcastique.

« Ambre… »

Elle pressentit la suite.

« Si tu rentres… tu te rappelles ce que j'ai dit…

– Oui. »

De l'air, de l'air, vite, elle allait étouffer.

« Tu es prête à le faire ? À tout me raconter ?

– Oui. »

Menteuse. En plus d'être lâche, elle était une menteuse.

« Tu me cacheras rien ?

– Non ! »

Nouveau silence. Elle se rendit compte qu'elle transpirait abondamment. Et qu'elle serrait la poupée très fort entre ses mains moites. Elle allait la briser.

« Tu prendras quel train ?

– J'ai… je… »

Elle croyait se souvenir qu'il y en avait un chaque jour à dix heures quarante-cinq.

« Je serai à Lyon à seize heures vingt.

– D'accord. Je viendrai te chercher à la gare. »

Elle attendit qu'il ajoute quelque chose. Elle l'entendait se gratter le menton. Elle devinait son air soucieux. Finalement il déclara :

« Bon, je vais te laisser… Je crois qu'on aura suffisamment à se raconter demain. »

Elle déglutit.

« Oui.

– À demain.

– À demain. »

Pas de *Je t'embrasse.* Pas de *Je t'aime.* Juste ces deux mots impersonnels et une angoisse insurmontable qui l'empêchait de respirer.

« Alors tu rentres demain finalement… »

La voix de Tim faisait des efforts pour rester neutre. Ne pas manifester sa déception.

« Oui. »

Ils avaient terminé le repas. Ambre avait attendu l'arrivée de la corbeille de fruits pour laisser tomber la nouvelle. Le visage de Rosalie s'était tordu. Sophie avait tapé du poing sur la table.

« Bah, avait dit Gabriel avec son sourire habituel, tu reviendras cet été. C'est beau Arvieux en été. »

Et Rosalie avec un mince espoir avait lancé :

« Tu es sûre qu'il y a un train ? »

Espoir déçu :

« Oui, à dix heures quarante-cinq.

Après quoi ils avaient débarrassé la table en silence et les enfants étaient partis à la sieste.

Maintenant ils étaient dans le salon. Cécile était silencieuse devant la carte de France. Elle ne la regardait pas vraiment, elle était plongée dans ses pensées. Anton y promenait son doigt, s'arrêtant de temps en temps sur une ville. Il la regardait pour de vrai, lui. Et c'est là que Tim avait fini par lâcher :

« Alors tu rentres demain finalement… »

Anton avait levé les yeux de la carte, brièvement, pour observer Ambre, voir sa réaction. Elle avait simplement répondu « Oui » d'un ton impassible.

Maintenant le silence se prolongeait et ce fut Cécile qui intervint, à la surprise de tout le monde :

« Il ne faudra pas que tu oublies le poème dont tu m'as parlé tout à l'heure. »

Ambre mit quelques secondes à rassembler ses esprits.

« Ah oui. Je te le scannerai. Tu me laisseras ton adresse mail… À moins que tu ne t'installes à Lyon. Dans ce cas on aura l'occasion de le lire ensemble. »

Cécile sourit.

« Je sais pas encore…

– Je me doute. Mais on restera en contact.

– Oui. »

Tim lui lança un regard qui signifiait : *Il y en a qui ont de la chance…* Ambre ne broncha pas.

Cécile eut un sursaut, comme si elle se rappelait soudain quelque chose, et elle quitta le salon d'un pas pressé. On l'entendit parler avec Gabriel, dans la cuisine, d'une voix précipitée.

« Qu'est-ce qui lui a pris ? fit Tim.

– Elle est bizarre parfois, ricana Anton, toujours plongé dans sa carte de France.

– Elle est pas bizarre, répliqua Ambre, elle est chamboulée.

– C'est quoi ça ? »

Tim s'était emparé de son dessin. Son arbre des possibles. Avec le soleil qui souriait en haut.

« C'est moi qui ai fait ça pour Cécile… pour l'aider à faire un choix.

– C'est… »

Il hésitait entre plusieurs mots.

« Marrant. »

Ambre haussa les épaules.

Rosalie leva la tête du livre de recettes dans lequel elle s'était plongée – *Cent recettes pour un réveillon réussi.*

« Dis, Tim, tu m'aideras à préparer ce repas de réveillon ?

– Oui… Bien sûr.

– J'aurai besoin de faire de nouvelles courses… Un poulet à la crème… ça pourrait être bien… »

Elle parlait toute seule, perdue dans ses pensées en suçotant le bout de son stylo. Et Anton continuait de passer le doigt sur la carte, suivant des nationales, des départementales, bifurquant sur des autoroutes. Dans la cuisine, Cécile parlait très vite, avec une voix légèrement hystérique. Tim échangea un regard avec Ambre, perplexe : *Ils sont tous devenus cinglés aujourd'hui.* Et elle songea que non, ils étaient tous ailleurs. Anton s'évadait sur les routes de France et Rosalie dans ses recettes pour ne pas songer à leurs prochains départs. Quant à elle, elle était incapable de calmer son angoisse à l'idée de son retour à Lyon.

Cécile refit irruption dans le salon, agitée. Ce fut à Ambre qu'elle s'adressa :

« J'ai pensé… il faut que je récupère toutes mes affaires à Paris… que je règle toutes ces choses avec mes beaux-parents : l'appartement, le bail, les comptes communs… »

Ambre hocha la tête, Cécile poursuivit :

« C'est un premier pas, ça…

– Oui c'est vrai.

– C'est pas grand-chose mais c'est déjà…

– Si, c'est important. C'est très bien. »

Elle songea que Cécile était surprenante. Elle avait eu raison de lui faire confiance. Elle avançait à tout petits pas mais elle avançait. Elle avait peur, elle hésitait quelque temps puis elle se lançait d'un coup. Chacun allait à son rythme. Cinq ans auparavant, Ambre était restée longtemps dans un état d'entre-deux, incapable de prendre une décision. Anton, lorsqu'il avait voulu aller de l'avant, l'avait fait d'un grand saut, sans regarder en arrière, sans hésiter. Est-ce que c'était mieux ? Il avait fini dans un ravin…

« Rosalie. »

Gabriel venait d'entrer dans le salon à son tour.

« Oui ? fit-elle en enlevant son stylo de la bouche.

– Je vais accompagner Cécile à Paris demain pour vider son appartement. On a pensé que c'était mieux que tout soit réglé pour la fin de l'année. Pour commencer la nouvelle année sur de bonnes bases…

– Mais… »

Rosalie semblait légèrement hébétée.

« Vous serez rentrés le 31 ?

– Évidemment, chérie !

– Bon… D'accord… Très bien. Vous aurez intérêt à être à l'heure pour le réveillon !

– On sera à l'heure », promit Gabriel en souriant.

Elle referma d'un coup sec son livre de recettes et se leva.

« Ambre, tu m'accompagnes faire quelques courses ? J'ai un gros poulet à acheter et il me faut tous les ingrédients pour le dessert. Il faudra aussi choisir quelques fromages. »

Elle paraissait un peu folle à parler comme ça, sans regarder personne en particulier, tout en remettant son gilet. C'était le départ d'Ambre qui la rendait triste et elle essayait de le cacher en se raccrochant à des préoccupations toutes matérielles. Personne n'était dupe mais nul n'osa l'interrompre et Ambre se leva sans se faire prier.

En fait ces courses étaient une tactique de Rosalie pour qu'elles se retrouvent seule à seule. Ambre le comprit vite. Rosalie avait les yeux qui furetaient d'un rayon à l'autre mais son esprit était concentré sur un sujet bien précis. Qui n'avait rien à voir avec la cuisine.

« Quand je vous ai laissés tous les deux au chalet hier… qu'est-ce qu'il s'est passé ? »

Elle ne la regardait pas. Déchiffrait les étiquettes de produits. Ambre était persuadée que c'était une autre stratégie pour la faire parler : l'interroger d'un air détaché, comme on parlerait de la pluie et du beau temps.

« Rien. Pourquoi ?

– Ton départ est un peu précipité.

– Pas tant que ça.

– J'ai pensé que ça avait peut-être un rapport avec hier.

– Avec quoi ? Je l'ai dit, il ne s'est rien passé. »

Rosalie plongea enfin ses yeux dans les siens. Ses yeux noirs et pénétrants.

« Quoi ? fit Ambre, mal à l'aise.

– Rien… J'allais te demander un truc…

– Ça a un rapport avec Tim ?

– Non.

– Bon alors demande. »

Elles se remirent à pousser le caddie, traversèrent une bonne partie du rayon. Rosalie finit par dire :

« Tu sais, on a baptisé les enfants… »

Ambre hocha la tête. Elle croyait deviner la suite : Rosalie s'en voulait de ne pas l'avoir invitée. C'était à cause de cette brève discussion, la veille, dans le couloir.

« On a baptisé Sophie sur le tard, elle allait avoir trois ans. »

Nouveau hochement de tête. Le caddie continuait de filer. Après le rayon conserves, le rayon biscuits apéritifs.

« Gabriel a choisi son parrain – son frère – et moi, je devais choisir la marraine… »

Rosalie arrêta brutalement le caddie et resta plantée là, les yeux rivés sur la poignée.

« Tu sais, reprit-elle, c'est idiot mais comme on s'appelait de moins en moins j'étais… comment dire… j'étais gênée… J'osais pas t'en parler et comme… et comme je sentais que t'essayais de refaire ta vie loin d'Arvieux, je voulais pas t'embêter avec ça. »

Ambre haussa les épaules avec détachement.

« C'est pas grave, Rosalie. Même si tu m'avais invitée, je ne serais probablement pas venue… En sachant qu'il y aurait Anton et Tim, j'aurais décliné l'invitation. »

Puis d'un ton plus amer :

« C'est ce que j'ai fait toutes ces années. »

Mais Rosalie se mit à secouer la tête, toujours sans la regarder.

« Non, c'est pas ça, je te parle pas du baptême… Je te parle du choix de la marraine.

– Je ne te suis pas.

– Eh ben… j'ai jamais pu trouver de marraine à Sophie parce que… »

Tandis que Rosalie s'empêtrait dans ses explications, Ambre commençait à entrevoir où elle voulait en venir et elle sentit ses joues se colorer, une vague de chaleur l'envahir.

« Parce que pour moi ça ne pouvait être que toi. Après cet hiver à Arvieux… tu te rappelles… on était toutes les deux et tu m'as jamais laissée tomber. On s'occupait de Sophie toutes les deux comme deux mamans. T'étais toujours là… Quand il fallait lui donner le bain, quand il fallait la faire manger, quand il fallait lui peigner ses affreux cheveux crépus et qu'on y passait des heures ! »

Elle eut un petit rire, le regard toujours rivé sur le caddie. Et Ambre se sentait devenir rouge pivoine.

« Après on a perdu contact et moi… moi j'ai refusé de choisir une marraine à Sophie. Parce que ça aurait dû être toi et j'ai jamais voulu que quelqu'un prenne cette place. »

La voix de Rosalie se brisa légèrement. Ambre resta figée. Elles avaient un drôle d'air, immobiles au milieu de cette allée, devant un caddie presque vide, à ne pas oser se regarder.

« Sophie, elle a jamais vraiment compris pourquoi elle avait pas de marraine et quand… quand tu es arrivée à Arvieux, quand Gabriel est revenu, quand tout est rentré dans l'ordre, quand j'ai vu que… que vous commenciez à bien vous entendre toutes les deux… je lui ai dit à Sophie. Je lui ai dit que sa marraine secrète, celle que je lui avais choisie, c'était toi, mais que j'avais jamais eu le courage de te le demander. »

Elle eut un léger rire nerveux. À cause de l'émotion.

« Je lui ai demandé si ça lui plairait que tu deviennes sa marraine… si tu étais d'accord bien sûr ! »

Elle leva les yeux vers Ambre, pour la première fois depuis le début de cette discussion.

« Et Sophie… elle a répondu quoi ? bredouilla Ambre.

– Oh ! Elle a dit oui, forcément ! »

Elle, marraine. Avoir une filleule. Ça donnait chaud partout. Ça faisait un drôle d'effet. De le prononcer, dans sa tête : *Je suis marraine. J'ai une filleule*. Ça rendait important. Ça rendait adulte. Comme Anton avec Timotée. Comme Tim avec le bébé de Maxime et Lisa. Mais elle, elle avait une Sophinette. Une Sophinette qui rimait avec « trottinette ». Une petite fille au sourire magique, avec des bracelets fluo aux poignets, des boucles qui dansaient autour de la tête. Une petite fille qui disait : « T'es bête ! » et qui chantait « Forévеuyan », qui patinait mieux que tout le monde et qui avait le sommeil plus léger qu'un papillon. Une petite fille qui gagnait tous les adultes au concours de sourires. Une Sophinette, quoi !

Rosalie continuait de l'observer avec un air anxieux.

« Ambre ?

– Oui ? »

Sa voix n'était plus qu'un souffle. À l'extérieur elle était pétrifiée. À l'intérieur elle jubilait.

« Ça te contrarie ? »

Car elle n'avait toujours pas donné de réponse, elle. Et Rosalie, confuse, s'empressa d'ajouter :

« T'es pas forcée de dire oui si tu n'en as pas envie… Je voulais simplement te le proposer avant que tu ne repartes à Lyon. Te sens surtout pas obligée. »

Ambre secoua la tête. Elle avait les yeux qui picotaient. *Pas de larmes. Surtout pas de larmes.* Elle se l'était interdit depuis quelques années. Elle avait décidé qu'elle avait versé bien assez de larmes pour le reste de sa vie. Oui mais c'étaient des larmes de bonheur, ça...

« Ambre... ça va pas ?

– Si ! Si, ça va ! répondit-elle les yeux mouillés.

– Pourquoi tu pleures alors ? insista Rosalie.

– Pourquoi je pleure dans ce supermarché au milieu des biscuits apéritifs ? hoqueta Ambre entre rire et larmes. Parce que j'ai l'impression qu'on vient de me demander en mariage ! Parce que je suis très très émue !

– Ça veut dire... ça veut dire oui ? balbutia Rosalie.

– Évidemment que ça veut dire oui ! »

Rosalie eut un hoquet qui ressemblait à un rire ou à un sanglot. Elle lâcha le caddie et prit Ambre dans ses bras, au milieu de l'allée.

« Je suis tellement contente ! Et Sophie alors ! Attends un peu que je lui annonce, tu vas voir comme elle sera ravie !

– J'accepte mais à une condition ! déclara Ambre, le nez enfoui dans les boucles de Rosalie.

– N'importe laquelle !

– Tu ne racontes surtout pas à Tim que j'ai pleuré ! »

Et Rosalie promit que oui, elle garderait cette scène à tout jamais pour elle, cette scène tragicomique au milieu du rayon gâteaux apéritifs. Et quand elles relâchèrent leur étreinte, elle renifla en soupirant :

« Zut, maintenant je ne sais même plus ce que je dois acheter ! »

Je suis marraine. Je suis marraine d'une Sophinette.

C'était plus efficace que n'importe quel anxiolytique pour calmer son angoisse. Le retour à Lyon était oublié. Sans importance. Car elle était marraine.

Avant de rentrer à l'appartement, elle avait insisté pour s'arrêter dans une bijouterie de la galerie marchande et elle avait choisi un bracelet. Un vrai bracelet en argent avec des pendentifs en forme de clochettes.

« On n'a pas de grelots, avait dit d'un air désolé la vendeuse.

– C'est pas grave. Les clochettes ça ira. »

Elle avait demandé qu'il soit emballé dans un joli paquet rose.

« C'est bien sa couleur préférée ? » avait-elle demandé avec gravité à Rosalie.

Rosalie avait souri, amusée, avant de confirmer.

À peine à l'appartement, elle n'avait pas pu attendre. Elle avait couru dans la chambre de la fillette, qui émergeait de sa sieste, les yeux encore tout collés de sommeil.

« Sophinette, j'ai quelque chose pour toi. »

Puis elle avait mis solennellement un genou à terre comme pour une demande en mariage et elle avait prononcé d'une voix grave :

« Sophie, veux-tu devenir ma filleule ? »

Maintenant elle attendait une réponse, le paquet rose tendu à la petite fille qui souriait en se mangeant un doigt, pas très à l'aise, pas très sûre de comprendre ce qui était en train de se passer.

« Sophinette, répéta-t-elle de sa voix grave qui fit rire l'enfant, veux-tu oui ou non devenir ma filleule ? Si tu pouvais te dépêcher, j'ai très mal au genou. »

Deux yeux incrédules lui faisaient face. *Elle ne va pas répondre non quand même !* Puis la voix fluette retentit :

« C'est quoi une filleule ? »

Et Ambre laissa retomber son bras – et le paquet – le long de son corps, en souriant avec indulgence.

« Ça veut dire que je deviendrai ta marraine. »

Cette fois-ci les deux yeux s'agrandirent, s'illuminèrent, tandis qu'un petit rire jaillissait de la bouche de Sophie.

« Maman t'a demandé ?

– Oui, maman m'a demandé. Et j'ai dit oui bien sûr. Mais toi… est-ce que tu es d'accord ?

– Bah oui ! T'es bête toi ! »

Ambre éclata de rire.

Sophie ne lâchait pas des yeux le paquet rose.
« C'est quoi là-dedans ?
– C'est mon cadeau de marraine. Tiens, ouvre-le ! »
Sophie déchira fébrilement l'emballage.
« Oh ! fit-elle en voyant apparaître le bracelet.
– Tu aimes ?
– Oui.
– Tu as vu ? Ce sont des clochettes. Comme ça, on aura un peu le même. »
Sophie ne dit rien, tournant et retournant le bracelet entre ses mains.
« Tu veux que je te l'accroche ?
– Oui. »
Ambre lui attacha le bijou mais la petite restait soucieuse.
« Ça ne va pas, Sophinette ?
– Mais, Ambre…
– Oui ?
– Si tu es ma marraine… faudra venir à mon anniversaire.
– Oui…
– T'es pas venue à mes anniversaires d'avant. »
Un court silence un peu douloureux.
« Non, Sophinette, je suis pas venue, mais maintenant je vais venir. À tous tes anniversaires et à tes fêtes d'école aussi. Et puis tu pourrais venir à Lyon… Il y a une grande patinoire et un immense parc avec plein d'animaux. J'ai de la place pour t'accueillir chez moi. On pourrait manger des gaufres dans le Vieux Lyon et se promener au bord de la Saône. »
Sophie hocha la tête avec son air sérieux et réfléchi.
« Faudra demander à maman et papa avant.
– Bien sûr, Sophinette. Mais je suis sûre qu'ils diront oui. »
Le silence retomba. Sophie semblait toujours contrariée.
« Qu'est-ce qu'il y a, Sophinette ?
– Ben… tu pars demain, t'as dit.
– Oui mais je vais revenir.

– Dans longtemps ?

– Non… Tiens, tu as des vacances en février. Je pourrais venir ici avec Marc, pour skier. »

Si tout s'est arrangé…

« Ou alors tu pourrais venir passer quelques jours chez moi. »

Ambre passa une main dans les cheveux de Sophie pour tenter d'effacer son petit air triste.

« Et puis tu sais, pendant mon absence, je compte sur toi… On a une mission… Tu te rappelles ? »

« Oui… faire sourire Cécile. »

Haussement d'épaules peu convaincu.

« Si tu es triste comme ça, tu n'y arriveras pas. Et moi je ne serai plus là pour la faire rire. Il n'y aura plus que toi. »

Sophie soupira.

« Et puis on s'appellera… », ajouta Ambre, à bout d'arguments réconfortants.

Heureusement Sophie sembla décidée à se montrer raisonnable, elle hocha la tête et la vague de tristesse quitta son visage.

« Tu veux m'aider à faire ma valise ? demanda Ambre.

– Oui.

– Super. Ce sera plus marrant si on la fait à deux. »

Le jour déclinait. Dernière journée à Arvieux.

Dans le salon, Gabriel et Cécile organisaient leur expédition à Paris. Cécile passait des coups de fil à ses beaux-parents, à l'hôpital où était interné son mari, à l'agence qui gérait son appartement. Elle prenait des notes dans un calepin et Gabriel vérifiait les itinéraires en transport en commun sur son ordinateur portable.

Rosalie, Anton et Timotée s'étaient lancés dans un puzzle, assis par terre à côté du sapin. Tim s'était installé devant la télévision mais son regard était étrangement vide.

Dans la chambre, Ambre entassait ses vêtements dans sa valise et Sophie repassait derrière pour les lisser et les replier.

« T'as tout mis en boule ! » soupirait-elle en mimant comiquement l'air exaspéré de sa mère.

Le jour déclinait et la nuit apportait un léger parfum d'amertume.

On frappa à la porte de la chambre et Ambre releva la tête. C'était Tim.

Elle avait fait traîner la préparation de sa valise pour ne pas retourner au salon avec tout le monde car elle se sentait le cœur serré.

« On a pas fini ! annonça sèchement Sophie à Tim.

– Je viens parler à ta marraine, répondit-il.

– Comment tu sais ? s'exclama Ambre.

– Rosalie nous l'a dit. Elle tenait plus en place.

– Je comprends mieux d'où Sophie tient sa langue bien pendue. »

Tim sourit. Sophie les regarda sans comprendre, pensant sans doute : *Ça veut dire quoi la langue bien pendue ?*

« T'as bientôt terminé ? demanda Tim en désignant sa valise.

– Presque. Pourquoi ?

– Parce que je t'emmène au restaurant. »

Elle resta figée une seconde, ne sachant si elle était heureuse de cette invitation ou gênée vis-à-vis de Marc. Un baiser. Et maintenant un restaurant en tête à tête. Ça faisait beaucoup.

« Et Anton ? tenta-t-elle pour contourner le problème.

– Gabriel et lui emmènent les enfants au cinéma. »

L'œil de Sophie s'illumina.

« C'est vrai ? Au cinéma ? »

Tim se mordit la lèvre.

« Ne dis rien à petit Tim', recommanda-t-il précipitamment en se tournant vers la fillette. Ça devait être une surprise ! »

Elle hocha la tête avec sérieux et fit mine de se coudre la bouche.

« Je vois que tout le monde est très doué pour tenir sa langue ici », ironisa Ambre.

Tim sourit. Sophie était déjà partie dans le couloir en courant, surexcitée.

Tim attendait, appuyé contre le chambranle de la porte.

« Alors ? Je réserve pour quelle heure ? »

C'était tout lui ça. Il ne demandait pas : *Je peux t'embrasser ? Je peux t'inviter au restaurant ?* Il affirmait, il agissait, il prenait, tout simplement. Elle tenta de gagner un peu de temps en demandant :

« En quel honneur ? »

La réponse fusa :

« En l'honneur de nos adieux. »

Ses yeux s'agrandirent de surprise. Elle n'avait pas envisagé les choses comme ça.

« Ben quoi ? On pourra plus se revoir une fois que tu l'auras retrouvé, non ? Il voudra tout savoir et tu lui raconteras tout. Naturellement. Et après ça il ne voudra plus que tu me voies. »

Elle mit quelques secondes à encaisser.

« Non. Sans doute pas. »

Elle avait l'air triste et lui aussi.

« Alors ? Quelle heure ? redemanda-t-il avec moins de légèreté.

– Dans… dans une heure. Le temps de finir ma valise et me doucher.

– D'accord. »

Il quitta la chambre et elle songea qu'elle ne lui avait même pas demandé où ils allaient.

Quelle importance de toute façon…

12

Elle avait mis une robe, des boucles d'oreilles et une touche de rouge à lèvres. Même si elle savait que Tim la préférait sans ça. Lui-même avait fait un effort vestimentaire : au lieu d'un de ses vieux sweats à capuche, il portait un pull-over marron à grosses mailles et un jean. Pourtant il avait toujours l'air d'un adolescent.

Avant de partir, elle avait dit au revoir à Cécile, qui devait prendre la route à l'aube avec Gabriel, elles avaient échangé leurs coordonnées et s'étaient promis de s'appeler régulièrement. À Gabriel elle avait dit « À très vite » car maintenant qu'elle était marraine, elle entrait dans la famille. Elle aurait des obligations. Des anniversaires. Des fêtes d'école. Des communions. Elle en souriait déjà.

Anton les avait regardés sortir avec un air tranquille, apaisé. Il avait noté son rouge à lèvres et sa robe et simplement dit : « C'est joli et tu sens bon » en lui souriant. Elle s'était trompée. Il n'avait rien d'un dieu machiavélique. Ce soir il lui faisait juste penser à un ange gardien. Un ange gardien qui les regarderait avec bienveillance. Ils avaient sa bénédiction. C'était écrit dans ses yeux. C'était ainsi que les choses se déroulaient après des années de vie commune sans amour. On laissait l'autre partir et on était heureux de le voir s'envoler, de le voir sourire de nouveau.

Tim avait réservé dans un restaurant qu'elle ne connaissait pas. « Un semi-gastronomique », indiqua-t-il en lui tenant la porte.

Le maître d'hôtel les accueillit et les débarrassa de leurs manteaux. Tandis qu'il les conduisait vers une table tout au fond de la salle, Ambre laissa son regard vagabonder sur le décor. Magnifique. Pas du tout le style montagnard auquel on était habitué à Arvieux. Pas de parquet. Pas de poutres apparentes ou de cheminée. Encore moins de tête de sanglier empaillée. C'était une salle lumineuse et aérée. Les murs étaient en vieille pierre, très claire. Le plafond et les lustres blancs. De belles nappes crème recouvraient des tables rondes et les fauteuils capitonnés étaient aussi d'un blanc éclatant.

« Eh bien, lâcha Ambre en se laissant tomber dans son fauteuil.

– Quoi ?

– Heureusement que tu as renoncé à tes vieux sweats pour l'occasion. »

Il sourit.

« Heureusement que tu as sorti une robe. »

Elle donna une pichenette dans le verre et un son clair retentit.

« C'est bien du cristal.

– Oui, très chère.

– Je vais devoir t'inviter. »

Il se rembrunit, légèrement vexé.

« Pourquoi tu dis ça ?

– T'es fauché. Non ?

– J'ai toujours été plus ou moins fauché. Ça m'empêche pas de vivre.

– Peut-être mais ce soir, je t'invite.

– Non.

– C'est moi qui pars. C'est à moi de t'offrir ce dîner d'adieu. »

Il n'eut pas le temps de répliquer, un serveur se planta à côté de leur table.

« Bonsoir, messieurs-dames. Prendrez-vous un apéritif pour commencer ? »

Comme ils semblaient hésiter, il ajouta :

« La maison vous recommande un Cerdon méthode ancestrale du Bugey. »

Tim se tourna vers Ambre, qui opina.

« On va prendre ça.

– Très bien. Je vous laisse faire votre choix pour la suite. »

Il quitta la table et ils se plongèrent dans les cartes reliées de noir qu'il leur avait laissées.

« Tim, grommela Ambre.

– Quoi ?

– Pourquoi j'ai pas les prix ? »

Il haussa les épaules en souriant.

« Je ne sais pas… Une erreur d'impression sans doute.

– Je te laisserai pas payer.

– Allez, arrête ça. Tu vas pas gâcher le repas avec cette histoire. Dépêche-toi de choisir ce que tu veux manger et ensuite on parlera.

– On parlera de quoi ?

– On a cinq ans à rattraper, on ne devrait pas avoir trop de mal à trouver un sujet de conversation. »

Elle se replia derrière sa carte, tout en songeant aux mots de Cécile : « Rien n'est réversible. On ne rattrape jamais des années perdues. »

Le serveur revint avec leurs deux coupes de Cerdon. Tim avait déjà reposé sa carte à côté de lui et attendait, adossé à son fauteuil, l'air tranquille. Ambre, elle, se mordillait les ongles, indécise devant tant de choix.

« Je vous écoute, fit le serveur quand elle finit par relever les yeux.

– Je vais prendre le foie gras français poêlé sur pomme Granny Smith rôtie au four et jus d'hibiscus, récita-t-elle.

– Et pour monsieur ?

– La fricassée de champignons sauvages et escargots.

– Et pour la suite ? »

Ils prirent tous les deux le turbo grillé aux noix de Saint-Jacques. Le serveur repartit et Tim déclara :

« Voilà. Maintenant on est tranquilles. »

Elle leva son verre.

« On trinque ?

– Oui, dit-il avec un air plus grave. À nos adieux. »

Pendant une seconde elle se rembrunit, puis leurs verres s'entrechoquèrent, produisant une jolie note cristalline.

Le Cerdon pétillait sur la langue. Il était doux, sucré. Elle le garda en bouche quelques instants, attendant que ce soit Tim qui parle le premier.

« Alors, dit-il en se penchant en avant, qu'est-ce qui nous vaut d'être abandonnés ?

– Pardon ?

– Pour le réveillon.

– Oh. C'est un repas au restaurant prévu de longue date… avec mes collègues de la boutique et leurs petits amis.

– Et Marc ?

– Oui, aussi.

– Comment elles s'appellent tes collègues ?

– Cathia et Émilie. Pourquoi tu me demandes ça ?

– Pour savoir. C'est avec elles que tu passes la plupart de ton temps, non ?

– Oui.

– Alors comme ça je saurai. Quand je serai de retour à Amiens et que je me demanderai ce que tu fais, je pourrai me dire : "Tiens, elle doit être en train de prendre un verre avec Cathia et Émilie." »

Il la regardait comme l'autre jour, dans le bar, la tête penchée sur le côté. Elle se demanda pourquoi il faisait ça. Pourquoi il rendait tout si difficile.

« Ce sont tes amies ? poursuivit-il. Je veux dire, de vraies amies ? »

Elle haussa les épaules. Elle s'était tassée au fond de son fauteuil pour essayer de se rendre plus hermétique à lui, à ses questions, à son regard.

« Plus ou moins. On fait quelques sorties ensemble et on discute pas mal.

– Ce sont des amies comme Rosalie ?

– Non ! »

Elle songea qu'elle n'en avait plus vraiment eu, d'amies comme Rosalie.

« Je suis leur chef, ajouta-t-elle sur un ton d'excuse.

– Ah oui c'est vrai ! fit-il, moqueur. J'avais oublié que tu étais chef maintenant ! Comment tu t'en sors ?

– Bien. Je crois. »

Pendant quelques secondes ils se turent pour déguster une longue gorgée de Cerdon. Puis Tim reposa son verre.

« Et en dehors d'elles, et de Marc, il y a qui dans ta vie à Lyon ?

– Il y a personne d'autre... Je veux dire... mes parents et... mon frère. C'est déjà bien. J'ai peu de temps libre avec mon travail. »

Elle avait l'impression de devoir se justifier. Il haussa les épaules.

« Moi non plus j'ai pas grand monde dans ma vie si ça peut te rassurer. »

Puis il ajouta très vite :

« Et avec tes parents, comment ça se passe ?

– Oh... les choses ont changé. On se parle davantage. On a tous fait des progrès là-dessus...

– Tu les vois souvent ?

– Oui. On mange souvent chez eux avec Marc.

– Et avec ton frère ?

– Toujours pareil... On a pas grand-chose à se dire mais on s'en porte pas vraiment mal. C'est Marc qui fait le lien entre nous. »

Tim esquissa un sourire.

« C'est bien. »

Ils finirent leurs coupes de Cerdon dans un même geste. Tim se cala au fond de son siège et à son tour elle se pencha au-dessus de la table.

« Et toi ? »

Il se mit à jouer avec sa fourchette pour se donner une contenance.

« Eh bien moi… par où commencer ? On habite tout près des parents d'Anton, un peu à l'extérieur d'Amiens. Ils ont une maison. Nous on loue un appartement à dix minutes en voiture. C'était pratique quand Anton était encore très mal. Sa sœur, Lucy… elle vit toujours chez ses parents… elle est infirmière. Elle venait m'aider dès que j'en avais besoin. Quand il se mettait en colère et qu'il me balançait des trucs à la figure par exemple. »

Il essaya d'esquisser un sourire pour dédramatiser mais Ambre n'était pas dupe.

« Un jour il m'a même lancé le fer à repasser. Il m'a loupé de peu… »

Il eut un rire qui ne suffit pas à masquer la raideur de ses traits.

« Et donc, pourquoi je disais ça ?… Oui ! Donc on vit tout près de la famille d'Anton et même si maintenant on a plus besoin d'aide, même si Anton se débrouille pas mal tout seul, on continue de les voir beaucoup. Lui comme moi, on s'est un peu coupés du reste du monde. On passe la plupart de nos week-ends là-bas. Avec ses parents, sa sœur, des amis à eux. Ils reçoivent beaucoup, pour des dîners, des parties de poker…

– Ses parents, ils doivent t'adorer, non ? »

Tim eut un sourire un peu triste.

« Oui, je **suis** leur “martyr” comme ils m'appellent. »

Elle hocha la tête. Elle comprenait mieux maintenant le comportement d'Anton, les révélations qu'il lui avait faites dans la voiture. Toutes ces années il n'avait eu personne à qui se confier. Il s'était retrouvé coincé entre Tim qui le faisait se sentir diminué en permanence et sa famille qui vouait un véritable culte à son compagnon, qui devait prendre sa défense à la moindre occasion. Comment aurait-il pu leur dire ce qu'il lui avait avoué à elle : « Je le supporte plus… Tant que j'aurai Tim dans ma vie, j'y arriverai pas. Je pourrai pas avancer… Il m'empêche de retrouver ma liberté. »

Ils n'auraient pas pu comprendre. Ils auraient refusé de comprendre.

Le serveur arriva à ce moment-là avec les entrées, qu'il déposa cérémonieusement devant eux. Pendant quelques secondes, ils se délectèrent en silence du foie gras poêlé et de la fricassée de champignons et d'escargots, se firent goûter leurs assiettes respectives. Ils avaient presque terminé quand Ambre lança :

« Et Lucy ? »

Elle le sentit lever son regard vers elle mais elle garda les yeux obstinément rivés sur son assiette.

« C'est une amie ?

– C'est plus qu'une amie », répondit-il.

Légèrement piquée, elle ne put s'empêcher de relever les yeux vers lui.

« Je crois qu'elle est devenue comme une sœur, expliqua-t-il.

– Ah ?

– Elle aussi, c'était une martyre. Sauf qu'Anton n'a jamais osé s'en prendre à elle. Il l'a jamais touchée. Il lui parlait avec douceur, enfin… autant qu'il le pouvait.

– Alors en quoi c'était une martyre ?

– Elle a sacrifié toute sa jeunesse pour lui. Si elle a jamais trouvé de mec, c'est pas pour rien. Si elle a si peu d'amis, c'est pas pour rien non plus. Tout son temps libre, elle s'est occupée de lui. Toutes ses soirées. Ses week-ends. Au lieu de sortir s'amuser elle l'aidait à se laver, elle allait lui louer des DVD, elle lui montrait des photos qu'elle avait prises dans l'après-midi, des photos de fleurs, de nuages, d'un lac. Elle passait des heures à photographier la nature juste pour lui. Parce qu'elle savait que ça l'apaisait. Et quand l'un de nous flanchait, l'autre prenait la relève. »

Il laissa échapper un soupir.

« Elle n'a vécu que pour lui. J'ai jamais connu personne d'aussi dévoué et d'aussi doux. »

Ambre acquiesça. Un silence un peu lourd, un peu triste s'installa. Elle songea que ça, c'étaient des années que Lucy ne rattraperait jamais.

« Je comprends que ça ait créé des liens particuliers entre vous. »

Elle avait dit ça sans jalousie, sans arrière-pensée.

« Oui. Je tenais grâce à elle et elle tenait grâce à moi. Mais elle n'a jamais réussi à lui tenir tête. Elle était trop douce. Trop chétive. Elle l'aurait jamais remis à sa place… ou giflé, comme tu l'as fait. »

Elle eut un mince sourire.

« Elle avait beau le voir se comporter comme une brute, elle baissait les yeux et elle attendait qu'il se calme.

– Comme toi.

– Oui, comme moi. On croyait que le laisser se déchaîner sans broncher c'était le mieux. En fait notre silence ne faisait que le rendre encore plus dingue. »

Il se tut un instant avant d'ajouter :

« Toi t'as su comment le prendre. »

Elle secoua la tête.

« Je l'ai considéré autrement, c'est tout. Mais j'avais pas le choix. Il y avait tout ce passé et toute cette… rivalité entre nous. Même après toutes ces années, je pouvais pas le voir comme un simple handicapé. »

On vint débarrasser leurs assiettes et pendant un instant ils regardèrent les serveurs aller et venir dans la salle.

Ambre se tourna de nouveau vers Tim dont le regard s'était fixé sur les portes battantes des cuisines.

« Et quand vous ne vous occupiez pas d'Anton, vous sortiez un peu, Lucy et toi ?

– Pas beaucoup. Je l'accompagnais quelquefois faire les boutiques. Je l'écoutais se plaindre de son travail. Je bouquinais dans un coin pendant qu'elle s'épilait les jambes et on mangeait des glaces aux cookies tous les samedis soir…

– Deux vieilles copines adolescentes, sourit Ambre.

– Oui, à peu près.

– Et tes frères ? »

Son visage se tendit car parler de ses frères supposait de parler du décès de sa mère.

« Rosalie t'a dit ? demanda-t-il avec une certaine brusquerie. Ou Anton peut-être ? »

Elle allait répondre quand le serveur arriva.

« Les turbos grillés aux noix de Saint-Jacques.

– Merci.

– Avec ceci le chef vous suggère un Hermitage blanc. »

Tim lui jeta un coup d'œil indécis. Elle lui fit signe : *Vas-y, c'est moi qui paie*. Et quand il eut acquiescé et que le serveur fut reparti, elle glissa :

« Rien n'est trop beau pour un dîner d'adieu, non ? »

Tim ne répondit pas, plongé dans ses pensées. Elle respecta son silence et pendant quelques instants ils mangèrent sans échanger un mot.

« Alors ? finit-il par relancer. Rosalie et Anton t'ont dit ?

– Pour… pour le décès de ta mère ? Oui. »

Il hocha la tête sans desserrer les mâchoires.

« Ils m'ont dit que tu avais repris contact avec elle les derniers temps. Et avec ton frère Franck, ajouta-t-elle.

– Et puis Maxime et Lisa ont voulu que je sois le parrain de leur petite Naëlle…

– Oh ! J'ai toujours cru que tu étais le parrain d'un petit garçon ! »

Cette remarque redonna le sourire à Tim.

« Ben non, c'est une petite fille. Elle a les cheveux bouclés et des joues toutes rondes.

– Tu as une photo ?

– Oui. Attends. »

Alors que le serveur revenait avec la bouteille de vin et remplissait leurs verres, l'ambiance redevint plus légère. Penchés sur le téléphone de Tim, ils s'extasièrent devant Naëlle qui était le portrait craché de sa maman, Lisa. Quel âge avait-elle ? Deux ans et demi. Parlait-elle bien ? Oui ! Allait-elle à l'école ? Seulement le matin pour l'instant.

Puis Tim revint au sujet épineux :

« Je suis donc devenu le parrain de Naëlle... et... et Maxime a dû l'annoncer à toute la famille et là... »

Il soupira, les traits figés.

« Mon père est resté le vieux con aigri qu'il était. Il n'en a pas démordu. Il refusait de me voir assister au baptême. Il refusait de se trouver en face de moi, chez Maxime ou ailleurs. Mais ma mère et Franck ont décidé qu'il était peut-être temps d'aller de l'avant, de faire table rase du passé, d'essayer de reprendre contact... »

Nouveau soupir.

« Moi, j'ai refusé de les revoir. Je disais... je disais que c'était trop tôt.

– Mais tu les as appelés ?

– Eux m'ont appelé. On s'est téléphoné assez régulièrement après ça mais... »

Il hésita. Joua avec un morceau de poisson du bout de sa fourchette.

« Mais j'ai jamais pu arrêter de leur en vouloir.

– Ah... C'est pour ça que tu refusais de les voir ? devina Ambre.

– Oui. »

À partir de là son récit s'emballa, comme s'il avait hâte d'en finir. Sa mère était décédée un 1er décembre. Chute de potassium. À cause de son anorexie. Puis crise cardiaque... Il avait eu une « mauvaise période » et :

« J'ai pas pu aller à l'enterrement. »

Elle le regarda en se souvenant de ce que lui avait raconté Anton. Cette semaine où il avait disparu, son silence à son retour...

« Me regarde pas comme ça... J'ai pas réussi. C'était plus fort que moi. J'étais... j'étais partagé. Je refusais d'y aller et de devoir me faire tout petit, comme un misérable. Ils me croyaient tous taré, tu sais, mes oncles, mes tantes, mes grands-parents. Mes parents avaient raconté des horreurs à mon sujet… Et d'un autre côté je savais que si j'y allais la tête haute, ça allait éclater. Au moins avec mon père, et je voulais pas de ça… Pas le jour de son enterrement. »

Ambre hocha la tête et murmura d'une voix presque inaudible :

« Je comprends. »

Tim repoussa son assiette.

« En même temps je me répétais que si je n'allais pas dire au revoir à ma mère, je m'en voudrais toute ma vie. Mais… »

Il prit une inspiration pour se donner le courage de continuer.

« Mais il y avait cette haine, toujours… Et je me disais… je me disais que ça lui ferait les pieds, que je n'aille pas à son enterrement ! »

Il avait haussé la voix sur ces derniers mots, comme pour la convaincre – ou se convaincre – qu'il n'avait pas honte. Elle resta figée dans son fauteuil, ne sachant comment réagir. Tim poursuivit, comme s'il était seul :

« Ça a failli me rendre dingue et je n'y suis pas allé. »

La conversation avait pris une tournure si intense que plus rien autour d'eux n'existait vraiment. Tim parlait, les yeux plantés dans les siens, et elle ne bougeait plus, respirait à peine. Elle recevait ses paroles et elle ressentait tout trop fort, tout ce qu'il avait dû endurer. Quand le serveur vint débarrasser leurs assiettes et prendre leurs commandes pour le dessert ils lui répondirent distraitement et Tim reprit son récit.

Forcément, son absence à l'enterrement avait fait jaser. Son père, Franck, ses oncles et tantes, ses grands-parents, tous ces gens qui ne l'avaient pas vu depuis des années, qui le croyaient fou et drogué et qui pourtant n'avaient jamais rien fait pour s'assurer qu'il allait bien, l'avaient cloué au pilori, parlant de blasphème, de faute impardonnable. Franck lui en voulait certainement encore. Ils ne s'étaient plus rappelés depuis.

– Et Maxime ? demanda Ambre dans un souffle.

Maxime n'avait rien dit. Maxime avait continué de l'accueillir à Tours. Il avait compris sans doute. En tout cas, il ne l'avait pas jugé.

Maintenant Tim s'en moquait. Ils pouvaient tous crever, ses grands-parents, Franck et son père, il ne les pleurerait pas. Il avait les mâchoires serrées et l'œil dur, impitoyable. Elle songea que lui aussi ressemblait à un dieu grec. Un dieu cruel.

Elle hésita avant de chuchoter :

« T'étais où pendant cette semaine où tu as disparu ? »

Il ne demanda pas comment elle était au courant. Il répondit sans détour car il n'était plus question de pudeur, de secrets, de barrières.

« Je me suis enfermé dans un motel au bord de l'autoroute. À Tours. Le motel le plus glauque que j'aie trouvé. Pendant une semaine je suis resté cloîtré dans ma chambre. J'ai rien mangé. J'ai fait que pleurer. »

Il soupira.

« J'ai pleuré ma mère. Et je t'ai pleurée toi. »

Les yeux d'Ambre s'arrondirent : *Moi ?* et Tim répondit :

« Oui. J'avais jamais pu te pleurer. Pendant toutes ces années auprès d'Anton j'avais dû garder ça pour moi. Et quand... et quand elle est morte, tout est remonté. »

Il déglutit.

« C'est long, une semaine à pleurer. »

Elle hocha la tête en retenant son souffle.

« Je suis resté dans ce motel jusqu'à ce que je n'aie plus de larmes. Et après j'ai décidé que je pleurerais plus jamais. Et que j'en parlerais plus jamais, de sa mort. À personne. »

Ambre laissa le silence retomber. Réalisa sans trop s'y attarder que deux crèmes brûlées avaient été déposées devant eux. Puis elle lança tout bas, pour ne pas brusquer Tim :

« Pourtant tu m'en parles... là... maintenant. »

Il garda son regard vissé au sien. Son regard de dieu impitoyable. Où elle perçut tout de même un peu de douceur.

« C'est pas pareil… Quand je te parle à toi, j'ai l'impression de me parler à moi-même.

– Ah ?

– Oui. Tu écoutes vraiment. Et je vois passer sur ton visage toutes les expressions que je refuse de laisser paraître. »

Puis, avec un léger sourire :

« T'es mon miroir.

– Ça me plaît d'être ton miroir », répliqua-t-elle en souriant à son tour.

Sous la table, le pied de Tim frôla le sien et elle ne fut pas certaine que ce soit involontaire. Elle songea : *Qui il est, Marc, pour m'obliger à l'abandonner ? Il n'est rien. Moi je suis le miroir de Tim.*

« Tu sais, reprit-il, c'est bête mais je crois que si les choses s'étaient passées différemment… si Anton n'avait pas eu cet accident, si on était restés à Frontignan, si…

– Si la vie n'avait pas été si dégueulasse. »

Il sourit.

« Oui, voilà. Si la vie n'avait pas été si dégueulasse, si tu avais été là quand elle est morte, eh bien… je ne dis pas que j'aurais eu le courage d'aller à son enterrement mais… j'aurais eu celui d'aller sur sa tombe… au moins une fois. »

Elle ouvrit de grands yeux. Les mots franchirent ses lèvres avant même qu'elle n'en ait conscience :

« Tu n'y es jamais allé ?

– Non. J'ai jamais pu… »

Il attrapa sa cuillère, comme s'il voulait passer à autre chose, et la plongea dans sa crème brûlée.

« Tu regrettes ?

– Je ne sais pas. C'est ça qui me mine le plus.

– Je comprends pas, qu'est-ce qui te mine le plus ? »

Il retrouva son regard cruel une fraction de seconde.

« De ne pas savoir si je veux y aller ou non. Et de ne pas savoir si, une fois là-bas, j'aurai envie de pleurer ou de cracher sur sa tombe. »

Sur ce il enfourna sa cuillère de crème brûlée tandis qu'elle restait pétrifiée.

Le repas terminé, la conversation prit une tournure plus légère.

« Tu sais, ça fait du bien ce dîner d'adieu. On devrait en faire plus souvent, déclara-t-il en se calant dans son fauteuil.

– Alors ce ne serait plus un dîner d'adieu…

– Non mais on pourrait se donner rendez-vous tous les cinq ans et faire un bilan des cinq ans écoulés. »

Il fit mine de réfléchir quelques instants.

« Dans cinq ans… avec un peu de chance, tu auras plaqué Marc, non ?

– Tim ! »

Au lieu d'être offusquée, elle souriait.

« Alors quoi ? Tu vas vraiment rentrer à Lyon demain ?

– Évidemment. Tu croyais quoi ? Que je changerais d'avis ?

– Oui… J'espérais.

– Et on ferait quoi dans ce cas ? »

Tim, avec sa spontanéité d'enfant :

« Tu viendrais t'installer à Amiens.

– Et Anton ? Tu pourrais jamais le quitter, pas vrai ?

– Non. Je ne pourrais pas.

– Alors ?

– On vivrait tous les trois. »

Elle secoua la tête.

« Tu sais comment ça a fini la dernière fois qu'on a tenté un ménage à trois.

– Mais là c'est différent.

– En quoi ?

– Anton et moi c'est terminé… Il trouverait rien à redire. Nous on serait tous les deux et lui… on le laisserait pas tomber. Il ferait toujours partie du trio.

– Oh ! lança-t-elle avec sarcasme. Alors on lui ferait la charité ?

– C'est pas ce que j'ai voulu dire, Ambre !

– Si, c'est ce que t'as voulu dire. Tu pourrais pas l'abandonner. Et moi non plus, je crois. Je te blâme pas, mais je ne pense pas que le "tolérer" entre nous soit une attitude qui le fasse aller mieux, qui l'aide à avancer. C'est pas un boulet qu'on traîne derrière nous, Tim ! C'est une vraie personne ! Il a besoin de plus de considération que ça ! »

Tim resta muet. Elle l'avait fâché mais elle resta campée sur ses positions.

Quand l'addition arriva avec un petit stylo aux couleurs du restaurant, il prit le papier et se mit à griffonner à l'arrière.

« Tu fais quoi ? s'étonna Ambre.

– Ton arbre des possibles. »

Il avait retrouvé son ton de petit garçon et, bouleversée, elle eut soudainement envie de l'embrasser.

Au lieu de quoi elle resta sagement assise sur sa chaise, à le regarder barbouiller la note de signes indéchiffrables.

« C'est illisible. Explique-moi, dit-elle quand il eut fini.

– Bon… En gros tu as deux solutions. Là c'est Marc et Lyon. L'ennui, les regrets, et la vieillesse prématurée.

– Tim ! »

Devant son sourire taquin, elle fondit de nouveau, incapable de s'offusquer.

« Et l'autre solution c'est toi ? demanda-t-elle.

– Oui c'est moi. C'est Amiens. Ou ailleurs. N'importe où. J'ai pas de préférence. C'est le bonheur, la revanche sur la vie qui a été si dégueulasse… les livres aussi… et je te promets qu'on vieillira jamais. On se trahira pas. »

Il avait parlé avec toute la gravité dont il était capable. Elle posa une main sur la sienne. Elle ne savait pas si elle avait envie de pleurer ou de sourire. Si elle se sentait bien ou terriblement mal.

« Tim…, souffla-t-elle.

– Quoi ?

– Cette nuit… Je veux qu'on la passe tous les deux, d'accord ? »

Il la dévisagea, ahuri.

« Si jamais tu mourais… », ajouta-t-elle, l'air presque terrorisé.

Il pressa sa main dans la sienne. Plus de légèreté. Plus de taquineries.

« D'accord, dit-il d'une voix rauque. Où ?

– N'importe où. Dans le premier hôtel qu'on trouvera. Dans un motel. Ou dans ta voiture. Mais on sera tous les deux, toute la nuit.

– D'accord », répéta-t-il.

Lorsque le serveur vint récupérer le règlement, il trouva à la table deux fantômes translucides et un bout de papier entièrement griffonné à côté de deux billets. Le garçon au pull marron à grosses mailles lui demanda d'une voix sourde s'il restait des chambres disponibles à l'étage, et le serveur eut l'impression qu'il s'agissait d'une question de vie ou de mort. La fille acquiesça. Elle n'était plus qu'une bouche rouge au milieu d'un visage.

« Oui. Il doit en rester une ou deux. »

Le garçon déclara qu'ils en prendraient une, n'importe laquelle, et le serveur, intrigué, appela le maître d'hôtel :

« Ces messieurs-dames veulent une chambre. »

Les deux fantômes quittèrent la salle à pas lents et le serveur entreprit de débarrasser leur table. Il prit la note griffonnée avec une pointe de curiosité. Ils n'avaient tout de même pas fait un pendu, si ? Il vit une flèche. Une seule. Pas deux, comme le garçon l'avait prétendu quelques minutes plus tôt. Elle pointait sur un rond où était écrit : *La seule voie du bonheur. Toi et moi en miroir. Les livres. Forever young.*

Il écarquilla les yeux en songeant : *Des illuminés !*

Et Tim, en entrant dans l'ascenseur, songeait : *Elle ne l'a même pas lu.*

13

Elle n'avait pas vraiment eu le temps d'admirer la chambre la veille. Ils étaient entrés précipitamment et s'étaient déshabillés avec des mouvements fébriles et extrêmement lents à la fois. Ils avaient fait l'amour debout, contre la porte d'entrée, dans le noir. Après seulement, ils s'étaient écroulés sur le lit.

Elle se sentait nauséeuse comme jamais en pensant à son train dans quelques heures et à Marc. Pour calmer son angoisse, elle laissa son regard s'arrêter sur les murs d'un blanc éclatant, sur les rideaux en velours crème à la fenêtre, sur le lustre en cristal, sur la salle de bains gris et ivoire qu'on apercevait par la porte entrouverte… Son regard revint à la fenêtre et son rythme cardiaque s'accéléra.

Le soleil… il était beaucoup trop haut dans le ciel.

Elle avait réglé son réveil à neuf heures pour être certaine d'être en avance à la gare. Il fallait se doucher, repasser chez Rosalie récupérer sa valise, dire au revoir à Anton, aux enfants… Mais le soleil indiquait qu'il était beaucoup plus tard que prévu. Elle se redressa d'un coup.

« Tim ! Je crois que mon téléphone n'a pas sonné ! »

Elle voulut vérifier, ne le trouva pas sur sa table de chevet. Elle fut debout en un bond.

« Tim ! Bouge-toi ! Tu as ton téléphone ? Quelle heure il est ? »

La tête enfouie sous son oreiller, il découvrit son visage tout doucement, avec l'air de quelqu'un pris en faute. Elle ne comprenait pas. Elle criait :

« Tu as mon téléphone ? C'est toi qui l'as ? Quelle heure il est ? Mon train, Tim ! »

Il hocha la tête.

« Oui, j'ai ton téléphone. »

Pendant quelques secondes encore, ne comprenant toujours pas, elle continua de s'affoler, remuant l'air autour d'elle, répétant :

« Donne-le-moi ! Donne-moi l'heure ! »

Puis comme Tim ne bougeait pas, elle finit par réaliser.

« T'AS PAS FAIT ÇA ! »

Elle se jeta sur lui et lui lacéra le torse, les bras, en criant avec des sanglots dans la voix :

« T'as pas pu faire ça ! T'as pas pu me faire un coup pareil ! Mon réveil ! Mon réveil ! T'as désactivé mon réveil ! »

Il ne tenta pas d'esquiver ses coups et elle se déchaîna de plus belle.

« T'as pas suffisamment ruiné ma vie, hein ? T'as pas déjà fait assez de dégâts ? Ça te suffisait pas ? »

Et des larmes de colère et de rage coulaient sur ses joues tandis qu'elle lui martelait le ventre de ses poings. Elle le voyait grimacer de douleur mais il serrait les dents et elle repensa brutalement à une phrase d'Anton : « Je l'ai même frappé une fois ou deux, je l'avoue. Il a jamais rien laissé paraître. » Alors elle s'arrêta d'un coup, à califourchon sur lui, les joues barbouillées de larmes, car elle se disait qu'elle était comme Anton, qu'elle ne valait pas mieux.

Tim prit ses mains dans les siennes. Doucement.

« Pleure pas », dit-il.

Elle eut un hoquet de révolte.

« C'est ce que tu voulais, me voir pleurer. T'es content ? »

Il secoua la tête et répéta :

« Pleure pas.

– Rends-moi mon téléphone. »

Cette fois il obtempéra. Il l'avait caché sous son oreiller. Elle l'alluma avec des gestes fébriles. Neuf heures quarante-cinq. Il leur fallait trente minutes pour aller à la gare. Ça lui en laissait trente autres pour se doucher, aller récupérer sa valise et dire au revoir à Rosalie, Anton et les enfants. C'était jouable.

Elle sauta au bas du lit, ordonna à Tim de s'habiller et fonça dans la salle de bains.

Elle déversa le flacon de gel douche sur elle sans prendre la peine de se frotter. Pas le temps. Quand elle surgit dans la chambre, Tim était prêt, son manteau sur le dos. Dans le hall elle laissa un chèque en blanc en criant à la réceptionniste : « Remplissez-le ! » et ils sautèrent dans la voiture.

Quelques instants plus tard, ils étaient au pied de l'immeuble de Rosalie et Gabriel.

« Reste au volant. J'en ai pour une minute. »

Elle entra dans l'appartement comme une bourrasque. La tête de Rosalie surgit de la cuisine.

« Ambre ? On était super inquiets ! On se demandait ce qui…

– Je vais louper mon train, Rosalie ! J'ai pas le temps de vous expliquer ! Il faut que je récupère ma valise ! »

Elle traversa le couloir en courant et entra en trombe dans la chambre de Sophie. La petite fille était assise en tailleur au milieu de ses poupées. Ambre lui plaqua un bisou sur le front.

« À très bientôt, Sophinette. »

Elle attrapa sa valise au passage et fonça dans la cuisine. Rosalie était là, la mine soucieuse, avec Anton. Ils avaient mille et une questions à poser mais ils n'eurent pas le loisir de placer un mot. Elle les serra dans ses bras, lança : « Rosalie, embrasse Timotée pour moi, d'accord ? » et se rua vers la porte en tirant sa valise, avant de dévaler les escaliers quatre à quatre sans attendre l'ascenseur.

« Fonce ! » ordonna-t-elle à Tim à peine dans la voiture.

Le paysage défilait à toute allure. Tim ne disait rien. Il gardait le regard fixé sur la route. Elle avait le cœur qui battait à toute vitesse et, au milieu de toute cette angoisse qui lui donnait la nausée, des images de la nuit lui revenaient. Des bribes de conversation aussi, alors qu'ils luttaient pour ne pas s'endormir dans ce lit trop grand, alors qu'ils maintenaient encore quelques instants le sommeil à distance.

« Moi aussi je me suis fait la promesse de ne plus jamais pleurer car j'ai bien assez pleuré pour le reste de ma vie. Mais cet après-midi j'ai pleuré, tu sais. C'étaient des larmes de joie, alors ça ne compte pas vraiment, hein ?

– Non, ça ne compte pas. »

Il lui avait passé la main dans les cheveux.

« Tu sais, une tombe, c'est jamais rien qu'un morceau de pierre…, avait-elle dit à un autre moment. On s'en fait toute une montagne…

– Ouais mais elle pourrit là-dessous.

– On a pas besoin d'être mort pour pourrir.

– Hein ?

– Non… Rien. »

À son tour elle lui avait caressé les cheveux et ils avaient fini par sombrer.

Quand la voiture s'immobilisa dans un crissement de pneus devant la gare de Montdauphin-Guillestre, l'horloge géante annonçait dix heures quarante-trois.

« Je peux pas me garer, dit Tim d'une voix mécanique. Descends et saute dans le train. Tu achèteras un billet à bord. »

Mais elle ne bougea pas, elle ne détacha pas sa ceinture. Il insista :

« Tu peux encore l'avoir, cours ! »

Elle resta pétrifiée sur son siège.

« Ambre ! »

Elle se tourna enfin vers lui, le regard mortifié.

« Est-ce que ça ferait de moi la plus grande pourriture au monde ? »

Il secoua la tête pour signifier qu'il ne comprenait pas.

« Si je n'y allais pas, est-ce que ça ferait de moi la plus grande pourriture au monde ?

– Oui. Une pourriture de compétition. »

Elle n'avait pas envie de rire. Il ajouta :

« Mais tu sais, je t'avais prévenue… on est tous des salauds. »

Elle posa une main sur la poignée de la porte. Une main hésitante.

« Parfois on a une bonne raison de se comporter comme des salauds. »

Elle garda sa main sur la poignée. Son regard s'était figé sur la grande horloge. Dix heures quarante-quatre. La plus fine des aiguilles égrenait les secondes et passa la moitié du cadran. Dans la voiture tous deux retenaient leur souffle. L'aiguille reprit son ascension sur la deuxième moitié du cadran. Elle atteignit le chiffre douze. La grande aiguille se déplaça avec lenteur, comme si elle pesait des tonnes. Dix heures quarante-cinq.

Ambre se tourna alors vers Tim. Les traits de son visage se détendirent. Comme si la pression redescendait.

« Voilà, il est parti », dit-elle simplement.

Elle resta encore immobile de longues secondes, le fixant sans rien dire. Puis elle déclara d'une voix blanche :

« J'ai tout foutu en l'air. Toute ma vie à Lyon. Marc me pardonnera jamais. Mes parents non plus. »

Ce n'était qu'un constat, qui n'attendait rien en retour. Pourtant il répondit :

« Je suis désolé. »

Elle secoua la tête.

« Non. On a pas à être désolés. Maintenant on doit faire en sorte que j'aie pas fait ça pour rien.

– De quoi tu parles ?

– On va retourner chez Rosalie, on va récupérer Anton et on va prendre la route. Tous les trois. On va aller à Tours. Sur la tombe de ta mère. Je te laisse pas le choix. Tu me le laisses jamais, toi.

– Ambre…

– On est forts, non ? On va pas se laisser impressionner par un morceau de pierre ! »

Elle le vit se mordre la lèvre pour contenir son appréhension. La seconde d'après, la voiture démarrait.

Rosalie n'y comprenait plus rien. Sophie, à côté d'elle, non plus.

« Ambre ? Qu'est-ce que tu fais là ? »

Tim restait silencieux, en retrait dans l'entrée. Anton apparut dans le couloir, le petit Timotée accroché à ses jambes.

« J'ai changé d'avis », déclara-t-elle avec lenteur.

Rosalie secoua la tête, incrédule.

« Tu restes ici ? Tu restes ici pour le réveillon ?

– Oui… Mais avant on doit aller à Tours avec Anton. On sera de retour demain, pour le repas. »

Anton lui lança un regard stupéfait : *Qu'est-ce que tu nous fais ?* Rosalie ouvrit la bouche sans pouvoir émettre un son. Ambre ordonna à Anton, avec un calme froid :

« Prends quelques affaires, on y va.

– Quoi ? Maintenant ?

– Oui, maintenant.

– Attends ! intervint Rosalie. Tu viens de me dire que tu restais… pourquoi vous partez ?

– C'est juste un aller-retour, je t'expliquerai. »

Puis, comme Anton ne bougeait pas :

« Allez, lui rappela Ambre, va chercher quelques affaires. »

Il sembla sortir de sa torpeur et se dirigea vers le salon avec lenteur. Timotée se mit à pleurer en répétant « Parrain, parrain » et en essayant de le rattraper. Rosalie bégaya :

« Alors ça… alors ça c'est la meilleure… Vous partez tous ? Gabriel, Cécile et maintenant vous ? Vous me laissez toute seule ici ? »

Elle semblait paniquée. Elle s'agrippa au chambranle de la porte.

« Mais je pourrai pas… je pourrai pas cuisiner un repas pour huit toute seule, avec les enfants… »

Ambre pressa son bras.

« T'en fais pas, Rosalie. T'occupe de rien. Profite des enfants. Allez à la patinoire, allez faire de la luge. On prendra tout ce qu'il faut chez un traiteur. »

Anton revint dans le couloir, un sac de sport négligemment jeté sur son épaule, un sourire au coin des lèvres. Le temps de faire une bise à Rosalie ahurie, Sophie hébétée et Timotée en larmes, Ambre et les garçons étaient dehors.

On est forts tous les trois. On est des dieux. Anton est un dieu grec. Tim un dieu impitoyable. Un dieu au regard cruel parfois. Et moi aussi je suis un dieu. Parce que je peux les réparer. Tous les deux. Pas seulement Tim.

Anton ne le savait pas. Mais maintenant il me regarde dans le rétroviseur et je reconnais son sourire. Un sourire de petit garçon.

On a pas peur d'un morceau de pierre. On a jamais eu peur de tout envoyer balader. De changer de vie. Parce qu'on est des dieux.

Ambre ne voulait pas que Marc l'attende pour rien à la gare. Elle ne voulait qu'il scrute la foule de passagers qui sortirait du train, qu'il se sente gagné par l'anxiété lorsque les derniers s'éloigneraient. Elle ne voulait pas qu'il se retrouve seul sur le quai, puis sous le panneau des arrivées, vérifiant sur son téléphone qu'il ne s'était pas trompé d'heure, se retournant pour être certain qu'il ne l'avait pas ratée, avant de se rendre à l'évidence – elle ne reviendrait pas. Elle ne voulait pas lui imposer ce supplice. Elle aurait voulu ne lui en imposer aucun d'ailleurs et pouvoir soulager sa douleur en posant sa tête contre sa poitrine. Mais c'était trop tard. Il faisait partie de son autre vie. Celle qui s'était terminée dans la chambre d'hôtel cette nuit. Quand elle avait compris que deux ans durant, c'était Tim qu'elle avait essayé de retrouver en Marc, dans ses grands yeux effarés, dans sa façon de tourner les pages de ses livres, dans ses baisers, dans l'odeur de ses cheveux, dans ses caresses.

Elle n'avait pas réussi à l'aimer. Elle y avait mis toutes ses forces, toute sa détermination. Mais elle n'avait pu lui donner que de la tendresse et une grande affection. L'amour, ce n'était pas ça.

Alors, pendant qu'ils étaient arrêtés sur une aire d'autoroute, pendant que Tim faisait le plein et qu'Anton fumait une cigarette, elle écrivit un message à Marc. Trois petits mots qui lui donnèrent envie de pleurer : *Je suis désolée.* Il comprendrait. Il était intelligent et sensible. Trop sensible. Puis elle éteignit son téléphone car elle ne voulait pas que son ancienne vie risque d'interrompre leur périple. Un sms de son frère incrédule. Un appel de ses parents choqués. Ou de Marc éploré. Elle se cala tout au fond de son siège, les mains à plat sur le volant, et s'obligea à respirer lentement.

Tim portait toujours son pull marron à grosses mailles et son jean de la veille. Elle avait toujours sa robe et ses boucles d'oreilles. Comme s'ils sortaient tout juste du lit. Ils n'avaient pas échangé un mot depuis qu'ils avaient pris la route. C'était trop tôt.

Ils repartirent, Ambre la tête bien droite. À côté Tim semblait s'être assoupi contre la vitre. À l'arrière Anton avait ouvert la fenêtre pour pouvoir fumer. Cela faisait entrer de l'air glacial dans l'habitacle mais personne ne protestait.

« Vous avez couché ensemble. »

La phrase tomba dans le silence de la voiture comme une pierre dans l'eau. Tim eut un léger sursaut et se redressa. Deux voix répondirent en chœur :

« Non ! »

Et Anton se mit à ricaner.

« Si, vous avez couché ensemble cette nuit. »

Tim se tut cette fois. Ambre, elle, constata qu'il n'y avait nulle rancœur dans la voix d'Anton. Juste une certaine stupéfaction.

Tim haussa finalement les épaules, ce qui sonna comme un aveu, et Anton se renfonça dans son siège, à l'arrière. On n'en reparla plus du trajet.

Les kilomètres défilaient au compteur. Personne ne disait un mot depuis un bon moment. Même la radio restait muette.

« On va sur la tombe de la mère de Tim », annonça Ambre, brisant le silence.

Anton n'avait rien demandé. Il n'avait posé aucune question sur ce qu'ils allaient faire à Tours. Comme si la seule chose qui comptait c'était qu'ils soient tous les trois dans cette voiture, comme cinq ans auparavant, qu'il puisse savourer ses cigarettes les yeux mi-clos, les cheveux au vent.

Il ne demanda pas davantage : *Pourquoi vous m'avez fait venir avec vous ?* Ils n'auraient pas su quoi répondre. C'était comme ça, voilà tout.

C'était un drôle de voyage quand même. Un voyage initiatique. Ou peut-être seulement une manière de boucler la boucle. Tim avait annoncé, après avoir remis de l'essence :

« J'ai prévenu Maxime. Ils nous attendent pour le dîner. »

Tout avait dérapé là-bas. Tout se terminerait là-bas. Et après ?

Il fallait huit heures pour rejoindre Tours. Sans les arrêts. Ambre s'en souvenait. Il y a cinq ans, ils avaient fait étape dans un hôtel luxueux, réservé par Anton. Tim était resté muet et nerveux, blanc comme un linge. C'était le début du printemps, le soleil brillait. Aujourd'hui le ciel était gris et bas, comme si lui aussi faisait le deuil de Marc et de sa vie.

Marc... Et elle se demanda, les yeux aveuglés par les bandes blanches de l'autoroute : *Comment peut-on aimer de toutes ses forces et pourtant ne pas aimer ? Comment peut-on n'être ni heureux ni malheureux avec quelqu'un ?*

Elle avait l'impression de peser des tonnes.

Tim dormait. Anton mâchonnait un chewing-gum et s'inspectait les ongles. Elle conduisait depuis deux heures trente. Déjà ! Elle avait mal à la nuque. Et faim. Elle n'avait rien avalé depuis la veille au restaurant. Le tableau de bord indiquait quatorze heures deux.

Elle songeait à Gabriel et Cécile. Ils avaient dû arriver. Ils devaient se trouver dans l'appartement de Cécile, le théâtre de ses souffrances. Gabriel devait tout empaqueter rapidement pour qu'ils quittent les lieux au plus vite. Cécile devait garder les épaules basses et trembler au moindre bruit.

Tim se redressa, sortant Ambre de ses pensées. Il se frotta la nuque, scruta les panneaux sur l'autoroute, puis l'heure sur le tableau de bord.

« Je vais te remplacer, déclara-t-il. Arrête-toi à la prochaine. »

Sur l'aire d'autoroute, ils s'extirpèrent du véhicule avec des mouvements raides. Tim s'installa au volant.

« On s'arrête pas pour manger ? demanda Ambre.

– Ah ! fit-il avec un air égaré. Tu as faim ? »

Ce fut Anton qui répondit dans un grognement :

« Je vais bientôt bouffer le fauteuil ! »

Ils fermèrent la voiture et se dirigèrent vers le restaurant-grill de l'aire. Anton marchait devant, appuyé sur ses béquilles. Tim traînait à l'arrière, l'air ailleurs.

Une drôle d'équipe. Un drôle de voyage.

Anton commanda deux hamburgers et des frites avec une tarte aux pommes. Ambre se rabattit sur un hachis Parmentier douteux.

« Tu ne manges rien ? »

Tim était assis, la tête entre les mains.

« Non. J'ai pas faim. »

Elle insista :

« Y a du brownie au chocolat. Me dis pas qu'il te fait pas de l'œil… »

Il semblait trop angoissé pour sourire. Il secoua de nouveau la tête. Anton poussa son plateau vers lui.

« Prends des frites.

– Ça va.

– Prends des frites j'ai dit. »

Tim obtempéra avec des gestes lents.

Ils étaient là, à la table de ce restaurant-grill un peu miteux, obligeant Tim à manger – « Force-toi, tu vas faire un malaise au volant », « Prends de la tarte aux pommes, ça te fera un peu de sucre » –, veillant sur lui avec le plus grand naturel. Comme s'ils avaient toujours fonctionné ainsi. Anton ne leur en voulait pas. Il ne leur en voulait plus depuis longtemps.

Le regard perdu dans son hachis, Ambre se demanda de quoi ils avaient l'air, pour les gens autour. S'ils ressemblaient à trois vieux amis usés par le temps. S'ils avaient l'air tristes ou heureux. Elle se demanda ce que Marc aurait pensé en les voyant ici. S'il les aurait détestés ou trouvés touchants malgré tout. Elle, elle se disait qu'ils étaient comme trois petits chatons qui se léchaient mutuellement leurs blessures.

Seize heures vingt. Elle avait surveillé le tableau de bord pour ne pas la rater, l'heure à laquelle elle aurait dû arriver en gare à Lyon. Elle se demanda ce que faisait Marc, s'il avait prévenu son frère, ses parents. S'ils tentaient tous de la joindre pour la centième fois, en ce moment même, en se disant : *Elle a perdu la tête.*

Non. Je n'ai pas perdu la tête.

Ils ne parlaient pas beaucoup dans la voiture. À part pour échanger des banalités – « Il fait sombre », « Ça roule bien pour une veille de réveillon », « On fait une pause ? J'ai la vessie qui va exploser ». Ils changèrent de nouveau de conducteur à cent kilomètres de Tours. Ambre prit le volant. Il était temps. Tim était devenu trop nerveux. Il donnait de brusques coups d'accélérateur et se rabattait dangereusement.

La nuit était tombée depuis plusieurs heures déjà et leurs estomacs avaient recommencé à gargouiller. Les panneaux indiquaient : *Tours 70 kilomètres... Tours 20 kilomètres...* Puis ils sortirent de l'autoroute.

« On va où ? demanda Ambre.

– Prends la première route au rond-point.

– On va chez Maxime là ?

– Oui.

– Et le cimetière ?

– Demain. »

Elle le sentait si tendu qu'elle aurait préféré qu'ils y aillent dès ce soir, elle se disait qu'il serait apaisé après, qu'il pourrait même y repasser avant de reprendre la route le lendemain, s'il le voulait.

Elle hésita avant de suggérer :

« On devrait y aller maintenant.

– Maxime et Lisa nous attendent pour manger.

– On en a pas pour longtemps.

– Justement. Ça peut attendre demain. »

Elle aurait aimé qu'Anton la soutienne mais il lui lança un regard impuissant dans le rétroviseur : *Je ne peux rien faire, ça fait longtemps que je n'ai plus de prise sur lui.*

Elle avait peur que Tim change d'avis. Qu'il renonce le lendemain aussi. Alors ils seraient venus pour rien. Puis elle songea qu'il ne lui avait pas laissé le choix ce matin, lorsqu'il avait volé son téléphone et désactivé son réveil.

Du coup, alors qu'ils entraient dans la ville, elle suivit les panneaux qui indiquaient : *Église.*

« Tu fais quoi ? » lança Tim avec mauvaise humeur.

Elle ne répondit rien.

« Ho ! Tu fais quoi ? »

Il voulut s'emparer du volant, la voiture fit une embardée. Anton cria depuis l'arrière :

« Tim ! Fais pas le con ! »

Le cadran indiquait vingt heures trente. Tim s'énervait sur son siège.

« C'est pas drôle ! Arrête tout de suite ! »

Elle poursuivit son chemin, impassible.

« Je ne descendrai pas ! Je ne bougerai pas ! Je te préviens ! »

Elle aperçut l'église et accéléra. Il continua de pester :

« Tu m'emmerdes, Ambre ! Je te jure ! Je ne sais même pas pourquoi je t'ai demandé de venir !

– Tu ne m'as rien demandé. C'est moi qui ai décidé de t'emmener à Tours. »

À l'arrière, Anton souriait.

Elle arrêta la voiture devant le cimetière, que l'église surplombait. Les grilles étaient fermées.

« Voilà, t'es bien avancée ! On fait demi-tour maintenant. »

Elle sortit tout de même de la voiture, prenant avec elle les clés.

« Tu fais quoi ? C'est fermé ! » beugla Tim.

Le gravier crissa sous les pieds d'Ambre. L'air glacial la fit frissonner. Les grilles du cimetière, immenses et rouillées, se dressaient devant elle. Elles étaient un peu effrayantes mais elle posa la main dessus et elles s'ouvrirent sans aucune résistance, dans un affreux grincement.

« C'est bon ! cria-t-elle aux garçons. Venez ! »

Elle entendit Tim grogner, jurer. La portière arrière s'ouvrit et Anton s'extirpa du véhicule, appuyé sur une béquille. Il se dirigea vers elle avec des gestes lents et raides, grimaçant.

« Il dit quoi ? demanda-t-elle quand il arriva à sa hauteur.

– Qu'il ne mettra pas un pied dehors. »

Ils attendirent un peu, luttant contre l'envie de faire demi-tour.

« Allez, Tim, dépêche-toi ! cria Anton. Ça caille ! »

Aucune réaction. *Il viendra pas si tu le provoques pas,* se dit Ambre. C'était comme ça qu'ils fonctionnaient, tous les deux. Alors elle cria très fort, pour être certaine qu'il l'entende :

« Tu te dégonfles, c'est ça ? T'as peur d'un morceau de pierre et d'un tas d'os ? »

Le silence lugubre du cimetière lui répondit.

« On est entre nous ! Fais pas ta mauviette ! On entre, rejoins-nous ! J'ai les clés de la voiture de toute façon, alors t'as pas le choix ! »

« Viens », dit-elle à Anton.

Il la suivit sans discuter. Seuls deux lampadaires tremblotants étaient chargés d'assurer l'éclairage de tout le cimetière.

« Tu sais comment elle s'appelle ? demanda Ambre.

– Eva. Eva Mannin.

– C'est joli comme prénom, Eva.

– Ouais. »

À la lueur de leurs portables, ils progressèrent lentement, elle scrutant les tombes sur sa gauche et Anton celles sur sa droite.

« Il va te détester, chuchota-t-il au bout d'un moment.

– Je sais. Mais tant pis. »

Ils s'enfoncèrent plus profondément dans l'obscurité lugubre du cimetière.

« Y en a trop… On va pas pouvoir toutes les vérifier une par une…

– Avec un peu de chance… »

Et de la chance, ils en eurent. Au bout de la deuxième allée, non loin de l'un des lampadaires, ils trouvèrent la sépulture au nom d'Eva Mannin, une jolie pierre blanche et lisse : décorée d'angelots. On y avait déposé de nombreux pots de chrysanthèmes, des plaques qui disaient : *À mon épouse*, *À notre sœur*, *À notre mère*. Un enfant – peut-être Naëlle ou l'une des jumelles de Franck et sa femme – avait déposé sur la pierre un ourson en peluche et un dessin glissé dans une pochette plastique.

« Et maintenant ? murmura Anton. On fait quoi ? »

Il s'était tourné vers les grilles du cimetière, d'où personne n'arrivait.

« On va attendre. Il va venir.

– T'es sûre ? »

Elle haussa les épaules. Anton eut une nouvelle grimace de douleur.

« Je vais m'asseoir. Mes jambes… »

Il ne termina pas sa phrase, se laissa tomber sur une tombe totalement abandonnée, d'où le nom même s'était effacé.

Les minutes défilèrent. Pas un bruissement ne venait déranger le silence opaque du cimetière. Anton frissonnait sur la pierre glaciale. Ambre commençait à douter.

Le clocher de l'église sonna vingt heures quarante-cinq.

« Désolée, je pensais qu'il viendrait… », finit-elle par dire.

Elle tendit une main à Anton pour l'aider à se relever et ce fut à ce moment-là qu'ils entendirent une portière qui claquait. Des grognements furieux. Des pas rapides. Quelques secondes après ils virent apparaître Tim, noir, menaçant, fonçant sur eux.

« Vous faites chier ! C'est pas une plaisanterie ! Ambre, cette fois t'es allée trop loin ! »

Anton tenta de s'interposer car il craignait que Tim ne se jette littéralement sur elle. Il n'en eut pas le temps, Tim était déjà planté devant elle, hurlant à pleins poumons :

« Rends-moi mes clés ! Tout de suite ! »

Elle lui tendit les clés, résignée, et il lui arracha presque le bras en les lui prenant.

« Oiseau de malheur ! T'es qu'un oiseau de malheur ! Tu portes la poisse partout où tu vas ! Faudrait toujours se tenir éloigné de toi ! »

Elle ne disait rien, elle restait figée face à lui. Anton retenait sa respiration derrière eux. Tim ne lui prêta aucune attention. Il brûlait Ambre de son regard.

« Je suis là maintenant, comme tu le voulais ! Tu es heureuse ? Allez, je t'en prie, présente-moi ma mère ! Tu as fait sa connaissance je suppose ! »

Elle se tourna lentement vers la pierre blanche, sans prononcer un mot. La colère de Tim décupla quand il avisa la sépulture. Il éclata d'un rire grinçant qui fit s'envoler un oiseau posé sur une stèle, plus loin, dans l'obscurité du cimetière.

« Une pierre blanche ! rugit-il. Excellent choix ! Le blanc pour la pureté ! Excellente couleur pour une avorteuse ! Tiens, je te parie qu'elle s'est fait enterrer en blanc, elle qui se prenait pour la Vierge Marie ! »

Ni Anton ni Ambre n'eurent le temps d'anticiper son geste. D'un coup de pied il envoya valser les pots de chrysanthèmes, qui explosèrent contre la pierre en produisant un bruit assourdissant dans le silence.

« Voilà ! Ambre, tu es heureuse ? Tu voulais que je voie ma mère, c'est fait ! Regarde comme je la salue ! Regarde-moi ! »

Un deuxième coup de pied fit valdinguer les plaques, les bouquets, les pots rescapés, qui éclatèrent et volèrent tout autour de la tombe.

« Bonjour, maman ! hurla-t-il. Regarde qui c'est ! C'est ton fils adoré, Tim ! L'erreur de la nature ! Regarde qui je t'amène ! Deux enfoirés qui ont absolument tenu à ce que je te salue ! »

Il fit volte-face, le visage défiguré par la haine.

Ce n'est plus lui, pensèrent en même temps Anton et Ambre.

« Dites bonjour à ma mère ! rugit-il. Vous vouliez la voir ! Dites-lui bonjour ! »

Il s'approcha d'Ambre, le visage à quelques millimètres du sien.

« J'entends rien ! Dis bonjour ! »

Elle secoua la tête, muette, et soutint son regard sans ciller.

« Oh ! Tu voulais me voir gentiment pleurer à genoux ? C'est raté, ma belle ! J'ai plutôt envie de cracher sur sa tombe ! »

Il se retourna brusquement vers la stèle jonchée d'éclats de verre, de fleurs décapitées, de mottes de terre. Et il cracha, à plusieurs reprises, en produisant des bruits grossiers. Comme pour leur dire : *Vous voyez, je le fais !*

« Joli travail ! » lança alors la voix traînante d'Anton, derrière.

Sans même se retourner, Tim cria « Ferme-la ! », avant de redonner un coup de pied dans les débris. Avec moins de conviction cette fois. Moins de hargne. Puis il resta figé dans son pull à grosses mailles, face au désastre qu'il avait créé.

Dans le silence retrouvé de la nuit, personne n'osait plus bouger.

La voix de Tim, sourde, blanche, s'éleva enfin :

« Il faut tout nettoyer maintenant. »

Pourtant il ne bougeait toujours pas, comme s'il ne savait pas par quoi commencer. Ambre fit un pas en avant, faisant crisser les gravillons sous ses pieds. Elle s'agenouilla devant la tombe et se mit à ramasser les éclats de verre, les rubans déchiquetés, les fleurs écrasées. Tim la regarda sans faire un geste pendant une minute, peut-être deux. Puis il s'agenouilla à son tour.

« Tiens, dit-il. J'ai des mouchoirs. »

Il lui en tendit un et avec des gestes lents ils essuyèrent la pierre couverte de terre, de crachats. Tim pleurait, mais Ambre fit comme si elle n'avait rien remarqué. Il s'écoula de longues minutes avant que la voix d'Anton ne résonne :

« Je vais chercher un arrosoir et de l'eau. »

Ils le laissèrent s'éloigner, appuyé sur sa béquille, sans un mot. Ambre récupérait quelques fleurs intactes en se disant qu'on pourrait en faire un petit bouquet, les nouer avec un des rubans et le déposer directement sur la tombe. Aucun vase n'avait survécu. Pas grave. Ça ne servait à rien, les vases.

Anton revint lentement avec un gros arrosoir vert rempli à ras bord.

« Tiens », dit-il à Tim.

Il versa de l'eau sur la pierre. De l'eau glacée. Ambre l'aida à frotter la tombe jusqu'à ce qu'elle ait retrouvé son blanc éclatant.

Puis ils laissèrent Tim ramasser les morceaux de plaques, les réagencer entre eux, disposer l'ourson et le dessin plastifié comme il le souhaitait. Ambre termina de nouer un ruban autour du maigre bouquet de fleurs et le lui tendit. Il le mit entre les bras de l'ourson. Elle vit que le dessin représentait un ange sur un nuage. Il était signé Maëlis et Iris. Sans doute les jumelles de Franck.

Tim prit encore de longues minutes pour réarranger la pierre tombale, redresser une plaque, gratter une saleté du bout de l'ongle, changer l'ourson de place. Il semblait vouloir attendre que ses larmes sèchent ou ne pouvoir se résoudre à partir tout de suite.

Anton s'était assis à sa gauche, sur la pierre voisine. Ambre attendait à sa droite, accroupie à côté d'un tas de bris de verre qu'elle jetterait en partant.

Quand Tim se leva, ils l'imitèrent tous les deux, dans un même mouvement. Ambre ramassa les débris et en remplit les poches de son manteau. Puis ils se dirigèrent vers les grilles, posèrent l'arrosoir près du petit robinet, mirent les éclats dans la poubelle, sous la lueur blafarde des deux lampadaires.

Au moment de sortir du cimetière, Tim prit la main d'Ambre. Ce fut comme un pardon, comme un remerciement muet. Ils regagnèrent la voiture ainsi, en se tenant très fort par la main.

La porte s'ouvrit sur une petite fille au visage malicieux, vêtue d'un pyjama jaune canari. Des boucles brunes, des joues rondes, comme Tim l'avait décrite à Ambre. Naëlle se jeta sur son parrain. La seconde d'après, Maxime était là, lui aussi.

« Salut, tous les trois ! »

Il était souriant mais sans excès, comme s'il savait qu'ils venaient du cimetière et qu'il ne fallait pas les brusquer. Tim avait dû le prévenir par un sms pendant qu'ils étaient en route. Il portait un pantalon noir et une chemise blanche. Ambre le trouva un peu vieilli. Ses tempes commençaient doucement à se dégarnir.

« Désolé pour l'heure », marmonna Tim.

Maxime balaya ses excuses d'un geste de la main : *C'est rien*, puis il les fit entrer et les embrassa tous avec la même chaleur.

Lisa apparut à son tour. Encore plus ronde, plus bouclée, plus pétillante que la dernière fois. Un bonbon acidulé au parfum de fraise. Dans une robe violette.

« Salut », chantonna-t-elle.

Elle les étreignit chacun avec tendresse, les débarrassa de leurs manteaux, les entraîna au salon. Un immense sapin de Noël croulait sous les décorations. Naëlle sautillait dans le sillage de sa maman avec les mêmes mimiques. Elle souriait avec les mêmes fossettes et portait le même parfum sucré. Quand Lisa se retournait pour dire : « Ça me fait plaisir que vous soyez là » en faisant danser ses boucles, Naëlle se retournait aussi et hochait la tête.

Dans la cuisine, la table était déjà dressée.

« On a prévu une raclette, annonça Lisa.

– Super.

– Vous avez peut-être envie de vous doucher et de vous changer avant de passer à table. On a préparé la chambre d'amis pour vous. Vous pouvez y monter vos affaires. Prenez votre temps, Naëlle a déjà mangé. »

Elle avait parlé d'un trait. Elle souriait mais on sentait une certaine retenue dans sa joie. Elle aussi savait d'où ils venaient.

Tim la remercia. Son frère l'entraîna dehors, sur la terrasse, et ils se mirent à discuter à voix basse.

Anton monta se changer, laissant Ambre avec Lisa et la petite Naëlle. Lisa observa Ambre avec un sourire sincère.

« Je pensais pas te revoir un jour, déclara-t-elle.

– Moi non plus.

– Ça me fait vraiment plaisir que tu sois là. Tim m'avait dit que vous ne vous voyiez plus du tout.

– Non… c'est vrai. »

La petite Naëlle suivait leur échange avec curiosité, tenant la main de sa maman. Elle était moins farouche que Sophie et Timotée, moins méfiante.

« Tu es aussi allée à la rescousse de Rosalie ? Tim nous a raconté pour son mari…

– Oui. Mais plus de peur que de mal. Il était parti aider une amie en difficulté… Du coup, on s'est tous retrouvés là-bas, à Arvieux, comme au bon vieux temps.

– Et cette escapade ici ? »

Lisa était curieuse. Ses yeux verts la sondaient avec intensité. Elle sentait les choses, comme Rosalie.

« C'était… disons que c'était mon idée. J'ai… j'ai un peu forcé la main à Tim pour qu'il affronte la tombe de sa mère. »

Lisa hocha la tête avec un air un peu grave. Ambre préféra changer de sujet :

« Je vois que vous avez bien travaillé, Maxime et toi : vous avez une très jolie petite fille ! »

Naëlle rit derrière sa main potelée. Lisa retrouva ses yeux pétillants.

« Tim m'a parlé d'elle, ajouta Ambre. C'est un joli prénom, Naëlle.

– C'est breton. Le diminutif de Nathanaëlle. C'était le prénom de ma grand-mère. »

Elles se sourirent avec un petit reste de timidité. Ça faisait cinq ans... Elle était la belle-sœur de Tim, elle savait pour Frontignan et tout le reste...

« Et toi ? interrogea Lisa, enjouée. Tu es mariée ? Tu as des enfants ? »

Ambre retint une grimace douloureuse. *Marc.* Il était plus de vingt et une heures maintenant. Que pouvait-il bien faire ? Était-il seul dans leur appartement ? Était-il allé retrouver Mathieu ? Son ami Adrien ? Pensait-il qu'il pouvait encore la faire changer d'avis ? Ou avait-il compris qu'il était trop tard, qu'il avait toujours été trop tard ?

« Ni l'un ni l'autre.

– Ah... Tu as un amoureux ? »

Elle déglutit.

« J'avais.

– Pardon ?

– J'avais quelqu'un... jusqu'à il y a peu.

– Oh ! fit Lisa. Je suis désolée...

– C'est rien. C'est moi qui ai rompu.

– Ça veut pas dire que c'est plus facile.

– Non... C'est vrai. »

Légèrement mal à l'aise, elle se tourna vers les escaliers qui menaient à l'étage.

« Je crois que je vais me prendre une douche rapide, si ça ne t'embête pas.

– Oui ! Bien sûr ! Et moi qui fais ma pipelette ! Je te laisse y aller. Tu connais le chemin.

– Oui ! »

Une fois à l'étage, Ambre se dirigea vers le fond du couloir. La chambre d'amis était ouverte et une lampe de chevet avait été allumée. Assis au bord du lit, une jambe repliée, Anton semblait tenter de retirer sa chaussure. Il ne l'entendit pas approcher. Elle surprit une expression de douleur intense sur son visage.

« Anton ? »

Il sursauta, releva la tête et lui adressa un sourire un peu forcé.

« Cette satanée godasse me résiste.

– Donne ta jambe. Je vais te l'enlever moi. »

Il voulut déplier sa jambe mais impossible. Il grimaça de nouveau.

« Anton… qu'est-ce qu'il se passe ?

– C'est rien.

– Ça a l'air de te faire un mal de chien. Qu'est-ce qu'il se passe ? » insista Ambre.

Il haussa les épaules.

« C'est la voiture… Les longs trajets en voiture… c'est déconseillé pour mon dos et mes jambes.

– Oh ! Je suis désolée… Je savais pas. »

Pas une fois il ne s'était plaint de toute la journée.

« C'est pas grave. Mais maintenant je me sens raide. Mon dos me lance et j'ai du mal à faire obéir mes jambes.

– Bouge pas. Je vais t'aider. »

Elle déplia sa jambe avec toute la douceur dont elle était capable, retira sa chaussure et fit de même pour l'autre jambe. Puis elle s'assit à côté de lui.

« Tu as toujours très mal ?

– Non, pas toujours.

– Souvent ?

– Plus souvent que je veux bien le montrer. »

Elle fut heureuse qu'il se confie ainsi à elle. Elle posa une main sur son genou.

« Un bain chaud, voilà ce qui te ferait du bien.

– On a pas le temps. Ils nous attendent en bas. »

Elle se leva et se dirigea vers la salle de bains. Ne pas laisser le choix. Ne pas attendre, ne pas demander. Prendre, forcer la vie. Elle l'avait compris aujourd'hui.

« Tu sais, finalement tu es une bien meilleure assistante que je le pensais, lança Anton depuis le lit.

– Je travaille dur pour te satisfaire, très cher. »

Elle vissa la bonde au fond de la baignoire, fit couler l'eau chaude et déversa des sels de bain.

« J'y arrive pas. »

Elle sursauta. L'air abattu, Anton était adossé à la porte, torse nu, le jean baissé jusqu'aux genoux.

« C'est pathétique », lâcha-t-il avec cynisme.

Elle répondit un peu sèchement :

« Entre. Ferme la porte. »

Il obtempéra. Elle lui demanda de s'asseoir sur le rebord de la baignoire et elle lui enleva son pantalon et son caleçon sans ciller. Après ces huit heures de route, après cette scène au cimetière, il n'y avait plus de gêne à avoir.

« Grimpe. C'est chaud. »

Elle le regarda s'installer dans la baignoire avec des gestes lents. Il était crispé de douleur mais il ne disait rien.

« T'as très mal où ? » demanda-t-elle d'une voix radoucie.

– Au dos.

– Où ça ? Montre-moi. »

Il se pencha en avant et lui désigna la partie balafrée de son dos. Elle posa ses mains dessus. Ses mains fraîches.

Il poussa un soupir. Elle le sentit se détendre. Elle resta ainsi, assise sur le rebord de la baignoire, massant légèrement sa cicatrice en mouvements circulaires. Il ne disait rien. Il se laissait faire, les genoux repliés contre la poitrine, les mains autour de ses genoux. Et elle songea que plus que jamais ils étaient semblables à des petits chatons qui se léchaient mutuellement leurs blessures.

« Tu sais, un jour on s'est embrassés contre ce lavabo. »

Anton sursauta légèrement, comme s'il s'était endormi.

« Tim et toi ?

– Oui.

– Après notre dispute et mon départ fracassant ? »

Elle hocha la tête. Anton acquiesça.

« Reprends tes massages », dit-il.

Aucune tristesse sur son visage ni dans sa voix. Ça faisait longtemps qu'il était très loin de tout ça.

Il était presque vingt-deux heures quand ils s'attablèrent tous autour de l'appareil à raclette, fraîchement lavés et détendus. Maxime avait prêté un jean et un pull à capuche à son frère. Tim avait toujours l'air grave même si l'atmosphère était joyeuse autour de la table. Comme s'il avait vieilli en quelques heures durant cette visite au cimetière.

Ce fut un repas doux, chaleureux. Le sapin clignotait, Naëlle somnolait sur le canapé, ils parlaient à voix basse pour ne pas rompre la fragilité du moment.

Lisa s'intéressait beaucoup à la boutique de prêt-à-porter d'Ambre. Elle aurait adoré travailler dans la mode. Elle posait mille et une questions et Ambre la comblait d'un luxe de détails.

« Je dois décider des collections à mettre en avant. C'est la direction qui fixe les objectifs de vente, ensuite c'est à moi de choisir la stratégie pour les atteindre. J'essaie de changer les vitrines tous les mois. C'est pas toujours facile mais je m'y tiens. »

En bout de table, les garçons parlaient d'une série télévisée. Maxime avait deux épisodes d'avance et Anton le suppliait de ne surtout rien révéler. Tim les écoutait sans trop intervenir, le cou tendu comme s'il essayait en même temps de suivre la conversation des filles.

Ils firent une pause entre deux plateaux de charcuterie. Pour « aider à descendre », Maxime apporta une bouteille de digestif. Naëlle s'était réveillée et avait rejoint les genoux de sa maman.

« Et comment tu t'y es prise pour doubler les ventes ? Toujours en ciblant les lycéennes ?

– Oui. Toujours. L'enseigne existait depuis dix ans. Les gens la connaissaient et personne ne s'arrêtait plus devant. Ils avaient toujours ciblé les femmes actives, les mères au foyer un peu coquettes. Ils ne misaient que sur les tailleurs, les jupes crayon, les chemisiers. Un lycée s'est implanté à proximité, alors j'ai suggéré à la direction de changer un peu de cible. De s'orienter vers un style plus étudiant, plus détendu, tu vois… »

Elle s'interrompit car Tim venait de prendre place à côté d'elle. Il fit signe à Naëlle de grimper sur ses genoux et la fillette, peu farouche, vint se pelotonner contre lui.

« Et alors ? interrogea Lisa.

– Ils m'ont accordé une vitrine un mois entier. Je me suis appliquée. Je sentais que c'était la seule chance qu'ils me donneraient. Si je voulais les convaincre, c'était le moment.

– T'es partie sur un style plutôt *street* ?

– Oui, quelque chose de totalement différent. Un look un peu décalé mais tout en restant classe et soigné grâce à un élément vestimentaire. Par exemple j'habillais mes mannequins avec un slim imitation cuir et des bottines cloutées mais j'ajoutais un chemisier imprimé à fleurs avec un col Claudine pour le côté sage et chic. Sans oublier le sac verni à grosse boucle dorée. Tu vois le mélange ?

– Ouais, je vois ! Ça a marché ?

– Il a fallu une bonne semaine avant que la boutique ne soit repérée par les lycéennes. Une autre pour qu'elles se passent le mot. Et là ça n'a pas arrêté de défiler. Alors, on m'a laissé la vitrine pour le mois suivant et le mois d'après encore… Au début ils craignaient de perdre leur clientèle plus mature, mais on a remarqué que les adolescentes amenaient leurs mères faire du shopping et les mères revenaient ensuite avec leurs amies. C'était la stratégie gagnante en fait.

– C'est comme ça qu'ils t'ont nommée responsable de boutique ?

– Non, pas tout de suite. Il a fallu de longs mois pour qu'ils me fassent complètement confiance. Ils m'ont passée cheffe de rayon peu après ma première vitrine. Et de là j'ai dû travailler encore plus dur mais j'ai jamais perdu de vue la stratégie lycéenne. Ce sont elles qu'il faut conquérir. Elles dictent la mode à leurs mères. Elles imposent leur style. Elles n'ont pas peur d'oser les mélanges de couleurs, de matières, d'imprimés. On peut tout leur vendre du moment que ça sort de l'ordinaire. »

Elle avait continué à parler sans se troubler quand Tim, un bras autour de Naëlle, endormie tout contre lui, avait posé son autre main sur son genou. Maintenant il le caressait en formant des petits ronds. Lisa avait tout vu mais elle faisait comme si de rien n'était.

« Les sacs à main à tête de mort c'était l'idée de Cathia. La direction n'avait pas voulu en commander pour la boutique de Lyon. Ils voulaient réserver cet article pour Paris où on trouvait plus de *fashion victims*… »

Elle parlait et parlait sans relâche de ce travail auquel elle avait consacré ces cinq dernières années pour ne pas avoir à penser à autre chose – elle s'en rendait compte aujourd'hui –, pour ne pas avoir à se retrouver trop souvent en face de Marc et de leurs silences. Elle parlait aussi pour ne pas trembler sous la main de Tim qui caressait son genou, pour ne pas voir Lisa, Maxime et Anton qui les regardaient, pour ne pas songer à leurs réactions, à leur jugement. Elle parlait et Tim gardait la tête bien haute, comme pour dire à tous : *C'est comme ça, je ne vous demande pas votre avis.* Il imposait. Il ne demandait jamais. Il n'avait peur de personne.

Maxime apporta le deuxième plateau de charcuterie. Plus personne n'avait faim mais on mangea quand même. Tim garda Naëlle pelotonnée contre lui. Ils restèrent très tard à table, chuchotant pour ne pas réveiller la petite fille. L'estomac plein, les joues roses à cause de la chaleur dégagée par l'appareil à raclette, les jambes étendues devant eux, ils parlaient de tout et de rien, se disaient que ça faisait du bien de se revoir, que c'était ça la vie, une raclette, des frères, des amis, des enfants, une bouteille de vin rouge, rien de plus.

Lisa finit par se lever pour aller coucher Naëlle et tout le monde l'imita.

Dans la chambre, sans hésiter une seconde, Ambre, Tim et Anton s'allongèrent tous les trois dans le même lit, en ignorant le matelas au sol. Boucler la boucle. Cinq ans plus tard. Serrés les uns contre les autres sans oser vraiment se toucher.

Ambre déclara :

« Ça rend important d'avoir une filleule, non ? »

Tim acquiesça en silence.

« Un jour on aura des enfants et on se sentira encore plus importants », renchérit Anton.

Avant, ils ne pouvaient même pas envisager qu'un jour ils auraient des enfants. C'est à ça qu'ils sentaient qu'ils avaient grandi. La voix d'Anton s'éleva de nouveau dans l'obscurité :

« Et peut-être que vous en aurez… à vous. »

Tim gigota.

« Qu'est-ce que tu veux dire ?

– Tous les deux. »

Il aurait pu s'ensuivre un malaise, un silence troublé. Mais c'était exactement l'inverse qui se produisait, dans ce lit. Comme un immense soulagement après toutes ces années de mensonges, les uns avec les autres. Comme une libération. Pas de tristesse, pas d'embarras. Une bouffée d'air libératrice.

« Tu crois ? » finit par demander Tim.

Anton eut un petit rire étouffé. Un rire d'enfant.

« C'est pas à moi qu'il faut demander ça. C'est à elle. »

Tim se tourna vers elle. Elle avait envie de crier : *Embrasse-moi, embrasse-moi tout de suite.* Elle murmura :

« Je sais pas… »

Et Anton déclara avec assurance :

« Si. Vous en aurez. »

Le silence retomba. Ils ne bougeaient pas, respiraient calmement. Un chuchotement se fit entendre, tout à gauche. Anton :

« Vous savez, je fais des cauchemars toutes les nuits… Je me retrouve dans le ravin… quand j'espérais que j'allais mourir avant que la nuit tombe. Parce que c'était le plus terrible, la nuit, avec le froid… La journée ça allait. J'avais le soleil et je buvais de la neige mais la nuit il faisait tellement froid… j'arrivais plus à bouger mes bras. J'espérais que j'allais mourir et c'était comme un cauchemar qui ne se terminait pas… Le jour se levait de nouveau, le soleil me réchauffait et le calvaire reprenait… »

Les deux autres retenaient leur souffle. Le silence s'étira.

« Tu m'avais jamais raconté, dit finalement Tim.

– Non. Maintenant c'est fait.

– Pourquoi maintenant ? »

Anton réfléchit quelques instants.

« Aujourd'hui je t'ai vu cracher sur la tombe de ta mère et ensuite je t'ai vu pleurer. Ambre m'a vu nu. Elle n'a pas détourné les yeux et après elle m'a massé le dos parce que j'avais trop mal. Alors on a plus besoin de se cacher quoi que ce soit. »

Ce constat les fit sourire. Tim changea de position dans le lit et Ambre devina qu'il passait un bras autour d'Anton, dans un geste d'affection. Comme elle avec Marc, quand elle posait sa tête contre son torse.

Quelques minutes s'écoulèrent sans un bruit. Elle sentit une main dans ses cheveux et elle sourit dans l'obscurité, avant de s'abandonner au sommeil.

14

Soixante-quatre réveils aux côtés de Tim à Frontignan. Soixante-cinq en comptant celui d'hier. Soixante-six aujourd'hui.

Et avec Marc ? Deux ans. Plus de sept cents réveils. Soixante-six réveils contre sept cents et pourtant Marc ne fait pas le poids. Comment c'est possible ?

Où était-il ? Qu'est-ce qu'il faisait ? Est-ce qu'il traînait au lit, lui aussi, sans trouver la volonté de se lever ? Il n'aurait pas la force d'ouvrir ses gros volumes aujourd'hui, de les annoter. Il n'aurait plus goût à rien. Pas même à son café du matin. Il irait chez ses parents sans doute. Que lui diraient-ils ? Ambre les avait toujours appréciés et il lui semblait que c'était réciproque. Mais aujourd'hui ? Que penseraient-ils ? Comment Marc leur expliquerait ? *Elle s'est enfuie avec un fantôme du passé.*

Et le réveillon, ce soir ? Marc en face d'une chaise vide. Et Cathia, Émilie, leurs conjoints, que diraient-ils tous ? Elle ne les avait pas prévenus. Elle n'en avait pas eu le courage. Si elle allumait son téléphone, elle tomberait sur des appels de Marc, de ses parents, des sms, des messages vocaux. Elle n'avait pas la force d'affronter tout ça. *Je suis lâche.* Mais c'était tellement confortable d'être lâche, pelotonnée dans les bras de Tim. De respirer son cou, ses cheveux. Ils ne sentaient pas le cuir, ses cheveux. C'était une odeur plus sucrée. Et épicée à la fois. Comme de la cannelle.

Pour un réveil de plus à côté de lui, j'ai sacrifié ma vie à Lyon, toute ma vie. Et je ne regrette rien.

Marc avait cette manie de toujours dire « Je t'aime » avant de raccrocher ou lorsqu'il la déposait au travail, et elle se sentait légèrement agacée à chaque fois, sans trop savoir pourquoi. Aujourd'hui elle savait. Il l'obligeait d'une certaine manière à répondre : « Moi aussi. » Et en disant cela elle mentait, à lui comme à elle.

Le jour s'était levé. Quelques rayons filtraient à travers les volets. Ambre ouvrit une paupière, à peine, juste pour entrapercevoir les deux formes à côté d'elle. L'une tout près, serrée contre elle. Il dormait profondément, imperturbable. L'autre leur tournait le dos. Il dormait en chien de fusil à l'autre extrémité du lit. Comme pour marquer une distance, une séparation. *Ça a toujours été comme ça. Deux et un.* Elle se demandait si ça en finirait un jour. Si Tim était vraiment capable de choisir. S'il en avait envie. *Et s'il avait deux âmes sœurs ? S'ils étaient des âmes triples ?* Elle sourit en silence de sa bêtise, bien qu'elle ne soit pas certaine que ce soit très drôle. Mais quoi ? Y pouvait-elle quelque chose. Pouvait-elle le changer ? Elle était contre lui ce matin et c'était déjà bien. Mieux que tout ce qu'elle avait espéré.

Et Sophinette ? Est-ce qu'un jour elle connaîtrait aussi les tourments de l'amour ? Elle avait avoué qu'il y avait bien un garçon qui l'aimait… Il lui offrait des papillotes et lui prêtait son vélo, mais elle avait dit : « C'est pas mon amoureux, il sait même pas skier ! » Ambre avait ri puis elle avait pensé deux choses. Que Sophie était une vraie petite fille de la montagne désormais puisqu'elle élevait le ski au rang des compétences obligatoires pour qu'on soit d'intérêt à ses yeux. Et qu'il ne fallait pas qu'elle grandisse trop vite, qu'elle tombe amoureuse et qu'elle pleure.

Sophinette, je te mettrai en garde. Je te dirai comme c'est compliqué, comme c'est douloureux mais comme c'est beau à la fois. Elle respirait dans le cou de Tim et elle pensait : *Sophinette, continue de sautiller, de chanter, continue de soigner tes poupées, continue de rire, de croiser les bras en boudant, continue de penser que tout le monde est bête, continue de trouver tout si évident, de t'occuper du petit*

Tim', d'aimer ton papa et de penser qu'il est le plus beau du monde, continue d'être la miniature de ta maman… elle est si géniale, c'est la femme la plus merveilleuse que j'aie rencontrée. Continue de croire au Père Noël, aux lutins, continue de porter des bracelets fluo et même tes affreux colliers criards. Sophinette, tu as le temps de grandir…

Elle détailla le visage de Tim. Ce pli qui barrait son front, cette cicatrice d'acné sur sa tempe gauche, ce poil rebelle de son sourcil qui n'allait pas dans le même sens que les autres, cette peau morte sur ses lèvres. Elle le détaillait et elle se demandait à quel endroit Anton avait pu le frapper. À la tempe ? Au menton ? À l'arcade ? Il lui semblait qu'il portait une minuscule cicatrice à l'arcade. Elle n'y était pas avant. Elle s'imaginait passer ses doigts dessus et avoir le pouvoir de l'effacer.

Elle continua de l'observer dormir. Impassible. Plongé profondément dans un sommeil sans rêves. Il avait vingt-sept ans maintenant. Ça lui paraissait beaucoup tout à coup. Et elle songeait : *Oiseau de malheur… Toi aussi tu es mon oiseau de malheur.*

Elle avait fini par se rendormir. Quand elle se réveilla, un poids tout chaud et gigotant était collé contre elle, un poids à l'odeur de fraise sucrée, qui gazouillait : « Et le Père Noël il détasse le renne et après… et après… le renne il se sauve dans la forêt et les méssants ils sont pas contents ! » et la voix rauque de Tim, tout près, répondit :

« Oh et ça se finit comme ça ? »

Naëlle s'était glissée entre Tim et elle. Pelotonnée dans les bras de son parrain, elle s'amusait à lui caresser l'oreille, comme elle l'aurait fait avec un doudou. Il n'y avait qu'eux trois dans le lit. Anton s'était déjà levé.

« Ah, la fille s'est réveillée ! » déclara Tim.

Naëlle se retourna et se mit à scruter Ambre avec curiosité.

« La fille, répéta-t-elle.

– Oui. La fille… C'est une créature pas commode, Naëlle… il faut faire attention… Si tu veux l'approcher, vas-y très doucement. »

Naëlle écoutait son parrain avec attention, les yeux légèrement arrondis. Tim tendit un doigt vers Ambre et le posa sur son nez.

« Tu vois... comme ça... tout doucement... juste avec le bout du doigt.

– Elle mord ? » demanda Naëlle avec toute sa crédulité de petite fille.

Tim se retint pour ne pas éclater de rire.

« Oui, parfois. Tiens, on va essayer à un autre endroit... »

Il lui planta son doigt dans le ventre, tout près des côtes, et elle ne put s'empêcher de rire en essayant de se dégager.

« Et là ! »

Il planta son doigt dans son cou. Dans son ventre de nouveau. Dans son oreille. Ambre se tortillait en riant. Comprenant que c'était un jeu, Naëlle riait encore plus fort.

« Qu'est-ce que c'est tout ce bazar ? » lança la voix amusée de Lisa.

Elle se tenait à la porte de la chambre, tout sourire. Naëlle aussi s'était mise à chatouiller Ambre, sous les encouragements de Tim :

« Oui, sous le menton, Naëlle ! Oui !

– Naëlle ! Tu embêtes Ambre ? »

Mais Naëlle ne prêta aucune attention à sa maman. Ils riaient tous les trois, ils étaient à bout de souffle, mais c'était si bon de rire comme ça.

« On vous attend pour le p'tit déj ! » annonça Lisa avant de disparaître.

Tim se glissa sous les cheveux d'Ambre pour se faire une perruque. Il se colla une de ses mèches sous le nez pour s'en faire une moustache. Naëlle riait aux éclats et disait :

« Encore, encore ! »

Tim se cacha sous la couverture. Naëlle le chercha et une main surgit, s'emparant de son petit bras potelé. Elle hurla. Il l'entraîna au fond du lit, sous les draps, tandis qu'elle riait de plus belle.

Tim était heureux ce matin, se dit Ambre. Réparé.

Dans le couloir qui menait aux escaliers, alors que Naëlle courait devant, Tim vola à Ambre un baiser. Un baiser furtif, appuyé, qui en appelait d'autres. Beaucoup d'autres. Puis ils rejoignirent Maxime, Lisa et Anton en bas. Naëlle avait le front trempé de sueur et les joues écarlates. Maxime la souleva dans ses bras en déclarant :

« J'ai cru que vous étiez en train de la torturer ! »

Ils prirent place à table où Lisa avait préparé un véritable brunch. Charcuterie, fromage, œufs à la coque, pain frais, confitures, fruits... Tim était mort de faim. Maxime et Anton parlaient de la formation en informatique dans laquelle le dernier s'était lancé. Voyant que Lisa ne grignotait qu'un pamplemousse, Ambre s'étonna :

« Tu ne manges rien d'autre ?

– Non. J'essaie de suivre un régime. »

Cela fit s'esclaffer Tim qui lui assura qu'elle n'en avait pas besoin, elle n'avait jamais été aussi jolie. Lisa leva les yeux au ciel en rougissant et marmonna : « T'es gentil mais je ne rentre plus dans mes pantalons ! », ce qui ne l'empêcha pas quelques minutes après de croquer avec délectation dans une tartine de pain frais.

C'était un de ces matins de bonheur cotonneux où on prenait le temps, on échangeait des sourires, des soupirs d'aise. On se disait : *Pourvu que ça dure...*

Lisa et Maxime insistèrent pour qu'ils restent fêter le réveillon avec quelques amis, mais Tim leur assura que s'ils ne rentraient pas, Rosalie les tuerait. Malgré tout Maxime et Lisa étaient inquiets de les laisser reprendre la route. Une tempête se préparait. Le ciel se couvrait de gris, de nuages menaçants. Le vent s'était levé. On annonçait des vents très violents et des pluies verglaçantes dans la journée. Tim déclara qu'ils feraient bien de partir immédiatement et son frère voulut absolument vérifier les pneus de la voiture avant.

Pendant ce temps Lisa s'approcha d'Ambre.

« Alors... peut-être qu'on se reverra bientôt ? »

Cette question en sous-entendait tellement d'autres : *Qu'est-ce qu'il se passe entre Tim et toi ? Est-ce que vous allez vous revoir ? Et Anton ?* Ambre se contenta de hausser les épaules en souriant.

« Peut-être… Qui sait ? »

Et Lisa sourit à son tour.

« Ça me ferait plaisir de te revoir ici. »

Elles restèrent silencieuses quelques secondes. Puis la petite voix de Naëlle retentit :

« Oui, moi aussi ça me ferait plaisir. »

Un bonbon sucré, se dit Ambre. Un chamallow qu'on avait envie de manger de bisous.

Le trio monta dans la voiture, Tim au volant. On échangea des signes de main, des sourires, des « baisers soufflés » comme disait Naëlle. Puis la voiture quitta doucement la cour.

« Naëlle, je t'enverrai le cadeau du Père Noël par la poste. Il l'a laissé à Amiens. Quel idiot, hein ? »

Naëlle pouffa derrière sa petite main potelée.

« On rentre directement à Arvieux ? » demanda Ambre.

Elle n'osait pas dire : *On ne repasse pas au cimetière ?* Tim hocha la tête.

« Oui. On rentre à la maison. »

Et cette phrase la fit sourire. *La maison… à Arvieux… pourquoi pas.*

Le vent rendait la conduite difficile. Sur l'autoroute, les panneaux indiquaient : *Attention : vents atteignant 70km/heure et pluies verglaçantes, n'hésitez pas à vous arrêter.* Les automobilistes ralentissaient, Tim grognait :

« À ce train-là, on sera rentrés demain matin ! »

Allongé sur la banquette arrière, Anton somnolait.

Ils roulaient depuis une heure quand des gouttelettes vinrent s'écraser sur le pare-brise, auxquelles succéda très vite un véritable rideau d'eau.

« Tu veux qu'on s'arrête ?

– Non. »

Ils avaient réglé la radio sur la station Autoroute Info et les alertes météo alternaient avec les appels à la prudence et les annonces d'accidents. Parfois, une chanson venait interrompre ces messages apocalyptiques. Ambre lançait des regards dans le rétroviseur à Anton. Il était immobile, les yeux clos. Il dormait ou faisait semblant de dormir. Elle avait la désagréable impression qu'il essayait de se retirer, de se faire oublier, discrètement.

« Tu devrais appeler Rosalie pour la prévenir qu'on est en route, lança Tim au bout de longues minutes.

– Oui, d'accord. »

Mais elle eut un sursaut et grimaça.

« Je peux pas utiliser mon téléphone.

– Pourquoi ?

– J'ai… j'ai prévenu personne…, bredouilla-t-elle, en dehors d'un sms de trois mots à Marc… Je devrais être à Lyon en ce moment… Mes parents nous attendaient pour dîner hier… Cathia et les autres nous attendent ce soir… alors j'ai préféré éteindre mon téléphone.

– Quoi ? Tu fais la morte ?

– C'est comme ça que j'ai toujours fait, non ? Disparaître sans un mot et faire la morte. Ça ne devrait pas te surprendre », répliqua-t-elle, amère.

Il eut un regard doux : *Désolé, je voulais pas te blesser.* Elle s'apaisa.

« Demain je les appellerai.

– Oui… C'est bien demain. »

Elle réalisa qu'on était jeudi. Jeudi 31 décembre. Ses vacances prenaient fin. Elle se força à ne surtout pas penser à après, à ne pas se laisser envahir par l'angoisse. Sa vie à Lyon s'était terminée, de façon symbolique, dans cette chambre d'hôtel avant-hier. Mais la réalité était tout autre. Qu'est-ce qu'elle était, cette réalité ? Cette vie qui l'attendait ? Elle n'en savait rien. Une vague phrase lâchée au-dessus d'une crème brûlée sous l'effet de la tristesse : « *Tu viendrais t'installer à Amiens.* » Un dessin gribouillé sur une note de restaurant. « *Là c'est moi. C'est le bonheur, la revanche sur la vie qui a été si dégueulasse… les livres aussi… et je te promets qu'on vieillira jamais. On se trahira pas.* »

Ils ne l'avaient même pas emportée, cette note. C'est dire à quel point tout ça n'avait été qu'emballement, rêverie, fantasme.

La réalité c'était que la boutique l'attendait lundi. Les filles l'attendaient. Les soldes allaient arriver. On ne quittait pas une vie comme ça. Pas sans préavis. Un pour la boutique. Trois mois. Un autre pour l'appartement qu'elle partageait avec Marc. Trois mois aussi. Et après ?

Elle songea avec amertume : *Tout est à réécrire.*

L'abîme qu'elle apercevait tout juste lui coupait le souffle et elle s'accrocha à la poignée de la portière pour ne pas suffoquer. Demain. Elle verrait demain. Ils devaient rester légers. C'était comme ça qu'ils étaient, qu'ils avaient toujours été. Légers comme l'air, insouciants. *On a pas peur d'une pierre. On a jamais eu peur de tout envoyer balader. De changer de vie. Parce qu'on est des dieux.*

Elle réussit à inspirer une bouffée d'air. À se calmer. Tim était là. Tout en conduisant il veillait sur elle. Anton était là aussi, tranquille. Il n'y avait aucune raison d'angoisser comme ça. Et puis ce soir le réveillon. Encore un moment de bonheur cotonneux. Avec Rosalie, Gabriel, Sophinette, le petit Tim', Cécile. Cécile qui recommençait à zéro elle aussi. Cécile battue et meurtrie, qui n'avait nulle part où aller. *Tes petits malheurs la feraient rire.*

« Prends mon téléphone. »

La voix de Tim la fit sursauter. Il lui tendait son mobile. Elle s'en saisit.

Ça allait mieux. Le réveillon à Arvieux. Sophinette sur ses genoux. Rosalie et ses yeux pétillants. Gabriel et petit Tim' heureux. Du bon vin. Ça allait mieux. Elle lâcha la portière et chercha le numéro de Rosalie dans le répertoire.

Rosalie avait l'air dépassée par les événements.

« Les enfants réclament leur papa, ils vous réclament. Ils demandent où vous êtes passés. Timotée fait caprice sur caprice. »

Ambre tenta de garder un ton calme et positif :

« Je suis sûre que tu t'en sors à merveille. Quand est-ce que Gabriel rentre ?

– Il a dit à environ dix-huit heures. Ça veut dire quoi "environ", selon toi ? »

Rosalie était furieuse. Ambre savait parfaitement pourquoi. Ce n'était pas le fait de se retrouver seule avec les enfants. Elle adorait être avec eux et elle s'en sortait toujours, quoi qu'elle en dise. Non, elle était furieuse qu'ils l'aient tous abandonnée. Qu'ils soient tous partis faire leurs petites affaires en la laissant à Arvieux.

« Il sera là à dix-huit heures, t'en fais pas.

– Et le traiteur ? répliqua-t-elle avec colère. Vous vous en chargez toujours ?

– Bien sûr qu'on s'en charge.

– Vous serez là pour dix-neuf heures ? »

Tim, qui avait entendu, grimaça pour signifier qu'ils ne seraient jamais à Arvieux pour dix-neuf heures.

« On y sera », déclara Ambre.

Tim lui fit les gros yeux.

« Enfin, plus ou moins.

– Ben voyons ! ricana Rosalie. C'est une variante de "environ" ?

– On fera le maximum. Les conditions météo ne sont pas terribles ici…

– Je m'en moque ! Vous aviez promis d'être à l'heure le 31…

– Et on le sera ! la coupa Ambre. Je te laisse, à tout à l'heure !

– Elle a l'air furax, lâcha Tim quand elle eut raccroché.

– Elle *est* complètement furax ! »

Elle reposa le téléphone de Tim dans la boîte à gants. Le vent sifflait dans les portières. Cela produisait comme un cri, une longue plainte. La pluie cognait aux vitres. Ils regardèrent la route défiler pendant plusieurs minutes.

« Il faut peut-être qu'on réserve le repas chez un traiteur, non ? lâcha Ambre au bout de quelques kilomètres.

Tim haussa les épaules.

« J'en connais pas dans la région…

– Si on arrive sans rien, elle va nous massacrer.

– On s'arrêtera dans une grande surface à hauteur de Guillestre. Il y a un rayon traiteur. C'est là que Rosalie achète les gâteaux pour les anniversaires des enfants. »

Ambre pianota nerveusement sur ses genoux.

« Ouais, fit-elle avec amertume, j'en ai loupé des choses…

– Mais personne t'en a voulu… Par contre maintenant…

– Quoi maintenant ?

– Faudra plus disparaître. »

Son visage se contracta. *Disparaître où ? Pour faire quoi ? Fuir qui ?* Et elle s'ordonna mentalement : *Non, ne pense pas à après. Ne pense pas à lundi.*

« Je suis marraine maintenant », répondit-elle avec un petit air énigmatique.

Tim sourit.

Deux heures passèrent sous la tempête de pluie verglaçante. Anton se réveilla à l'arrière et se redressa, se frottant la nuque.

« On en est où ?

– On va s'arrêter, indiqua Tim. On a fait un tiers… presque… »

Ambre se tourna vers Anton.

« Ça va ton dos ?

– Ça va mieux si je reste allongé. »

Elle lui sourit.

« Je te promets un petit massage ce soir.

– Et un bain ? demanda-t-il, taquin.

– Et un bain ! »

Une fois Anton réveillé, l'ambiance redevint plus légère dans la voiture. On s'arrêta brièvement sur une aire d'autoroute pour acheter trois sandwichs sous vide et une grande bouteille d'eau, puis Ambre prit le volant. On mit une chaîne de radio qui diffusait du rock. Anton se mit à chantonner. Tim se mit à parler de Naëlle. Il soupçonnait Lisa et Maxime d'être en train de « mettre en route le deuxième ».

« Elle est peut-être même déjà enceinte. Elle a pris du poids, non ?

– Oui... On dirait. »

On changea de station de radio, on s'amusa à écouter la consultation d'une voyante, le hurlement de joie du gagnant d'un jeu concours, on remit du rock puis Autoroute Info. La tempête était derrière eux. La pluie avait cessé. Le vent soufflait toujours mais moins fort. Ils s'arrêtèrent acheter trois cafés brûlants dans des gobelets en plastique et Tim prit le relais au volant.

La nuit était tombée. Ambre s'était endormie contre la vitre. Les garçons chuchotaient entre eux.

À demi réveillée, elle pensa longuement à Marc. C'était sa deuxième journée à affronter seul. Sa deuxième journée après son *Je suis désolée.* Elle se l'imagina chez eux. Elle le connaissait par cœur. Elle pouvait déterminer avec une quasi-certitude ce qu'il avait fait à chaque heure. Parce qu'il était sans surprise. Parce qu'elle avait partagé son quotidien pendant deux ans aussi. Et ça, on ne pourrait jamais le lui enlever.

Elle se disait que la vie avait été douce avec lui. Qu'elle aurait pu continuer ainsi de longues années. Qu'elle n'avait jamais eu mal, jamais eu peur... Ils auraient pu avoir des enfants à la longue... Quand tous leurs amis en auraient eu. Pour égayer leur vie de couple un peu éteinte. Marc aurait été un bon père. Calme, prévenant. Il leur aurait construit une bulle. Il aurait fini par devenir enseignant pour s'assurer un salaire fixe. Ils auraient acheté une maison, dans la périphérie de Lyon. Elle aurait été heureuse, sans plus. Devenir mère lui aurait apporté l'épanouissement nécessaire pour se contenter de cette existence.

Mais elle avait tout envoyé balader. Ils n'auraient pas d'enfants. Pas plus qu'une maison en banlieue. Marc ne deviendrait sans doute pas enseignant. Il retrouverait son studio d'étudiant et sa vie d'éternel célibataire. Elle se disait qu'elle avait été cruelle avec lui. Qu'il lui faudrait du temps pour s'en remettre, pour faire de nouveau confiance à une femme. Qu'il ne méritait pas ça. Qu'elle aurait aimé que ce soit lui qui parte, qui tombe amoureux d'une sublime créature. Une Lucy…

Tandis qu'elle divaguait, elle ne voyait pas l'heure qui défilait au compteur, les kilomètres qu'ils avalaient.

« Le traiteur ! » s'étrangla-t-elle dans un sursaut.

Ils entraient juste dans Arvieux. Ils avaient tellement hâte d'arriver pour se dégourdir les jambes qu'ils n'y avaient plus pensé. Tim tapa de rage sur le volant, ce qui eut pour effet d'activer le klaxon. Il fit demi-tour sur les chapeaux de roues. Anton se mit à rire à l'arrière en criant :

« Allez, klaxonne, mon vieux, klaxonne ! »

Il réussit à se pencher vers l'avant et à appuyer sur le volant. Tim grogna :

« Arrête ! T'es con ou quoi ?

Ambre sourit de voir Anton si joyeux tout à coup. C'était sans doute le retour à Arvieux qui le rendait heureux. Retrouver son meilleur ami, Gabriel. Retrouver le petit Tim'.

« Allez, klaxonne un coup ! »

Et de nouveau il se pencha pour atteindre le volant. Tim râla de plus belle, puis il finit par capituler, laissant Anton se déchaîner sur le klaxon, tandis qu'Ambre riait aux éclats. Quand ils entrèrent sur le parking du supermarché, tout le monde les dévisageait.

« Voilà, t'es content ! bougonna Tim. On s'est fait repérer à trente kilomètres à la ronde.

– Avance ! répliqua Anton. Ça va fermer ! »

En effet, un employé surveillait la sortie des derniers clients avant de tirer le rideau de fer.

« C'est pas possible ! s'étrangla Tim. Rosalie va nous égorger ! »

Ils jaillirent de la voiture, se mirent à courir. Anton à l'arrière, claudiquant sur ses béquilles.

« Attendez ! S'il vous plaît ! cria Tim à l'employé.

– Je suis désolé, monsieur. Je ne dois plus laisser personne entrer.

– Ce sera rapide ! C'est une urgence ! On prendra ce qu'il reste chez le traiteur ! Ce ne sera pas long !

– Je suis navré, monsieur…

– On vous laissera un pourboire ! Je vous promets qu'on vous laissera un pourboire ! »

L'employé eut un sourire poli et désabusé.

« Je n'ai pas vraiment l'habitude de recevoir des pots-de-vin. J'ai des ordres de ma direction. Je ne dois plus laisser personne entrer. »

Deux vigiles vêtus de noir étaient en train de s'approcher du rideau à demi baissé. Tim lança à Ambre un regard étrange, qu'elle eut du mal à interpréter. La seconde d'après elle l'entendit crier : « Fonce ! » et le vit se jeter sous le rideau de fer.

« MONSIEUR ! »

L'employé essaya de le retenir mais rata son bras de peu. Ambre profita de la diversion pour plonger à son tour sous le rideau.

« ARRÊTEZ-VOUS ! TOUT DE SUITE ! »

Elle songea qu'elle était totalement folle mais elle continua à courir derrière Tim qui venait de bondir au-dessus des tourniquets.

« Mademoiselle ! » beuglèrent les vigiles, décidés à l'intercepter.

Quant à Tim, il avait atteint les rayons et disparu au milieu de la foule encore dense qui se pressait aux caisses.

« Ça suffit maintenant ! »

L'un d'eux attrapa Ambre par le bras, sans ménagement. Elle se répéta : *Mais qu'est-ce que je fais ? Je suis totalement dingue !* et elle retint avec peine un sourire. *Ils vont croire que je me moque d'eux sinon.*

« Qu'est-ce que vous faites, mademoiselle ?

– Écoutez, mon ami est déjà à l'intérieur, laissez-moi le rejoindre, on sera plus rapides à deux. »

Les deux hommes échangèrent un regard un peu las. C'était le 31. Il était dix-neuf heures passées. Leurs femmes les attendaient pour fêter le réveillon chez des amis. Ils n'avaient pas envie de se battre.

« Allez-y, c'est bon. »

Elle les remercia de son plus beau sourire.

« Et bonne année ! lança-t-elle en s'éloignant d'un pas rapide.

– Ouais, c'est ça, bonne année. »

Elle se mit à trottiner dans les rayons, souriant encore comme une gamine qui vient de faire une bêtise. Le rayon traiteur maintenant. Elle repéra le panneau, courut vers le fond du magasin.

Tim attendait devant l'étal, il était le seul client. Tout le monde avait déjà rejoint les caisses.

« Ambre ! T'as pu entrer ?

– Ils m'ont attrapée mais relâchée.

– Désolé, je me suis pas arrêté. Je me suis dit qu'il valait mieux te sacrifier qu'affronter la colère divine de Rosalie. »

Ils se mirent à rire tout en reprenant leur souffle. Derrière la vitre, le traiteur emballait des petites barquettes dans du papier d'aluminium.

« Il restait des choses ?

– Il restait quelques portions individuelles de dinde, de saumon, de lotte. Une douzaine d'escargots et un homard.

– T'as pris quoi ?

– Tout. »

Elle s'esclaffa.

« Il faudra bien tout ça pour calmer Rosalie. On a déjà vingt minutes de retard.

– M'en parle pas…

– Et en dessert ?

– J'ai pris huit parts de bûche glacée. Chocolat blanc et framboise.

– Parfait, chef ! »

Ils se sourirent avec légèreté. Puis Tim lui prit les mains et la plaqua contre l'étal.

« Tim ! »

Il se mit à l'embrasser et elle continua de répéter « Tim ! » sans trop savoir pourquoi. Elle riait en silence, entre deux baisers. Il ne la relâchait pas. La lourdeur de l'après-midi s'était envolée. Ce soir c'était le réveillon. Le bonheur cotonneux. Les yeux brillants des enfants. Et maintenant ils étaient tous les deux, seuls au monde.

« Moi si j'avais été vigile… je t'aurais pas relâchée… », murmura-t-il à son oreille.

Elle sourit en se mordant la lèvre.

« Oui, souffla-t-il. Je t'aurais gardée ici toute la nuit…

– On se serait cachés dans un rayon… derrière des boîtes de conserve… on se serait laissé enfermer ici…

– Et on aurait passé le réveillon au milieu des surgelés…

– On se serait ouvert une bouteille de champagne, un bloc de foie gras… »

Il recommença à l'embrasser et elle sentit ses jambes trembler. Après, ça ne comptait plus. Après le réveillon. Après le préavis. Effacé. Ce qui comptait c'était maintenant, que ça ne se termine jamais.

« Hum-hum. »

Ils sursautèrent. Le traiteur leur tendait deux sacs en plastique remplis de barquettes.

« Voilà, messieurs-dames.

– Merci beaucoup ! Et bon réveillon !

– Bon réveillon à vous ! »

Ils s'éloignèrent en se tenant par la main, portant chacun un sac dans l'autre, marchant sans se presser malgré l'heure tardive comme pour retarder le moment où ils devraient se lâcher.

Sur le parking vide, Anton les attendait assis sur le capot de la voiture, ses béquilles en équilibre sur ses genoux.

« Vous avez ce qu'il faut ?

– Oui c'est bon, répondit Tim en lui désignant les sacs.

– Belle course-poursuite au fait ! »

Les deux autres s'esclaffèrent. Ils grimpèrent dans la voiture.

« N'oublie pas de le raconter à Rosalie, déclara Tim. Ça nous évitera peut-être de nous faire engueuler pour le retard... Tu pourras même en rajouter, dire qu'on a dû se battre contre les vigiles, qu'Ambre les a terrassés d'un coup de pied dans les parties.

– Oui bien sûr. C'est totalement crédible ! »

Rosalie était une boule de nerfs qui faisait tous les efforts du monde pour se contenir. Elle les embrassa furtivement avant de lâcher tout à trac :

« Où sont les plats du traiteur ? »

Tim l'entraîna dans la cuisine avec les sacs en plastique.

« On a tout ce qu'il faut, t'en fais pas.

– Qu'est-ce que vous avez pris ?

– Un peu de tout.

– Un peu de tout ? Comment ça ? »

Elle menaçait d'exploser. Heureusement Gabriel jaillit avec son calme et son sourire désarmant.

« C'est plutôt sympa d'avoir un peu de tout. On mettra les plats au milieu et chacun se servira de ce qu'il veut ! »

Il se tourna vers Ambre et Anton qui les avaient suivis, toujours emmitouflés dans leurs manteaux.

« Ça va ? Vous avez fait bonne route ?

– Ça va.

– Rosalie m'a dit que vous vous étiez fait une petite excursion tous les trois.

– Ouais... À Tours.

– Vous nous raconterez ! »

Il leur lança un clin d'œil et s'approcha du plan de travail où Rosalie découvrait les barquettes en grognant.

« Ça ne va pas, chérie ?

– Oh mais si, tout va bien ! On va manger dans tous les plats ! Et pourquoi ne pas manger par terre tant qu'on y est ? »

Elle continua de bougonner mais Gabriel la prit dans ses bras et il fit signe au trio de déguerpir, et vite, avant que l'orage ne reprenne. Ils ne se firent pas prier.

Les enfants étaient dans le salon, avec Cécile. Timotée lui avait mis un livre pour enfants entre les mains et elle leur faisait la lecture. Sophie écoutait distraitement tout en effritant son vernis à ongles violet.

« Salut, tout le monde ! » lança Tim.

Les enfants levèrent la tête et laissèrent aussitôt tomber l'histoire. Timotée se mit à courir vers eux en poussant des cris de joie. Sophie resta assise, les bras croisés, légèrement boudeuse.

« Ça ne va pas, Sophinette ? » lui demanda Ambre.

Elle tourna vers elle son regard de grande personne, celui qui la faisait tant ressembler à sa maman.

« Vous étiez où ? répliqua-t-elle en accentuant sa moue.

– On était à Tours.

– Pourquoi vous étiez tous partis ? »

Elle aussi leur en voulait. La même moue, la même colère que Rosalie. Ambre s'accroupit avec un sourire amusé. Elle baissa la voix :

« C'était pas un voyage très marrant, tu sais. »

Sophie gardait les bras fermement croisés.

« On est allés sur la tombe de la maman du grand Tim.

– La tombe ?

– Oui. Sa maman, elle est au paradis, tu sais ? »

Les bras de la fillette retombèrent. Sa bouche s'entrouvrit légèrement.

« On est allés sur sa tombe et on a… on a fait un bouquet.

– Oh », fit Sophie.

C'était terminé. L'orage était passé.

« Et vous, vous avez fait quoi ?

– On a fait des gaufres. On a fait de la luge. Petit Tim' a fait des caprices… »

Tout en écoutant Sophie, Ambre jeta un coup d'œil à Cécile. Elle semblait aller beaucoup mieux ce soir. Elle avait le teint reposé. Elle avait mis du blush sur ses joues. Elle portait des boucles d'oreilles et un pull pailleté. Elle se tenait plus droite. En rentrant de Paris, elle aussi avait fermé un chapitre de sa vie. Et, comme eux, ça lui avait fait beaucoup de bien.

Rosalie avait dressé une table de fête avec des bougies, trois fourchettes et trois couteaux différents, des coupes à champagne, des verres à vin. Ambre songea qu'ils n'avaient même pas pensé à acheter du vin.

Tandis que Sophie lui faisait faire le tour de la table en lui expliquant à quoi servait chaque couvert, Cécile s'approcha à petits pas.

« Ça va ? demanda-t-elle.

– Oui ça va et toi ? »

Cécile acquiesça.

« Tu n'es pas rentrée à Lyon finalement ? »

Ambre se sentit rougir et tenta en vain d'échapper au regard de Cécile. Cécile qui estimait tellement Marc. Cécile qui la faisait se sentir si minable vis-à-vis de lui. Elle n'avait pas tort…

« Bah non tu vois, je suis là », répondit Ambre avec un sourire forcé.

Et pour couper court, elle poursuivit son tour de table avec Sophie.

« Tu n'avais pas un réveillon de prévu ? »

Elle pila net, agacée.

« Si.

– Tu as annulé ? »

Elle fit un geste de la main : *Plus tard, on en parlera plus tard*, en sachant pertinemment qu'elle n'en ferait rien. Sophie l'entraîna en bout de table, vers une bougie en forme de cœur.

« On l'a fabriquée à l'école. Ma maîtresse a fait fondre la cire dans le truc en fer. »

En cuisine, Rosalie s'était calmée. Gabriel la couvrait de mots doux, de « Mais oui c'est parfait, Rosalie chérie », de « Tu m'as manqué, tu sais » et lui caressait le cou.

Elle avait mis à réchauffer au four les barquettes du traiteur rangé les parts de bûche glacée au congélateur.

« Vous avez besoin d'aide ? » demanda Ambre.

Rosalie secoua la tête. Elle avait encore un sourire crispé mais ça allait mieux. Pour rompre totalement la glace, Ambre décida d'user du même stratagème qu'avec Sophie puisqu'elles étaient identiques. Elle s'adossa au plan de travail à côté de Gabriel.

« C'était pas un voyage très marrant, tu sais.

– Non… Je ne sais pas… Vous ne m'avez rien dit. »

Le ton était pincé. Voilà, elle était là la véritable cause de la colère de Rosalie.

« On était à Tours. J'ai emmené Tim sur la tombe de sa mère. »

Rosalie se figea de surprise. Gabriel se tourna vers Ambre, intrigué.

« Mais… pourquoi ? demanda Rosalie. Alors que tu t'apprêtais à rentrer à Lyon… »

Ambre se trémoussa, remit une mèche de cheveux derrière son oreille. *Comment expliquer ?*

« Je savais que c'était quelque chose qui le travaillait… Le soir, au restaurant, il m'a dit qu'il n'avait jamais réussi à y aller… à l'enterrement et ensuite sur sa tombe… »

L'explication ne satisfaisait pas Rosalie, visiblement. Elle plissa les yeux en cherchant à comprendre. Finalement, elle secoua la tête.

« Tu devais rentrer à Lyon… vous êtes partis au restaurant, vous… vous n'êtes pas rentrés de la nuit et au matin tu as décidé de rester pour… pour emmener Tim sur la tombe de sa mère ? À huit heures d'ici ? »

Elle avait raison d'être sidérée : tout cela semblait absurde. Pourtant c'était la simple vérité. Ambre hocha la tête.

« Oui.

– Parce que… parce qu'au restaurant, Tim t'a parlé de la tombe de sa mère ? »

Elle se passa la langue sur les lèvres.

« Oui… Entre autres. »

Rosalie secoua de nouveau la tête, toujours pas convaincue. Elle s'apprêtait à dire : *Et Marc ?* et Ambre ne voyait pas comment y couper, quand Gabriel choisit de lui venir en aide.

« Y a pas à dire… on s'ennuie pas avec nous ! déclara-t-il. Des disparitions, des réapparitions, des départs précipités, des changements de plan ! Il en existe pas deux, des groupes d'amis comme nous ! »

Il souriait largement. Ambre se força à sourire à son tour, un peu crispée.

« Ça c'est sûr », dit-elle.

Rosalie restait figée, perplexe. Gabriel poursuivit :

« Bon… Ce qui compte, c'est qu'on soit tous ensemble pour ce réveillon et surtout… presque à l'heure ! »

Ambre s'esclaffa, trop heureuse de pouvoir changer de sujet. *Restons légers. Demain on pourra être graves. Pas ce soir.*

« D'autant que je rentre de Paris avec une bonne nouvelle, ajouta Gabriel.

– Ah oui ? Laquelle ?

– Cécile… »

Il se pencha vers Ambre et baissa la voix. Rosalie s'approcha, curieuse. Le stratagème avait fonctionné.

« Elle a décidé de rendre visite à ses parents le temps d'un week-end.

– Non ! fit Ambre en chuchotant.

– Si. Elle a bien précisé que c'était juste le temps d'un week-end, qu'elle ne comptait pas s'y installer de façon permanente, mais elle est d'accord pour leur faire un coucou.

– Ça alors ! Comment ça lui a pris ?

– J'en sais rien. On était dans cet appartement, enfin dans *son* appartement, et elle n'arrêtait pas de s'isoler pour répondre à des appels et ça durait, ça durait… Au début je me disais qu'elle s'inventait des coups de téléphone pour échapper à tout ça… les cartons, les affaires de son mari, retourner dans leur chambre, dans la salle de bains où… »

Les deux filles acquiescèrent d'un air entendu.

« En tout cas, à chaque fois qu'elle revenait, elle semblait aller mieux. Elle semblait… Je sais pas… apaisée. Quand je lui demandais qui c'était, elle me disait "un ami" en rougissant. J'ai pas voulu insister…

– Et il y avait vraiment quelqu'un au bout du fil ? »

Gabriel hocha la tête.

« J'ai entendu deux fois une voix d'homme.

– Ça ne peut pas être son mari quand même ! s'inquiéta Ambre.

– Non. Là où il est, il n'a pas accès au téléphone… Peut-être un ami de longue date ou… un ancien petit ami, je ne sais pas. Quoi qu'il en soit, il l'appelait ou parfois c'était elle qui appelait dès qu'elle commençait à se sentir angoissée. Elle sortait de l'appartement et quand elle revenait m'aider à faire les cartons elle allait mieux. Et puis… une fois, elle est revenue et elle m'a annoncé avec calme, comme je vous parle maintenant, qu'elle allait passer le prochain week-end chez ses parents. Alors, je lui ai demandé si c'était quelqu'un de sa famille qu'elle avait eu au téléphone et qui l'avait convaincue, mais elle m'a répété que c'était un ami qui l'avait "aidée à y voir plus clair".

– Eh bien !

– Ouais… Bonne nouvelle, non ? sourit Gabriel.

– C'est clair !

– Donc elle ira à Nice le week-end prochain et je lui ai dit qu'entre-temps elle pourrait rester chez nous.

– T'as raison, approuva Rosalie. Tim et Anton seront repartis. On l'installera dans le salon. Elle sera bien. »

Le silence retomba. La nouvelle avait redonné toute sa légèreté à la soirée. Rosalie ne pensait plus à Lyon ni à Marc. Elle souriait avec étonnement.

« Je suis contente pour elle », déclara-t-elle.

Ambre acquiesça.

À ce moment Anton se glissa dans la cuisine, appuyé nonchalamment sur ses béquilles.

« Euh… Rosalie… je ne voudrais pas critiquer l'organisation de ce réveillon mais il est vingt heures passées et on n'a même pas entamé l'apéritif ! Moi qui pensais que tu étais d'une ponctualité sans faille !

– Saleté ! » lança-t-elle.

Gabriel et Ambre s'esclaffèrent. Anton poursuivit, imperturbable :

« Non c'est vrai quoi ! On a tous fait l'effort d'être à l'heure et rien n'est prêt ! Il paraîtrait même qu'on va devoir manger dans tous les plats, à la sauvage, et peut-être même par terre ! Décidément, l'accueil n'est plus ce qu'il était, ici ! »

Il reçut en plein visage le torchon de Rosalie.

Ambre était calée au fond de sa chaise, l'œil légèrement vitreux après les coupes de champagne qu'elle avait avalées sans se faire prier. Elle observait la scène avec détachement, comme si elle y était étrangère. Dans le salon, à la lueur des bougies posées sur la table, des formes se mouvaient en rythme. Des grandes, des petites. Elles ondulaient, flottaient, tournaient, virevoltaient, elles se joignaient, se retenaient, se séparaient. La musique était poussée au maximum, les sens étaient émoussés.

L'œil suivant les mouvements de ces drôles d'ombres, Ambre se demandait : *Et dans cinq ans, et dans dix ans, qu'est-ce qu'on aura retenu de cette soirée de réveillon ? Est-ce qu'on en aura oublié les détails ?* La voix éraillée de Rosalie après ses deux coupes de champagne, sa main qu'elle n'avait cessé de poser sur le genou d'Ambre comme pour lui dire : *Je suis tellement contente que tu sois là, qu'on soit tous là.* Le sourire flou qui flottait sur les lèvres de Cécile. Timotée accroché au cou d'Anton.

Sophie grimpant sur son papa et le couvrant de bisous en répétant : « Papinou, t'es tout doux ! » Le homard oublié dans le four, le cri de Rosalie qui avait couru en cuisine et rapporté le plat carbonisé. Le fou rire de Gabriel avant de déclarer : « C'est un homard africain, comme toi, chérie ! » Les rires de toute la tablée. De Timotée qui ne comprenait pas un mot mais qui riait comme tout le monde. Les plats du traiteur vite dévorés, saucés jusqu'à la dernière miette. L'aveu de Rosalie : « Ce n'était pas si mal finalement de goûter à tout », suivi des applaudissements moqueurs d'Anton et Gabriel. Le jeu « Qui suis-je ? » réclamé par Sophie et adopté à l'unanimité. Les étiquettes qu'ils s'étaient tous collées sur le front – *Ray Charles* pour Timotée et *Britney Spears* pour Anton. La victoire de Cécile qui avait deviné en un temps record qu'elle était la reine Élisabeth. Les regards de Tim à Ambre qui disaient : *Ne disparais pas.* Les protestations de Sophinette si gourmande : « Et le dessert alors ? » Les parts de bûche glacée saluées par Rosalie. Le récit animé de Tim sur leur course-poursuite au supermarché, les rires. La nouvelle bouteille de champagne ouverte. L'entrain d'Anton ce soir, le sourire au fond de ses yeux. Sa proposition de mettre de la musique et de jouer les DJ. Les premières notes d'un rock'n'roll. L'arrêt de la musique pour se souhaiter « Bonne année ! », les bises échangées à la lueur des bougies. Celle de Tim à Ambre qui avait dérapé en un baiser furtif. Le regard de Rosalie qui n'en avait rien loupé et avait compris.

Après on avait remis la musique à fond. Les enfants étaient ravis. Cécile dansait seule, les yeux perdus dans le vide, sans même s'arrêter entre les morceaux. Elle était une ombre fluide, presque transparente, qui se mouvait sans effort, comme si elle flottait. Sophie dansait avec son papa, Timotée avec un Anton claudicant. Rosalie et Tim plus loin chuchotaient.

Ambre fut soudain envahie par une vague de malaise en pensant à Lyon. À Cathia et Émilie qu'elle avait abandonnées pour ce réveillon. À Marc qu'elle avait poignardé dans le dos. À ce qu'elle était en train de perdre sans savoir ce qu'elle allait gagner. Lundi elle reprendrait le boulot, mais dimanche, elle devrait parler à Marc, et vraiment cette fois. Il ne se contenterait pas de trois mots. Il lui restait un jour pour refaire sa valise, dire au revoir…

Elle se leva et, étourdie, fit quelques pas pour essayer de chasser son angoisse.

Elle se rafraîchissait le visage dans la salle de bains quand Tim fit irruption sans un bruit et referma la porte derrière lui.

« Il était temps, j'ai cru qu'on aurait jamais l'occasion de s'embrasser. »

Il s'approcha d'elle. Il l'embrassa contre le rebord froid du lavabo. Une éternelle scène qui se rejouait. Il laissa ses mains se promener dans ses cheveux, dans sa nuque. Il chuchota : « Bonne année » à son oreille. Elle répondit « Oui, bonne année » et il dut sentir de l'amertume dans sa voix car il demanda :

« Ça va pas ?

– Si. »

Il la fixait. Elle restait contre le lavabo, embrumée par l'alcool, oppressée.

« Qu'est-ce qu'il y a ? » insista Tim.

Il tenait une de ses mains, il la pressa légèrement comme pour l'encourager.

« Je crois que j'ai la trouille.

– La trouille de quoi ?

– La trouille de… la trouille de l'inconnu. »

Il passa une main dans ses cheveux, sur sa joue, comme si elle était une enfant apeurée.

« J'ai tout foutu en l'air, reprit-elle. J'ai fait une croix sur ma vie à Lyon. Marc, l'appartement, mes parents. J'ai peut-être aussi définitivement froissé Émilie et Cathia. Et j'ai la trouille. De changer de vie. Je… je fais la leçon à Cécile depuis son arrivée ici… je joue les grandes, les fortes. Je lui répète que c'est difficile mais que c'est formidable de recommencer à zéro. Je l'encourage, je la brusque doucement. Mais je… je ne lui arrive pas à la cheville ! Je ne suis qu'une donneuse de leçons lâche… T'as raison, je me suis enterrée dans une vie sans histoire. J'ai préféré le confort, la facilité.

– Ambre, calme-toi. »

Elle poursuivit très vite, sans l'écouter :

« Alors oui tu vas me dire que je l'ai bien fait il y a cinq ans, quand j'étais à Arvieux. Quand j'avais vingt ans, mais j'étais jeune. Faut croire que c'est plus facile quand on est jeune… En tout cas, ça l'était pour moi. Tu sais, c'est pas pareil de recommencer à zéro quand tu n'as plus rien ou presque. J'avais plus Philippe et mes parents… j'en voulais plus. Mais là… »

Ses yeux étaient écarquillés. Presque effrayants.

« J'avais tout, une vie de couple sans accroc, une vie de famille, un job que j'adorais, des collègues qui sont devenues des amies. Et maintenant il faudrait que j'abandonne tout ça pour quoi ? Tu le sais, toi ? »

Tim secoua la tête, désolé. La voix d'Ambre monta dans les aigus sous l'effet de la panique :

« C'était quoi le plan quand on a quitté le restaurant ? Quand j'ai décidé de tout foutre en l'air en couchant avec toi ? Quand j'ai volontairement raté mon train ? C'était quoi le plan ?

– Je sais pas…, bredouilla-t-il, cherchant ses mots. Le plan c'était que tu repartes à Amiens avec moi…

– Et après ?

– Et après je sais pas…

– Je ne peux pas y aller, tu le sais bien. »

Il la dévisagea sans comprendre, les épaules basses, l'air anéanti.

« J'ai un travail, des responsabilités. Et puis je peux pas simplement m'immiscer dans votre vie à Amiens, dans votre appartement, au milieu de vos affaires, des parents d'Anton, de sa sœur. C'est chez vous. C'est pas chez moi. Ce sera jamais chez moi.

– Je sais pas… », répéta-t-il.

Il alla s'asseoir d'un pas lourd sur le rebord de la baignoire. Elle resta contre le lavabo.

« Si tu veux rester à Lyon, reste à Lyon, déclara-t-il d'un ton las au bout de quelques secondes. Je t'en voudrai pas. »

Elle ne retint pas son cri de colère :

« Mais c'est trop tard, Tim ! Le mal est fait ! On s'est retrouvés ! On ne pourra pas se séparer une nouvelle fois ! Je pourrai pas ! »

Il la regarda avec un drôle de sourire. Un sourire triste.

« Alors le mal c'est nous ? dit-il.

– Comment ça ?

– Tu viens de dire : "Le mal est fait, on s'est retrouvés." Donc le mal c'est nous. C'est nous réunis.

– Tu m'as bien traitée d'oiseau de malheur au cimetière. Mais toi aussi t'es mon oiseau de malheur, tu sais. T'as tout fait voler en éclats !

– Toi aussi. Et c'est pas la première fois. »

Il réfléchit, le regard fixé sur le sol de la salle de bains, avant de relever la tête. Il avait son regard d'enfant, son regard trop sincère.

« C'était pas censé être ça le bonheur ?

– Quoi ?

– "Tout faire voler en éclats, tout remettre en question, toute sa vie si on le souhaite." C'était ta grande leçon de vie de tes six mois à Arvieux. »

Elle balaya ses propos d'un geste de la main.

« J'étais qu'une gamine.

– T'aimerais le penser encore… mais t'as la trouille. »

Elle réagit, piquée au vif :

« Toi aussi t'as la trouille. Pourquoi tu quitterais pas Amiens, toi ? »

Il haussa les épaules.

« Aucun problème. On peut aller n'importe où. Je te l'ai dit. Je l'ai écrit sur la note au restaurant. On ira où tu voudras. On a pas attendu toutes ces années pour repartir chacun de notre côté à cause d'un travail ou… ou d'une ville… Non ? »

Elle resta silencieuse. Et Anton ? Ni l'un ni l'autre ne souhaitait l'évoquer.

« J'ai un préavis pour lâcher la boutique, tu sais.

– Eh bien, je t'attendrai.

– C'est long, trois mois, fit-elle comme si elle cherchait à le tester, à s'assurer de sa détermination.

– Pas aussi long que cinq ans. »

Elle ne put retenir un sourire.

« Et ensuite on irait où ?

– Je crois que j'ai ma petite idée… »

Il avait un air taquin, mystérieux. Elle le rejoignit sur le rebord de la baignoire, épaule contre épaule. Ça allait un peu mieux déjà.

« Dis-moi.

– En fait je pensais… »

Il ne put terminer sa phrase car une boule colorée fit irruption dans la salle de bains, faisant claquer la porte contre le mur. Sophie et sa robe bleue, ses barrettes rouges et ses bracelets fluo. Sophie qui tapa du pied, furieuse.

« Vous faites quoi ? Papa est parti fumer avec parrain et plus personne danse !

– Mais si, Sophinette, répondit Ambre avec douceur. Il y a maman et Cécile… et petit Tim'.

– C'est pas beaucoup !

– Bon… on arrive. »

Sophie attendait, les bras croisés, décidée à ne pas se laisser berner.

« Viens là deux secondes, Sophinette. »

La petite fille hésita, méfiante. Finalement elle grimpa sur les genoux d'Ambre, qui alla enfouir son visage dans ses boucles.

« Dis-moi, Sophinette, murmura-t-elle, tu aimerais habiter où plus tard ? »

Sophie plissa les yeux, réfléchit quelques secondes puis répondit comme si c'était une évidence :

« Ici, avec papa, maman et petit Tim'.

– Mmh… Et après ?

– Ici.

– Mais plus tard… quand tu seras une maman.

– Ici. Avec papa, maman et petit Tim' ! répéta Sophie, légèrement agacée.

Ambre eut un sourire amusé, tout en songeant : *Tant pis pour moi… Tu n'es pas d'une grande aide, Sophinette.*

La fillette sauta à terre et remit sa robe bleue en place avec impatience.

« Bon, vous venez danser ! »

Ils se levèrent avec des gestes lents, traînèrent un peu, le temps que leurs mains se frôlent, se séparent, et ils rejoignirent le salon.

Sophie avait réclamé des slows. Gabriel avait enlacé Rosalie. Anton avait invité Sophie et Timotée à la fois. Ils faisaient une ronde tous les trois. Cécile s'était laissée tomber sur une chaise, épuisée.

Alors Tim s'était approché d'Ambre et maintenant ils tournaient dans le salon, sans trop se serrer l'un contre l'autre. C'était un « slow cordial » – l'expression fit sourire Ambre. Ça allait mieux. Elle se sentait plus légère.

Tim murmura à son oreille :

« Avant on était plus marrants… On envisageait de partir en pleine nature avec nos sacs à dos. Maintenant on fait dans le mélo et les préavis. »

Elle sourit et résista pour ne pas se coller à lui.

« Oui, répondit-elle dans un chuchotement. On envisageait d'apprivoiser des lamas. »

Tandis qu'ils tournaient, elle voyait par intermittence Cécile, assise sur sa chaise, l'air pensif. Et elle repensait aux paroles de Gabriel. Cécile avait pris une décision, Cécile allait de l'avant,

Cécile avait laissé un homme l'aider, Cécile n'avait plus peur. Elle repensait aussi à leur discussion, toutes les deux dans la cuisine pour Noël. Cécile qui lui avait demandé : « T'as toujours été comme ça ? – Comment ? Sarcastique ? – Non ! Optimiste. » Et elle se disait qu'il était temps de le redevenir, optimiste, de lâcher sa peur. Elle n'avait aucune raison de ne pas être optimiste puisque maintenant Tim était là, puisque quoi qu'il arrive rien ne pourrait être pire que ces cinq années qu'elle venait de traverser, hantée par ses douleurs fantômes. Puisqu'elle était marraine, puisqu'elle avait renoncé à disparaître, puisque Tim avait affronté la tombe de sa mère, puisqu'il l'attendrait, puisque Anton était heureux, puisqu'il avait recommencé à conduire, puisqu'il resterait toujours un dieu grec…

Et ils tournaient, tournaient dans le salon. Elle ne voyait plus que des visages. Rosalie, Gabriel, amoureux, sereins. Timotée et ses yeux ronds et sérieux. Sophie riant à pleine gorge. Anton qui couvait les enfants du regard. Il avait l'air adulte tout à coup. Cécile fixant les bougies qui tremblotaient.

C'est pas évident, le bonheur cotonneux. Si on n'y prend pas garde, il s'évapore bien vite. Tout ça parce qu'on a la trouille… Et moi qui croyais qu'on était des dieux…

Au milieu du slow, un cri surexcité de Sophie :

« “Forévеuyan” ! »

Personne n'avait vu Anton regagner l'ordinateur. C'était un secret entre Sophie et lui. Un plan ultra-confidentiel. Les premières notes éclatèrent dans le salon. Les premiers accords de guitare. Et la voix s'éleva :

Let's dance in style
Let's dance for a while…

La magie opéra instantanément. Cécile bondit pour regagner la piste de danse. Rosalie leva les bras au plafond. Gabriel se tourna vers Anton. Ils échangèrent un sourire qui en disait long, qu'eux seuls pouvaient comprendre. Sophie enlaça le petit Tim'. Tim enlaça Ambre sans même y penser. Ils étaient tous au milieu du salon, petits et grands, mus par la même émotion, réunis en cercle, le regard brillant, s'époumonant sur la chanson :

Forever young, I want to be forever young
Do you really want to live forever
Forever and ever…

Et en se renvoyant les paroles, ils se renvoyaient leur bonheur, leur optimisme, leur sérénité. Ils n'avaient plus peur, ni les uns ni les autres.

« Timotée, je crois que je l'aime comme si c'était mon propre enfant », fit Anton.

Le salon avait été grossièrement débarrassé. Chacun avait regagné sa chambre. Sauf Ambre qui était restée avec les garçons sur le canapé-lit. Anton se laissait aller à un sentimentalisme qu'ils ne lui connaissaient pas.

« C'est quoi ça ? se moqua Tim. Tu nous fais une crise de la trentaine ? Ton horloge biologique fait des siennes ? »

Anton était couché sur le dos, de tout son long. Ambre avait attrapé ses jambes et s'efforçait de lui faire faire des mouvements pour soulager ses douleurs. Il était tout ankylosé depuis le trajet en voiture et elle avait failli à sa promesse : lui faire couler un bain et le masser. Tim était allongé sur le ventre, à côté d'eux. De temps en temps, elle passait une main dans ses cheveux ébouriffés, quand une bouffée de tendresse la prenait, et Anton souriait.

« Non… c'est… je ne sais pas… c'est le fils de Gabriel et Gabriel est presque un frère. Alors Timotée, c'est comme si c'était mon fils. On a cette espèce de lien… vous avez remarqué ? »

Les deux autres acquiescèrent. Timotée ne lâchait jamais Anton. Il le cherchait sans cesse du regard et restait toujours cramponné à ses jambes. Ce n'était pas un lien commun. Ambre croyait comprendre ce qu'Anton voulait dire.

« C'est un enfant surprenant, fit-elle remarquer. Il a… comment dire… il a en permanence cet air sérieux… de grande personne. Deux yeux ronds et graves au milieu d'une bouille de poupon.

– Oui… »

Elle n'avait pas tout à fait réussi à se faire adopter du petit garçon. Ça allait mieux qu'au début. Il la laissait approcher, il lui répondait timidement par un hochement de tête, mais il ne venait jamais lui prendre la main, comme il le faisait avec Anton ou Tim. Plus petit que Sophie, il avait besoin de repères forts. Il était plus craintif. Ambre restait encore pour lui une inconnue. Elle songeait qu'avec le temps, cela s'arrangerait. Il la verrait plus souvent dorénavant. Pour les anniversaires, pour les fêtes, pour les vacances. Ils s'apprivoiseraient tout doucement.

« C'est une des meilleures choses qui me soient arrivées… devenir son parrain, reprit Anton. Je sortais tout juste du centre de rééducation quand Gabriel me l'a demandé. Ça a été une motivation supplémentaire. Je me disais… »

Il se mit à sourire, le regard fixé au plafond.

« Je me disais : "Qui voudrait d'un parrain en fauteuil ?" On veut tous un parrain qui fasse du vélo, qui joue au foot, non ? Et ça, ça m'a sacrément aidé. »

Le silence retomba. Anton continuait de sourire. Il était tellement heureux ce soir. Et pas seulement ce soir. Depuis plusieurs jours. Ambre songea que le vrai Anton, après toutes ces années, était revenu.

« Je crois que d'ici un an je n'aurai plus besoin du fauteuil. Même quand je serai épuisé. Et puis ils sont pas toujours optimistes les médecins, mais moi je le suis pour eux alors je me dis… je me dis que d'ici deux ans… je me laisse deux ans maximum… je me débrouillerai sans béquilles. Je peux le faire, non ? »

Il les regarda tous les deux. Ambre acquiesça avec conviction.

« Tu peux tout faire. T'es un dieu grec ! »

Il sourit encore plus largement. Tim en profita pour lâcher, très vite :

« Il va falloir qu'on déménage. Ambre va venir habiter avec nous maintenant. À la fin de son préavis. On va pas rester à Amiens. On devra trouver un autre endroit. »

Anton le dévisagea avec un air attendri et autre chose au fond des yeux, comme une expression désolée.

« Quoi ? fit Tim, décontenancé.

– Rien… D'accord. »

Même si Anton avait repris une expression neutre, Ambre eut l'impression qu'il ne disait pas tout, que ce déménagement ne faisait pas vraiment partie de ses plans, qu'il avait décidé d'autre chose le concernant. Il n'était plus vraiment auprès d'eux. Plus depuis cet instant où elle lui avait remis le volant entre les mains.

« On dort ? » demanda-t-il dans un bâillement.

Il replia ses jambes et se tourna sur le côté. Ambre s'allongea près de lui. Tim passa un bras autour d'elle. Elle se retrouvait au milieu, entre eux deux. C'était nouveau.

Demain, dans seulement quelques heures, commencerait la vie d'après…

15

« On fait quoi aujourd'hui, m'man ?

– Ne parle pas si fort. Ils dorment encore dans le salon.

– On fait quoi aujourd'…

– On va passer chez les parents de Maxence.

– Pour quoi faire, m'man ?

– Pour leur souhaiter la bonne année.

– Pourquoi, m'man ? »

À travers la cloison ils entendirent le soupir exaspéré de Rosalie.

« Parce que c'est comme ça, trésor. Le 1er janvier on souhaite la bonne année aux gens qu'on aime. D'ailleurs on va appeler papi et mamie tout à l'heure. Et tonton.

– Et quoi d'autre, m'man ?

– Après on va faire un peu de devoirs de vacances. Tu reprends l'école lundi. »

Ils entendirent le bruit d'une course précipitée. La voix de Rosalie :

« Oh tu peux te sauver en courant, tu n'y échapperas pas ! »

D'autres pas, plus lents. Et la voix de Gabriel :

« Tout le monde est déjà réveillé ? Il est à peine onze heures. »

Le bruit d'un baiser furtif. La réponse de Rosalie :

« Les trois mousquetaires dorment encore.

– Ils ont besoin de sommeil, ils sont jeunes, que veux-tu… »

Ambre sentit Tim se retourner vers elle, son visage à quelques centimètres du sien. Il jeta un coup d'œil par-dessus son épaule, constata qu'Anton s'était levé et il déposa un baiser sur ses lèvres. Un baiser tout doux. Un baiser de réveil cotonneux.

« C'est chouette, dit-il.

– Quoi donc ?

– De me réveiller à côté de toi et de pouvoir t'embrasser, comme ça. C'est presque trop simple. »

Elle esquissa un petit sourire et il déposa un deuxième baiser sur ses lèvres puis un troisième. Il continua de l'embrasser et il finit par rouler sur elle dans un froissement de draps.

« Tim, arrête. »

Il se laissa retomber sur le côté.

« Il est où, Anton ? demanda-t-elle. Manifestement pas avec Rosalie et Gabriel puisqu'ils croient qu'il dort encore.

– Il a dû sortir fumer. »

Elle fronça les sourcils.

« Tu l'as entendu se lever ?

– Non.

– Moi non plus. »

Elle se redressa, soucieuse.

« T'inquiète, il s'est pas évaporé. Viens, fit Tim en l'attirant contre lui. Faut qu'on en profite avant qu'il revienne. »

Elle se laissa aller, tout en gardant une sensation étrange malgré ses baisers. Comme un mauvais pressentiment. À cause du regard qu'Anton avait lancé à Tim avant qu'ils s'endorment. À cause de son bonheur soudain de la veille.

Les yeux d'Ambre ne purent s'empêcher de passer en revue la pièce. Les verres sales sur la table, les bougies fondues, les vêtements qui traînaient sur les chaises, le papier blanc sur la table. *Le papier blanc sur la table ?* Elle eut l'impression qu'une pierre tombait au fond de son estomac. Elle se redressa vivement.

« Hé ! Qu'est-ce qu'il y a ? »

Elle sauta au pied du canapé-lit. Elle marcha sur un morceau de pain sec au sol, jura en se dirigeant vers la table. Son cœur s'accéléra encore quand elle constata que la feuille était couverte d'une écriture saccadée, raide.

« Tu fais quoi ? » insista Tim, tandis qu'elle se saisissait fébrilement du papier.

Dès les premiers mots, elle eut la confirmation de ce qu'elle pressentait.

Tim,

Une nouvelle année commence aujourd'hui et, pour le symbole, c'est aujourd'hui que j'ai décidé de lever les voiles. Pas demain, pas dimanche.

Je te demande de ne pas m'en vouloir. Si nous nous connaissons aussi bien que je le pense, je crois que tu le comprendras et que tu ne m'en voudras pas.

Je vous ai regardés dormir un peu avant de partir. Tu dormais avec ses cheveux dans ta main. Rien n'a changé. Pas un seul de ces milliers de jours pourris qu'on a vécus tous les trois n'y a rien changé. Et c'est chouette. J'avais peur que tout ne soit définitivement entaché par cette merde mais ce n'est pas le cas. J'aurais pas pu partir sinon. Tu sais, sans ces deux dernières semaines, sans Ambre, j'aurais jamais trouvé la force de m'en aller. Ne lui en veux pas. Elle m'a juste montré tout ce que je peux faire et être. Dans ses yeux je suis un dieu grec, je suis invincible. Je peux conduire, je peux partir, je peux tout. Dans tes yeux, Tim, je ne suis qu'un être faible et dépendant. Je ne te blâme pas. Tu as été d'une abnégation totale. Jamais je n'aurais pu imaginer rencontrer quelqu'un comme toi. Tu m'as gardé en vie toutes ces putains d'années. Mais aujourd'hui je ne veux plus être un type diminué. Je veux être un dieu grec.

Tim, c'est à toi que je dois tout de ma survie. Mais c'est à elle que je dois mon retour à la vie. Pour de vrai. Parce qu'elle m'a poussé dans le vide, parce qu'elle m'a rendu plus fort ces derniers jours, quand tu étais à Amiens.

Tim, mon amoureux d'Arvieux, le garçon mystérieux aux yeux noisette, mon apparition du Monkey Club... tu sais que je t'ai aimé au point d'avoir des pensées meurtrières contre elle, au point aussi de me jeter sur des pistes de ski dangereuses en me disant : « Et alors ? Qu'est-ce que j'ai à perdre ? » Je t'ai aimé comme tu le méritais mais c'était il y a trop longtemps. Toi aussi tu mérites plus que ces quelques restes d'affection qu'il y a encore entre nous.

Si je pars aujourd'hui c'est pour redevenir moi et pour te permettre, à toi aussi, de redevenir toi. J'espère de toutes mes forces ne pas t'avoir complètement détruit. J'espère que tu sauras être heureux, que tu retrouveras l'amour. Avec un homme, avec une femme, peu importe... Mais si j'ai encore un quelconque poids dans ta vie, alors permets-moi de te donner mon avis : j'aimerais que ce soit avec elle... Il n'y a personne au monde que j'aie autant détesté qu'elle et pourtant, ces derniers jours, elle s'est révélée être la meilleure amie que j'aie jamais eue.

Elle et toi c'est une évidence.

Je sais que vous me manquerez, on était bien tous les trois, mais maintenant il est temps de reprendre votre vraie vie, et moi la mienne...

Je suis heureux de vous avoir accompagnés sur la tombe de ta mère. De vous avoir accompagnés une dernière fois chez ton frère. Je suis heureux d'avoir partagé ce dernier voyage avec vous. Je savais déjà que je partirais quand on a pris la route. Je ne savais pas quand, je ne savais pas où, mais je savais que c'étaient les dernières heures qu'on passait tous les trois.

J'ai donc choisi le symbole, tu vois : partir le premier jour de cette nouvelle année. Pour le lieu, je ne me suis pas encore décidé. J'ai beaucoup parcouru la carte que vous aviez laissée à Cécile et j'ai quelques idées sympas. Je vous promets de vous envoyer une carte postale quand j'y serai (ça risque d'être ensoleillé et paradisiaque). Mais avant je dois repasser par Amiens, récupérer mes affaires, voir mes parents, ma sœur. S'il te plaît, Tim, ne rentre pas avant dimanche. Laisse-moi le temps de régler tout ça. Ensuite tu feras ce que tu voudras de l'appartement. Je suppose que vous partirez loin d'Amiens. Je suppose que vous voudrez recommencer dans un lieu symbolique. Peut-être là où tout a été interrompu... à Frontignan. Quand vous aurez mon adresse, envoyez-moi, vous aussi, une carte postale.

Tim, un dernier point : je suis parti avec notre voiture... Les meubles, la télé, le lit, le canapé, le lave-linge, tu peux les garder. Je te laisse tout. Mais j'ai vraiment besoin de cette voiture alors, ne m'en veux pas...

Je vous embrasse tous les deux. Là il est tout juste sept heures. Vous dormez paisiblement. Tu viens de frotter ton front contre son épaule et elle a souri dans son sommeil. Je vais arrêter cette lettre, je suis en train de devenir trop sentimental. C'est pas bon pour moi !

Bon vent. Pensez à moi de temps en temps... quand vous passerez près d'un ravin ;)

Soyez heureux !

Anton

« Rosalie... »

Ambre avait la voix légèrement tremblante. Elle venait de refermer la porte du salon tout doucement, et s'était glissée dans la cuisine où Rosalie essuyait la vaisselle.

« Oui, Ambre ?

– Il va falloir laisser Tim seul dans le salon quelques instants...

– Quoi ? Qu'est-ce qu'il se passe ? »

Tandis qu'elle parcourait la lettre, Ambre avait constaté que Tim était planté derrière elle, lisant par-dessus son épaule. Elle avait attendu qu'il termine, en essayant de se faire oublier, en osant à peine respirer, puis il avait pris la feuille entre ses mains et était allé s'asseoir sur le canapé-lit. Sans un mot. Blanc comme un linge. Alors elle avait quitté le salon, incapable de trouver quoi dire pour le soutenir.

« Anton est parti. »

Ça sonnait encore plus vrai dans sa bouche. Plus irréversible.

« Quoi ?

– Anton est parti. Il a laissé une lettre. »

Rosalie écarquilla les yeux.

Un raclement de gorge se fit entendre à la porte de la cuisine. Gabriel était là, l'air grave. Rosalie se tourna vers lui, elle s'apprêtait à lui annoncer la nouvelle mais il la devança :

« Il est parti ? »

Elle hocha la tête, trop bouleversée pour prononcer un mot. Gabriel l'enlaça en silence. Tous trois restèrent quelques secondes figés. Puis Gabriel dit :

« Ça devait arriver, chérie. C'est une bonne chose pour lui, je t'assure. Il faut être heureux pour lui. »

Même s'il parlait à Rosalie, il s'adressait aussi à Ambre.

« Mais pourquoi ? bredouilla Rosalie, au bord des larmes.

– Il n'y a que comme ça qu'il pouvait aller de l'avant.

– Et Tim ?

– Ça faisait longtemps qu'il n'y avait plus d'Anton et Tim, chérie. »

Gabriel ne regardait pas Ambre et c'était tant mieux. Elle n'aurait pas réussi à soutenir son regard ne sachant comment se positionner : *C'est de ma faute ou c'est grâce à moi ?*

« S'il est parti, c'est qu'il va bien, c'est qu'il va mieux que jamais, chérie. Il en rêvait depuis longtemps de ce départ… »

Rosalie, nichée dans le cou de Gabriel, hésitait à le croire.

« Il t'en avait parlé ? »

Gabriel hocha la tête lentement. Ambre restait figée à côté de la porte de la cuisine, songeant qu'à elle aussi il en avait parlé.

« Mais alors… on ne va plus le voir ? demanda Rosalie.

– Bien sûr que si, on va le revoir. Peut-être pas tout de suite mais dans quelques mois… Et il sera plus en forme que jamais. »

Gabriel ajouta en souriant :

« Regarde, Ambre est bien là. On y croyait plus vraiment, et puis elle est revenue. Tu sais, chérie, on a tous le droit de disparaître à un moment donné. Il faut se dire que c'était le tour d'Anton. »

Ambre lui rendit son sourire. Rosalie réussit à esquisser un faible rictus.

« Alors soyons heureux pour lui. Je suis sûr qu'il l'est. Ce sera seulement un peu plus compliqué pour Tim. »

Il désigna la porte du salon d'un signe de tête.

« Il est là ?

– Oui, répondit Ambre.

– Je pourrais peut-être lui parler, non ?

– Oui… Ça pourrait être bien. »

Gabriel hocha la tête. Il déposa un baiser sur le front de Rosalie et alla toquer doucement à la porte du salon, attendit que Tim réponde pour entrer et la porte se referma derrière lui. Dans la cuisine, Rosalie semblait hésiter. Ambre l'encouragea du regard.

« Ça a un rapport avec toi ? »

Elle déglutit et hocha la tête.

« Oui… en partie. »

Rosalie la scruta avec attention.

« Et Marc ? »

La réponse la laissa stupéfaite :

« Je vais partir avec Tim. »

S'ensuivit un échange silencieux : *Tu n'es pas sérieuse ? – Si. – Mais… ça n'a jamais cessé ? – Non, Rosalie, ça n'a jamais cessé. Je suis toujours amoureuse de lui. Je suis plus amoureuse que jamais.*

Rosalie prit Ambre dans ses bras. Ambre respira avec bonheur l'odeur de son amie. *Bon sang, qu'est-ce que ça m'avait manqué.*

« Vous faites quoi ? »

Sophinette était là, à la porte de la cuisine, intriguée. Rosalie relâcha Ambre et s'accroupit auprès de sa fille.

« Mon trésor… Anton est parti faire un voyage. »

Les yeux de Sophie clignèrent sans rien exprimer de particulier.

« Pour les vacances ?

– Non… Pour un peu plus longtemps…

– Ah. »

Pour Sophie, les adultes partaient fréquemment : pour le travail, pour les vacances, pour rendre visite à une grand-tante malade, pour aider les lutins du Père Noël… Puis ils revenaient. Il n'y avait pas de quoi en faire tout un plat. Rosalie le comprit.

« M'man, j'ai faim.

– Oui, trésor. Assieds-toi. Je vais te préparer tes céréales. »

Timotée entra à son tour dans la cuisine, traînant un pingouin en peluche derrière lui. Rosalie se raidit. Ça allait être plus compliqué avec lui.

« Hé, mon bébé, qu'est-ce que tu as là ? »

Elle voulut se saisir de la peluche qu'elle n'avait jamais vue et à laquelle était toujours accrochée une étiquette mais Timotée la serra contre lui.

« D'où ça vient ? » demanda-t-elle en se tournant vers Sophie.

Sophie haussa les épaules en grimpant sur sa chaise.

« C'était dans son lit ce matin. »

Rosalie se tourna vers Ambre. *Anton*, pensèrent-elles en même temps.

Les enfants mangeaient avec appétit leurs céréales. L'estomac noué, Ambre et Rosalie s'étaient préparé simplement du thé et attendaient, les yeux perdus dans le vague, devant leurs tasses.

« Où est Cécile ? demanda finalement Ambre en se rendant compte qu'elle ne l'avait pas vue depuis ce matin.

– Elle est sortie téléphoner.

– Encore ? À son fameux ami, tu crois ?

– Sans doute.

– Eh ben ! J'aimerais bien savoir qui est ce mystérieux sauveur !

– Moi aussi », sourit Rosalie.

À ce moment la porte du salon s'ouvrit sur Tim et Gabriel. Tim était moins pâle. Il avait juste l'air un peu fatigué.

« Salut », dit-il.

Rosalie répondit avec un petit hochement de tête.

« Anton est parti. Je suppose que tu sais. »

Nouveau hochement de tête, puis Rosalie lança un regard craintif en direction de son fils. Heureusement Timotée était bien trop occupé à mâcher ses céréales pour prêter attention à la conversation des adultes.

« Il a laissé une lettre. Elle est sur la table du salon. Si tu veux la lire…

– Elle est à toi, cette lettre, Tim. Elle ne nous regarde pas.

– Elle est à tout le monde. »

Nouveau silence. Pour rompre le malaise, Rosalie proposa aux garçons :

« Un thé ? »

Ils acquiescèrent, plus par politesse qu'autre chose. Pendant que Rosalie s'activait à apporter tasses, bouilloire et sucre, Ambre se tassait au fond de sa chaise, car Tim ne la regardait pas. Il s'obstinait à ne pas la regarder. Et elle était prise d'une angoisse terrible : *Et s'il m'en voulait ? Et s'il considérait que tout était de ma faute ? Et s'il ne voulait plus partir avec moi ?*

« On va passer chez Sylvie et Michel cet après-midi, annonça Rosalie. On va leur souhaiter la bonne année. Je pensais essayer de faire une galette des rois moi-même.

– Ah, bonne idée ! s'exclama Gabriel avec un enthousiasme un peu forcé. Tu as déjà fait ça ?

– Non, jamais. Mais j'ai une recette. J'ai de la pâte feuilletée en réserve et il me reste de la poudre d'amande.

– Tu vas mettre des fèves ? »

Les yeux de Sophie s'illuminèrent.

« Des fèves, maman ? Pour être le roi et la reine ? »

Alors que Gabriel et Rosalie, avec la complicité innocente de leur fille, entretenaient un semblant de conversation, Tim restait obstinément silencieux et Ambre se ratatinait au fond de sa chaise. Mortifiée.

Cécile les rejoignit au moment où tout le monde quittait la table.

« Tu n'as pas encore épuisé ton forfait de téléphone ? » lança Gabriel taquin.

Cécile se mit à rougir. Elle bredouilla une réponse que personne ne comprit.

« Tu veux manger quelque chose ? lui demanda Rosalie.

– Non, merci. »

Mais Rosalie l'entraîna d'autorité vers le plan de travail et se mit à chuchoter très vite – probablement pour l'informer du départ d'Anton. Ambre ne s'attarda pas plus longtemps dans la cuisine.

Dans le couloir, elle se trouva nez à nez avec Tim. Elle chercha à éviter son regard et à se faufiler dans le salon mais il la retint par le bras, très brièvement, juste le temps de déposer un baiser furtif dans ses cheveux. Alors elle murmura :

« Je suis désolée. »

Elle ne voyait pas que dire d'autre. Tim la regarda étrangement, avec un mélange de tristesse et de tendresse.

« Désolée de quoi ? De l'avoir rendu heureux ? »

Elle eut un petit sourire gêné.

« Je sais pas trop... »

Puis, après un silence embarrassé :

« Quand tu étais à Amiens on a emmené les enfants faire de la luge et... et il m'a demandé de le pousser du haut de la piste. »

Tim hocha la tête, ne la lâchant pas du regard.

« Et je l'ai poussé... La luge n'avait pas de freins. Il avait les jambes très fatiguées, il n'aurait pas pu s'arrêter... Je l'ai poussé dans le vide... de toutes mes forces... J'aurais pu le tuer... »

Tim ne cilla pas.

« Après on a arrêté de s'en vouloir. Il... il a voulu faire de moi son "assistante personnelle". Mais j'ai préféré l'emmener conduire plutôt que de jouer les infirmières. »

Tim hocha la tête lentement. Elle demanda :

« Tu m'en veux ?

– Non. »

Elle attendit quelques secondes. Tim ne bougeait pas. Ils étaient toujours au milieu du couloir, figés.

« Et toi, tu t'en veux ? » demanda-t-elle encore, la voix hésitante.

Et elle le vit acquiescer. Elle murmura d'une voix étranglée :

« Pourquoi ?

– Parce que tu as réussi à lui donner en quelques jours ce que je n'avais pas réussi à lui apporter en cinq ans.

– J'ai aucun mérite. Il était déjà presque guéri… »

L'appartement grouillait d'agitation. Les portes claquaient, on sortait les grands sacs-poubelle de sous l'évier, on vidait le salon des derniers vestiges du réveillon. Eux restaient immobiles dans le couloir, imperméables à toute cette frénésie.

« C'est toi qui l'as gardé en vie », ajouta-t-elle.

Il hocha la tête. Elle n'était pas certaine qu'il la croyait. Mais peu importait, se dit-elle, elle aurait des mois, peut-être des années pour l'en convaincre, pour le réparer tout à fait.

Il jeta un coup d'œil au salon où tout le monde s'activait et demanda à voix basse :

« Tu pars demain ?

– Oui.

– On les abandonne cet après-midi ? On reste tous les deux ?

– D'accord. »

Il déposa un nouveau baiser dans ses cheveux. Elle ferma les yeux très fort. Pour imprimer la sensation sur son crâne. Pour qu'elle ait toujours l'impression que ses lèvres l'embrassaient quand elle serait à Lyon.

Après le grand ménage, chacun passa à la douche à tour de rôle, puis on aida Rosalie à faire deux galettes des rois. Une fois la petite troupe partie pour sa visite à Michel et Sylvie, les galettes fumantes entre les mains, quand le silence retomba dans l'appartement, Tim prit Ambre par la main et déclara :

« Viens, on va marcher. »

Ils disparurent dans les ruelles d'Arvieux, emmitouflés. Il n'y avait pas un chat dehors en ce 1er janvier. Pas un bruit. Le ciel était bas, lourd. Bientôt il se mit à neiger. La neige se déposait avec douceur sur leurs bonnets, sur leurs écharpes, elle s'accrochait à leurs cils, leur caressait le nez.

Tim s'arrêta au niveau de l'église, les mains dans les poches, les sourcils froncés. Et il déclara avec son air d'enfant trop grave :

« Tu sais, c'est pas que je sois encore amoureux de lui… c'est juste que je m'étais habitué à sa présence toutes ces années… Il va me manquer. »

Elle fut surprise de l'entendre faire cet aveu comme ça, au milieu de la rue, sans préambule. Pourtant elle n'en montra rien. Elle hocha la tête.

« Je sais. »

Il la détailla avec sérieux et demanda :

« C'est pareil avec Marc ?

– Oui, c'est pareil.

– Faut faire le deuil.

– Oui… »

Alors ils reprirent leur chemin en silence dans les rues d'Arvieux, sous les flocons de neige, plongés dans leurs pensées, le visage anesthésié par le froid, leurs pensées tournées vers Anton et Marc.

Ils s'arrêtèrent plus loin, sur la petite place à la fontaine gelée.

« Tu prends le train demain matin ?

– Oui, celui de dix heures quarante-cinq.

– Je t'emmènerai à la gare.

– Il s'agira pas de me le faire louper cette fois. »

Il sourit. Ils étaient tous les deux plantés devant la fontaine figée dans la glace, les mains dans les poches. Un chat noir traversa la place avec nonchalance, leur jetant des coups d'œil réguliers.

« Tu feras quoi une fois là-bas ? demanda Tim.

– J'appellerai Marc, il faudra bien qu'on ait une discussion… et ensuite je serai forcée de préparer mes affaires et de quitter l'appartement… »

Elle eut un haussement d'épaules faussement désinvolte.

« Je retournerai chez mes parents le samedi soir ou... le dimanche seulement... Tout dépendra de la bonne volonté de Marc.

– Et lundi tu seras à la boutique ?

– Lundi je donne ma démission. »

Il la scruta. Elle gardait les yeux rivés sur la fontaine, de sorte qu'il ne voyait d'elle que son profil, le bout de son nez qui dépassait de son écharpe.

« Tu vas pas changer d'avis ?

– Non.

– T'es sûre de vouloir tout quitter ? »

Elle tourna la tête vers lui.

« T'as peur de quoi ? Que je m'évapore de nouveau ?

– Un peu », avoua-t-il.

Elle posa sa tête contre son épaule, rassurante : *Mais non, je ne disparaîtrai plus, promis.*

Le chat noir s'était approché. Il miaulait en effectuant des cercles autour d'eux. Elle songea : *Si j'étais superstitieuse...*

« Quand on se reverra, ce sera la fin de l'hiver et le début du printemps, déclara-t-elle.

– Oui...

– Il y aura peut-être des perce-neige.

– Là où on ira ? Oui, peut-être. »

Elle se redressa vivement. Surpris, le chat poussa un miaulement agressif et recula.

« Mais au fait, tu ne m'as jamais rien dit !

– À propos de quoi ?

– De là où on ira ! Hier tu m'as dit que tu avais une idée. Et donc ? »

Il se mit à sourire avec un petit air mystérieux.

« Essaie de deviner, dit-il.

– C'est un lieu symbolique ?

– Évidemment ! »

Le chat noir s'était de nouveau approché. Il se frotta contre la jambe d'Ambre en ronronnant. Elle s'accroupit, amusée, et se mit à le caresser tout en réfléchissant.

« Tu pensais à Frontignan ? Pour reprendre là où tout s'était arrêté ? »

Il secoua la tête.

« Arvieux ?

– Non.

– Tours... chez ton frère ?

– Non plus.

– Aide-moi ! »

Elle se releva. Le chat noir réclama d'autres caresses mais Ambre n'avait plus d'yeux que pour Tim et son sourire mystérieux.

« Si on veut se retrouver vraiment tous les deux, j'ai pensé qu'il valait mieux éviter tous ces lieux liés d'une manière ou d'une autre au passé. »

Elle fronça les sourcils, songeuse.

« Un lieu inconnu alors ? Donne-moi un indice. S'il te plaît !

– Pour nous retrouver, quoi de mieux que de nous perdre ?

– Nous perdre ? »

Elle était de plus en plus perplexe. Il la regardait, attendri.

« Oui... Nous perdre. Rien que tous les deux. En pleine nature. »

Cette fois-ci, il sut qu'elle avait compris. Le visage illuminé, elle tenta de parler, aucun son ne sortit de sa bouche, elle déglutit, réussit à bredouiller :

« Les Pyrénées ? On part dans les Pyrénées ? »

Il hocha la tête. Elle n'en revenait pas.

« Les Pyrénées ? répéta-t-elle, les yeux brillants.

– Ça te tente toujours ?

– T'es bête ou quoi ? »

Elle se mit à l'embrasser, devant la fontaine, devant le chat noir intrigué.

« J'ai pas mal étudié les guides, tu sais », dit-il entre deux baisers.

Elle avait passé ses bras autour de son cou. Il souriait. La neige s'était arrêtée de tomber.

« J'ai eu cinq ans pour perfectionner notre itinéraire.

– Je veux voir ça ce soir !

– T'inquiète pas… On a trois mois pour organiser notre périple. Tu te souviens qu'on devait partir pour une dizaine de jours ? Maintenant on a un itinéraire pour deux mois… au moins ! »

Elle se mit à rire en se cachant derrière la paume de sa main. Elle avait son air de petite fille. Cet air magique dont seul Tim avait le secret.

« Deux mois ?

– Oui. Ça te paraît trop long ?

– Oh non ! »

Le chat finit par s'éloigner, le dos rond, déçu, laissant des empreintes minuscules dans la neige. Sur la place, il ne resta plus que leurs deux silhouettes dont les rires s'envolaient par-delà les toits des chalets d'Arvieux.

Quand ils reprirent leur chemin, c'est sans se concerter qu'ils se dirigèrent vers les Mélèzes. La nuit tombait déjà. Toutes les fenêtres du chalet étaient illuminées. Les décorations de Noël faisaient briller la façade. Le perron et le hall étaient déserts. Les saisonniers devaient se reposer dans le salon, sous les toits, avant de prendre le service du soir.

Ils contournèrent le grand hôtel, leurs moufles agrippées l'une à l'autre, se balançant au rythme de leurs pas. La neige recommençait à tomber et effaçait leurs empreintes. La dépendance de Sylvie et Michel résonnait d'éclats de voix et de tintements de verres.

Ils frappèrent à la porte et une Sylvie rayonnante les accueillit.

« Bonne année ! » s'écria-t-elle.

Rosalie, Gabriel, Cécile et les enfants étaient toujours là, mais il y avait aussi des connaissances d'Arvieux, des amis… Ambre en reconnut certains qu'elle avait croisés lors du spectacle de chorale du 26 décembre.

Sylvie les présenta à chacun d'eux avec une pointe de fierté :

« Voici deux petits saisonniers qui ont bien grandi ! »

Puis elle les fit asseoir, leur servit de la galette, des sablés faits maison, du cidre.

Ni elle ni Michel ne demandèrent où était Anton. Gabriel et Rosalie avaient dû les prévenir.

« Regardez ! On vient justement de recevoir un mms d'Andréa qui nous souhaite la bonne année ! »

Sylvie leur tendit son téléphone. On y voyait une photo d'Andréa, encore plus séduisant qu'avant, tenant par la taille une magnifique jeune femme brune au teint mat. Ils faisaient un coucou à l'appareil et au-dessous était écrit : *Même depuis l'Italie je pense bien à vous et je vous souhaite tous mes vœux pour cette nouvelle année. Ma fiancée se joint à moi. Je vous embrasse.* Et Sylvie, les voyant sourire, lança avec excitation :

« Et si on leur envoyait une photo nous aussi ? »

Gabriel se proposa de la prendre. Ils s'alignèrent tous les cinq contre un mur. Michel tenant Sylvie par les épaules. Rosalie serrant Tim et Ambre dans ses bras.

« Souriez ! »

Ils obéirent tous les cinq et Gabriel déclara que c'était parfait, qu'ils feraient tous une longue carrière dans le mannequinat.

Peu après, au milieu du brouhaha qui avait repris, Sylvie reçut une réponse enjouée d'Andréa : *Quoi ? Vous êtes tous ensemble et je ne suis pas invité ? Et si je vous appelais quelques minutes ?* Le téléphone sonna aussitôt et, dès les premiers mots, Ambre songea que malgré les cinq ans écoulés rien n'avait changé. Absolument rien. Ils retrouvèrent instantanément leur ancienne complicité. Ils se mirent tous à parler en même temps dans le combiné, plus heureux les uns que les autres de s'entendre. Andréa demanda si Ambre comptait se teindre en roux maintenant, la seule couleur qu'elle n'ait pas encore testée. Ambre répliqua qu'il ferait mieux de s'occuper de sa calvitie naissante. Rosalie voulut savoir quand Andréa comptait leur faire un bébé. Ils se crièrent :

« T'as changé !

– Et vous donc !

– Quand est-ce que tu reviens à Arvieux ?

– Et vous ? »

Ils déclarèrent qu'ils devraient s'organiser un week-end retrouvailles puis se promirent de se rappeler.

« Faut plus qu'on se perde de vue, soupira Rosalie une fois qu'ils eurent raccroché.

– Non. Il faut plus », répondit Ambre.

Ils regagnèrent l'appartement dans cette même ambiance légère. Le départ d'Anton était toujours présent dans tous les esprits mais il ne sonnait plus comme une fatalité, comme une tristesse diffuse, plutôt comme une étincelle de plus dans cette journée un peu spéciale.

Gabriel et Tim s'éclipsèrent pour discuter. Rosalie déclara qu'il était temps que Sophie commence ses devoirs de vacances et Ambre se proposa de les lui faire faire.

Cécile, avachie dans un fauteuil du salon, les écouta distraitement compter les balles colorées d'un exercice de calcul.

« Un, deux, trois, quatre, cinq, six. Six balles jaunes.

– Oui, Sophinette. Note.

– Où ?

– Là… Dans la case en bas. Allez, continue.

– Un, deux, trois, quatre. Quatre balles bleues.

– C'est ça. N'oublie pas de noter.

– Ambre…

– Oui, Sophinette ?

– Tim et toi vous allez habiter à la mer comme… comme quand vous étiez des amoureux avant ? »

Ambre sentit que Cécile se redressait dans son fauteuil et lui jetait un coup d'œil. Cécile qui ignorait tout encore... Cécile qui admirait Marc... Elle se passa la langue sur les lèvres.

« Non.

– Vous allez habiter où ?

– Pourquoi tu demandes ça, Sophinette ?

– Maman a dit que parrain il est parti pour longtemps et que Tim il va aller avec toi, comme avant. »

Ambre ne put que hocher la tête, prise au dépourvu. Elle sentait le regard de Cécile dans son dos.

« Vous allez habiter où ? répéta Sophie.

– Je ne sais pas, Sophinette. Compte les rouges maintenant.

– Mais vous allez habiter dans une maison ? »

Cette fois-ci Cécile se leva et vint s'asseoir à la table, à côté d'Ambre.

« C'est vrai ? demanda-t-elle.

– Quoi ? fit Ambre pour gagner du temps.

– Tim et toi... C'est pour ça que tu n'es pas rentrée à Lyon ? »

Elle se força à soutenir le regard de Cécile. Elle s'attendait à y trouver un léger reproche, une certaine dureté, mais rien de tout ça. Elle s'était trompée : Cécile ne la jugeait pas, c'était sa propre mauvaise conscience qui lui avait fait croire le contraire.

« Oui, c'est vrai. »

Cécile laissa passer quelques secondes. Sophie s'était remise à compter les balles.

« Alors Marc avait raison ?

– Comment ça ? s'étonna Ambre.

– Il pensait que tu n'avais pas totalement réglé cette affaire... »

Elle acquiesça, lasse de faire semblant.

« Et Marc... tu vas le revoir ? demanda Cécile.

– Oui, je rentre demain à Lyon. Il faut... il faut que je l'appelle pour le prévenir. Je lui dois une vraie explication... »

Sophie releva la tête, le stylo en l'air.

« Huit balles rouges ! »

Ambre vérifia d'un air distrait.

« Oui, c'est ça. Note-le ici. »

Cécile relança comme si elles n'avaient pas été interrompues :

« Et après ?

– Après je retournerai sans doute vivre chez mes parents en attendant la fin de mon préavis à la boutique.

– Ah ? Et ensuite tu rejoindras Tim ? »

Ambre hocha la tête et Sophie reposa son stylo, intriguée, en voyant sa marraine sourire sans retenue, littéralement transportée de joie. Et Sophie découvrit, émerveillée, qu'elle avait deux fossettes, comme elle, et que c'était une sacrée coïncidence.

« On va partir pour plusieurs mois dans les Pyrénées ! s'exclama Ambre en contenant difficilement son excitation.

– Faire du tourisme ? demanda Cécile.

– Non ! Pour se perdre ! Tous les deux ! »

Cécile approuva d'un hochement de tête enthousiaste. Et, tandis qu'elle regagnait son fauteuil au fond du salon, elle se demanda comment Ambre avait pu se cacher un amour aussi grand pendant toutes ces années.

Après les devoirs de Sophie, Rosalie déclara vouloir préparer un dîner particulier pour le dernier soir d'Ambre à Arvieux. On lui interdit d'entrer dans la cuisine et elle se dit que le moment était venu d'affronter son ancienne vie.

Elle ne pouvait plus reculer. La soirée était déjà bien entamée. Elle s'isola dans la chambre de Sophie pour appeler la personne qu'elle craignait le plus d'entendre. Marc. Il avait laissé deux messages vocaux. Pas plus. On ne pouvait pas en dire autant des Miller…

Il répondit au bout de trois sonneries. Elle avait la voix tellement étranglée qu'aucun son ne sortait de sa bouche.

« C'est toi ? demanda Marc.

– Oui c'est moi.

– Si tu appelles pour t'excuser ou m'expliquer quoi que ce soit, ajouta-t-il, tu peux raccrocher.

– Je sais que j'aurais dû t'appeler avant au lieu de… »

Elle déglutit. Elle transpirait à grosses gouttes. Son cœur tambourinait dans sa poitrine.

« Au lieu de…

– Au lieu de couper ton téléphone sans un mot d'explication ? C'est vrai. Tu sais, tu aurais même pu te déplacer jusqu'à Lyon pour me l'annoncer. C'est bien la moindre des choses après deux ans de vie commune, non ? »

Un sanglot resta bloqué dans sa gorge car elle venait de voir resurgir, totalement inopinément, quelques images de leur vie d'avant. Tous les deux dans leur bulle. Se caressant. S'embrassant. Écoutant leurs silences réciproques.

« Je suis désolée…

– Fallait y penser avant !

– Je serai à Lyon demain…

– Tu peux bien être où tu veux, ça ne changera plus rien pour moi. »

Elle retint un autre sanglot, prit le temps de déglutir.

« Je t'en prie, Marc, on peut essayer de régler ça en adultes.

– Ah oui ? Tu ne t'es pas beaucoup comportée en adulte ces derniers temps ! Plutôt comme une gamine lâche et sans scrupules.

– Marc…

– Arrête de prononcer mon nom avec ce ton suppliant ! Tu as fait un choix, alors assume-le maintenant ! »

Elle se força à répondre :

« Je crois que… je pensais qu'on aurait pu parler… je te dois une vraie explication.

– Tes affaires sont chez tes parents. Ton frère est venu m'aider à tout empaqueter. Il ne reste rien de toi ici… Pas la peine de venir sonner. »

Nouveau silence. Puis elle demanda d'une voix blanche :

« Dans quelque temps… quand ça ira mieux… on pourra parler ?

– Je ne pense pas en avoir besoin, non », répliqua-t-il, glacial.

Elle essuya la sueur qui perlait à son front. *Respirer. Lentement.*

« Je… je me suis comportée comme la pire des…

– Non, pire que ça ! Bien pire que tout ce que tu t'imagines avoir été ! Tu ne manqueras pas à ma vie, Ambre. »

Et il raccrocha. Comme ça. Alors, dans la petite chambre rose de Sophie, elle ne put retenir ses larmes. Des larmes brûlantes et lourdes de culpabilité.

Plus tard, quand elle appela sa mère, Mme Miller entendit des sanglots dans sa voix. Cela ne suffit pas à l'adoucir.

« Oui, Ambre ?

– Je… j'ai…

– Je sais. Ton frère a ramené tes affaires ici », coupa-t-elle sèchement.

Silence. Mme Miller n'en dit pas plus et son mutisme explosait comme un reproche. Une accusation terrible. Alors Ambre attaqua :

« Je sais ce que tu penses. Tu crois que j'ai fait la plus grosse bêtise de ma vie. Mais c'est pas vrai ! C'était en restant avec Marc que je faisais une bêtise. On ne vit pas une vie dans le mensonge ! Il avait pas à subir ça, à rester avec quelqu'un qui ne l'aimait pas assez fort. Il mérite mieux ! Moi aussi je mérite mieux. On mérite tous mieux que ça ! »

Mme Miller poussa un soupir. Elle ne comprenait sans doute pas. Elle qui menait une existence des plus conventionnelles. Ambre n'était même pas certaine que sa mère ait vécu un amour aussi intense.

« J'étais sûre que tu le retrouverais un jour, de toute façon. »

Ambre sursauta. Elle ne s'attendait pas à ces mots. Elle bredouilla :

« Quoi ? »

Au bout du fil, elle entendit sa mère gratter quelque chose du bout de l'ongle, nerveusement. Puis :

« Je t'ai jamais vue aussi belle que ce jour où je t'ai récupérée au train…

– Qu… quand ?

– Quand tu es rentrée d'Arvieux après ces six mois. »

Elle eut un hoquet de surprise.

« Belle ?

– Oui. Belle. Tu avais encore des traces de larmes sur les joues et pourtant tu avais un sourire…

– Et après j'ai été moins belle, fit Ambre avec un petit rire nerveux.

– Après il t'a rendue malade mais… »

Nouveau soupir.

« Que veux-tu. »

Ambre esquissa un sourire à travers ses larmes. Sa mère ne comprenait pas mais elle acceptait. C'était mieux que ce qu'elle avait espéré.

« Un jour je t'expliquerai.

– Quoi donc ? » demanda Mme Miller avec un ton encore légèrement pincé.

Il y avait tellement à expliquer. À commencer par le fait que Tim avait aimé des hommes un jour, avant de la rencontrer. Un homme surtout.

« Je t'expliquerai pourquoi j'ai dû quitter Frontignan.

– Pourquoi il t'a quittée ?

– Il m'a pas quittée. C'est la vie, maman. Elle a été dégueulasse.

– Tu lui trouves des excuses…

– Non. C'est une histoire compliquée. Il y a eu un accident, des années difficiles…

– Alors c'est une histoire compliquée et triste, si je comprends bien ? »

La voix de Mme Miller avait changé. Elle était plus grave que réprobatrice à présent.

« Non. Le début est triste. Mais pas la fin.

– Et qu'est-ce que tu attends pour me la raconter ? »

Ambre esquissa un nouveau sourire.

« On va avoir de longues soirées pour le faire… Je vais me retrouver à la maison comme une vieille fille désœuvrée… »

Mme Miller eut un petit rire.

« D'accord », dit-elle.

L'orage était passé.

Troisième coup de fil : Cathia. Et là, Ambre eut une agréable surprise. Une petite étincelle supplémentaire dans cette drôle de journée du 1er janvier. Cathia ne se contenta pas de l'excuser pour son silence, pour son absence au réveillon, elle ne se contenta pas de lui assurer que non, elle n'était pas la pire des enflures, que Marc s'en remettrait, qu'elle avait bien fait d'écouter son cœur… Non, Cathia se comporta comme une véritable amie. Elle déclara avec autorité :

« Je viens te chercher à la gare demain. On s'enfermera chez moi. Je vais mettre chouchou à la porte pour la soirée. On s'ouvrira une bouteille, tu me raconteras tout et on pleurera et on rira ensemble. »

Puis, comme Ambre restait sans voix en pensant *Mais alors on est amies… Vraiment amies ?*, elle ajouta :

« J'ai un canapé-lit. Je sais que c'est pas facile de retourner vivre chez ses parents à nos âges… surtout après une rupture… alors tu pourras rester autant que tu voudras. Et je fais même pas ça pour avoir une augmentation ! »

Ambre se mit à rire, sentant les larmes revenir.

« De toute façon c'est raté pour l'augmentation, je vais donner ma démission !

– NON ! »

Elle promit à Cathia qu'elle lui expliquerait tout en détail le lendemain soir. En raccrochant, elle se dit qu'elle avait eu tort de dénigrer sa vie d'avant, de considérer qu'elle n'avait servi à rien, juste à étouffer la douleur. Elle se rendait compte qu'elle avait grandi pendant ces années, qu'elle avait retrouvé ses parents pour de bon, qu'elle s'était fait une vraie amie… Un jour, elle ferait en sorte qu'elles se rejoignent, ses deux vies. Celle d'avant et celle d'après. Ils se mélangeraient tous. Cathia, Tim, sa mère, Rosalie, Sophinette, son père, petit Tim', Émilie, Mathieu, et puis Emma, Andréa… ceux qu'elle avait perdus de vue sans jamais vraiment cesser de penser à eux.

Un jour ils feraient tous partie de la même vie.

Après les Pyrénées.

16

Le « repas spécial » reposait sur une idée de Sophinette en chef : des couleurs, des couleurs et encore des couleurs ! Rosalie avait vidé ses placards et le réfrigérateur pour composer un dîner multicolore. L'entrée se composait d'avocats, d'une salade de carottes râpées, le tout accompagné d'une mayonnaise bien jaune.

« C'est bon ?

– Oui, c'est très bon », assura Ambre.

Elle s'était efforcée de masquer toute trace de larmes. Elle s'était passé de l'eau sur le visage et du mascara sur les cils avant de les rejoindre. Ils avaient dressé la table tous ensemble. Gabriel avait mis un peu de musique en fond. Du jazz. L'ambiance était calme. On sentait qu'il manquait quelqu'un. Une présence. Timotée avait réclamé Anton en passant à table. Rosalie avait dit : « Parrain est en vacances, mon bébé », et Sophie avait ajouté avec son air le plus sérieux :

« Mais il a pas laissé Tim tout seul. C'est Ambre qui va s'occuper de lui. »

Toute la tablée avait éclaté de rire. Tim avait glissé ses doigts entre ceux d'Ambre et lui avait murmuré :

« Comme c'est aimable à toi. Tu prendras bien soin de moi ?

– Bien sûr que je vais m'occuper de toi… jusqu'à ce que tu n'en puisses plus. »

Ils s'étaient retenus pour ne pas s'embrasser devant tout le monde.

« Alors quand est-ce que vous revenez nous voir ? demanda Rosalie pendant que Gabriel allait chercher le plat.

– Après les Pyrénées, déclara Tim. Pas avant.

– Quelles Pyrénées ?

– On va partir bivouaquer dans les Pyrénées quand Ambre en aura fini avec son boulot. Donc au tout début du printemps.

– Vous allez dormir sous la tente… en pleine montagne… au tout début du printemps ? Mais vous allez vous geler ! »

Ils échangèrent des regards un peu désarmés. Ils n'avaient pas vraiment pensé à ça. Gabriel, qui revenait de la cuisine, sourit, amusé.

« Ils ont peut-être prévu d'emporter un chauffage électrique !

– Très drôle !

– Ah ! soupira Rosalie. La jeunesse et son manque d'organisation !

– On dormira dans des gîtes…, improvisa Tim, en attendant qu'il fasse plus chaud.

– Oui, voilà ! renchérit Ambre.

– Ah, la jeunesse ! répéta Rosalie en levant les yeux au ciel.

– Ne l'écoutez pas, lança Gabriel, moqueur. Elle est simplement jalouse. Elle aimerait pouvoir partir à l'aventure elle aussi mais elle s'est maquée avec un sale type qui lui a fait deux enfants et maintenant elle doit jouer les femmes au foyer ! »

Rosalie se défendit en secouant la tête.

« Bien sûr que non ! Je suis contente pour eux ! Et ma vie me plaît ! Je leur fais juste remarquer qu'il faut une certaine organisation même pour partir à l'aventure. »

Gabriel déposa le plat sur la table : une poêlée de poivrons rouges, jaunes et verts accompagnée d'aiguillettes de poulet et de spaghettis au curry. Un joli mélange pétillant et coloré.

« T'en fais pas, Rosalie, intervint Tim. On a trois mois pour régler le moindre détail. »

Gabriel commença à servir les assiettes. Ambre tendit la sienne en maugréant :

« Pas trop quand même… faudrait pas que ça ressemble à un voyage du troisième âge. »

Tim rigola.

« Avec vous j'ai l'impression d'être une mémère aigrie, soupira Rosalie.

– Mais non !

– Si. Gab a raison... C'est pas drôle de vieillir. On ne s'en rend pas compte... Ça vient petit à petit... Les enfants, la maison à gérer, et on se réveille un matin dans la peau d'une mémère au foyer. Tout ce qu'on s'est juré de ne pas devenir. »

Ils se mirent à l'unisson pour la contredire gentiment :

« Mais non, Rosalie.

– Dis pas n'importe quoi !

– Tu viendras nous voir quelques jours.

– Oui, sans les enfants. Et tu dormiras sous la tente avec nous.

– Tu verras, ta jeunesse va vite revenir.

– Mouais... »

Comme elle n'était pas totalement convaincue, Gabriel posa une main sur son épaule et lâcha :

« C'est la vie, ma petite mémère chérie. Ils y passeront eux aussi un jour.

– Oh non ! se récria Tim. Jamais !

– C'est ce qu'on verra ! Tu te réveilleras un matin en ne rêvant que d'une chose : que ta haie soit aussi bien taillée que celle du voisin. »

Tout le monde éclata de rire. Tim s'obstina à secouer la tête.

« Si ! répliqua Gabriel. Et tu termineras ta journée avec la satisfaction ultime d'avoir réparé le robinet de la salle de bains.

– Arrête tes conneries ! Ça peut pas être possible de tomber aussi bas !

– Si... je te jure. Et ça te rendra heureux », conclut Gabriel avec une gravité feinte qui fit de nouveau s'esclaffer la tablée.

Tandis qu'ils attaquaient le plat avec appétit, la conversation dévia sur les projets de la petite famille. Au cours du mois de janvier, Rosalie, Gabriel et les enfants devaient rendre visite aux grands-parents et à tonton Hugues – le frère de Gabriel –, sa femme et leur fils. Après, ils mettraient un peu d'argent de côté pour partir en vacances – leurs premières vraies vacances depuis la naissance de Timotée. Ils envisageaient de s'offrir quelques jours sur la Côte d'Azur en juillet. Rosalie avait déjà trouvé plusieurs campings adaptés aux enfants avec piscine à remous, toboggan et mini-club. Elle comptait organiser un barbecue à la fin du mois de juillet pour l'anniversaire de Sophie. Sylvie et Michel s'étaient proposés de leur prêter le terrain, derrière le chalet, pour installer un barnum. Ils inviteraient la famille de Gabriel, des amis d'Arvieux et d'ailleurs.

« Vous serez là, hein ? » demanda Rosalie aux deux autres, presque menaçante.

Bien sûr qu'ils seraient là.

Rosalie et Gabriel avaient une tonne d'autres projets : inscrire Timotée dans un club de judo dès ses trois ans car il adorait « jouer à la bagarre », installer des jardinières aux fenêtres à l'arrivée des beaux jours, adopter un chien – un gros ou un petit ? La question n'était pas tranchée. Rosalie envisageait de retravailler lorsque Timotée entrerait à l'école. Elle hésitait entre reprendre la tenue de serveuse ou passer un CAP petite enfance pour pouvoir devenir assistante maternelle.

Ils étaient pleins de petites ambitions, de lueurs d'espoir, d'envies de renouveau, et les trois autres écoutaient en souriant, en se disant qu'ils en avaient de la chance de savoir où ils allaient, qu'eux en revanche ne savaient pas ce qu'ils feraient dans trois, six ou neuf mois mais que c'était rassurant aussi, d'une certaine façon.

« Ambre ? »

Cécile était restée plus que silencieuse tout au long du repas, en retrait, les épaules basses. Ambre s'était dit qu'elle devait commencer à appréhender la visite chez ses parents à Nice.

Quand Rosalie était allée en cuisine pour préparer le dessert, Ambre l'avait accompagnée pour l'aider à faire de belles boules de glace à la fraise, au cassis et à la mandarine. Ça formait un joli dégradé de couleurs chaudes. Puis Rosalie avait été appelée par Sophie dans le salon et elle avait lancé à Ambre :

« Je te laisse terminer ? »

C'est alors que Cécile s'était glissée dans la cuisine en silence, sur la pointe des pieds, comme si elle avait guetté ce moment.

En entendant sa voix, Ambre sursauta. Cécile se répandit en excuses :

« Désolée, je croyais que tu m'avais entendue.

– C'est rien.

– Je suis vraiment désolée…

– Non, c'est rien, je t'assure. »

Ambre termina de ranger les bacs de glace au réfrigérateur et se mit à saupoudrer les coupes de vermicelles multicolores (ordre de Sophinette !). Elle pensa que Cécile était venue pour l'aider mais elle restait immobile, en se triturant les mains.

« Ça ne va pas ? » lui demanda Ambre finalement.

La voix chevrotante, Cécile murmura :

« Je peux te parler ?

– Bien sûr. Qu'est-ce qu'il se passe ? »

Cécile sembla se ratatiner, tout en devenant cramoisie.

« Je sais pas comment te le dire… »

Elle se laissa tomber sur une chaise et Ambre s'approcha d'elle.

« Qu'est-ce qu'il t'arrive ?

– Tu sais, l'autre soir, tu… tu avais demandé à Marc de me parler pour la tutelle… »

Cécile n'ajouta rien. Ambre ouvrit de grands yeux.

« Ne me dis pas que tu as encore changé d'avis et que tu as accepté cette tutelle !

– Non ! répondit précipitamment Cécile. C'est juste que… c'est juste qu'il m'a beaucoup aidée à prendre cette décision. »

Ambre hocha la tête, lorgnant discrètement les coupes glacées qui commençaient à prendre chaud.

« Oui, approuva-t-elle. Il est très fort pour raisonner les autres, les aider à y voir plus clair. Il est de très bon conseil.

– Oui.

– Et donc ?

– Et donc, avant de raccrocher, il m'a dit que je pouvais le recontacter si j'avais besoin de parler, si je doutais, si je me sentais perdue, et il m'a donné son numéro de téléphone. »

Elle avait débité cette dernière phrase très vite, comme si elle craignait de n'avoir pas le courage d'aller au bout.

« C'est gentil de sa part, acquiesça Ambre pour l'encourager à continuer.

– Oui… et puis… et puis je suis allée à Paris, tu sais… avec Gabriel. Et… et arrivée là-bas, j'ai été prise d'une espèce de crise d'angoisse et… »

Elle parlait d'une voix saccadée, hachée, comme si elle était encore en proie à la même panique.

« J'ai rien voulu montrer à Gabriel. J'en avais assez de l'embêter avec mes problèmes alors… alors je suis sortie de l'appartement et j'ai appelé Marc. »

Cécile la fixait avec un regard à la fois implorant et désolé. Ambre ne comprenait pas pourquoi. Elle avait du mal à saisir où elle voulait en venir.

« Je suis tombée sur lui et… et il venait juste de… tu venais juste de… »

Ambre déglutit.

« Oui, je venais juste de le larguer avec trois mots nuls envoyés par sms. »

Cécile dodelinait de la tête.

« Mon appel tombait mal. Il était dans tous ses états… mais pourtant il a laissé tout ça de côté pour se consacrer à mon problème. Il… il s'est mis à me rassurer à propos de l'appartement. Il a réussi à me calmer je ne sais pas comment, et… et après j'ai voulu le rappeler. Parce que ça allait mieux et je… je me suis dit que j'avais été égoïste, que je n'avais même pas cherché à le réconforter pour… pour la rupture et… »

Elle reprit son souffle. Ambre ne voyait toujours pas pourquoi Cécile lui racontait tout ça. Ou pas tout à fait. Sans doute parce que c'était trop surprenant à admettre.

« Donc je l'ai rappelé, poursuivit Cécile péniblement. Et je me suis excusée. Il a dit que c'était rien. Et je l'ai interrogé, j'ai voulu savoir comment il allait et… et sans m'en rendre compte j'ai fini par inverser les rôles, je… j'ai essayé de le rassurer, de lui redonner un peu le sourire. Je l'ai… je crois que je l'ai un peu calmé.

– Et après tu l'as rappelé encore ? » demanda Ambre, la bouche sèche.

Cécile devint plus cramoisie que jamais et se ratatina sur sa chaise.

« Oui, je l'ai rappelé quand il a fallu entrer dans la chambre de mon ancien appartement et dans… dans la salle de bains. C'était… dès que ça devenait trop difficile je l'appelais. Et… et il me calmait. Et ça lui faisait du bien, je crois, d'oublier ses propres malheurs. »

Ambre hocha la tête, totalement muette maintenant qu'elle avait fait le lien entre Marc et le mystérieux ami de Cécile dont Gabriel avait parlé, celui qui avait le pouvoir de lui redonner le sourire. Elle repensait à ses réflexions, ces derniers jours : *Ce sont les mêmes. Trop sensibles. Trop pleins d'empathie. Deux éponges émotionnelles.*

Elle réentendait Marc qui lui demandait des nouvelles de Cécile, qui s'inquiétait pour elle, et Cécile qui s'enquérait de lui. Elle revoyait Marc à table, le 24 décembre, réussissant miraculeusement à faire parler Cécile, à faire s'animer son visage marqué par les coups. *Il s'est passé quelque chose ce soir-là. Ils se sont reconnus, l'un et l'autre. Ils ont tout de suite compris qu'ils étaient identiques.*

« Ambre ? »

La voix de Cécile était un coassement étranglé tant elle était nerveuse. Car Ambre ne réagissait pas.

« Oui, fit celle-ci en sortant de son hébétement.

– Tu m'en veux ?

– De quoi ? demanda-t-elle, trop sonnée pour voir combien la pauvre Cécile se débattait contre sa culpabilité.

– De lui avoir téléphoné… On s'est beaucoup appelés ces derniers jours, tu sais… »

La voix de Rosalie retentit depuis le salon.

« Vous faites quoi ? Vous vous en sortez ?

– On arrive ! » se força à répondre Ambre.

Cécile se tordait les mains.

« C'est lui qui t'a convaincue d'aller chez tes parents ? demanda finalement Ambre.

– Oui. »

Comme Tim avec moi il y a cinq ans.

« Je suis désolée, se mit à balbutier Cécile. Peut-être que ça ne te plaît pas que je passe du temps au téléphone avec lui ?

– Non, ça ne me dérange pas.

– C'est vrai ? »

La voix de Rosalie s'éleva de nouveau, plus pressante :

« Les glaces vont fondre !

– On arrive ! » cria Ambre.

Et s'adressant à Cécile :

« Si vous vous faites du bien l'un à l'autre, c'est l'essentiel, rien n'est plus précieux.

– Alors pourquoi tu fais cette tête ? »

Parce que j'ai compris quelque chose que vous n'avez pas encore compris. Marc parce qu'il est encore trop malheureux, trop brisé par notre rupture. Toi parce que tu es encore trop meurtrie. J'ai compris que vous vous étiez trouvés. Que vous avez le don de vous réparer mutuellement. Que c'est quelque chose de très rare. Et ça vous le comprendrez dans quelque temps. Au fil des mois. Par vous-mêmes.

Je fais cette tête parce que je suis estomaquée. Je me demande comment je ne l'ai pas deviné avant.

J'ai compris que la vie est complètement étrange mais qu'elle ne laisse rien au hasard. Que rien ne sert jamais à rien. Que les malheurs et la douleur nous amènent toujours à un endroit bien précis. Pour atteindre un but bien précis. Garder Anton en vie jusqu'à ce qu'il soit assez fort pour prendre son envol et le mettre sur mon chemin. Réunir à une même table deux êtres qui se réparent. Réunir, réparer, reformer, ressusciter. Rien n'est laissé au hasard.

« Ambre ? »

Elle finit par sortir de ses pensées et poser une main réconfortante sur son épaule.

« Je suis contente pour toi, Cécile.

– C'est vrai ?

– Oui. Marc est une belle personne. Mais ça, je crois que tu l'avais compris avant moi. »

Cécile sourit, défaillant presque de soulagement. Ambre lui rendit son sourire.

« Me dis pas ce que tu as prévu, ajouta-t-elle.

– Quoi ? bafouilla Cécile.

– Après cette visite à ta famille… je parie que tu as programmé un passage par Lyon… »

Cécile ne put retenir un sourire d'aveu.

« Quelques jours… pour me changer les idées. Il… il dit que ses parents ont une chambre meublée à me prêter si je veux m'installer plus durablement et avoir mon indépendance.

– C'est une bonne nouvelle. Alors on sera amenées à se revoir à Lyon très prochainement ?

– Oui. De toute façon, j'ai pas oublié, tu as ce poème à me donner… »

Ambre lui sourit.

« Mais vous faites quoi ? s'impatienta le voix de Rosalie.

– Ça y est ! »

Ambre se précipita vers le plan de travail. Les coupes glacées commençaient vraiment à faire triste mine. Elle termina de les saupoudrer de vermicelles et Cécile les déposa au fur et à mesure sur un plateau. Tout en s'activant, Ambre s'appliquait à se rappeler le poème du vieux Wilson.

« Je me souviens par cœur d'un paragraphe. Un seul : "Nos racines ne sont pas dans notre enfance, dans le sol natal, dans un lopin de terre, dans la prairie enclose où jouent les enfants de la maternelle. Nos racines sont en chaque lieu que nous avons un jour traversé."

– C'est beau. Qui t'a fait découvrir ce poème ? »

Elles franchirent la porte de la cuisine, faisant bien attention à ne pas bousculer les coupes.

« C'est un ami. Un vieil ami. Un peu sauvage. Je l'ai jamais vraiment oublié. Je pense même souvent à lui. »

Ambre lui tint la porte tandis qu'elle entrait dans le salon, le plateau entre les mains, et d'une seule voix tous s'exclamèrent :

« Eh bien ! Il était temps ! »

En reprenant sa place à côté de Tim, Ambre sentit ce petit gonflement tout chaud dans sa poitrine, ce gonflement perdu depuis trop longtemps. Elle songea que la vie était décidément bien faite, qu'il ne fallait jamais avoir peur. Tout malheur apportait son lot de bonheur. Toute disparition apportait son lot de rencontres. Un jour un vieil ami disparaissait, nous laissant un magnifique poème, et puis on rencontrait une personne perdue à qui l'on offrait ce même poème. On se passait le relais. On gardait la flamme toujours allumée.

« Je sais qui est le mystérieux sauveur de Cécile. »

Seules dans la cuisine, Ambre et Rosalie terminaient de ranger la vaisselle.

« Ah bon ? Qui c'est ?

– C'est Marc. »

Rosalie en laissa tomber son torchon.

« Hein ? Marc ? Ton Marc ?

– Oui. »

Ambre enchaîna, les yeux brillants :

« Rosalie, est-ce que tu crois que tout est déjà écrit dans la vie ?

Que le moindre petit événement placé sur notre route est fait pour nous amener à un endroit bien précis ? »

Rosalie secoua la tête.

« Non, je crois que c'est nous qui traçons notre chemin. Que tout est toujours possible, rien n'est définitif.

– Oui mais parfois les choses sont bien faites… tout s'imbrique comme dans un scénario de film.

– Tu penses à Cécile et Marc ? Tu crois qu'ils étaient faits pour se rencontrer ? Tu crois que… qu'il pourrait se passer quelque chose entre eux ?

– Non, je pense à la vie en général… L'appel à l'aide de Cécile, la disparition de Gabriel, regarde tout ce que ça a engendré, mine de rien… »

Rosalie réfléchit quelques secondes. Se repassa tout ce qui s'était enchaîné ces derniers jours… Après le départ précipité de Gabriel, il y avait eu le vol de son téléphone portable dans le métro. D'où l'appel à l'aide de Rosalie. Leurs retrouvailles ici. Aussi imprévues qu'improbables. Et tout ce qui avait suivi… Noël. Marc. Sa rencontre avec Cécile. Ambre face à Tim, cinq ans plus tard. Anton face à une Ambre plus dure, sans pitié. Anton délivré par Ambre. Tim délivré par Anton. L'envol d'Anton. Sa bénédiction. Marc et Cécile trouvant une oreille attentive l'un auprès de l'autre juste au moment où ils en avaient besoin. Ambre devenue la marraine de Sophie, comme Rosalie l'avait toujours espéré… Tout était rentré dans l'ordre. Le rideau pouvait tomber.

« C'est vrai, souffla Rosalie. Ça aurait pu être écrit. »

Ambre sourit. Elle avait toujours ce gonflement chaud dans la poitrine.

« Ça l'était peut-être, dit-elle d'un air énigmatique.

– Qui sait… »

Sophie avait voulu que ce soit Ambre qui la borde, pour son dernier soir. Elle avait failli pleurer. Une petite larme s'était échappée d'entre ses cils mais Ambre avait décrété :

« Je n'ai rien vu ! »

Allongée dans son lit, la couverture remontée jusque sous le menton, la fillette retenait la main de sa marraine. Elle jouait avec son bracelet. Le bracelet de Marc.

« Tu reviens quand ?

– Avant ton anniversaire, Sophinette, promis.

– C'est l'été, mon anniversaire.

– Oui… Et tu auras six ans. C'est vraiment grand, six ans, non ? »

Sophie haussa les épaules.

« Je vais devenir une vieille marraine, moi. »

La petite fille sourit. Ambre nota une fois de plus à quel point elle avait de jolis yeux en amande.

« On sait même pas qui a gagné au jeu, marmonna soudain Sophie.

– Quel jeu ?

– Au jeu de faire sourire Cécile !

– Ah, oui ! »

Sophie compta sur ses doigts le nombre de sourires. Elle ne savait plus vraiment. Elle finit par hausser les épaules avec une moue.

« Je crois que c'est moi », déclara-t-elle.

Ambre déposa un baiser sur son front avec tendresse.

« Non, ma Sophinette. Je suis désolée. Ce n'est pas toi qui as gagné.

– C'est toi alors ?

– Non plus. C'est quelqu'un d'autre. »

Les yeux de Sophie clignèrent, incrédules.

« Qui ?

– Marc, Sophinette.

– Marc ?

– Oui, Sophinette. Il l'a fait sourire de dedans.

– Ça veut dire quoi ?

– Dans sa poitrine. Dans son cœur. »

Sophie fronça les sourcils.

« Mais ça compte pas ! se révolta-t-elle. Le jeu c'était un sourire avec la bouche ! C'est de la triche !

– Un peu, concéda Ambre en riant.

– En plus il jouait même pas ! »

Sophie continua à faire la moue en silence. Ambre lui caressa la tête pour l'apaiser et posa son front contre le front tout chaud de la petite fille. Elle sentait son souffle sur son visage et elle ferma les yeux très fort, pour retenir cette sensation toujours, comme le baiser de Tim dans ses cheveux. Elle les emporterait avec elle à Lyon.

Dans sa chambre, Timotée dormait déjà, le pingouin en peluche serré contre lui. Elle déposa un baiser dans ses bouclettes en songeant : *Si tu savais comme on t'aime, petit bonhomme, tu en aurais le tournis. Un papa, une maman, une petite sœur et un parrain… et quel parrain… il soulèverait des montagnes pour toi.* Elle le regarda dormir quelques minutes, sans bouger, dans l'obscurité, puis elle rejoignit Tim dans le salon.

« J'aime pas les départs… »

Ils n'avaient pas éteint la lampe de la nuit. C'était une petite lampe grise qui diffusait un halo timide, leur permettant juste de distinguer les contours de leurs corps et de leurs visages. Ils avaient fait l'amour, puis étaient restés étendus à bout de forces, entremêlant leurs doigts, leurs souffles, leurs cheveux, surveillant sur la pendule murale les minutes qui défilaient.

« C'est pas un vrai départ. Parce que dans trois mois on sera ensemble. C'est court trois mois. »

Silence.

« Dans deux heures on devra se lever.

– Essaie de dormir un peu.

– Non. Jamais de la vie.

– Ça me rappelle ce dernier soir au lac de Roue, il y a quatre ans et demi. On avait décidé qu'on ne dormirait pas de la nuit. »

Ils sourirent tous les deux.

« Mais cette fois c'est fini, hein ? fit-elle.

– Quoi ?

– On arrête de disparaître.

– Promis. »

Elle le regarda avec plus d'intensité. Son oiseau de malheur. Il avait débarqué et elle avait recommencé à pleurer, à se sentir vivante. Elle avait oublié comme c'était bon de pleurer parfois.

« On a sauvé Anton. On a mis Marc sur le chemin de Cécile. On a fait notre part du travail sur cette terre. »

Il approuva en la serrant plus fort contre lui.

« Oui. On a bien bossé.

– On a le droit de se reposer maintenant.

– On a le droit de se perdre dans les Pyrénées et d'apprivoiser des lamas. »

Elle se redressa sur un coude en riant.

« Qu'est-ce que tu as avec ces foutus lamas ?

– Je sais pas trop… Ce sont des animaux intrigants, non ?

– Sans doute.

– Mais si tu ne veux pas qu'on aille voir cet élevage, ce n'est pas grave… on n'ira pas. »

Elle mit sa main contre sa bouche pour l'empêcher de continuer.

« On ira exactement où tu voudras. Je te suivrai n'importe où de toute façon. Et si tu veux apprivoiser des requins dans l'océan Pacifique, alors on ira apprivoiser des requins dans l'océan Pacifique ! »

Il ouvrit de grands yeux. Elle réalisa que ses mots étaient ceux qu'elle aurait voulu prononcer cinq ans auparavant, à Frontignan, quand elle le regardait consulter ses guides de randonnées dans leur lit de fortune. Ceux qu'elle n'avait jamais eu le courage de murmurer. Mais maintenant elle n'avait plus peur. Elle était forte.

Il enleva sa main de sa bouche et recommença à l'embrasser.

Et elle songea que ça avait du bon de vieillir, qu'on devenait plus courageux.

La même scène cinq ans plus tard. Tim et Ambre, traînant une valise, marchant derrière Rosalie, Gabriel et les enfants à la gare de Montdauphin-Guillestre. À quelques différences près... Cinq ans auparavant, Timotée n'était pas né. Et Cécile n'était pas là, trottinant derrière eux, distraite, perdue dans ses pensées.

Ils étaient en avance sur le quai. Quelques voyageurs faisaient le pied de grue dans le froid. Sophie affichait une petite mine. Ambre lui répétait :

« On se voit bientôt, Sophinette. Je t'appellerai. Promis. De toute façon on a ce bracelet qui nous relie. C'est chouette, non ? »

Sophie n'était pas convaincue. Elle ne sautillait pas comme le jour où Ambre était descendue du train. Elle restait agrippée à sa main.

Quand le train entra en gare, Rosalie la prit dans ses bras pour laisser à Tim quelques secondes de répit avec Ambre. Ils s'embrassèrent furtivement. C'était toujours délicat devant les enfants. Et elle songeait qu'à peine deux semaines plus tôt, c'était Marc qui la déposait sur le quai à Lyon et l'embrassait. Elle lui avait promis d'être de retour le lendemain ou le surlendemain. *La vie nous réserve bien des surprises.*

Les autres s'approchèrent pour la saluer à leur tour. Cécile paraissait émue. Elle étreignit Ambre, lui tapota le dos maladroitement et finit par déclarer d'une petite voix étranglée :

« Je suis contente de t'avoir rencontrée.

– Moi aussi, Cécile. Quand est-ce qu'on se voit à Lyon ?

– Oh... après Nice.

– N'hésite pas à me téléphoner quand tu seras rentrée. Je sais que... Marc ne voudra sans doute pas me voir mais on se donnera rendez-vous rien que toutes les deux.

– D'accord. »

Puis Cécile ajouta en souriant :

« N'oublie pas mon poème.

– Non. Promis. »

Le train s'était totalement immobilisé. Des flots de voyageurs commençaient à jaillir des wagons dans un joyeux vacarme. Certains retrouvaient de la famille, d'autres se pressaient vers la sortie, leur bagage à l'épaule. Gabriel s'approcha et serra Ambre dans ses bras.

« À très vite ! C'est une belle surprise que tu nous as faite en débarquant ici.

– J'aurais pas dû attendre autant pour revenir...

– C'est pas grave, mais tu n'as plus intérêt à recommencer ! Tu fais partie de la famille maintenant. C'est pas une mais deux malheureuses que tu feras si tu ne viens pas régulièrement.

– T'inquiète, vous me verrez souvent débouler. »

Rosalie s'impatientait derrière Gabriel.

« Tu nous la laisses, oui ? » lui lança-t-elle.

Sophie sauta dans les bras d'Ambre. Rosalie passa un bras autour de ses épaules et l'embrassa avec ferveur.

« Appelle-moi dès que tu es rentrée ! Appelle-moi tous les jours maintenant ! »

Ambre se mit à rire.

« Rosalie ! Tu sais bien que je le ferai pas !

– Toutes les semaines alors !

– Toutes les semaines, d'accord. »

Sophie s'agrippait à Ambre, enroulant ses jambes autour de sa taille.

« Sophie, trésor, il faut laisser marraine maintenant. »

Rosalie la prit délicatement dans ses bras. Ambre s'agenouilla auprès du petit Tim' qui était resté silencieux, emmitouflé dans son anorak d'hiver.

« Au revoir, petit bonhomme. »

Elle embrassa ses joues toutes rondes et moelleuses. Cette fois il ne recula pas.

Un appel résonna :

« Le train à destination de Valence va partir. Prenez garde à la fermeture des portes. »

Tandis qu'elle grimpait sur le marchepied, Tim lui hissa sa valise. Un coup de sifflet retentit. Il se percha sur la pointe des pieds pour déposer un dernier baiser sur ses lèvres. Second coup de sifflet. La porte se referma.

À très vite ! articula-t-il à travers la vitre. Elle sourit, leva la main. D'autres mots se formèrent sur les lèvres de Tim et elle resta figée, la main en l'air, se demandant si elle avait bien compris.

Le train se mit en marche dans un bruit de ferraille. Ambre vit le quai qui commençait à s'éloigner, les six silhouettes qui rétrécissaient. Immobile, elle ne cessait de penser aux derniers mots lus sur les lèvres de Tim : « Je t'aime. » Ça lui avait fait l'effet d'une bombe dans la poitrine. Et tandis que le train quittait la gare et s'élançait dans de grandes étendues enneigées, au milieu de la campagne, elle songea pour la deuxième fois que, décidément, ça avait du bon de vieillir, on devenait courageux.

« Alors ? Vous prenez les paris ? »

Sur le quai désert, Tim venait de se retourner vers les cinq autres, un large sourire sur le visage.

Sophie nichée dans son cou, Rosalie le dévisagea sans comprendre.

« Quels paris ? »

Gabriel sourit en prenant le petit Tim' dans ses bras.

« Ça dépend, déclara-t-il. Combien de temps elle a tenu la dernière fois ? »

Le regard de Rosalie passait de l'un à l'autre, perdu.

« La dernière fois que quoi ?

– La dernière fois qu'elle a disparu dans ce même train sur ce même quai, répondit Gabriel, amusé. Elle devait s'installer chez ses parents, tu te rappelles ? »

Rosalie hocha la tête.

« Et combien elle a tenu avant de débarquer à Frontignan ? »

Tim sourit largement.

« Une semaine. »

Gabriel s'esclaffa.

« Beau score ! Je dois le reconnaître !

– Oui, mais là il faut tenir compte de son préavis à la boutique, intervint Rosalie.

– Pour l'appartement de Frontignan aussi il y avait un préavis, fit Tim. Ça l'a pas empêchée de disparaître en une semaine chrono. »

Gabriel acquiesça :

« Que veux-tu, notre Ambre n'est pas une femme de préavis...

– Alors, tu dirais quoi ?

– Mmh..., réfléchit Gabriel. Un mois.

– Trois semaines !

– T'exagères !

– Je pense que vous êtes trop optimistes, fit Rosalie. Moi je dirais deux mois.

– Toi tu n'es qu'une mère de famille trop responsable ! répliqua Gabriel. Tu réfléchis trop ! Elle, elle se pose pas tant de questions que toi !

– On verra bien. Les paris sont lancés ! »

Ils se dirigèrent vers le hall de la gare sans se presser. La neige s'était remise à tomber. Sur l'épaule de Rosalie, Sophie avait arrêté de pleurer. Un nuage se déplaça nonchalamment dans le ciel, offrant une percée au soleil qui inonda Arvieux et toute la vallée du Queyras. C'était une belle journée de janvier qui s'annonçait.

Épilogue

C'était une chaude matinée de juillet. Par la fenêtre entrouverte, un mince filet d'air réussissait à apporter un brin de fraîcheur à la pièce et faisait frémir les jolis rideaux écrus. On les avait logés dans le château où auraient lieu la cérémonie et le repas. Du parc leur parvenaient des éclats de voix d'enfants, déjà sur leur trente et un, qui jouaient à cache-cache et s'interpellaient en italien.

Ambre passa une main sur son front moite. Elle se disait que bon sang, c'était une plaie cette chaleur. Devant le miroir mural de la splendide chambre blanc et crème, elle grimaça. De profil, son ventre pointait tout droit, tendu comme un ballon prêt à éclater : *C'est une vraie catastrophe, je suis énorme, on ne va voir que moi sur les photos.* Quelle idée elle avait eue de s'imposer une grossesse en plein été. Elle avait encore tout le mois de juillet à tenir puis le mois d'août. Le bébé était attendu pour début septembre. Pour la rentrée des classes. Elle se rappelait la tête de Mme Miller quand elle le lui avait annoncé.

« Il va peut-être naître le 4 septembre, le jour de mon anniversaire ! »

Ambre ne se rappelait pas avoir jamais vu sa mère aussi heureuse. Elle lui avait semblé rajeunir d'un coup.

Elle abandonna son reflet dans le miroir et se laissa tomber sur le lit. Ses escarpins traînaient sur le sol. Elle les attrapa du bout des orteils. Pas certain qu'elle tienne une heure avec ça aux pieds.

Son dos la faisait atrocement souffrir depuis le début du sixième mois. *C'est pas vrai de se plaindre autant. Je suis une vraie chochotte.*

Sur la table de chevet trônait le faire-part de mariage. Noir et blanc. Très sobre. Très élégant. Comme les mariés sur la photo.

Andréa et Giovanna ont le bonheur de vous convier à leur mariage
qui sera célébré le 1er juillet au château de Montegufoni,
à Montagnana, dans leur belle Toscane.
Nos amis français seront logés par nos soins dans le domaine.
Merci de nous confirmer votre présence avant le 1er mars.
Nous comptons sur vous.

Ils avaient reçu l'invitation en août dernier, alors qu'ils rentraient d'un week-end à Tours, chez Maxime et Lisa. Après deux jours au milieu des cris et des bousculades des trois monstres (Lisa attendait le quatrième !), ils étaient heureux de se retrouver rien que tous les deux dans leur petit appartement en pierre, au fin fond des Pyrénées-Orientales. L'invitation avait mis deux semaines à arriver à Eus. C'est là qu'ils avaient décidé de poser leurs bagages cinq ans plus tôt, après trois mois et demi d'errance, sac sur le dos.

Ils étaient entrés dans Eus au milieu du mois de juin. Ce ne devait être qu'une étape supplémentaire de leur périple mais ils étaient tombés amoureux du lieu. Eus était un ancien village fortifié, planté sur un éperon rocheux entre la vallée de la Têt et le mont Canigou. C'était un village d'à peine quatre cents habitants, perdu au milieu de la garrigue, réputé être le plus ensoleillé de France. Un véritable havre de paix. Un cocon douillet.

Tout leur avait plu à Eus. L'église Saint-Vincent-d'En-Haut surplombant le village. Les ruelles escarpées pavées de galets. Les arcades. Les vestiges de l'ancien chemin de ronde, du château féodal. La chapelle romane Saint-Vincent des XIe et XIIIe siècles. La végétation surprenante mêlant cactus et mimosas. Ils n'avaient rien eu besoin de se dire. Ils avaient échangé un regard et ils avaient compris que c'était là qu'ils seraient chez eux.

Ce soir-là, leurs sacs toujours sur le dos, ils avaient regardé le soleil se coucher au pied de l'église de pierre, se couler dans les ruelles d'Eus, comme de la lave brûlante. Ils avaient eu toutes les peines du monde à s'arracher à cette féerie. Et ils n'étaient jamais repartis.

Deux coups furent frappés contre le mur. Rosalie et Gabriel occupaient la chambre d'à côté avec les enfants.

« T'es prête toi ? » cria Rosalie à travers la cloison.

Ambre se redressa et grimaça en faisant un pas avec ses escarpins.

« Ouais je suis habillée… ou plutôt ficelée comme une saucisse.

– Arrête de te plaindre. C'est la plus belle chose qui existe au monde !

– C'est ça !

– Je t'assure.

– Pourquoi tu me parles à travers le mur ?

– Parce que je suis toute nue, je sors juste de la douche. Je suis à la bourre !

– Alors habille-toi au lieu de bavasser ! »

Ambre envoya promener ses escarpins sous le lit. Elle aurait tout le temps de les mettre après, quand Tim serait enfin arrivé. Elle jeta un coup d'œil à la pendule murale. Onze heures et quart. Il aurait déjà dû être là. Il avait dû monter à Paris toute la fin de la semaine. Le maire d'Eus les avait inscrits à un grand concours national récompensant d'un label les trois meilleures initiatives sociales et solidaires visant à promouvoir les territoires reculés de la France. Leur auberge avait toutes les chances d'être sélectionnée, avait-il dit. Elle privilégiait l'artisanat, le commerce local et les circuits courts, tout ce qui plairait au jury !

Leur auberge, c'était une vieille bicoque en pierre pittoresque, abandonnée par la commune. Tim avait eu le coup de cœur au premier regard.

« On pourrait en faire quelque chose ?

– Je vous laisse carte blanche », avait répondu le maire.

On la leur avait louée à un prix modique. Elle était composée de deux grandes pièces : l'une qu'ils avaient transformée en dortoir, l'autre en salle de repas.

Durant l'année, l'auberge accueillait essentiellement des scolaires en sortie, accompagnés de leurs professeurs. Ils appréciaient particulièrement le grand tableau noir à l'ancienne et l'immense bibliothèque en bois brut remplie de livres. L'été, les randonneurs et les amoureux de la montagne affluaient en masse. L'auberge ne désemplissait pas. Elle était devenue une étape incontournable pour bivouaquer quelques jours. On y faisait des feux de camp, des veillées à thème, enroulés dans les sacs de couchage.

Tim proposait des petits déjeuners et des pique-niques préparés exclusivement avec des produits frais de la région. Ambre gérait les réservations, l'accueil et le site internet. Et lui avait choisi son nom : Le Nid.

Le maire avait donc inscrit leur Nid au grand concours national et, en juin, ils avaient reçu ce courrier : ils étaient dans les dix derniers finalistes. On les convoquait pour la dernière phase de sélection : des pitchs devant un jury de professionnels de l'entrepreneuriat social et solidaire, à Paris. Il fallait être présent les quatre jours. Les résultats étaient donnés le dernier.

Tim y était allé seul. Parce qu'il fallait bien que quelqu'un fasse tourner l'auberge pendant ce temps mais surtout parce qu'il refusait d'imposer à Ambre, enceinte de presque sept mois, un aussi grand trajet en voiture. Elle, ça ne l'avait pas du tout contrariée. Elle préférait accueillir les randonneurs, préparer les petits déjeuners et les sandwichs, se prélasser au soleil plutôt que de parler devant un jury. D'autant qu'Anton avait accouru dès qu'il avait appris que Tim la laissait seule à Eus.

« Il est totalement inconscient ou quoi ? »

Ça l'avait beaucoup fait rire. Il avait débarqué à bord de sa voiture de sport et il l'avait forcée à rester assise en permanence.

« Il est complètement fou, ma parole ! Il pensait te laisser faire le ménage de l'auberge ?

– Je suis enceinte, Anton, pas handicapée ! »

– Très drôle ! N'empêche que tu dois te ménager ! »

Il avait été intraitable. Pire que Tim. Il l'avait installée sur un transat dans l'herbe et il s'était occupé de l'accueil, du ménage et des sandwichs lui-même. Elle avait tenté de lui donner un coup de main à plusieurs reprises mais il l'avait chassée sans vergogne.

« Tim va s'en vouloir d'être parti quand il apprendra que tu étais là et que tu t'es chargé de tout le boulot.

– Ça m'est égal ! Tim est un con de toute façon, il aurait jamais dû te laisser toute seule ici !

– Je m'en sortais jusqu'à ce que tu débarques.

– Tu allais nous faire une fausse couche dans le dortoir !

– T'exagères !

– À peine ! »

Elle l'avait regardé s'activer dans la cuisine, coupant le pain, le jambon, les tranches de fromage, confectionnant les sandwichs en un tournemain. Il était bien plus efficace qu'elle. Depuis qu'il avait totalement récupéré l'usage de ses jambes, il avait repris le sport en salle et retrouvé son corps de dieu grec.

« T'avais pas mieux à faire ?

– Non.

– Et Alessandro ? Tu l'as laissé en plan ?

– Il s'en sort très bien sans moi.

– Si tu traînes trop ici, il va te foutre la mafia corse au cul. Je te préviens, je veux pas voir débarquer le gang de la Brise de mer ici. »

Alessandro, son compagnon, était un Corse originaire de Bastia. Un grand gaillard aux bras musclés et aux yeux de braise. Tim et Ambre ne l'avaient vu qu'une fois. Alessandro était l'opposé d'Anton. L'air revêche, les sourcils froncés en permanence, il parlait peu et ne souriait jamais. Ambre l'avait trouvé un peu effrayant. Tim avait déclaré qu'il était inintéressant et bestial. Le jugement était sans appel.

Cinq ans auparavant, au mois de mars, ils avaient reçu la toute première carte postale d'Anton après son départ d'Arvieux. Elle représentait la plage paradisiaque de Sperone, dans le sud de la Corse. C'était là-bas qu'il était parti s'installer pour sa nouvelle vie. Ni Ambre ni Tim ne savaient très bien comment il avait vécu pendant ses premiers mois sur l'île. Il leur avait raconté avoir papillonné de petit boulot en petit boulot, mais il n'avait pas encore vraiment récupéré ses jambes à l'époque. Il avait fini par devenir cogérant d'un bar. Alessandro était son associé. Ils vivaient ensemble à Bonifacio. Ils ne savaient pas vraiment comment ils s'étaient rencontrés, Anton n'était pas très clair là-dessus. Ce qu'ils savaient, c'était qu'il avait une grosse voiture de sport et faisait de nombreux allers-retours entre l'île de Beauté et le continent. Manifestement il gagnait bien sa vie. Il ne venait jamais avec son compagnon. Il disait qu'Alessandro n'aimait pas la métropole, qu'il avait du mal à quitter son île. Ambre et Tim songeaient que ce n'était pas l'unique raison : Anton devait tenir à garder sa nouvelle existence bien à l'écart de sa vie d'avant, d'eux, de ses parents, de sa sœur… Comme si tout ce qu'il avait construit là-bas était trop différent de son existence d'autrefois.

Quoi qu'il en soit, Anton était heureux, ils le savaient, il l'avait été dès l'instant où il avait mis les pieds en Corse. Après la première carte postale de Sperone, ils en avaient reçu régulièrement. Comme ils étaient en vadrouille dans les Pyrénées à cette époque, Anton les envoyait chez les Miller et la mère d'Ambre les leur lisait au téléphone. Elle avait découvert qui était Anton et pourquoi il était si important pour eux. Elle trouvait leur relation étrange mais elle ne disait rien. Tout ça la dépassait.

Anton était resté avec elle toute la semaine, à Eus, en l'absence de Tim. Elle ne lui en avait pas soufflé mot. Elle savait ce qu'il aurait dit : qu'elle exagérait de faire venir Anton au moindre souci. Pourtant elle ne l'appelait jamais. C'était toujours lui qui venait, chaque fois qu'il allait sur le continent. Il prenait le ferry avec son bolide et il débarquait. Leur trio n'avait jamais vraiment cessé mais Tim n'en était plus la pièce maîtresse. C'était elle désormais qui les reliait tous les deux, qui faisait en sorte qu'ils restent en contact. Si elle était maintenant la compagne de Tim, elle était l'amie d'Anton. La seule. La vraie.

De nouveaux coups furent frappés. À la porte cette fois. Ambre songea que ce devait être Tim, enfin. Il lui avait promis d'être là à dix heures. Son téléphone était éteint, il n'avait plus de batterie sans doute. Comme toujours.

« C'est moi, fit la voix de Rosalie. Dépêche d'ouvrir ! Je veux voir à quoi ressemble mon petit saucisson !

– C'est ça, moque-toi ! »

Ambre ouvrit. Rosalie s'engouffra dans la chambre, laissant derrière elle une traînée de parfum Dior. Elle avait mis une longue robe rose clair qui lui descendait jusqu'aux chevilles et portait des escarpins du même rose. Elle était splendide.

« T'es superbe ! déclara-t-elle en se plantant devant Ambre.

– Non, toi t'es superbe ! »

Rosalie continua à détailler Ambre en souriant.

« Quoi, qu'est-ce qu'il y a ?

– Je peux toucher ? demanda-t-elle en désignant son ventre rond qui pointait sous sa robe vert pomme.

– Oh vas-y. La Terre entière veut toucher mon ventre. »

Rosalie posa sa main sur son ventre et sourit avec béatitude.

« C'est merveilleux ! Merveilleux !... J'ai cru que vous vous décideriez jamais. Tu t'imagines même pas à quel point je suis contente ! J'attendais que ça ! J'avais tellement hâte ! Tellement hâte ! »

Rosalie la saisit par les épaules et la força à pivoter pour faire face au miroir.

« Regarde-toi ! Avec ce joli petit ventre !

– Petit ? grogna Ambre.

– T'as à peine pris cinq kilos !

– Je suis énorme !

– Non ! T'es pleine d'hormones qui te rendent chiante ! »

Rosalie souriait. Ambre restait bougonne face au miroir.

« Qu'est-ce que t'as ? soupira Rosalie.

– Tim est en retard.

– C'est pas grave !

– Si, c'est grave !

– Mais non… Il est *toujours* en retard. Je te parie même qu'il aura oublié son costume ! »

Ambre restait boudeuse. Rosalie ne déclara pas forfait :

« Mais tu t'en fiches et tu sais pourquoi ? Parce que tu as ce petit bout-là, avec toi. Il peut arriver n'importe quoi, tu t'en moques, tant que tu l'as bien au chaud dans ton ventre. Non ? »

Ambre haussa les épaules. Elle ne pouvait s'empêcher de regarder l'horloge, de constater que Tim était en retard de presque une heure et demie. Elle ne pouvait s'empêcher de songer qu'elle avait dû dormir toute seule quatre nuits et qu'elle détestait ça. Qu'elle n'arrivait pas à s'endormir tant qu'elle ne l'entendait pas respirer dans son cou. Qu'elle se réveillait avec des angoisses en pleine nuit – *Je sens plus le bébé bouger !* – et qu'il n'y avait que la main de Tim sur son front pour la calmer.

Rosalie se laissa tomber sur le lit sans quitter son ventre rond des yeux.

« Tu sais ce que m'a raconté Gabriel ? »

Ambre secoua la tête.

« Tu promets de ne jamais rien répéter, d'accord ?

– D'accord.

– Il devait pas me le dire. J'ai dû jurer…

– Rappelle-moi de ne jamais rien te raconter, plaisanta Ambre.

– Tu ne veux pas savoir donc ?

– Bien sûr que si ! »

Rosalie s'assit sur le lit à côté d'elle et prit un air de conspiratrice.

« Eh bien, tu sais, quand vous avez annoncé à Anton pour le bébé...

– Oui. »

Anton avait fait partie des premiers à être informés. En même temps que Maxime et que les Miller.

« Il nous a appelés, dans la foulée. Enfin, il a appelé Gab. Et Gab m'a dit qu'il était dans tous ses états... en larmes au téléphone. »

Ambre fronça les sourcils, soudain inquiète.

« Quoi ? Il était en colère ?

– Non ! se récria Rosalie. Il pleurait de joie ! De joie, comme s'il était le père ! »

Rosalie riait et ses yeux pétillaient.

« C'est chouette, non ? »

Rosalie n'avait pas tort. Anton prenait soin d'Ambre comme si c'était son enfant qu'elle portait. Un instant Ambre se demanda si ce n'était pas précisément pour ça que Tim se montrait irrité chaque fois qu'il débarquait chez eux. Encore plus quand il n'était pas là. *Il a peur qu'Anton prenne sa place.* Elle trouvait ça stupide mais Tim était plein d'angoisses stériles depuis qu'il savait qu'il allait devenir papa. Il faudrait qu'elle essaie de lui en parler tout à l'heure.

« Bon, l'interrompit Rosalie. Tu veux toujours rien me dire pour le prénom ?

– Non. Tu viens de me donner la preuve que tu ne sais pas tenir ta langue ! »

Rosalie protesta. Ambre tint bon.

« Tu sais déjà que c'est une fille, c'est bien assez.

– Tu me jures que je suis la seule à savoir que c'est une fille ?

– Évidemment que tu es la seule ! »

La seule sans compter les Miller, Maxime, Lisa et Anton. Mais ça Rosalie devait continuer à l'ignorer. Elle adorait se sentir importante.

« C'est un prénom plutôt traditionnel ou moderne ?

– Rosalie !

– T'es pas marrante !

– Et toi t'es sourde : ta fille t'appelle ! »

À travers la cloison, on entendait effectivement la voix exaspérée de Sophie :

« M'man ! T'as fait quoi de ma robe ? »

Rosalie se leva en soupirant :

« C'était mieux quand ils étaient bébés. Pourquoi ils restent pas toujours petits ? »

Elle quitta la chambre. Ambre, seule sur son lit, entoura son ventre en se répétant : *Lila. Lila.* Ils avaient choisi ce prénom parce qu'il était doux, il sonnait triste et joyeux à la fois. Comme la vie. Quand elle s'endormait le soir, elle se répétait : *Lila, mon bébé.* Et ça lui faisait bizarre de se dire qu'ils allaient avoir un bébé à eux, un bébé avec un cœur qui battait, des yeux qui clignaient, un bébé qu'ils auraient fait eux. Elle essayait de le visualiser et chaque fois elle espérait qu'il aurait les traits de Tim, son air doux, ses yeux d'enfant, leur couleur noisette. Elle s'en fichait qu'il lui ressemble, à elle, qu'il ait ses cheveux ambre, sa peau couleur pêche ou ses fossettes, tant qu'il avait les yeux de Tim.

Gabriel était à la porte de sa chambre.

« Sylvie et Michel viennent d'arriver. On va descendre. Tu viens ? »

Elle sentit son cœur se serrer, sa gorge se nouer.

« Non ! Tim n'est toujours pas là ! »

Elle se sentait incapable de descendre dans le parc du château, de se retrouver au milieu de tout ce monde si Tim n'était pas arrivé. Gabriel eut un sourire énigmatique.

« On me dit à l'oreillette qu'une voiture pourrie vient d'entrer dans le parking du château et que tous les gens la regardent passer en se demandant qui ose se pointer à un mariage aussi classieux avec une épave pareille ! »

Elle s'étrangla en essayant de rire tout en se sentant défaillir de soulagement. Rosalie avait raison. Ses satanées hormones la rendaient folle. Elle avait été à deux doigts d'éclater en sanglots.

« Vous comptez la changer un jour, votre bagnole ? demanda Gabriel, toujours adossé à la porte de sa chambre.

– Non. Elle nous va très bien.

– Vous allez avoir un bébé ! Il serait peut-être temps d'acheter une voiture digne de ce nom. »

Elle haussa les épaules, l'esprit ailleurs, tentant d'apercevoir Tim par la fenêtre.

« Elle roule. C'est tout ce qu'on lui demande.

– En effet, c'est déjà ça.

– Et puis, à Eus, on a pas besoin d'être "classieux", comme tu dis. »

Sophie entra dans la chambre de son pas nonchalant. Elle avait onze ans maintenant. Onze ans et un corps de jeune fille. Elle était élancée comme une liane, plus jolie que jamais. Onze ans et un caractère bien trempé. Plus question de l'appeler Sophinette, pas plus que « trésor » ou « princesse ». C'était fini, ce temps-là.

« Oh non, c'est pas vrai ! gémit Ambre.

– Qu'est-ce qu'il y a ? »

Gabriel la rejoignit à la fenêtre où elle était toujours plantée. Il retint un éclat de rire. Dans le parc, au milieu de la foule des convives, Tim avançait d'un pas pressé et tous les regards se tournaient un à un vers lui. Car s'il portait bien ses chaussures soigneusement vernies et sa chemise blanche des grandes occasions, le short bleu imprimé d'un palmier blanc qu'il arborait lui donnait l'air d'un clown.

« Mais c'est pas possible ! Gabriel, dis-moi que je rêve ! »

Tandis que Gabriel se tordait de rire, Ambre était décomposée.

« Qu'est-ce qu'il se passe ? demanda Rosalie en entrant dans la chambre, Timotée sur les talons.

– Venez admirer le spectacle ! » répondit Gabriel, hilare.

Et Ambre d'ajouter :

« Tu avais parfaitement raison, Rosalie ! Il est toujours en retard et il est pas fichu d'avoir pensé à prendre son costume ! »

Tim déboula dans le couloir de l'étage hors d'haleine.

« Gabriel ! Gabriel ! J'ai besoin de toi. Dis-moi que tu as un pantalon ! N'importe quoi. Un pantalon noir, bleu ou même un jean, peu importe ! »

Gabriel se remettait à peine de son fou rire.

« Qu'est-ce qui t'est arrivé ?

– J'ai laissé mon pantalon de costume à Paris ! Je l'avais mis de côté exprès pour le dernier passage devant le jury… et je l'ai oublié à l'hôtel ! Dis-moi que tu as quelque chose à me prêter !

– Oui, t'inquiète. »

Tim se pencha en avant, les mains posées sur les genoux, et reprit son souffle.

« Bonjour quand même, lança Gabriel, moqueur.

– Ouais, désolé. »

Tim l'étreignit rapidement, lui demanda : « Ça va ? » puis :

« Où est Ambre ? »

Gabriel lui désigna la porte de la chambre restée ouverte.

« Oh mais tout le monde est là », constata-t-il en entrant.

Les enfants l'observaient à la dérobée, un sourire en coin. Tim fonça tout droit sur Ambre, avant même de saluer quiconque, il posa une main sur son ventre, l'embrassa sur le front.

« Ça va ? Tu t'en es sortie ?

– T'es en retard. »

Il lui caressa la joue.

« Je suis désolé. »

Elle conservait un air grognon.

« On a gagné le deuxième prix du concours », ajouta-t-il.

Elle écarquilla légèrement les yeux.

« Quoi ?

– Oui, le deuxième prix ! Du coup ils nous attribuent une aide ! On va avoir droit à dix mille euros ! »

Les yeux d'Ambre s'arrondirent encore.

« Quoi ? répéta-t-elle.

– Dix mille euros ! Ils vont nous donner dix mille euros pour développer l'auberge ! On va pouvoir mettre en place la ferme pédagogique ! On aura notre ferme pédagogique pour la prochaine rentrée ! Je te le promets ! »

Il souriait avec ses yeux d'enfant ravi et elle se mit à sourire à son tour, emportée par une vague de bonheur incroyable. La ferme pédagogique, encore une des lubies de Tim. Et pas n'importe quelle ferme pédagogique : un élevage de lamas ! Cette idée ne l'avait jamais quitté.

« C'est vrai ? Tu jures ?

– C'est vrai de chez vrai ! »

Il la prit dans ses bras, déposa un baiser sur ses lèvres, avant de se tourner vers Rosalie, Sophie, Timotée, tous sur leur trente et un.

« Salut, vous trois ! Ça fait plaisir de vous voir ! »

Il se précipita pour les embrasser, dans son short bleu à palmier blanc, avec ses chaussures vernies, et Ambre songea que ça n'avait aucune espèce d'importance qu'il ait oublié son costume. Ils allaient avoir des lamas. Ils allaient commencer leur élevage. Bébé Lila allait arriver. La vie n'avait jamais été aussi belle.

Ce fut une très belle cérémonie. Andréa et Giovanna entrèrent dans l'église et instantanément, ils imposèrent un silence majestueux en s'avançant au milieu des invités, beaux et solennels. Jamais ils n'avaient vu Andréa aussi grave. Giovanna laissa échapper quelques larmes au moment de l'échange des vœux.

Du haut de ses onze ans, Sophie observait tout avec un ravissement total.

« Je veux un mariage comme ça, plus tard », déclara-t-elle à Ambre alors qu'elles quittaient l'église.

Elle commençait à rêver de mariage, d'enfants, de robe blanche, avec des exigences de jeune femme en devenir.

« Mon mari sera professeur.

– Comme ton papa ?

– Oui. Comme papa. Il sera intelligent et connaîtra tous les pays du monde par cœur. Et j'aurai un chignon tressé. On arrivera à l'église en voiture décapotable. Ou avec des chevaux peut-être. »

Elle sembla réfléchir puis hocha la tête.

« Oui, des chevaux, c'est mieux. »

Ambre n'avait plus le droit de l'appeler Sophinette ou de l'embrasser dans les cheveux mais elle restait sa confidente. Elle était la seule à savoir qu'elle était amoureuse d'un garçon nommé Gaëtan, qui était dans la classe du dessus, en 5e B.

Le soleil déclinait doucement dans le ciel. Dans le parc, les éclats de voix ne faiblissaient pas. Les plats et les bouteilles de vin défilaient. Les mariés passaient de table en table, recevant modestement les compliments de chacun.

Tim se pencha vers Ambre. Ils n'avaient pas vraiment eu l'occasion de discuter depuis ce matin. Après la cérémonie à l'église, il y avait eu l'interminable apéritif dans le parc, les photos de groupe devant le château…

« Alors, chuchota-t-il, toi qui es là depuis hier, raconte-moi.

– Toi, raconte-moi Paris.

– J'ai fait le clown devant des culs serrés en costard. Et toi, ici ? »

Elle laissa son regard vagabonder autour de leur petite table ronde. Andréa les avait installés tous ensemble. Sylvie et Michel, moins pimpants et moins dynamiques, qui peinaient à suivre leur petit Maxence hyperactif. Greg qui avait pris dix kilos depuis sa deuxième rupture avec Héléna mais prétendait que ça allait. Rosalie et Gabriel, en conflit permanent depuis quelques mois. Sophie qui observait les yeux plissés chacun des convives avec un petit air critique. Timotée qui n'avait plus rien d'un poupon joufflu mais devenait aussi élancé que Sophie et ne jurait que par la bagarre.

« Timotée sait lire », annonça Ambre.

Tim hocha la tête, légèrement impressionné.

« Eh bien ! Quoi d'autre ?

– Rosalie veut divorcer. »

Il ne parut pas plus surpris que cela.

« Ça c'est normal... Ça fait partie de la crise de la quarantaine.

– Non seulement elle veut divorcer, mais elle veut lâcher son travail de nounou et repartir faire les saisons sur la Côte d'Azur. »

Tim se mit à rire. Elle ne put s'empêcher de l'imiter.

« Eh bien... vaste programme ! Elle n'aime plus pouponner ?

– Oh je crois qu'elle a juste besoin de reprendre une vie sociale et de quitter un peu la maison.

– Et Gabriel ?

– Il dit : "Vas-y, chérie, je te laisse la maison et je prendrai les enfants une semaine sur deux."

– Il ne la prend pas au sérieux ?

– Pas du tout. »

Ils pouffèrent en essayant de ne pas trop se faire remarquer. En face, bas croisés, Rosalie affichait une mine pincée tandis que Gabriel quittait la table, harassé par cette énième dispute.

« N'empêche que c'est pas la joie entre eux. J'espère vraiment que ça finira par s'arranger », fit Tim avec son air d'enfant trop lucide.

Ambre le souhaitait de tout cœur aussi. Surtout aujourd'hui. C'était une si belle journée. Ils reprirent leur inspection de la table. Leurs regards glissèrent sur Sylvie et Michel. Ceux que le temps avait le plus creusés. Sylvie avait quarante-quatre ans aujourd'hui, quatre ans de plus que Rosalie. Michel atteignait la cinquantaine. À côté d'eux, Greg pianotait sur la table, le regard dans le vide.

« Et Greg ? Il nous ferait pas une petite dépression ? demanda Tim en l'observant les yeux plissés.

– Ça c'est parce qu'il a appris qu'Héléna avait eu un bébé.

– Non !

– Si. Un petit garçon. Il a déjà un an.

– Ah... Gros coup dur.

– Ouais.

– Il retrouvera quelqu'un.

– J'en suis sûre. »

Ils étaient là, à chuchoter en contemplant leur petit monde, s'assurant que les choses changeaient mais pas trop. Parfois, le bonheur c'était aussi un peu de tranquillité.

« On va marcher un peu ? » proposa Tim.

Ils quittèrent la table et se dirigèrent lentement vers les arbres qui bordaient les longues allées du parc. Ils voulaient profiter des derniers rayons du soleil couchant qui les illuminaient d'une douce lueur orangée. Ambre songea que c'était le meilleur moment de la journée. La chaleur étouffante retombait et ne restait qu'une douce tiédeur.

« C'est un endroit vraiment chouette, déclara-t-elle en parcourant le domaine des yeux.

– Ouais, approuva Tim. Mieux ou moins bien qu'Eus ? »

Elle sourit en s'accrochant à sa main. C'était devenu leur jeu. À chaque endroit qu'ils visitaient, l'un ou l'autre demandait : « Mieux ou moins bien qu'Eus ? » et la réponse était toujours : « Moins bien. » Ils avaient conclu un pacte cinq ans auparavant : s'ils trouvaient un endroit mieux qu'Eus, ils devraient y déménager sur-le-champ. Ce pacte, ils l'avaient fait pour être certains de ne jamais s'installer dans une vie monotone et ennuyeuse. Aujourd'hui ils n'avaient plus les mêmes envies mais ils poursuivaient leur jeu pour se donner l'impression d'être restés aussi insouciants et libres qu'avant.

« Moins bien ! répliqua-t-elle.

– C'est clair. »

Pendant quelques secondes ils continuèrent de marcher, sans se presser. Un oiseau se posa non loin, sur l'herbe parfaitement entretenue du parc.

« On va vraiment la monter, cette ferme pédagogique ? » demanda Ambre, encore un peu incrédule.

Tim l'observa comme si elle était devenue folle, les yeux écarquillés.

« Évidemment ! Dix mille euros, tu te rends compte !

– On aura assez pour les lamas, les installations, les soins ?

– On se débrouillera.

– Tu dis toujours ça…

– Et on se débrouille toujours, non ? »

C'était vrai. Ils étaient partis dans les Pyrénées avec un sac à dos chacun, une tente et quelques économies. Maintenant ils avaient leur propre auberge, des habitués, un site internet, un encart dans le *Guide du randonneur* et le deuxième prix du concours…

« Oui, on se débrouille toujours. »

Il parut rassuré. Ils reprirent leur chemin seuls, tous les deux au milieu de l'immense parc. Ambre respirait enfin le plaisir de leurs retrouvailles.

« C'était long quatre jours, finit-elle par lâcher.

– Ouais c'était long.

– Surtout la nuit.

– Je sais… C'était pareil pour moi. J'étais dans cette chambre d'hôtel et je me disais… je pouvais pas m'empêcher de me dire : “Elles sont toutes les deux… Elles sont toutes les deux et moi je suis tout seul.” »

Elle serra la main de Tim dans la sienne avec un sourire ému. Ça lui faisait tout drôle d'entendre dire « toutes les deux ». Elle ne s'y était pas encore habituée.

« On a été bien sages, tu sais... On t'attendait. »

Mais il ne l'écoutait plus. Il avait ce regard un peu flou qu'elle connaissait par cœur, ce regard mi-pensif, mi-rêveur.

« Tu sais, dit-il, la nuit, parfois, je pose ma tête sur ton ventre... et quand j'arrive à coller mon oreille à un endroit bien précis... c'est assez rare... il faut avoir de la chance... mais quand j'y arrive, eh bien je crois entendre vos deux cœurs battre en même temps ! »

Il s'arrêta brusquement et la fixa avec émerveillement.

« C'est pas dingue ? C'est pas le plus beau truc qu'on puisse entendre au monde ? »

Elle se mit à rire d'émotion en voyant son air ébahi et ses yeux d'enfant heureux. *Ses yeux, mon Dieu, faites qu'elle ait ses yeux.*

Tim poursuivit, avec la même excitation dans la voix :

« Tu savais, toi, que Lila venait du latin *lea* ?

– Oui... On l'avait lu quelque part.

– Tu te rappelles ce que ça signifie ? "Lionne" ! Ça veut dire "lionne" ! »

Il s'empara de ses mains et les plaça autour de son cou, les yeux pétillants.

« On aura une petite lionne ! Une lionne féroce ! »

– Tim... tu deviens gâteux... »

Il se mit à l'embrasser. Elle le repoussa doucement en souriant.

« Quoi ? soupira-t-il.

– J'ai choisi sa marraine. Ça y est.

– Tu plaisantes ? »

Elle secoua la tête, sans cesser de sourire. Pour le parrain, ils n'avaient pas eu à réfléchir. Anton avait toujours été une évidence. Pour la marraine, c'était une autre paire de manches : il y avait plusieurs candidates en lice, toutes plus impatientes les unes que les autres de se voir désigner – Lisa qui ne redemandait qu'à pouponner encore et encore, Rosalie qui avait du mal à cacher son empressement et Cathia qui l'avait carrément menacée : « Je suis ta meilleure copine ou je suis pas ta meilleure copine ? Je te préviens, si je ne suis pas marraine, je ne remets plus jamais les pieds à Eus ! » Ambre s'arrachait les cheveux. Tim refusait de se prononcer.

Le choix s'était imposé à elle deux jours auparavant, tandis que Tim était à Paris et Anton préparait les petits déjeuners. Sur le palier, Ambre observait une mère et sa fillette qui étaient arrivés au Nid quelques jours en arrière. Elles portaient le même chapeau noir à large bord et arboraient le même air sérieux. La mère n'était vêtue que de bleu, sous tous ses camaïeux : nuit, roi, turquoise… La fillette, que la mère appelait Opale, avait des cheveux fins et un visage délicat moucheté de taches de son. C'est en l'observant qu'Ambre avait songé à Emma, ce visage du passé, mangé de taches de rousseur. Ces cheveux blonds comme les blés. Ces cheveux tellement fins, tellement raides. Cette fille étonnante, sans filtre, vive, spontanée, gaie. Celle qu'ils n'avaient pas revue depuis près de dix ans mais avec qui ils échangeaient de longs mails en se promettant de se revoir. Celle qui y avait toujours cru, qui avait toujours su – « Alors t'as trouvé ton âme sœur, non ? ». Celle qui avait vu Ambre quitter Frontignan en retenant ses larmes mais qui avait prédit : « Rien ne peut séparer deux âmes sœurs. Elles traversent tout et elles finissent toujours par se retrouver… » Celle qui les avait qualifiés de « héros tragiques ». Celle qui devait rester l'ultime témoin de leur histoire, s'ils en venaient à s'oublier.

Il n'y avait personne d'autre pour devenir la marraine de Lila.

« Alors ? Qui c'est ?

– Tu vas être surpris.

– Pourquoi ?

– Elle n'était pas sur la liste…

– Ah bon ?

– Et on ne l'a pas vue depuis une éternité. »

Il fronça les sourcils.

« Je trouve pas… Dis-moi… »

Elle hésita, doutant tout à coup du bien-fondé de son idée.

« J'ai pensé… je me disais que… enfin… je pensais à Emma. »

Il souleva un sourcil étonné.

« Emma ? Emma de Frontignan ? »

Elle acquiesça et demanda aussitôt, inquiète :

« Qu'est-ce que tu en penses ? »

Il réfléchissait. Il avait toujours les sourcils froncés.

Puis il hocha la tête lentement, sans sourire, avant de déclarer :

« Je crois que c'est une très bonne idée.

– C'est vrai ?

– Ouais… Je pense que c'est même une excellente idée… et qu'elle n'aura plus aucune excuse pour ne pas nous rendre visite ! »

Elle lâcha un rire étranglé de soulagement.

« J'étais pas sûre que ce soit approprié… après tout ce temps…

– Justement. Ça suffit d'attendre ! Elle va être folle de joie et ce sera l'occasion de la revoir souvent ! »

Elle sourit et se laissa aller dans les bras de Tim. Lila aurait un parrain et une marraine exceptionnels. Elle n'aurait pas pu trouver mieux. Si en plus elle avait les yeux de Tim, tout serait parfait. Les yeux de Tim… Ambre eut un sursaut en sentant le bébé bouger dans son ventre.

« Je crois que Lila est d'accord, lança-t-elle.

– Quoi ? Elle a bougé ?

– Oui. »

Il eut une lueur d'excitation dans le regard. Il s'agenouilla dans l'herbe, plaqua ses mains contre son ventre.

« Tim, arrête ! Le pantalon de Gabriel ! »

Le pantalon beige de Gabriel. Taché d'herbe fraîche. Mais qui s'en souciait ? Tim s'était mis à chuchoter d'une voix précipitée :

« Salut, bébé Lila. Oui c'est moi… Je sais… je vous ai abandonnées pendant quatre jours mais on dirait que tu ne m'en veux pas… Tu sais quoi ? On a choisi ta marraine… ça y est… C'est un sacré personnage, tu verras… Elle n'a jamais appris à se taire. Elle est… tu verras, elle parle comme elle pense et elle rit ! Quand elle éclate de rire elle fait sursauter tout le monde ! Oh, une dernière chose : elle s'appelle Emma. »

Ambre le regardait avec stupéfaction parce que dans son ventre, au plus profond d'elle, bébé Lila s'agitait de plus en plus. Et Tim écarquillait les yeux et chuchotait de plus en plus vite :

« On dirait bien que tu es d'accord, hein ? Oui… Je te sens bouger. Je sais déjà comment tu seras. Je sais déjà que tu seras comme ta maman. Une lionne ! Une lionne féroce ! »

Et les coups de pied se succédaient. Et Tim poursuivait :

« Oui ! Vas-y ! Montre-nous ce que t'as dans le ventre ! Allez, bébé lionne, sors les griffes ! Rugis ! »

Et Ambre de lâcher dans un hoquet étranglé :

« Arrête, Tim ! Arrête de l'exciter ! Elle va me faire un trou dans le ventre ! »

Ils éclatèrent de rire tous les deux. Et bébé Lila, encouragée par leurs deux voix, tapa encore plus fort.

La nuit était tombée sur le château et son parc. Un groupe de musiciens s'était installé sous le chapiteau et une piste de danse s'était improvisée en plein air. Andréa et Giovanna avaient ouvert le bal sur une valse langoureuse. Maintenant une dizaine de couples glissaient sur l'herbe lisse. Gabriel avait invité Sophie. Pas Rosalie. Rosalie affichait toujours un air courroucé, les bras croisés. Maxence et Timotée regardaient Gabriel et Sophie, moqueurs, en répétant que « La danse, c'est pour les filles ». Greg, sortant pour quelques instants au moins de sa morosité, avait invité une des sœurs d'Andréa et il n'était pas peu fier d'enlacer cette sublime créature aux yeux de braise.

Ambre sursauta légèrement quand elle vit Andréa planté devant elle. Elle ne l'avait pas vu approcher. Il lui tendait une main et elle le dévisagea sans comprendre.

« Tu vas pas me mettre un vent le jour de mon mariage quand même ! » lança-t-il avec son éternel sourire joueur.

Elle secoua la tête.

« Oh non ! Me fais pas ça ! Je suis énorme !

– Arrête tes bêtises !

– Je vais pas pouvoir me bouger !

– C'est qu'une valse !

– Non, Andréa.

– Tu ne peux rien refuser au marié ce soir ! »

Elle continuait de secouer la tête mais Tim l'encouragea :

« Allez. Même enceinte, tu danseras mieux que lui. »

Et Andréa se tourna vers lui :

« Fais pas trop le malin… Giovanna t'attend et c'est une championne ! T'as intérêt à assurer ! »

Andréa entraîna Ambre un peu à l'écart des autres couples tandis que Tim se retrouvait à faire danser la magnifique mariée sur l'herbe, sous le clair de lune.

« Sois pas jalouse, glissa Andréa, moqueur.

– C'est pas ça !

– T'es crispée !

– Mais oui ! Je ne sais pas danser la valse et…

– Et tu es énorme, je sais ! Mais personne ne nous voit ici. Je t'ai amenée au fond de la piste exprès ! »

Elle continua de bougonner quelques secondes puis elle finit par se laisser porter par son cavalier. Les notes de l'orchestre s'envolaient au-dessus du parc, des arbres, du château. Elles rejoignaient la lune et les étoiles. C'était féerique.

« Franchement, je dois le reconnaître… c'est peut-être un peu *too much* mais vous avez un mariage qui en jette, déclara Ambre au milieu de la valse.

– Eh bien, merci de ce drôle de compliment… »

Il hésita.

« C'en était bien un ? »

Ambre poursuivit sans l'écouter :

« Non, c'est vrai. Le domaine est magnifique. La mariée est magnifique…

– Et le marié ? »

Elle s'obstina à l'ignorer, lui et son sourire enjôleur.

« Le repas était sublime. L'orchestre est excellent. Tout est parfait. »

Andréa lui adressa un sourire moins joueur, plus sincère.

« Merci, dit-il. À quand le vôtre ?

– Oh… Si on se marie un jour, tu sais, ce sera dans les Pyrénées. Il y aura sans doute des moutons et… des lamas… On mangera sur des bancs en bois, au milieu d'un pré… Ce sera nettement moins classieux.

– Je suis sûr que ce sera chouette aussi. »

Il continua à la faire tourner et tourner, sous la lueur phosphorescente de la lune.

« Giovanna et toi… vous aurez un bébé un jour ? »

Il eut un petit sourire. Resta silencieux de longues secondes.

« Oui. Bientôt je crois », finit-il par répondre.

Le visage d'Ambre s'illumina. Andréa marié c'était envisageable… mais Andréa papa !

« C'est vrai ?

– On voulait attendre le mariage. On vient tous les deux de familles très catholiques…

– Oui… Je m'en souviens… »

Ils se turent quelques instants, savourant le moment. La musique. La brise fraîche de la nuit. Les souvenirs d'Arvieux qui remontaient.

« Tu nous revois il y a dix ans ? murmura Andréa.

– C'était exactement ce à quoi je pensais, avoua-t-elle.

– On était jeunes, on avait toute la vie devant nous… Mais qu'est-ce qu'on était pessimistes ! Tu te rappelles ? »

Elle hocha la tête en s'esclaffant.

« On pensait qu'on finirait seuls. Qu'on ne vivrait que des semblants d'histoires entre paumés.

– Oui, je m'en souviens parfaitement ! Tu fumais pour oublier ta triste vie.

– Et toi tu t'envoyais en l'air avec moi pour oublier la tienne ! »

Ils rirent de bon cœur, sans s'arrêter de valser.

« Tu pouvais t'imaginer qu'on serait là, dix ans plus tard ? Nous deux en train de danser… toi enceinte de Tim… moi marié ?

– Non. Jamais je n'aurais pu l'imaginer.

– Moi non plus.

– C'est trop loin de ce qu'on voulait à l'époque.

– Ouais… Mais on a changé… »

Il resserra son étreinte et elle se laissa aller, posant sa tête sur son épaule. Un ami. Elle ne s'y était pas trompée. C'était bel et bien ce qu'il était devenu. Elle avait failli le perdre, lui comme tous les autres.

À quelques pas de là, Tim faisait danser la belle Giovanna. Lorsque Ambre croisa son regard, il lui sourit et elle sentit aussitôt le bébé remuer dans son ventre. Elle eut un sursaut de surprise. *Bébé Lila l'aime déjà !* C'était dingue. Presque aussi dingue que d'entendre battre leurs deux cœurs à l'unisson.

« Ça va ? » demanda Andréa, qui l'avait sentie se raidir.

Elle acquiesça et revint se poser sur son épaule, emplie d'une chaleur diffuse.

« Ça va », répondit-elle.

Ils tournèrent et tournèrent encore. La lune laissait des traînées blanchâtres dans le ciel.

« Te moque pas… ce sont les hormones qui me font devenir aussi sentimentale mais… je crois que j'ai jamais été aussi heureuse. »

Andréa ne plaisanta pas, comme il en avait l'habitude. Il hocha la tête avec gravité.

« Moi c'est l'alcool qui me rend sentimental, et la pleine lune peut-être aussi… mais je crois bien que c'est pareil, j'ai jamais été aussi heureux. »

Ils échangèrent un bref sourire entendu.

« On aurait jamais dû en douter… »

Il ne termina pas sa phrase mais elle devina les quelques mots qu'il n'avait pas prononcés : *De tout ce bonheur qui nous attendait.*

Et, dans le ciel, les étoiles approuvaient.

DE LA MÊME AUTRICE

Aux Éditions Carnets Nord

TOUT LE BLEU DU CIEL, 2019

Aux Éditions Albin Michel

LES LENDEMAINS, 2020

JE REVENAIS DES AUTRES, 2021

TOUT LE BLEU DU CIEL, réédition collector, 2021

Composition IGS-CP
Impression CPI Bussière en avril 2022
Éditions Albin Michel
22, rue Huyghens, 75014 Paris
www.albin-michel.fr

ISBN : 978-2-226-46129-2
N° d'édition : 24462/05 – N° d'impression : 2064565
Dépôt légal : mars 2022
Imprimé en France